KB130215

로아나

여왕의 신비한 불꽃 (하)

로아나

여왕의 신비한 불꽃 하

움베르토 에코 삽화 소설 | 이세욱 옮김

이 책은 실로 꿰매어 제본하는 정통적인 사철 방식으로 만들어졌습니다.
사철 방식으로 제본된 책은 오랫동안 보관해도 손상되지 않습니다.

일러두기

1. 옮긴이가 번역 대본으로 사용한 책은 2004년 6월 밀라노 봄피아니 출판사에서 나온 이탈리아어 초판본입니다.

2. 이탈리아어 원문에 나오는 외국어(프랑스어, 영어, 라틴어, 스페인어, 독일어 등)는 원어를 그대로 제시하고 괄호 안에 우리말 번역을 넣었습니다.

3. 원서에서 작가는 비교적 긴 인용문들의 출전과 모든 삽화의 출처를 권말에서 일괄적으로 밝히고 있습니다. 이러한 작가의 의도를 존중하여 한국어판에서도 작가가 직접 밝힌 인용문과 삽화의 출처는 권말에 수록하였습니다.

4. 옮긴이의 주석은 움베르토 에코의 심오하고 광대한 정신세계를 더 깊이 알고자 하는 독자들을 위한 작은 실마리들일 뿐입니다. 하지만 이것들이 오히려 독서의 자연스런 흐름을 방해할 수도 있습니다. 따라서 이 소설 자체를 즐기고자 한다면, 주석을 무시하셔도 좋습니다.

11. 거기 카포카바나에서는

나는 〈예배당〉에서 많은 날을 보냈다. 그리고 해거름에는 무엇이든 한 뭉치 집어 들고 나와서 할아버지 서재로 갔다. 그런 다음 초록색 책상 등을 밝혀 놓고, 내가 읽는 것과 듣는 것을 융합하기 위해서 라디오도 켜놓은 채(사실은 레코드플레이어를 틀어 놓은 것이지만, 나는 이제 그렇게 믿고 있었다), 밤새도록 그것들을 보았다.

〈예배당〉의 책꽂이에 쌓여 있는 것은 내가 어린 시절에 보던 만화 잡지들과 만화책들이었다. 종별로 한데 묶여 있지는 않았지만, 서로 뒤섞이지 않게 따로따로 쌓인 더미들이 훌륭하게 배열되어 있었다. 그것들은 할아버지의 수집품에 속하지 않는 것이었고, 1936년부터 1945년 무렵까지 간행된 것들이었다.

내가 이미 잔니와 이야기하면서 짐작했던 대로, 할아버지는 우리와 다른 시대를 살았던 분이라서 나에게 만화보다는 살가리나 뒤마를 읽히고 싶어 하셨을 것이다. 그래서 나는 내 상상력을 마음대로 펼칠 권리를 확보하기 위해, 그것들을 할아버지의 통제가 미치지 않는 곳에 보관했을 것이다. 그렇다면 내가 학교에 다니기 전인 1936년에 간행된 만화책들이 더러 있다는 사실은 무엇을 뜻하는 것일까? 할아버지가 그것들을 사주시지 않았다면, 다른 어떤 사람이 사주었다는 뜻이 아니겠는가? 어쩌면 그 문제를 놓고 할아버지와 부모님 사이에 어떤 긴장이 조성되었을지도 모를 일이다. 「왜 너희는 애한테 그런 쓰레기를 보게 하는 거야?」 할아버지가 그렇게 통을 놓으셔도, 부모님은 당신들 역시 어린 시절에 만화책을 읽었기 때문에 나를 너그럽게 봐주시지 않았을까?

첫 번째 더미 속에 있는 것들은 몇 년 치의 주간 『코리에레 데이 피콜리(어린이 통신)』였다. 1936년에 나온 호들에는 발행 연도가 〈XXVIII년〉이라고 적혀 있었다. 이는 파쇼 기원의 연도가 아니라, 창간 이후의 햇수였다. 그러니까 『코리에레 데이 피콜리』는 20세기 초부터 존재해 왔고, 우리 아버지와 어머니의 어린 시절을 즐겁게 만들어 주었다는 얘기였다 — 아마 그분들은 나에게 그 만화 잡지의 이야기들을 들려주시면서, 듣는 나보다 더 즐거워하셨으리라.

어쨌거나 그 〈코리에리노〉(나는 무의식적으로 그렇게 애칭으로 부르고 있었다)의 페이지를 넘기노라니, 내가 앞서 며칠 동안 느꼈던 긴장이 되살아나는 듯했다. 〈코리에리노〉는 아무런 차이를 두지 않고, 파시스트의 영광을 이야기하면서 동시에 기상천외한 인물들이 등장하는 환상적인 세계를 이야기하고 있었다. 파시스트의 교의가 담긴 단편소설이나 만화들이 실려 있는가 하면, 다른 페이지들에는 내가 알기로 원래 미국 것인 만화들이 실려 있었다. 미국 만화를 신되, 전통과 타협한 것이 한 가지 있기는 했다. 원작 만화에서 사용했던 말풍선들을 없애 버리거나 장식으로만 남겨 놓았다는

『코리에레 데이 피콜리』

게 바로 그것이었다. 그래서 〈코리에리노〉에 실린 모든 만화는 말풍선 대신 각각의 칸 아래에 설명이 달려 있었다. 그 설명은 이야기가 진지할 때는 기다란 산문이었고, 이야기가 익살스러울 때는 동시풍의 운문이었다.

〈이제 보나벤투라 씨의 모험이 시작된다〉라는 이야기가 분명 내 안의 무언가를 건드리고 있었다. 그건 사다리꼴에 가까운 기괴한 바지를 입은 신사의 이야기였다. 그는 매번 우연히 사건에 개입한 덕분에 1백만 리라(보통의 회사원들이 1천 리라의 월급을 받던 시대에 말이다)를 보상으로 받았다. 그런데도 다음 이야기에서는 다시 초라한 행색으로 나와 새로운 행운을 기다리는 것이었다. 아마도 돈을 물 쓰듯이 탕진하는 사람인 모양이었다. 그런 점에서 그는 팜푸리오 씨와 비슷했다. 사는 게 너무나도 즐거운 이 신사는 매회 새 아파트로 이사를 가고 싶어 했다. 만화가의 스타일과 서명으로 판단하건대, 이 두 만화는 원래가 이탈리아 것인 듯했다. 꼬마 개미와 왕매미의 모험, 언제나 여행 떠날 준비를 하는 칼로제로 소르바라 씨의 이야기, 깃털보다 가벼워서 바람을 타고 날아다니는 마르틴 무마의 이야기, 경이로운 슈퍼 그림물감을 발명한 람비키 교수의 이야기(이 물감을 초상화에 바르기만 하면, 인물들이 살아 움직인다. 그래서 그의 집은 성가시기 짝이 없는 과거의 인물들 때문에 하루도 편한 날이 없다. 미치광이 오를란도 팔라디노가 날뛰는가 하면, 놀이 카드에서 빠져나온 왕이 자기 왕국에서 〈경이의 나라〉로 쫓겨난 것에 분노하면서 복수심을 불태우기도 한다)도 이탈리아 것이었다.

〈미오 마오〉

하지만 고양이 미오 마오가 돌아다니는 초현실적인 풍경이라든가 식민지의 악동 비비와 비보, 포르투넬로, 아르치발도와 페트로닐라(크라이슬러 빌딩의 내부에서 그림 속의 인물들이 액자 밖으로 나오는 이야기)[1] 등은 미국에서 온 게 분명했다.

놀랍게도 〈코리에리노〉는 마르미토네[2]라는 병사의 모험담도 싣고 있었다. 그는 복장은 이탈리아 병사들과 똑같은데, 선천적으로 모자란 탓인지 아니면 19세기 통일 운동 시대의 콧수염을 기른 장군들이 어리석은 탓인지 언제나 끝에 가면 감옥에 갇히는 신세가 되고 말았다.

---

1 고양이 미오 마오는 펠릭스, 식민지의 악동 비비와 비보는 캐첸재머 키즈(악동들), 포르투넬로는 해피 홀리건, 아르치발도 페트로닐라는 지그스와 매기를 이탈리아어화한 이름이다.
2 보통 명사 마르미토네는 행동이 굼뜨고 하는 짓이 어수룩해서 고참병들에게 조롱의 대상이 되는 병사를 가리킨다. 우리나라 군대에서 쓰는 말로 〈고문관〉인 것이다.

마르미토네는 별로 늠름하지도 않고 파쇼적이지도 않았다. 그럼에도 그의 이야기는 우스꽝스럽다기보다 서사시적인 어조로 전개되는 다른 이야기들, 예컨대 에티오피아인들을 개화시키기 위해 싸우거나(우리의 침략에 맞서 싸우는 에티오피아인들을 오히려 〈도적〉으로 취급하는 『마지막 추장』에서처럼) 빨간 셔츠를 입은 스페인의 잔인한 공화주의자들에게 맞서 프랑코의 군대와 함께 투쟁하는(『비야에르모사의 영웅』에서처럼) 영웅적인 이탈리아 청년들의 이야기들과 나란히 실려 있었다. 일부 이탈리아인들이 프랑코 진영의 팔랑헤 당원들 편에서 싸우는 동안, 다른 이탈리아인들은 국제 여단에 소속되어 반대편에서 싸웠지만, 『비야에르모사의 영웅』은 물론 그런 사실을 알려 주지 않고 있었다.

〈코리에리노〉의 컬렉션 옆에는 1940년부터 나온 만화 주간지 『일 비토리오소(승리자)』와 거기에 실렸던 작품들을 모아 놓은 몇 권의 커다란 컬러 만화집이 쌓여 있었다. 당시에 나는 여덟 살 무렵이었으므로, 만화로 된 〈어른스러운〉 이야기들을 요구했을 법하다.

이 주간지 역시 완전한 정신 분열증을 드러내고 있었다. 한쪽에는 기린 지라포네와 물고기 아프릴리노와 원숭이 조조가 〈동물 나라〉에서 벌이는 명랑한 모험담이나 피포와 페르티카와 팔라의 영웅적이면서 익살스런 이야기들, 또는 기린을 훔친 혐의로 체포된 알론초 알론초(줄여서 알론초)의 모험담이 실려 있었고, 다른 한쪽에는 이탈리아의 옛 영화(榮華)에 대한 예찬이나 한창 벌어지고 있는 전쟁에서 직접 영향을 받은 이야기들이 실려 있었다.

「해적 알바로」(위), 「고물 자동차」(아래)

이탈리아 병사 로마노의 이야기들은 전투기, 전차, 어뢰
정, 잠수함 같은 무기들을 거의 전문 기술자 수준으로 정확
하게 묘사함으로써 다른 어느 것보다 나를 놀라게 했다.

나는 할아버지의 신문들을 보며 전황을 재검토하고 한결
영리해진 터라, 로마노의 이야기들을 같은 시기의 실제 전황

377

과 비교하면서 읽을 수 있었을 것이다. 예를 들어, 「이탈리아
령 동아프리카를 향해」라는 이야기는 1941년 2월 12일에 시
작되고 있었다. 바로 몇 주일 전에 영국군은 에티오피아 북
부의 에리트레아를 공격했고, 2월 14일에는 소말리아의 수
도 모가디슈를 점령했다. 하지만 이 이야기만 놓고 보면, 우
리는 여전히 에티오피아를 굳건히 차지하고 있는 듯했고, 리
비아에서 싸우고 있던 주인공을 동아프리카 전선으로 이동
시키는 것은 당연한 일로 보였다. 주인공은 당시 이탈리아
동아프리카군의 총사령관이었던 아오스타 공작에게 극비 메
시지를 전달하는 비밀 임무를 띠고, 북아프리카를 떠나 영국
과 이집트가 지배하는 수단을 가로지른다. 그런데 이건 참
이상한 설정이다. 당시에는 무전기가 존재하고 있었기 때문
에 메시지를 전하기 위해 그토록 험한 길을 갈 필요가 없었
다. 게다가 나중에 드러나는 바이지만, 그 메시지는 전혀 극
비가 될 만한 것이 아니었다. 마치 아오스타 공작이 빈둥빈
둥 놀고 있기라도 하듯, 〈저항하라 그리고 승리하라〉가 메시
지의 전부였으니까 말이다. 어쨌거나 로마노는 친구들을 대
동하고 길을 떠나서 갖가지 모험을 겪는다. 원시 부족들을
만나거나 영국 전차들에 맞서 싸우기도 하고, 공중전을 벌이
기도 한다. 만화가는 주인공의 빛나는 활약상을 보여 줄 수
있는 온갖 상황을 동원한다.

3월에는 이미 영국군이 에티오피아에 깊숙이 침입했지만,
이때에 나온 『일 비토리오소』를 보면, 로마노만은 그 사실을
모르고 있는 듯했다. 가는 도중에 영양을 사냥하면서 즐기고
있었으니 말이다. 4월 5일에는 아디스아바바가 함락되었고,
이탈리아군은 에티오피아의 갈라시다모 지방과 아마라 지방

「이탈리아령 동아프리카를 향해」

에 포진하고 있었으며, 아오스타 공작은 암바알라지 산으로 물러나 바리케이드를 치고 있었다. 로마노는 코끼리를 잡는 여유를 부려 가면서도 계속 로켓처럼 곧장 나아가고 있었다. 로마노와 독자들은 아마도 그가 여전히 아디스아바바로 가고 있다고 생각했을 것이다. 하지만 거기에는 5년 전에 폐위되었던 에티오피아의 왕이 이미 돌아와 있었다. 4월 26일자 호에서는 로마노의 무전기가 소총 공격을 당해 박살났다. 이건 로마노가 그때까지 무전기를 갖고 있었다는 뜻이다. 그렇다면 그는 어떻게 그리도 전황에 캄캄했을까? 알다가도 모를 일이다.

5월 중순에 암바알라지 산에 포위되어 있던 이탈리아군

7천 명은 식량과 탄환이 떨어져 항복했고, 아오스타 공작도 그들과 함께 포로가 되었다. 『일 비토리오소』의 독자들은 그런 사실을 모를 수도 있었다. 하지만 다른 사람들은 몰라도 아오스타 공작 자신은 그것을 알아야 마땅했다. 그런데 로마노는 6월 7일에 아디스아바바에서 그를 만난다. 공작의 모습은 물오른 장미처럼 생기발랄하고 낙관주의로 환하게 빛난다. 게다가 공작은 로마노가 전해 준 메시지를 읽으면서 힘차게 말한다. 「물론 우리는 마침내 승리하는 그날까지 저항할 것이다.」

짐작건대, 이 만화는 몇 달 전에 그려졌을 것이다. 그 뒤로 여러 사건이 잇따랐지만, 『일 비토리오소』의 편집자들은 용기가 부족해서 연재를 중단하지 못했다. 어린 독자들은 아직 그 비통한 소식들을 모르고 있으리라 생각하면서 만화를 계속 내보냈을 것이다.

세 번째 더미는 만화 주간지 『토폴리노』 컬렉션이었다. 이 주간지는 주로 월트 디즈니의 만화를 소개하면서, 한편으로는 「잠수함의 소년 선원」과 같은 용감한 발릴라 소년단원의 이야기들도 싣고 있었다. 나는 아마도 바로 이 몇 년치의 『토폴리노』를 통해서, 이탈리아와 독일이 미국을 상대로 전쟁을 선포한 1941년 12월 무렵에 나타난 변화를 감지했을 것이다(나는 할아버지의 신문들을 보고 정말로 전쟁이 선포되었음을 확인하고는, 이렇게 생각했으리라. 미국인들이 히틀러의 희롱에 지쳐서 전쟁에 참가한 측면도 없지는 않지만, 히틀러와 무솔리니는 일본인들의 도움으로 몇 달 만에 미국인들을 해치울 수 있으리라 생각하고 전쟁을 선포했으리라고 말이다). 나치 친위대나 검은 셔츠 부대를 즉시 파견하여 뉴욕을 점령하게 하는 것은 분명 어려운 일이었다. 그래서 우리는 이미 몇 해 전에 만화를 가지고 전쟁을 시작한 터였다. 먼저 만화에서 말풍선이 사라지고, 그 대신 각각의 컷 아래에 설명문이 들어가게 되었다. 그다음에는 오래전부터 다른 만화 잡지들에서 보았던 것처럼, 미국 인물들이 가뭇없이 사라지고, 그들을 모방한 이탈리아 인물들이 대신 나타났다. 끝으로 토폴리노가 살해되었다. 내가 보기에 이건 우리가 무너뜨려야 할 최후의 힘겨운 장벽이었다. 토폴리노의 모험담은 매주 계속 연재되고 있었는데, 어느 주엔가 아무런 예고도 없이 주인공 이름이 Topolino에서 Toffolino로 바뀌었다. 이 새 주인공은 생쥐가 아니라 인간이었다. 하지만 사람의 형상을 닮은 디즈니의 모든 동물이 그렇듯 그의 손에는 여전히 네 개의 손가락이 달려 있었고, 그의 친구들은 주인공과 마찬가지로 사람으로 바뀌었음에도 이름은 원래대로 남아 있었다. 이건 하나의 세계가 무너졌음을 뜻하는 것이다. 당시에 나는 이 붕괴를 어떻게 받아들였을까? 미국인들이 돌연 악당으로 변한 상황을 감안할 때, 아마도 아주 담담하게 받아들이지 않았을까 싶다. 하지만 나는 당시에 토폴리노가 미국에서 온 미키 마우스라는 사실을 의식하고 있었을까? 나는 마치 찬물과 더운물이 번갈아 나오는 샤워를 하듯 극적인 반전들을 경험하며 살았던 게 분명하다. 하지만 내가 읽고 있던 이야기들의 극적인 반전에 열광했던 반면에, 내가 경험하고 있던 역사의 극적인 반전들은 그냥 당연하게 받아들였을 것이다.

『토폴리노』에 이어서, 나는 만화 주간지 『라벤투로소(모험가)』의 몇 년치 컬렉션을 찾아냈다. 이 주간지는 앞의 것들과 완전히 달랐다. 창간호의 발행일은 1934년 10월 14일이었다.

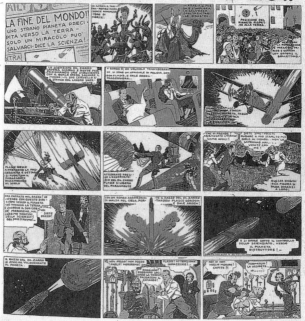

「라벤투로소」 창간호

내가 이 창간호를 샀을 리는 없다. 당시에 나는 세 살도 되지 않았으니까 말이다. 그렇다고 아빠나 엄마가 사주셨다고 말할 수도 없을 듯하다. 이야기들이 전혀 아이들을 위한 것이 아니었기 때문이다 ― 이 주간지에 실린 만화들은 전적으로 성인용은 아닐지라도 성인 독자를 겨냥하고 구상된 미국 만화들이었다. 따라서 나는 이 만화들을 나중에 접했을 것이고, 그러면서 다른 만화 주간지들 대신 이것을 선택했을 것이다. 하지만 나는 이 주간지를 낱권으로 사지 않고, 몇 해가 지난 뒤에 커다란 판형의 합본으로 산 것이 분명하다. 이 만화집들의 화려한 표지에는 그 책에 나오는 이야기의 여러 장면이 영화의 예고편처럼 제시되어 있었다.

주간지 『라벤투로소』는 그 만화집들과 더불어 나로 하여금 어떤 새로운 세계에 눈뜨게 해 주었을 것이다. 창간호에 실린 첫 모험담 「세계의 파괴」부터가 그러하다. 주인공은 플래시 고든[3]이다. 그는 로켓선 발명자인 자로 박사를 우연히 만나 우여곡절 끝에 몽고라는 행성에 착륙한다. 이 행성을 지배

---

[3] 미국 만화가 알렉스 레이먼드(1909∼1956)가 1934년 1월 처음으로 선보인 SF 만화 시리즈의 주인공. 이 만화는 이미 1936년에서 1940년 사이에 3부작 영화로 각색되었고, 1980년에는 샘 J. 존스가 주연으로 나오고 록 그룹 퀸이 음악을 맡은 영화 「플래시 고든」이 나왔다. 어린 시절에 이 만화에 열광했던 조지 루카스는 그때 받은 영감을 바탕으로 〈스타워즈〉 시리즈를 만들었다고 한다. 『푸코의 진자』 영어판 49장을 보면, 반파쇼 유격 대장 중에 〈몽고〉라는 별명으로 불리는 사람이 나오는데, 이 별명이 「플래시 고든」에서 따온 것이라고 되어 있다. 하지만 이는 이탈리아어 원문을 지나치게 미국화한 것이라고 볼 수 있다. 원문에는 「플래시 고든」에 나오는 몽고가 아니라, 이탈리아 만화 「딕 풀미네」에 나오는 테르차라고 되어 있는 데다가, 몽고는 사람 이름이 아니라, 악당 밍이 지배하는 행성의 이름이기 때문이다. 영어권의 일부 주석자들은 이렇게 변형된 것을 놓고 작가의 의도를 해석하려고 한다. 에코가 말하는 〈해석의 한계〉를 생각나게 하는 일이다.

하는 것은 잔인한 독재자 밍이다. 밍은 이름뿐만 아니라 생김 새도 아시아적이고 악마적이다. 몽고 행성에는 우주 플랫폼에 크리스털로 된 고층 빌딩이 솟아 있고, 해저에 도시들이 있으며, 기대한 숲의 나무들 사이로 왕국들이 펼쳐져 있다. 인물들은 갈기가 달린 사자 인간부터 매 인간과 아주라 여왕의 마법 인간에 이르기까지, 모두 거리낌 없는 혼합주의적 양식의 옷들을 입고 있다. 영화 속의 중세를 연상시키는 로빈 후드풍의 복장이 있는가 하면, 더 원시적인 갑옷과 투구 차림도 있다. 때로는(궁정에서) 20세기 초의 오페레타에 나오는 흉갑 기병이나 창기병이나 용기병의 제복을 입고 있는 자들도 있다. 그들은 착한 인물이든 악당이든 모두 광선이 번쩍 번쩍 나오는 경이로운 소총을 지니고 있으면서도 생뚱맞게 창검이나 궁시로 싸움을 벌이기도 한다. 그들의 운송 수단도 원시와 첨단을 넘나든다. 커다란 낫들이 달린 마차가 있는가 하면, 끝이 바늘처럼 뾰족하고 색깔이 놀이 공원의 범퍼 카들만큼이나 요란한 행성 간 로켓도 있다.

고든은 미남이고 아리안의 영웅처럼 금발이다. 하지만 그가 띠고 있는 임무의 성격이 나를 놀라게 했을 것이 분명하다. 고든을 만나기 전까지 나는 어떤 영웅들을 알고 있었던가? 내 교과서와 이탈리아 만화책에서는 〈두체〉를 위해 싸우고 명령에 따라 죽기를 열망하는 용사들을 만났다. 할아버지가 모아 놓으신 19세기의 모험 소설들에서는 거의 언제나 개인적인 이익이나 타고난 사악함 때문에 사회에 맞서서 싸우는 무법자들을 보았다 ─ 몬테크리스토 백작은 부당한 일에 대한 복수를 하려고 했으므로 예외라고 볼 수도 있지만, 그 부당한 일은 그가 당한 것이지 공동체가 당한 것은 아니었다. 따지고 보면, 삼총사들조차도 크게 다르지 않았다. 그들은 나중에는 착한 사람들 편에 섰고 정의감도 없지 않았다. 하지만 그들이 추기경에게 맞서 국왕 편에서 싸운 것은 자기들이 소속된 집단에 대한 연대 의식의 발로였고, 약간의 이익이나 대위 계급장을 얻기 위함이었다.

고든은 다르다. 그는 전제 군주에게 맞서서 자유를 위해 투쟁한다. 당시에 나는 아마도 밍이라는 독재자가 〈크렘린의 식인귀〉라 불렸던 스탈린과 비슷하다고 생각했을 것이다. 하지만 밍의 모습에 우리 나라 독재자와도 닮은 점이 있다는 것을 알아차리지 못했을 리가 없다. 〈두체〉 역시 자기 신민들의 목숨을 좌지우지할 수 있는 절대 권력을 지니고 있었으니 말이다. 그러니까 플래시 고든을 만남으로써 나는 새로운 영웅의 이미지를 갖게 된 것이다 — 물론 당시에 그것을 깨달았다는 것이 아니라, 이제 와서 다시 읽다 보니 그런 생각이 든다는 애기다. 고든은 완전히 다른 세상에서 일종의 해방 전쟁을 벌이는 영웅, 머나먼 은하에 있는 요새화된 소행성들을 폭파시키는 영웅이었다.

다른 만화집들을 죽죽 넘겨 보면서, 나는 한 권 한 권 끝낼 때마다 내 안에서 신비한 불꽃들이 점점 강렬하게 일렁이는 것을 느끼며, 교과서에서 본 적이 없는 영웅들을 발견하고 있었다. 얼마 전에 잔니가 어린 시절의 만화 애기를 할 때, 이름만 내 머릿속에 떠올랐던 치노와 프랑코[4]도 바로 거기에

---

4 미국 만화가 라이먼 영(1893~1984, 「블론디」의 작가 칙 영의 형)이 1928년 8월에 발표하기 시작한 연재 만화 「팀 타일러의 행운」에 나오는 두 주인공 팀 타일러와 그의 친구 스퍼드를 이탈리아어화한 이름.

있었다. 그들은 〈상아 순찰대〉의 하늘색 셔츠를 입고 연한 색 조들이 어우러진 정글을 누빈다. 그들은 고분고분하지 않은 부족들을 감독하는 일도 물론 하지만, 주된 임무는 식민지 원주민들을 착취하는 상아 밀수꾼들과 노예 상인들(검은 피부의 착한 원주민들을 괴롭히는 못된 백인들이 얼마나 많은 지!)을 저지하는 것이다. 악덕 상인들을 추격할 때나 코뿔소를 사냥할 때나 그들은 스릴 넘치는 활약을 보인다. 그들의 라이플총은 우리 만화들에서처럼 〈빵빵〉이나 〈핑핑〉 소리를 내지 않고, 〈crack crack〉 하는 소리를 낸다. 어찌 보면, 이 crack 소리는 잠긴 문의 돌쩌귀를 떼어 내려고 하는 내 전두엽의 가장 은밀한 구석에 새겨졌을지도 모른다. 아직도 그 소리가 이국정취의 전조(前兆)처럼 들리고, 어떤 다른 세계를 가리키는 손가락처럼 느껴지고 있었으니 말이다. 이번에도 이미지보다는 소리들이, 아니 그 소리들을 알파벳으로 옮겨 적은 것들이 아직 내가 기억해 내지 못하고 있는 과거의 어떤 흔적이 내 안에 있음을 일깨우고 있었다.

왕왕 빵 탕 펑 윙 카이 딱 착착 뚜벅 텀벙 우지직 우지직 우두둑 딸랑 이크 툴툴 끼룩 끼룩 카이 야옹 웅얼웅얼 헐떡 헐떡 풍덩 푸득 으르렁 따르릉 우르르 빠방 저벅 버석 긁적 긁적 따당 푸하 푸하 홀짝 퍽 흑흑 꿀꺽 팔락 빠방 철벅 슝 붕 우지끈 펄럭 땡그랑 통 와장창 척 우아아아 부릉부릉 이랴 왝 툭 윽 쌩 찰싹 쓱 쿨쿨 쿵쿵……

소음들. 나는 만화 주간지들을 잇달아 훌훌 넘겨 보면서 그 소리들을 보고 있었다. 나는 아주 어려서부터 *flatus vocis* (목청이 내는 바람소리)에 길들었던 셈이다. 그 온갖 소리들 사이로 문득 〈스스슥〉 하는 소리가 내 머릿속에 떠올랐다. 내

왼쪽 상단부터, 「피포와 독재자」, 「상아 순찰대」, 출전 미상, 『뽀빠이』,
「탐보의 영혼」, 「피포와 독재자」, 「성스런 악어」, 「칼리프 나라에 간 토폴리노」,
「죽음의 계곡에 간 토폴리노」, 『뽀빠이』

이마에는 땀이 송골송골 맺혔다. 나는 내 손을 바라보았다. 떨리고 있었다. 이유가 무얼까? 나는 어디에서 그 소리를 읽었을까? 혹시 그것은 내가 읽은 소리가 아니라 유일하게 귀로 들은 소리가 아닐까?

그러고 나서 〈복면 남자〉[5]의 모험담을 모아 놓은 만화책들을 만나고 나니, 한결 편안한 기분이 들었다. 선행을 하는 무법자인 그는 동성애자처럼 몸에 착 달라붙는 타이츠를 입고 있다. 얼굴은 자그마한 검은 가면으로 살짝 가려져 있는데, 눈의 흰자위는 매섭게 드러나 있지만 눈동자가 보이지 않아서 한층 더 신비로운 느낌을 준다. 그는 아름다운 다이애나 팔머를 정말이지 홀딱 반하게 만든 것이 분명하다. 그녀는 이따금 그에게 키스를 할 때마다, 타이츠에 밀착된 근육이 꿈틀거리는 것을 느끼며 전율한다. 그는 어떤 경우에도 타이츠를 벗지 않는다(어쩌다 총상을 입으면 원주민 부하들이 상처를 치료하고 붕대를 감아 주는데, 이때에도 그는 타이츠를 벗지 않기 때문에 붕대가 그 위로 감기게 된다. 이 옷은 방수가 되는 게 분명하다. 그가 남국의 김이 모락거리는 바다에 오랫동안 잠겨 있다가 수면으로 다시 올라와도 여전히 몸에 착 달라붙어 있으니 말이다).

두 사람이 어쩌다 키스를 나누는 순간들은 황홀하지만, 다이애나는 어떤 이유로든 즉시 키스를 중단해야 하기가 일쑤다. 그것은 어떤 오해 때문이거나 야심 많은 경쟁자 탓인 경

5 1936년 2월 미국 『뉴욕 아메리칸 저널』에 연재되기 시작한 〈더 팬텀〉 시리즈의 이탈리아어 판 제목. 시나리오는 리 포크가 썼고, 그림은 레이 무어(1905~1984)에 이어서 윌슨 매코이(1902~1961)가 그렸다.

〈복면 남자〉

우도 있고, 세계를 누비고 다니는 미녀로서 그녀가 수행해야
할 다른 의무들 때문인 경우도 있다. 그는 그녀와 동행할 수
도 없고 그녀를 아내로 맞을 수도 없다. 조상 대대로 지켜 온
맹세에 묶여 자기 자신의 임무를 수행해야 하기 때문이다.
그의 임무란 인도의 해적들과 백인 모험가들의 악행으로부
터 벵골 밀림의 주민들을 보호하는 것이다.

　이렇듯 나는 미개하고 사나운 에티오피아인들을 어떻게
굴복시키는가를 가르치는 만화들과 노래들을 만난 뒤에, 혹
은 만나던 동안에, 새로운 영웅을 만난 것이다. 이 영웅은 반
다르 피그미족 사람들과 형제처럼 어울려 살고, 그들과 더불
어 사악한 식민주의자들에게 맞서 싸운다. 그들의 주술사이
자 의사인 구란 역시 이탈리아군에 소속된 소말리아 원주민
병사하고는 다르다. 그는 한낱 충실한 하인이 아니라, 온전
한 자격을 갖춘 파트너이자 조력자로서 정의를 수호하는 그
자비로운 집단에 속해 있는 것이다.

　그다음에 만난 다른 영웅들은 별로 혁명적이라는 느낌이

들지 않았다(지난 며칠 동안 나의 정치의식이 그런 쪽으로 발전했기 때문일까?) 예를 들어 마술사 맨드레이크[6]는 검둥이 하인 로타르를 친구로 대하면서도 친구라기보다는 경호원이나 충직한 노예로 부려 먹는 것처럼 보인다. 하지만 맨드레이크 역시 악당들을 처단하기 위해 싸운다. 그의 무기는 마술이다. 그가 손을 한 번 놀리면 적의 권총은 바나나로 변한다. 그는 부르주아적인 영웅이다. 검은색이나 빨간색 제복 대신 언제나 연미복을 입고 실크해트를 쓴 완벽한 옷차림을 하고 있다. 나는 또 한 사람의 부르주아적 영웅 〈비밀 요원 X-9〉[7]도 만났다. 그는 체제의 적들을 미행하는 비밀 요원이 아니라, 갱들과 세금을 훔치는 거물들을 추적함으로써 납세자들을 보호한다. 그는 재킷에 트렌치코트를 걸치고 넥타이를 맨 차림이며, 작고 귀여운 포켓용 권총을 지니고 다닌다. 이 권총들은 때로 옷깃을 깃털로 장식한 실크 드레스를 입고 곱게 화장을 한 금발의 여자들이 쥐고 있어도 매우 앙증맞아 보인다.

또 다른 세계. 이 세계는 학교가 나에게 올바르게 사용하도록 일껏 가르친 언어를 망가뜨리지 않았을까 싶다. 번역들이 영어식 말투를 좇다가 우리말을 어색하게 만들기가 일쑤였으니 말이다(예를 들어 〈마술사 맨드레이크〉에 나오는 한 인물은 이렇게 말한다. 「여기는 사키의 왕국이야…… 내가

---

6 리 포크의 시나리오와 필 데이비스(1906~1964)의 그림으로 1934년 6월부터 연재되기 시작한 미국 만화 『마술사 맨드레이크』의 주인공.

7 『몰타의 매』로 잘 알려진 미국 추리 소설의 거장 대실 해밋이 시나리오를 쓰고, 알렉스 레이먼드가 그림을 그린 탐정 만화의 주인공.

잘못 생각하는 게 아니라면, 그가 우리를 염탐하고 있는 중일 수도 있어.」 — 그런가 하면 이탈리어로 나온 〈마술사 맨드레이크〉의 첫 만화집 또는 처음에 나온 몇몇 만화집의 표지에는 주인공 이름이 맨드레이크Mandrake가 아니라 만드라케Mandrache로 나와 있었다). 하지만 그게 무슨 상관이랴? 분명한 것은 내가 비문으로 가득 찬 그 만화책들 속에서 공식 문화가 제시하는 영웅들과는 다른 새로운 영웅들을 만났다는 사실이다. 또한 아마도 나는 색깔이 요란하고 통속적인(그러나 최면 효과가 매우 강한) 그 만화들을 통해서 비로소 선과 악이라는 문제를 다른 눈으로 바라보기 시작했을 것이다.

그것으로 끝이 아니었다. 그 더미 다음에는 토폴리노의 초기 모험담들이 실려 있는 〈금빛 만화집〉 시리즈가 한 권도 빠짐없이 모여 있었다. 그 모험담들은 도시를 배경으로 전개되고 있었지만, 그 도시의 환경은 우리 도시와 사뭇 달랐다(당시에 내가 그 배경이 소도시인지 미국의 대도시인지 알았을까?). 『토폴리노와 배관공들』(오 참으로 별쭝맞은 투비 씨!), 『토폴리노와 고릴라 스페트로』, 『유령에 집에 들어간 토폴리노』, 『토폴리노와 클라라벨라의 보물』(드디어 이것을 찾았다! 밀라노에서 구한 복사판과 같은 것인데 색깔이 황토색과 갈색으로 되어 있다), 『비밀 첩보 요원 토폴리노』(그는 군인이나 전문 킬러이기 때문이 아니라 시민의 의무감이 발동하여 국제적인 첩보 활동에 참가하는 것을 받아들인다. 그리하여 외인부대에서 교활한 그릴로 그리피와 신의 없는 감바딜레뇨 — 토폴리노 꼴좋다, 사막에서 죽게 생겼군 — 에게 학대를 당하며 무시무시한 모험들을 겪는다)⋯⋯.

『마술사 900』

『신문 기자 토폴리노』

그 시리즈 가운데 내가 가장 많이 읽은 것은 책의 상태로 보건대 『신문 기자 토폴리노』였다. 파쇼 체제 아래에서 언론의 자유에 관한 이야기를 출판하는 것이 허용될 리는 없었다. 하지만 국가의 검열자들은 동물 이야기가 사실주의적이거나 위험하다고 생각하지 않은 게 분명하다. 언론 하니까 문득 떠오르는 말이 있었다. 「이보게 어린 친구, 저건 윤전기 돌아가는 소리야. 자넨 이 일과 관련해서 아무것도 할 수가 없어.」내가 이 말을 어디에서 들었더라? 그건 나중에 성인이 되어서 들은 말이지 싶었다.[8] 어쨌거나 그 이야기 속의 토폴리노는 얼마 되지 않는 자본을 가지고 「세계의 메아리」라는 자기 신문을 창간한다(창간호에는 끔찍한 오식이 지천이다). 그는 거리낌 없는 갱 단원들과 부패한 정치가들이 온갖 수단을 동원하여 보도를 막으려고 하는데도, 그에 아랑곳하지 않고 대담하게 *all the news that's fit to print*(인쇄하기에 적합한 모든 뉴스)를 계속 자기 신문에 싣는다. 이 만화를 보기 전까지 일체의 검열에 저항할 수 있는 자유로운 언론에 관한 얘기를 내가 누구에게서 들었겠는가?

내 어린 시절의 정신 분열 현상을 둘러싼 몇 가지 수수께끼가 풀리기 시작했다. 나는 교과서와 만화를 동시에 읽었다. 그리고 십중팔구는 만화를 보면서 어렵사리 시민 의식을 키웠을 것이다. 내가 무너져 버린 내 역사의 파편들과도 같

---

8 정의와 진실을 추구하다가 일자리를 잃게 된 신문 기자들이 범죄 조직에 맞서 마지막으로 벌이는 싸움을 그린 영화 「데드라인 U. S. A.」(1952)에서 주인공 허치슨으로 나온 험프리 보가트가 자신을 위협하는 갱 두목과 전화 통화를 하면서 마지막으로 한 말.

『딕 트레이시』

은 그 만화책들을 오래도록 간직했던 이유도 분명 거기에 있었다. 나는 전쟁이 끝나고 일요일마다 컬러 만화가 실리는 미국 신문들(아마도 미군들이 가져왔을 신문들)을 접하면서 릴 애브너나 딕 트레이시[9] 같은 또 다른 영웅들을 알게 된 뒤에도, 계속 어린 시절의 만화들을 간직하고 있었다.

내가 보기에, 전쟁 전의 이탈리아 출판사들은 내가 전후에 새로이 발견한 것과 같은 만화들을 감히 출간할 수 없었을 것이다. 인물들의 모습과 태도가 과도한 모더니즘을 보여 주고 있는 데다, 나치가 퇴폐 예술이라고 불렀던 요소를 상기시키기 때문이다. 나중에 나이가 들고 지혜가 늘면서 내가 피카소에게 이끌렸던 것은 혹시 『딕 트레이시』에게서 자극을

9 체스터 굴드(1900~1985)가 시나리오를 쓰고 그림까지 그린 미국 최초의 추리 만화. 1931년 10월 「뉴욕 데일리 뉴스」와 「시카고 트리뷴」에 처음으로 실렸다.

받았기 때문이 아닐까?

내가 초기에 본 만화들은 『플래시 고든』을 제외하면 분명 나를 그런 쪽으로 자극하지 않았다. 그 만화들은 아마도 저작권료를 지불하지 않고 미국 출판물을 그대로 복제한 것들인 듯했고, 따라서 인쇄 상태가 좋지 않았다. 선이 흐릿하고 본래의 색깔은 이게 아니다 싶은 경우가 흔했다. 적국 상품의 수입이 금지된 뒤에 나온 다른 만화들도 물론 마찬가지였다. 수입 금지 조치 이후에 출간된 『복면 남자』는 이탈리아 토종 만화가 미국 것을 조악하게 모방한 것이었는데, 주인공의 빨간 타이츠는 초록색으로 변해 있었고, 그의 개인사에도 다른 요소들이 들어가 있었다. 미국 만화의 인물들을 모방하지 않은 자급자족적 영웅들의 경우에도 사정은 마찬가지였다. 대담한 필치로 그려진 이 영웅들은 아마도 만화 주간지 『라벤투로소』의 위대한 인물들과 경쟁하기 위해 급조되었을 것이다. 그래도 대체로는 호감이 가는 인물들이었다. 예를 들어 거인 딕 풀미네[10]가 그러했다. 그의 턱은 강인한 느낌을 주고 무솔리니를 생각나게 한다. 그는 주먹으로 강도들을 때려잡

---

10 1938년 무솔리니 정권의 검열이 극에 달하면서, 영국이나 미국에서 온 만화의 출판이 일절 허용되지 않았다(단 미키 마우스, 즉 토폴리노만은 두체의 자식들이 좋아한다는 이유로 예외가 되었다). 이탈리아의 출판인들은 국내의 창작자들을 독려했다. 이런 상황에서 빈첸초 바졸리(시나리오)와 카를로 코시오(그림)가 헤라클레스적인 괴력을 지닌 영웅 딕 풀미네를 만들어 냈다. 이야기의 무대는 갱들이 우글거리는 가상의 시카고. 반은 이탈리아적이고 반은 미국적인 주인공 딕 풀미네는 쿠바 출신의 흑인 잠보, 가스총을 들고 다니는 강도 〈흰 가면〉, 남미인 바레이라, 검은 마법의 전문가 풀라티비오 등과 대결을 벌인다. 『라루스 세계 만화 사전』(파리: 라루스 보르다스, 1997)에 따르면, 당시에 이 만화는 이탈리아에서 엄청난 인기를 누렸다고 한다. 에코가 『푸코의 진자』 49장에서 바돌리오과 빨치산 대장에게 이 만화에 나오는 인물의 이름을 붙인 것도 그런 사정 때문일 것이다.

395

는다. 그가 상대하는 강도들은 분명 아리아인이 아니다. 잠보는 흑인이고 바레이라는 남미 사람이다. 또한 나중에 등장하는 플라타비온은 미국 마술사 맨드레이크가 악마로 변한 듯한 범죄자인데, 이 이름은 분명치는 않지만 어떤 저주받은 종족을 암시한다. 그는 미국 마술사의 실크해트와 연미복 대신 시골 사람들이 놀러 갈 때 입을 법한 후줄근한 모자와 외투를 착용하고 있다. 풀미네는 자기 적들에게 〈자아 멧비둘기 새끼 같은 녀석들아, 어서 덤벼라!〉 하고 소리친다. 그러고는 하나같이 캡을 쓰고 구겨진 재킷을 입은 적들에게 정의의 주먹세례를 퍼붓는다. 하느님을 저버린 악당들의 입에서 〈이자는 악마야〉 하는 소리가 터져 나온다. 그러다가 풀미네의 네 번째 강적 〈흰 가면〉이 어둠 속에서 나타나, 망치와 모래주머니로 그의 뒤통수를 가격한다. 풀미네는 〈제기……!〉 하면서 털썩 무너져 내린다. 하지만 그건 잠깐이다. 그는 물이 무서운 기세로 차오르는 지하 독방에 갇힌 채 사슬에 묶여 있지만, 근육을 울끈불끈 움직여 곤경에서 벗어난다. 조금 뒤에 그는 갱 일당을 잡아 한 두름에 엮은 다음 경찰서장에게 넘긴다(이 경찰서장은 히틀러처럼 일자 콧수염을 기르고 있지만, 키가 작고 얼굴이 동그스름한 남자라서 히틀러 추종자라기보다는 은행원처럼 보인다).

지하 독방에 물이 차오르는 것은 어느 나라의 만화에서나 볼 수 있는 도식적인 장면이었을 것이다. 나는 가슴속에서 불잉걸이 타는 듯한 기분을 느끼면서, 유벤투스 출판사에서 나온 연재 만화집 한 권을 집어 들었다. 『스페이드 5: 죽음의 기수 마지막 이야기』였다. 기병의 복장을 한 남자가 아래 자락이 주홍색 망토처럼 길게 늘어진 원통형 복면으로 얼굴을

「공포의 방」 「악랄한 함정」

완전히 가린 채, 다리를 벌리고 두 팔을 들어올린 자세로 서 있다. 두 손목은 사슬에 묶여 있고, 이 사슬은 지하실 벽에 붙박여 있다. 그러는 사이에 지하실로 물이 쏟아져 들어온다. 그가 차츰차츰 물에 잠기도록 어떤 자가 땅속 물줄기의 수문을 열어 버린 것이다.

　그런데 이 만화집들의 부록에는 그림의 스타일이 더 흥미로운 다른 이야기들이 분재되어 있었다. 〈중국해에서〉라는 제목이 붙은 이야기도 그중 하나였다. 이야기의 주인공은 잔니 마르티니와 그의 동생 미노이다. 이들 이탈리아의 젊은 영웅 두 사람은 우리 식민지가 없는 지역에서, 동양의 해적들이며 이국적인 이름의 악당들, 드루실라나 부르마처럼 이국정취를 물씬 풍기는 이름을 지닌 매우 아름다운 여자들을 상대로 모험을 벌인다. 나는 이 이야기를 신기하게 여겼을 것이고, 그림이 질적으로 다르다는 것도 분명 알아차렸을 것

『테리와 해적들』

이다. 나는 그 만화의 원제목이 〈테리와 해적들〉[11]이라는 사
실을 곧 알게 되었다. 1945년에 미국 병사들을 통해서 수집
한 것으로 보이는 몇 권 안 되는 미국 만화책 중에 그것이 들
어 있었던 것이다. 〈중국해에서〉로 제목이 바뀐 이탈리아 판
은 1939년에 나왔다. 이는 외국 이야기들을 이탈리아식으로
바꾸는 작업이 이미 그때부터 강요되었음을 뜻하는 것이다.
어찌 보면 이건 이탈리아에서만 일어난 일은 아니었다. 내가
모아 놓은 외국 만화들 중에는 그 무렵에 프랑스 사람들이
플래시 고든을 〈번개 사나이 기〉로 번역한 것도 있었으니 말
이다.

　나는 그 만화들의 표지와 그림을 더 이상 덤덤하게 대할

11 1994년 밀턴 카니프(1907~1988)의 시나리오와 그림으로 첫선을 보인
미국 만화의 고전.

398

수가 없었다. 마치 어떤 파티에 참석해서, 다른 사람들을 모두 알아보고 있는 듯한 기분이 들었다. 만나는 얼굴마다 어디선가 본 듯한 느낌이 드는데, 언제 만났는지 그 사람이 누구인지가 확실치 않아서, 매번 〈이보게 친구, 잘 지내는가?〉하고 소리치고 싶은 충동을 느끼며 악수를 청하다가 실수를 하는 게 아닌가 싶어 즉시 손을 거둬들이고 있는 듯한 기분이었다.

어떤 세계에 처음 왔으면서도 이미 왔던 곳을 다시 방문한다고 느끼는 것은 긴 여행을 끝내고 남의 집에 와 있는 것만큼이나 멋쩍은 일이다.

나는 그 만화들을 어떤 순서에 따라 죽 읽어 나가지 않았다. 날짜순으로 읽지도 않았고, 시리즈나 인물별로 읽지도 않았다. 설렁설렁 건너뛰었다가 되돌아가기도 했고, 〈코리에리노〉 영웅들에서 월트 디즈니의 영웅들로 넘어가기도 했으며, 애국적인 이야기를 악당 코브라와 싸우는 맨드레이크의 모험담과 비교해 보기도 했다. 바로 그렇게 〈코리에리노〉로 돌아가서, 아이투 추장과 맞서 싸우는 영웅적인 전위 대원 마리오가 나오는 만화 『마지막 추장』을 읽다가, 나는 무언가를 보는 순간 심장이 멎는 듯한 기분을 느꼈다. 발기와 비슷한 어떤 것, 아니 그보다는 발기하기 직전의 흥분 같은 것이 느껴지기도 했다. *impotentia coeundi*(발기 부전)에 걸린 사람들이 느끼는 흥분 상태가 그와 비슷하지 않을까 싶었다. 마리오는 아이투 추장에게서 도망치는 길에 추장의 아내 또는 동거녀인 백인 여자 젬미를 데려간다. 그녀는 이제 에티오피아의 미래가 구원과 문명을 가져다주는 이탈리아군의 수중에 있다는 것을 깨달은 터다. 아이투는 그 악녀(결국 착하고 고결한 여자로 변했지만)의 배신에 격분한 나머지, 두 도망자가 숨어 있는 집에 불을 지르라고 명령한다. 하지만 마리오와 젬미는 지붕 위로 올라가는 데에 성공한다. 거기에서 마리오는 거대한 유포르비아 나무를 발견하고, 이렇게 소리친다.「젬미, 나를 꽉 잡고 눈을 감아요!」

다른 때도 아니고 그런 순간에 마리오가 엉큼한 생각을 했을 리는 없다. 하지만 젬미는 만화의 여주인공들이 으레 그렇듯이, 어깨와 팔과 가슴의 일부를 드러내는 페플로스풍의 하늘하늘한 드레스를 입고 있다. 그들의 도주와 아슬아슬한 도약에 할애된 네 컷의 그림이 제공하는 정보에 따르면, 고대 그리스의 여인들이 입던 페플로스 같은 옷들, 특히 비단으로 된 페플로스풍의 옷들은 발목이나 종아리 위로 올라가기가 쉽다. 그리고 만약 여자가 겁을 먹은 채로 전위대 청년의 목에 매달리면, 여자의 몸짓은 향내가 날 것이 분명한 자기 뺨을 남자의 땀내 나는 목덜미에 찰싹 붙이는 발작적인 포옹이 될 수밖에 없다. 그렇게 네 번째 컷에 이르면, 마리오는 적의 수중에 떨어지지 않겠다는 일념으로 유포르비아 나무의 가지에 매달려 있는데, 젬미는 이제 마음 놓고 자신을 내맡긴다. 그리고 마치 그녀의 치마에 아귀가 트이기라도 한 것처럼, 그녀의 왼쪽 다리가 이제 무릎까지 드러난 채 뻗어 나오면서, 뾰족구두 때문에 끝이 더욱 날렵해 보이는 우아한 각선미를 보여 준다. 반면에 오른쪽 다리에서는 그저 발목이 보일 뿐이다. 하지만 이 다리는 요염하게 들어 올려진 채 도발적인 넓적다리와 직각을 이루고 있다. 게다가 아마도 원뿔대 모양으로 생긴 에티오피아의 산들에서 불어오는 뜨거운 바람 탓이겠지만, 드레스가 그녀의 몸에 착 달라붙어 있어서, 예쁜 엉덩이의 윤곽과 다리 전체의 미끈한 맵시가 드러난다. 만화가가 이 장면을 그리면서 자기가 만들어 내고 있는 관능적인 효과를 의식하지 못했을 리는 없다. 그리고 그는 틀림없이 영화에 나오는 어떤 본보기들을 참고했을 것이다. 그게 아니라면, 플래시 고든의 여자들을 모델로 삼았을 수도 있다. 그녀들은 언제나 값비싼 보석이 박힌 몸에 꽉 끼는 드레스를 입고 있으니 말이다.

이 장면이 내가 살아오면서 본 것 가운데 가장 관능적인 이미지인가에 대해서는 분명하게 말할 수 없었다. 하지만 이것이 최초의 관능적인 이미지인 것은 분명했다(이것이 실린 〈코리에리노〉가 1936년 12월 20일에 나왔으니까 말이다). 당시 네 살이었던 내가 벌써 홍조나 경탄의 딸꾹질과 같은 신체적인 반응을 보였는지에 대해서도 분명하게 말할 수 없다. 하지만 나에게 이 이미지는 분명 〈영원히 여성적인 것〉[12]에 대한 최초의 계시였다. 그래서 이것을 보고 난 뒤에도 내가 이전과 다름없는 천진한 마음으로 어머니의 젖가슴에 머리를 기댈 수 있었을지 궁금하다.

길고 하늘하늘하며 속이 비칠 듯하고 몸의 곡선미를 두드러져 보이게 하는 드레스 밖으로 나온 다리. 만약 이것이 내가 경험한 원초적인 이미지들 가운데 하나였다면, 어떤 자국을 남기지 않았을까?

나는 이미 검토한 만화들을 다시 훑어보기 시작했다. 그러면서 혹시 어느 여백에 아주 작은 흠집이라도 있는지, 땀에

12 괴테의 『파우스트』 2부 마지막 행의 〈영원히 여성적인 것이 우리를 끌어 올린다〉에서 온 말.

왼쪽 상단부터, 『마지막 추장』, 『플래시 고든』, 『싱의 왕국에서』, 『비밀 요원 X-9』, 『플래시 고든』, 『플래시 고든』

젖은 손가락이 닿았던 희미한 흔적이나 구겨서 생긴 잔금이 남아 있는지, 페이지 위쪽 모서리에 귀접이 자국이 있는지, 손끝이 여러 번 닿기라도 한 듯 지면이 조금 마모된 자리는 없는지 찾아보았다.

그리하여 나는 여러 가지 의상의 슬릿을 통해 드러난 일련의 맨다리들을 찾아냈다. 몽고 행성의 여자들, 즉 데일 아덴과 독재자 밍의 딸 오라와 황궁의 잔치에서 흥을 돋우는 궁녀들의 옷에도, 비밀 요원 X-9와 마주치는 숙녀들의 야한 실내복에도, 나중에 복면 남자에게 패배를 당하게 되는 스카이 밴드의 사악한 여자들이 입은 튜닉에도 아귀가 트여 있었다. 『테리와 해적들』에 나오는 매력적인 드래곤 레이디의 검은 드레스도 물론 옆이 트여 있었다. 이탈리아 만화에 나오는 여자들은 무릎까지 내려오는 치마 아래에 커다란 코르크 굽이 달린 구두를 신은 차림으로 신비감이 전혀 느껴지지 않게 다리를 드러내고 있었던 터라, 나는 틀림없이 그 선정적인 여자들에 대해서 환상을 품었을 것이다. 〈난 뭐니 뭐니 해도 그녀들의 다리가 좋아……〉 하는 노래를 들으면서 말이다. 나에게 성적인 충동을 가장 먼저 일깨운 것은 어떤 여자들의 다리였을까? 어여쁜 견습 재봉사들과 자전거를 타고 다니는 본토박이 미녀들의 다리였을까? 아니면 다른 행성과 머나먼 대도시에 사는 여자들의 다리였을까? 짐작건대, 이웃집의 아가씨나 아줌마보다는 도달할 수 없는 미녀들이 내 마음을 더 많이 사로잡았을 것이다. 하지만 그것을 분명하게 말해 줄 사람이 누가 있겠는가?

설령 내가 이웃집 여자나 우리 집 근처의 공원에서 놀고 있던 소녀들을 보면서 환상을 품었다 해도, 그건 나만의 비밀로 남았을 것이다. 만화 출판계가 그런 비밀을 알았을 리도 없고, 그것에 관한 소식을 전했을 리도 없다.

만화 더미를 다 살펴보고 나서, 나는 일부 호가 빠진 채 모여 있는 『노벨라』라는 여성 잡지의 더미를 찾아냈다. 우리 어머니가 읽으셨던 것으로 보이는 이 잡지에는 장문의 사랑 이야기, 영국인 같은 느낌을 주는 늘씬한 숙녀들과 신사들이 나오는 약간의 삽화, 영화배우들의 사진 등이 실려 있었다. 모든 것이 무수한 색조의 갈색으로 되어 있었고, 본문의 글자들 역시 갈색이었다. 표지들은 매우 인상적인 클로즈업 사진으로 불멸의 존재가 된 미녀들의 갤러리였다. 그 미녀들 중의 하나를 보는 순간, 내 심장이 흡사 널름거리는 불꽃에 닿기라도 한 것처럼 오그라들었다. 나는 느닷없는 충동을 억누르지 못하고 그 얼굴 위로 고개를 숙여 그 입술에 내 입술을 갖다 댔다. 내가 몸으로 무언가를 느낀 것은 아니었다. 하지만 나는 1939년에도 남몰래 그런 행위를 했을 것이다. 그러면서 일곱 살 나이에 벌써 약간의 불안감을 느꼈던 게 분명하다. 그 얼굴은 누구를 닮았을까? 시빌라? 파올라? 〈담비를 안은 여인〉 반나? 아니면 잔니가 나를 놀리면서 말해 주었던 네 명의 여자 — 카바시, 런던 도서전에서 만난 미국 여자, 실바나, 나로 하여금 세 번이나 암스테르담에 가게 만든 네덜란드 미녀 — 를 닮았을까?

아마도 아닐 것이다. 십중팔구 나는 나를 매료시킨 그 많은 얼굴들을 통해서 나의 이상형을 만들어 냈다. 그래서 만약 내가 좋아했던 여자들의 얼굴을 한데 모아 놓고 볼 수 있

「노벨라」

다면, 그 얼굴들에서 원형이라 할 만한 어떤 프로필, 내가 끝
내 도달하지 못했지만 평생에 걸쳐 추구했던 어떤 이데아를
끌어낼 수 있을 것이다. 반나의 얼굴과 시빌라의 얼굴 사이
에 어떤 유사점이 있을까? 어쩌면 첫눈에 보아서 느껴지는
것보다 많은 유사점이 있을지도 모른다. 어쩌면 미소를 지을
때 장난기 어린 주름살이 잡히는 것이나 웃을 때 이를 드러
내는 방식, 머리를 쓸어 올리는 동작이 비슷할지도 모른다.

405

아니면 그저 손놀림이 비슷해서 두 사람이 닮은 것처럼 느껴질 수도 있고……

내가 입을 맞추었던 표지 속의 여자는 그녀들과 유형이 달랐다. 만약 내가 그 순간에 실제 그녀를 만났다면, 눈길 한 번 주지 않았을 것이다. 그건 사진이었다. 사진이란 언제나 시대에 뒤떨어진 느낌을 주고, 그린 사람의 의도가 뻔히 들여다보이는 초상화와는 달리 플라톤주의적인 경박성을 지니고 있지 않다. 내가 그 사진에 입을 맞춘 것은 사랑하는 대상의 이미지가 아니라 섹스의 도도한 힘에, 짙은 화장으로 강조된 입술의 노골적인 자태에 입을 맞춘 것이다. 그건 조마조마 마음을 졸이는 입맞춤이 아니라, 살의 존재를 인정하는 거친 방식의 입맞춤이었다. 나는 그 일화가 마치 어떤 꺼림칙하고 금지된 것이라도 되는 양 금세 잊어버렸을 것이다. 반면에 에티오피아의 젬미는 마음을 뒤흔들지만 사랑스러운 인물, 바라볼 수는 있으나 손으로 만질 수는 없는 머나먼 나라의 우아한 공주처럼 보였을 것이다.

그렇다면 나는 왜 어머니가 보시던 그 잡지들을 보관했을까? 짐작건대, 나는 고등학생쯤 되었을 무렵에 솔라라에 돌아와서, 그때에도 벌써 먼 과거처럼 느껴졌을 시간을 되살리려고 했을 것이고, 어린 시절의 잃어버린 자취를 되짚느라 청년기의 새벽을 바쳤으리라. 그렇다면 나에겐 이미 기억을 되찾으려고 애쓴 경험이 있었던 셈이다. 다만 그때는 그것이 하나의 놀이였고, 기억을 되살리는 데 도움을 주는 마들렌 과자들이 모두 내 손안에 있었다. 반면에 이제는 그것이 절망적인 도전이었다.

어쨌거나 〈예배당〉 탐사는 소득이 있었다. 내가 어떻게 육체에 눈떴는지, 육체가 어떤 식으로 나를 자유롭게 하거나 속박했는지에 관해서 무언가를 알게 되었으니 말이다. 이로써 내가 제복을 입고 행진하는 것에 속박되어 있지도 않았고, 수호천사들의 무성(無性) 제국에 매여 있지도 않았다는 사실이 분명해진 셈이었다.

하지만 고작 그것뿐이란 말인가? 예를 들어 나의 종교적인 감정을 놓고 보더라도, 다락에서 찾아낸 성탄 구유 장식 말고는 그것에 관한 실마리를 전혀 찾아내지 못했다. 한 아이가 설령 종교와 무관한 가정에서 자랐다 해도, 종교적 감정을 품지 않는다는 것은 내가 보기에 불가능했다. 또한 1943년부터 일어난 일을 밝혀 줄 만한 단서도 전혀 찾아내지 못했다. 어쩌면 나는 바로 그 1943년부터 1945년 사이에, 문을 막아 버린 〈예배당〉 안에 내 어린 시절의 가장 내밀한 증거들을 감춰 두기로 결심했는지도 모른다. 그 무렵에 벌써 내 어린 시절은 정겨운 추억 속으로 희미하게 사라져 가고 있었을 것이고, 나는 가장 어두운 시절의 소용돌이 속에서 철이 들고 어른의 세계로 들어가면서, 먼 훗날 성인이 되어 그리워하게 될 과거의 한 부분을 지하 묘소와도 같은 그곳에 고이 간직하기로 했을 수도 있다는 것이다.

치노와 프랑코의 모험담을 그린 많은 만화집 가운데서 나는 어떤 마지막 계시의 문턱에 와 있는 듯한 느낌을 갖게 하는 것을 마침내 찾아냈다. 표지가 알록달록한 그 만화집의 제목은 로아나 여왕의 신비한 불꽃이었다. 내가 다시 깨어난 뒤로 이따금 내 안에서 일었던 동요를 신비한 불꽃이라고 불렀던 이유가 바로 거기에 있었다. 솔라라 여행이 드디어 한

「로아나 여왕의 신비한 불꽃」

가지 의미를 띠게 되는 순간이었다.

　나는 만화책을 폈다. 내가 맞닥뜨린 것은 일찍이 인간 정신
이 지어낸 이야기 가운데 가장 따분한 것이었다. 그야말로 실
한 대목이라곤 어디에도 없는 엉터리 이야기였다. 사건들은
같은 방식으로 되풀이되고, 인물들은 까닭 없이 덜컥덜컥 사
랑에 빠지며, 치노와 프랑코는 로아나 여왕에게 얼마간 매료
되어 있으면서도 한편으로는 그녀를 사악한 존재로 여긴다.
　치노와 프랑코는 두 친구를 대동하고 중앙아프리카에 있
는 한 신비한 왕국에 다다른다. 이 왕국을 다스리는 여왕 역
시 신비롭다. 여왕은 더없이 신비로운 불꽃을 간수하고 있
다. 이 로아나 여왕이 2천 년 전부터 한결같이 아름다운 모습
으로 원시 부족을 다스리고 있는 것을 보면, 이 불꽃은 불로

408

장생, 나아가서는 영생까지도 가져다주는 모양이다.

로아나는 어떤 대목에 이르러서야 무대에 등장하는데, 그녀의 모습은 매력적이지도 않았고 내 마음을 뒤흔들지도 않았다. 그저 최근에 텔레비전에서 본 옛날 버라이어티 쇼의 패러디를 생각나게 할 뿐이었다. 이야기의 나머지 부분에 대해서 말하자면, 사건들이 매력도 심리적인 근거도 없이 극도로 엉성하게 전개되는 가운데, 로아나는 쓸데없이 알쏭달쏭한 모습으로 이리저리 왔다 갔다 하다가, 마침내 상사병 때문에 바닥 없는 심연으로 뛰어든다. 로아나가 원하는 것은 그저 치노와 프랑코가 데려온 한 친구와 결혼하는 것이다. 이 남자는 그녀가 2천 년 전에 사랑했던 어떤 왕자와 쌍둥이처럼 닮았다. 그녀의 매력을 거부한 죄로 그녀의 명령에 따라 살해되고 돌로 변해 버린 왕자와 말이다. 로아나는 신비한 불꽃을 이용해서 미라가 되어 버린 옛 애인에게 다시 생명을 줄 수도 있다. 그럼에도 굳이 그 왕자와 꼭 닮은 새로운 남자를 얻으려고 한다. 정말이지 알다가도 모를 일이다(무엇보다 이 남자는 옛날의 왕자와 마찬가지로 그녀를 원하지 않는다. 그녀의 여동생에게 첫눈에 반한 것이다).

성과 결혼에 대한 인물들의 태도를 놓고 보면, 이 만화는 내가 이미 본 다른 만화들과 별로 다르지 않았다. 요부이건 악마 같은 사내들이건(『플래시 고든』에서 데일 아덴에 대한 밍의 태도가 그러하듯이) 자기들의 욕정을 채우고 싶은 대상이 있어도 상대를 소유하거나 겁탈하거나 하렘에 가두거나 상대와 육체적으로 결합하려고 하지 않는다는 점에서 그러했다. 그 악당들이 원하는 것은 언제나 상대와 결혼하는 것이다. 이는 미국 원작자들의 프로테스탄트적인 위선에 기인한 것이거나 결혼과 출산 장려에 힘썼던 가톨릭 성향의 정부가 이탈리아 번역자들에게 강요한 과도한 성적 수치심에 기이한 것이 아닐까?

다시 로아나의 얘기로 돌아가서, 마지막으로 이러저러한 재앙이 이어지고 신비한 불꽃이 꺼짐에 따라, 우리 주인공들의 영생은 물거품이 되고 만다. 이제껏 질질 끌려온 결과가 고작 이것이란 말인가. 말미에서 그들이 불꽃을 잃고서도 아무렇지도 않은 태도를 보이기 때문에 더욱 그런 느낌이 든다. 그들은 불꽃을 찾아내기 위해서 그 온갖 소동을 일으키지 않았는가 말이다. 하지만 어쩌면 이것은 지면이 부족해서 생긴 일인지도 모른다. 작가는 어떤 식으로든 만화를 끝내야 하는 상황에 몰린 나머지, 자기가 어떻게 또는 왜 시작했는지를 잊고 말았을 것이다.

요컨대 지독하게 멍청한 이야기였다. 하지만 나에게는 이것이 늙은이로 태어나서 아기로 죽은 피피노 씨의 이야기와 같다는 것이 분명했다. 우리는 어릴 때 어떤 이야기를 읽고 나면, 기억 속에서 그것을 발전시키고 변화시키고 고상하게 만든다. 그러다가 나중에는 따분하기 짝이 없는 그 이야기를 신화의 수준으로 끌어올린다. 사실 잠들어 버린 내 기억을 꿈틀거리게 만든 것은 이야기 자체가 아니라 그 제목이었다. 〈신비한 불꽃〉이라는 말이 나를 매혹시킨 것이다. 로아나라는 아주 부드러운 이름에 대해서는 더 말할 것도 없다. 비록 만화에 실제로 나오는 그녀는 인도의 무희처럼 꾸민 변덕스런 멋쟁이일 뿐이지만 말이다. 나는 어린 시절 내내 — 어쩌면 그 뒤에도 — 어떤 이미지가 아니라 〈신비한 불꽃〉이라는 소리를 간직하고 가꾸면서 살았을 것이다. 그래서 로아나의 이야기는 잊었어도, 다른 데서 〈신비한 불꽃〉이라는 소리의 신령스러운 기운을 계속 좇았을 것이다. 그러다가 오랜 세월이 지나 사고로 기억에 문제가 생기자, 망각 속으로 사라진 희열들의 희미한 반향에 이름을 붙이기 위해 그 불꽃의 이름을 되살린 것이리라.

내 안에는 여전히 안개가 자욱했다. 이따금 어떤 제목의 메아리가 안개 속을 가로지를 뿐이었다.

나는 여기저기를 뒤지다가 세로가 가로보다 긴 클로스로 장정이 된 앨범 하나를 끄집어냈다. 펼쳐 보니 우표 수집 앨범이라는 것을 단박에 알 수 있었다. 분명히 내 수집품이었다. 첫머리에 내 이름과 수집을 시작한 해로 보이는 1943년이라는 연도가 적혀 있었다. 아주 잘 만들어진 우표첩이었다. 페이지를 붙였다 뗐다 할 수 있고, 우표들이 알파벳순에 따라 나라별로 정리되어 있는 품새로 보아, 전문가의 솜씨가 아닐까 하는 생각이 들 정도였다. 우표를 붙이는 방식은 작은 황산지를 경첩처럼 접어서 한쪽에 우표를 붙이고 다른 쪽을 앨범의 종이에 붙이는 이른바 힌지 방식이었다. 하지만 아마도 내가 우표 수집을 시작하면서 편지 봉투나 우편엽서에서 떼어 내어 모은 것으로 보이는 그 시절의 이탈리아 우표들은 거친 뒷면에 무언가가 붙어 있어서 유난히 두꺼워 보였다. 짐작건대, 초기에는 내가 우표들을 질이 나쁜 공책에다 고무풀로 붙인 모양이었다. 그러다가 어떻게 하는 것인지를 배우고 나서, 초보 시절에 모은 것들을 구해 보겠다고 노트 종이들을 물에 담근 것이 분명했다. 그런 식으로 해서 우표들이 떨어지기는 했지만, 내가 저지른 바보짓의 지울 수 없는 증거는 그대로 간직된 것이다.

내가 나중에 요령을 터득했다는 사실을 뒷받침해 주는 것이 하나 있었다. 우표첩 밑에 있던 1935년 판『이베르 에 텔리에 카탈로그』[13]라는 책이 바로 그것이었다. 이 우표 목록은 십중팔구 할아버지의 헌책들 속에 섞여 있었을 것이다. 1943년이라는 시점에서 보면 진지한 우표 수집가에게는 이미 쓸모가 없어진 목록이었을 것이 분명하다. 하지만 나에게는 아주 소중한 것이 되었을 것이다. 이것을 보면서 시세나 최근에 발행된 우표들에 관한 정보가 아니라, 목록을 만드는 방식과 기법을 배웠을 테니까 말이다.

나는 그 시절에 어디에서 우표를 구했을까? 할아버지가 나에게 당신이 모으신 것을 넘겨주셨을까? 아니면 오늘날 밀라노의 아르모라리 거리와 코르두시오 사이에 있는 노점들에서 하고 있는 것처럼, 그 시절에도 여러 종류의 우표를 골고루 봉투에 담아서 팔았을까? 만약 그랬다면, 나는 아마도 풋내기 수집가들에게만 우표를 파는 시내의 어떤 문구점에 얼마 되지도 않는 용돈을 모조리 갖다 바쳤을 것이다. 말하자면 내가 동화의 세계에서 온 것처럼 여겼던 그 우표들은 유통 화폐나 다름없었던 셈이다. 아니면 전시였던 그 시절에는 국제 교역뿐만 아니라 국내 교역도 부분적으로 봉쇄되어 있었기 때문에 생필품을 구하기는 어려웠겠지만, 우표 따위는 오히려 헐값에 살 수 있었을지도 모른다. 어떤 퇴직자가 버터나 닭고기나 구두를 사기 위해서 싼값에 내놓은 귀한 소

---

13 〈이베르 에 텔리에〉는 프랑스의 우표 판매 회사이자 우표 카탈로그 출판사이다. 1896년 세계 각국의 우표들을 모아 출간하기 시작한 이래 오늘날에도 세계적인 권위를 자랑하는 목록을 계속 발간하고 있다.

장품들이 시장에 돌아다니고 있었을 수도 있는 것이다.

어쨌거나 이 우표첩은 나에게 돈으로 환산되는 물건이기에 앞서, 몽환적인 이미지들을 담고 있는 그림책이었던 모양이다. 오래된 지도책들을 보던 때와는 다르게, 그림 하나하나를 볼 때마다 뜨거운 기운이 솟구치는 것을 느꼈으니 말이다. 나는 이 우표첩을 보면서 숱한 상상을 했을 것이다. 자줏빛 테가 둘린 어떤 우표에서는 독일령 동아프리카의 연청색 바다를 상상하고, 아라비아 융단풍의 선들이 얼키설키한 우표에서는 어두운 초록색을 배경으로 서 있는 바그다드의 집들을 보고, 암청색 바탕에 장밋빛 테가 둘린 우표에서는 버뮤다 제도의 군주인 조지 5세를 보며 경탄하고, 테라코타 색조의 우표에서 비자와르 스테이트의 파샤이거나 술탄이거나 라자일 법한 남자의 덥수룩한 수염을 보았을 때는 살가리 소설에 나오는 인도 제후 가운데 하나가 아닐까 하면서 홀딱 반하고, 영국 식민지 라부안 섬에서 온 완두콩 빛깔의 우표를 보면서는 살가리의 분위기에 흠뻑 젖었을 것이다. 그런가 하면 〈단치히〉라는 이름이 찍힌 포도주 색 우표를 다루고 있을 즈음에는 그 도시에서 시작된 전쟁에 관한 소식을 읽고 있었을지도 모르고, 영국의 보호령이었던 인도르 왕국의 우표에서는 〈*five rupees*〉라는 말을 읽었을 것이다. 또한 영국령 솔로몬 제도의 우표에서는 불그스름한 빛깔을 배경으로 두드러져 보이는 원주민들의 이상한 통나무배를 보면서 몽상에 빠졌으리라. 그 밖에도 나는 과테말라의 풍경과 라이베리아의 코뿔소, 파푸아의 커다란 우표(이 대목에서 알아차린 것이지만, 나라가 작을수록 우표는 컸다)를 꽉 채우고 있는 또 다른 통나무배 등을 놓고 상상의 날개를 펼쳤을 것이고, 자르베켄게비에트(자르 분지 지역)나 스와질란드가 어디에 있는지 궁금하게 여겼으리라.

우리가 접전 중인 두 군대 사이에 끼어 넘을 수 없는 장벽에 둘러싸인 신세가 되어 있던 그 시절에, 나는 우표를 통해서 광대한 세계를 여행했던 셈이다. 기차 운행마저 중단되는 바람에 솔라라에서 도시로 나가자면 그저 자전거를 이용할 수밖에 없었던 시절에, 나는 바티칸에서 푸에르토리코까지, 중국에서 안도라까지 날아다닌 것이다.

피지 섬에서 온 두 장의 우표를 보는 순간, 심계 항진이 또다시 엄습해 왔다. 그 우표들은 다른 것들보다 아름답지도 않고 추하지도 않았다. 하나는 원주민을 보여 주고 있었고, 다른 하나는 피지 섬의 지도를 담고 있었다(나는 그 이름을 어떻게 발음했을까?). 아마도 나는 이것들을 얻기 위해서 길고도 힘겨운 거래를 했을 것이고, 그래서 유난히 이것들을 좋아했을 것이다. 어쩌면 나는 피지 섬의 지도가 정확하게 그려져 있다는 사실에 놀랐을지도 모른다. 그 지도를 보면서 보물섬을 떠올렸을 수도 있다. 그리고 십중팔구는 바로 그 작은 직사각형들 덕분에 일찍이 한 번도 들어 본 적이 없는 섬나라의 이름을 비로소 알게 되었을 것이다. 언젠가 파올라에게서 이런 말을 들었던 듯하다. 예전에 내가 꼭 해보고 싶어 하던 일이 한 가지 있었다고 한다. 언젠가 피지 섬에 가보는 것이 바로 그 일이었다. 나는 여행사의 안내 책자들을 모아서 조사를 벌였다. 하지만 나는 여행을 계속 뒤로 미뤘다. 지구 반대편으로 떠나야 한다는 것, 그리고 한 달도 채 되지 않는 일정으로 거기에 가는 것은 의미가 없다는 것이 그 이

유였다.[14]

나는 두 장의 우표를 물끄러미 바라보다가, 나도 모르게 노래를 부르기 시작했다. 며칠 전에 들었던 「거기 카포카바나에서는」이라는 노래였다. 그러자 피페토리는 이름이 다시 생각났다. 피지 섬의 우표가 그 노래와는 무슨 관계가 있고, 그 이름, 피페토라는 바로 그 이름과는 또 무슨 관계가 있는 것일까?

내가 어떤 계시의 언저리에 다다랐다 싶을 때마다 절벽의 가장자리에서 발길을 멈춰야 한다는 것, 그것이 바로 솔라라의 미스터리였다. 내 발아래에는 언제나 짙은 안개에 가려 눈에 보이지 않는 깊은 구렁이 있었다. 마치 벼랑골 같아, 하고 나는 혼잣말을 했다. 벼랑골이 뭐지?

---

14 에코의 『문학 강의』에는 그의 소설 창작 과정을 이야기하는 아주 흥미로운 글 「나는 어떻게 소설을 쓰는가」가 실려 있다. 에코는 이 글에서 『전날의 섬』을 쓰기 위해 피지 섬을 여행했던 사실을 이야기하고 있다.

12. 이제 곧 화창한 날이 오리라

나는 벼랑골에 관해서 무언가 아는 게 없느냐고 아말리아에게 물었다. 그녀의 대답은 이러했다. 「당연히 알죠. 벼랑골······설마 뜬금없이 거기에 가겠다는 건 아니죠? 제발 그런 생각일랑 하지 마세요. 어려서 몸이 날랬을 때도 위험했는데, 이런 말을 해서 미안해지만 서방님은 이제 어린애가 아니잖아요. 자칫하다간 죽고 말걸요. 조심해요, 내가 파올라 여사한테 전화할 거예요, 알았죠?」

나는 그녀를 안심시켰다. 나는 그저 벼랑골이 무엇인지 알고 싶을 뿐이었다.

「벼랑골이 뭐냐고요? 서방님 방에 올라가서 창밖을 바라보기만 하면 돼요. 멀리 언덕이 보일 거예요. 꼭대기에 산마르티노가 올라앉아 있는 언덕 말이에요. 산마르티노는 작은 마을이죠. 주민이 기껏해야 백 명이나 될까요. 이런 말 해도 될지 모르지만, 그 사람들 하나같이 못됐어요. 거기엔 아주 높다란 종탑이 있어요. 아마 마을의 너비보다 종탑의 높이가 더 길걸요. 그런 것을 지어 놓고는 자기네가 안토니노 복자(福者)의 시신을 모시고 있노라고 계속 떠들어 대요. 그 시신

을 보면 말라비틀어진 캐러브 꼬투리가 생각나죠. 얼굴은 쇠
똥처럼 시커멓고 — 미안해요, 막말을 했네요 — 수의 밖으
로 삐죽이 나온 손가락들은 꼭 마른 나뭇가지 같아요. 그리
고 이건 하늘나라에 가신 아빠한테 들은 이야기인데요, 백
년 전에 그 마을 사람들이 이미 썩는 냄새를 풍기던 어떤 사
람의 송장을 땅에서 파내고는, 그 송장에다 무언가를 바른
다음에 유리관 속에 넣었대요. 순례자들을 끌어들여서 돈 좀
벌어 볼까 했던 거죠. 하지만 누가 그딴 걸 보러 가겠어요?
알다시피 순례자들을 끌어들이려면, 안토니노 복자를 성인
으로 만들어야죠. 이 고장에서조차 그는 성인 대접을 못 받
고 있어요. 그런데도 그 마을 사람들은 달력을 보면서 손가
락으로 아무 날짜나 찍은 다음에, 저희 멋대로 그날을 안토
니노 성인의 축일입네 한 거예요.」

「그건 그렇고 벼랑골은 뭐죠?」

「벼랑골 얘기를 하자면 이래요. 산마르티노로 올라가는 길
은 하나밖에 없어요. 오늘날에 자동차로 올라가자 해도 고생
깨나 해야 하는 가파른 오르막길이죠. 선량한 사람들이 모여
사는 여느 마을에는 길들이 언덕을 감아 올라가면서 굽이굽
이 돌다가 꼭대기에 다다르게 되어 있죠. 산마르티노로 올라
가는 길도 그런 식으로 나 있다면 좋을 텐데, 전혀 그렇지 않
아요! 꼭대기까지 거의 곧장 난 길이라서 올라가기가 그토록
힘든 거죠. 그런데 길이 왜 그렇게 났는지 알아요? 산마르티
노 언덕을 보면, 그 비탈길이 나 있는 쪽에는 나무도 있고 포
도밭도 좀 있죠. 그 마을 사람들이 거기에 가서 농사를 지을
수 있는 것은 비탈을 조금 깎아서 덜 가파르게 만들었기 때
문이에요. 그러지 않았다면 엉덩이를 땅바닥에 댄 채로 골짜

기 쪽으로 미끄러져 내리겠죠. 하지만 거기만 그렇지, 언덕의 다른 쪽들은 모두 마치 땅이 무너져 내린 것처럼 깎아지른 벼랑이에요. 가시덤불과 딸기나무와 돌멩이들이 뒤죽박죽으로 엉클어져 있어서 도저히 발을 들여놓을 수가 없는 곳이죠. 거기가 바로 벼랑골이에요. 아무것도 모르고 무작정 거기에 들어갔다가 목숨을 잃은 사람도 있어요. 여름에는 그래도 괜찮아요. 하지만 벼랑골에 안개가 낄 때면, 거기에 들어가서 돌아다니느니 밧줄 하나를 들고 다락방에 올라가서 들보에 목을 매고 죽는 게 나아요. 어차피 죽을 목숨이라면 더 험한 꼴을 보기 전에 스스로 목숨을 끊는 편이 낫지 않겠어요? 아무리 용기가 대단한 사람이라도 거기에서는 견딜 수가 없어요. 곧 마녀들을 만나게 될 테니까요.」

아말리아가 마녀 이야기를 꺼내는 것은 이번이 세 번째였다. 그런데 내가 마녀에 대해서 묻자, 전에도 그랬듯이 그녀는 대답을 얼버무리려고 하는 기색을 보였다. 경외심 때문에 그러는 것인지 아니면 정작 자신도 마녀가 무엇인지 몰라서 그러는 것인지 알 수가 없었다. 어쨌거나 그녀가 어렵게 말문을 열고 이야기해 준 바에 따르면, 그 마녀들은 겉으로 보기엔 혼자 사는 노파처럼 보이지만, 밤이 되면 가장 가파른 포도밭이나 벼랑골처럼 고약한 장소에 모여서, 검은 고양이나 염소나 독사를 거느린 채 사악한 주문을 외운다고 했다. 독약처럼 해로운 그 마녀들은 저희와 마주치는 모든 사람들에게 저주를 내리고 그들의 농사를 망쳐 버린다는 것이었다.

「한번은 한 마녀가 고양이로 둔갑한 뒤에, 우리 마을에 있는 어떤 집에 들어와서 아이를 데려갔어요. 그러자 이웃의 한 남자는 자기 아이도 마녀한테 빼앗길까 두려워서, 밤마다

도끼를 들고 요람을 지켰죠. 그러다가 어느 날 고양이가 들어오자, 도끼를 홱 내리쳐서 고양이의 한쪽 앞발을 싹둑 잘라 버렸어요. 그런데 문득 수상쩍은 생각이 들어서, 그리 멀지 않은 곳에 살고 있던 한 노파네 집에 갔어요. 남자가 보니까, 노파의 한쪽 손이 소매 밖으로 나와 있지 않더래요. 그래서 한쪽 손은 왜 그러고 있느냐고 물었죠. 노파는 잡초를 베다가 낫에 손을 다쳤다는 식으로 둘러댔어요. 그러나 남자가 어디 보자고 하면서 소매를 들춰 보니까, 노파의 손이 없었어요. 노파가 바로 고양이로 둔갑했던 마녀였던 거죠. 그래서 마을 사람들은 그 마녀를 잡아다가 불태워 죽였대요.」

「아니 그게 사실이에요?」

「사실인지 아닌지는 모르죠. 나도 할머니한테 들은 얘기니까. 하지만 그런 얘기를 종종 들려주신 할머니도 어떤 때는 마녀 얘기를 믿지 않는 듯했어요. 어느 날 할아버지가 외출했다가 돌아오시면서 〈마녀들이야, 마녀들이야〉 하고 소리를 치셨죠. 주막에서 술을 마시고 우산을 어깨에 걸친 채 돌아오는데, 누가 자꾸 우산 손잡이를 잡고 못 가게 하더라는 거예요. 하지만 할머니는 〈작작해요, 이 딱한 양반아, 정말 한심하기 짝이 없네. 곤드레만드레 취해 가지고는 길 양쪽으로 이리 비틀 저리 비틀 하다가 우산 손잡이가 나뭇가지에 걸린 거지 무슨 마녀야. 그게 마녀들이었다면 당신한테 뭇매를 놓았겠지〉 하시더라고요. 나는 그 온갖 얘기들이 사실인지 아닌지 모르겠어요. 한번은 이런 얘기도 들었어요. 산마르티노에 귀신을 부릴 줄 아는 신부가 있었대요. 신부들이 종종 그렇듯이 그 양반도 프리메이슨 단원이었던가 봐요. 게다가 이 신부는 마녀들과 사이가 좋았어요. 하지만 신자들은 성당에 헌금을 내면 한 해 동안 아무 탈이 없었어요. 그렇게 한 해가 가면 또 헌금을 내고 그랬대요.」

그런데 아말리아의 설명에 따르면, 벼랑골이 문제가 되었던 것은 내가 열두세 살 때 거기를 종종 갔기 때문이었다. 나와 비슷한 악동들과 패거리를 지어 산마르티노의 악동들과 패싸움을 벌일 때면, 기습 공격을 가하기 위해 벼랑골을 타고 올라갔다는 것이었다. 아말리아는 내가 거기로 가는 것을 볼 때마다 나를 번쩍 들어서 어깨에 둘러메고 집으로 데려왔다. 하지만 내가 미꾸라지처럼 약삭빨라서 아무도 내가 어느 구멍으로 빠져나갔는지 알지 못했다.

바로 그런 사정 때문에 내가 낭떠러지나 협곡 따위를 생각할 때마다 벼랑골이라는 말이 머릿속에 떠올랐을 것이다. 비록 이 경우에도 그저 단어가 생각났을 뿐이지만 말이다. 아침을 먹고 반나절쯤 지나서, 벼랑골을 잊고 다른 생각에 잠겨 있을 때, 마을에서 전화가 왔다. 나에게 등기 소포가 하나와 있다는 것이었다. 나는 소포를 가지러 내려갔다. 그것은 시빌라가 고서점에서 보낸 카탈로그의 교정쇄였다. 나는 내려간 김에 약국에 들러 혈압을 쟀다. 다시 170으로 올라가 있었다. 〈예배당〉에서 흥분된 시간을 보낸 탓이었다. 나는 그날 하루를 차분하게 보내기로 했다. 마침 교정쇄가 왔으니 조용히 앉아서 그것을 검토하면 좋겠다 싶었다. 하지만 바로 이 교정쇄 때문에 오히려 혈압이 180까지 올라갈 수도 있었다. 아닌 게 아니라 그 우려가 결국엔 현실로 나타나지 않았나 싶다.

하늘에 구름이 끼고 볕이 쨍쨍하지 않아서, 정원에 나앉아 있기가 아주 좋았다. 나는 기다란 접의자에 편하게 누워서 교정을 보기 시작했다. 레이아웃은 아직 완결되지 않았지만, 본문은 나무랄 데가 없었다. 우리는 가을 시즌에 잘 선별된 귀중본들을 시장에 내놓게 될 듯했다. 훌륭해, 시빌라.

목록에는 셰익스피어 전집도 들어 있었다. 나는 그렇고 그런 구판이겠거니 하면서 대충 넘어가려고 하다가, 제목에서 눈길을 멈췄다. *Mr. William Shakespeares Comedies, Histories, & Tragedies. Published according to the True Original Copies.* 금방이라도 심근 경색이 일어날 것만 같았다. 시인의 초상 아래에 출판인과 간행 날짜가 나와 있다. London, Printed by Isaac Iaggard and Ed. Blount. 1623. 나는 페이지 수와 판형의 치수(34.2에 22.6센티미터)를 확인했다. 나도 모르게 해적들의 욕설이 튀어나왔다. 함부르크의 벼락을 맞을, 번갯불에 천 번을 당할, 사카로아.[1] 그건 희귀하고도 희귀한 1623년 판 폴리오[2]였다.

고서적 상인들이라면 누구나, 내가 보기엔 수집가들도 마찬가지이겠지만, 이따금 아흔 살 먹은 노파에 관한 꿈을 꾼다. 바로 이런 꿈이다. 한쪽 발을 무덤에 걸치고 있는 파파 할머니가 있다. 돈이 한 푼도 없어서 약조차 사 먹을 수 없을 만큼 가련한 신세다. 어느 날 이 노파가 당신을 찾아와서 자기네 지하실에 남아 있는 증조부의 책들을 팔고 싶다고 말한

---

1 〈함부르크의 벼락을 맞을〉은 살가리의 소설 『검은 해적』에 나오는 함부르크 출신의 뱃사람 〈반 스틸러〉가 하는 욕설이고, 〈사카로아〉는 역시 살가리의 주인공 산도칸이 쓰는 말이다.
2 영어로는 보통 퍼스트 폴리오라고 하고, 우리나라에서는 〈이절판 초판본〉, 〈제1이절판〉 등으로 불린다.

다. 당신은 만전을 기하자는 생각에 헛걸음을 각오하고 거기에 가본다. 책들이 여남은 권 있는데 살펴보니 별로 가치가 없는 것들이다. 그때 장정이 허술한 커다란 폴리오 한 권이 문득 눈에 들어온다. 양피지로 된 표지는 낡을 대로 낡았고 등띠는 떨어져 나간 데다, 사철(絲綴)은 약해져 있고 모서리는 쥐에 쏠렸으며 물기가 묻었던 자국도 여러 군데 나 있는 책이다. 하지만 당신은 고딕체로 된 2단 지면을 보고 깜짝 놀라서, 한 단의 행수를 헤아린다. 42행이다. 그래서 얼른 간기(刊記)를 찾아 읽어 보니…… 바로 〈구텐베르크 42행 성서〉이다. 유럽에서 최초로 금속 활자를 사용해서 인쇄한 책이다. 시중에 나와 있던 이 책의 마지막 한 부(나머지 것들은 모두 유명한 도서관들에 전시되어 있다)는 최근에 뉴욕의 한 경매장에서 수백만 달러(수십억 리라)인가 얼만가 하는 가격에 낙찰되었다. 일본의 은행가들이 사들여서 곧바로 금고에다 고이 모셔 둔 모양이다. 이런 상황에서 또 한 부가 시장에 나온다면, 그야말로 부르는 게 값이 될 것이다. 당신은 상상을 초월하는 어마어마한 가격을 당신 마음대로 불러도 된다.

당신은 노파를 살펴보고 나서, 1천만 리라만 주면 노파가 행복해하리라는 것을 알아차린다. 하지만 양심에 찔려서 1억 또는 2억 리라를 준다. 그 정도면 노파가 여생을 편안하게 보낼 수 있는 돈이다. 그러고 나서 집에 돌아오니 손이 부들부들 떨린다. 당신은 어찌해야 좋을지 갈피를 잡지 못한다. 책을 팔기 위해서는 대규모 경매 회사들을 동원해야 하는데, 그러고 나면 수익의 상당 부분을 그 회사들이 가져갈 것이고, 당신 몫의 반은 세금으로 나가게 될 것이다. 그런 게 싫어서 그냥 소장하고 싶은 생각도 들지만, 이 경우에는 아무에게도 책을 보여 줄 수가 없을 것이다. 소문이 퍼지면 세계 곳곳에서 도둑들이 당신네 집으로 몰려들 테니까 말이다. 다른 수집가들에게 자랑하면서 그들을 샘이 나서 죽을 지경으로 만들 수 없다면, 그토록 경이로운 물건을 소장한들 무슨 즐거움이 있겠는가. 보험을 들겠다는 생각은 아예 하지 않는 게 좋다. 보험료가 얼마인지 알게 되면 기절하고 말 테니까 말이다. 그렇다면 어떻게 해야 하는가? 밀라노 시청에 관리를 맡기는 방법도 생각해 볼 수 있지 않을까? 가령 스포르차 성관 같은 곳의 한 전시실에 방탄유리로 된 진열창을 마련해서 거기에 책을 넣어 두고, 고릴라 같은 무장 경비원 네 사람이 밤낮으로 지키게 하는 방법 말이다. 그러면 당신은 〈당신의〉 책을 보고 싶을 때마다 거기에 가면 된다. 다만 세상에서 가장 희귀한 책을 가까이에서 보고 싶어서 모여든 할 일 없는 사람들의 무리에 섞여서 봐야 한다. 그럴 때 당신은 어떻게 하겠는가? 팔꿈치로 옆 사람을 툭툭 치면서, 저 책의 주인은 바로 나요 하고 말할 텐가? 그런들 무슨 소용이 있을까?

그렇게 이도 저도 마땅치가 않을 때, 당신은 구텐베르크 성서가 아니라, 셰익스피어의 퍼스트 폴리오를 생각하게 된다. 가치로 보면 수십억 리라가 빠지겠지만, 이 책은 수집가들에게만 알려져 있기 때문에 소장하기도 더 쉽고 팔기도 더 쉬울 것이다. 셰익스피어의 퍼스트 폴리오, 이는 모든 애서가들이 두 번째로 꿈꾸는 책이다.

시빌라가 이 책의 가격을 얼마로 매겼을까? 애개개, 나는 너무 놀라서 입을 다물 수가 없었다. 1백만 리라, 그건 여느 허접스러운 책에나 어울리는 가격이었다. 자기 수중에 엄청난 보물이 있다는 사실을 그녀가 알아차리지 못한 것일까? 그건 있을 수 없는 일이었다. 이 책은 언제 우리 가게에 들어왔을까? 그녀는 왜 이 책에 대해서 일언반구도 하지 않았을까? 이건 해고감이야, 해고감, 하고 나는 성이 나서 중얼거렸다.

나는 시빌라에게 전화를 걸어서, 카탈로그 85번 항목이 무엇인지 알고 있느냐고 물었다. 그녀는 뜻하지 않은 질문에 얼떨떨해하는 듯했다. 「그건 17세기 책이에요. 상태도 별로 좋지 않고요. 어쨌거나 아주 다행스럽게도 그 책은 이미 팔렸어요. 교정쇄를 보내 드린 직후에 팔았죠. 겨우 2만 리라밖에 안 깎아 줬어요. 이젠 그 책을 목록에서 삭제해야 해요. 좋은 물건들을 가지고 있다는 것을 보여 주기 위해, 일부러 목록에 남겨 두고 그 위에다가 〈팔렸음〉이라고 써넣을 수도 있겠지만, 이건 그럴 만한 책도 아니잖아요.」 그녀를 산 채로 잡아먹어도 속이 시원치 않을 판이었는데, 그녀가 갑자기 깔깔거리며 말했다. 「흥분하시면 안 돼요. 혈압을 생각하셔야죠.」

그건 농담이었다. 그녀는 내가 교정쇄를 주의 깊게 읽는지, 그리고 교양과 관련된 나의 기억이 건재한지를 알아보려고 일부러 그 항목을 끼워 넣은 것이었다. 그녀는 아이처럼 깔깔거렸다. 자기의 장난이 자랑스러운 모양이었다(어찌 보면, 이것은 우리 수집광들 사이에 널리 알려진 몇몇 장난들과 닮은 점이 있다. 어떤 카탈로그들은 그런 장난 때문에 그 자체로 수집 대상이 되기도 했다. 존재할 수도 없고 존재하지도 않는 책들을 목록에 끼워 넣음으로써 전문가들조차 깜짝 속아 넘어가게 했으니까 말이다).

「그건 대학생들이나 하는 장난이야.」 말은 아직 그렇게 하고 있었지만, 내 마음은 이제 누그러져 있었다. 「두고 봐, 그 대가를 치르게 될 테니. 하지만 나머지 항목들은 완벽해. 교정쇄를 도로 보낼 필요가 없겠어. 수정할 게 없거든. 그냥 이 대로 해. 수고했어.」

나는 긴장을 풀었다. 사람들은 미처 생각을 못 하고 있지만, 나와 같은 처지에 놓여 있는 사람에게는 천진난만한 농담 하나가 최후의 일격이 될 수도 있는 것이다.

시빌라와 통화를 하는 사이에, 하늘은 납빛으로 변해 있었다. 천둥비가 한바탕 되게 몰아칠 기세였다. 빛이 그렇게 약하니 〈예배당〉에는 갈 필요도 없고 가고 싶은 마음도 일지 않았다. 그래도 다락에는 천창으로 아직 빛이 비쳐 들고 있어서, 적어도 한 시간 정도는 거기에서 보낼 수가 있었다. 나는 탐색 작업을 계속 벌였다.

보람이 있었다. 커다란 골판지 상자 하나를 또 찾아낸 것이다. 아무 표시도 없는 것으로 보아 삼촌 내외가 아무 거나 대충 담아서 꾸려 놓은 상자 같았다. 안에는 화보 잡지들이 가득 들어 있었다. 나는 그것들을 아래로 가지고 내려와서, 마치 치과 병원의 대기실에서 사람들이 그러는 것처럼, 건성건성 넘겨 보기 시작했다.

나는 몇몇 영화 잡지에서 숱한 배우들이 나오는 스틸 사진들을 보았다. 주종을 이루는 것은 물론 이탈리아 영화들이었다. 보아하니 그 시대에는 영화계 역시 태연자약한 정신 분열 증상에 빠져 있었던 모양이다. 한쪽에는 「알카사르 포위전」이나 「조종사 루차노 세라」 같은 정치 선전용 영화들이 있었고, 다른 쪽에는 턱시도를 입은 신사들과 씀씀이가 헤픈 하얀 실내복 차림의 여자들과 사치스런 가구와 야한 침대 곁의 하얀 전화기 — 짐작건대 전화기들이 아직 한결같이 검고

426

프레드 애스테어와 진저 로저스　　　　　　　엘사 메를리니

벽에 붙어 있던 시절에 — 가 나오는 영화들이 있었다.

이탈리아 것만큼 많지는 않았지만, 외국 영화에서 골라낸 사진들도 있었다. 나는 스웨덴 출신의 여배우들인 사라 레안데르와 「황금 도시」에 나오는 크리스티나 쇠데르바움의 육감적인 얼굴을 보는 순간, 내 안에서 아주 희미한 불꽃이 일렁이는 것을 느꼈다.

미국 영화의 스틸도 적지 않았다. 잠자리처럼 춤추는 프레드 애스테어와 진저 로저스도 있었고, 「역마차」의 존 웨인도 있었다. 나는 그 사진들을 보면서 레코드플레이어를 다시 틀었다. 그러고는 노래가 거기에서 나온다는 것을 짐짓 무시하고 그 시절의 라디오를 듣고 있다고 여겼다. 나는 할아버지의 음반들 중에서 나에게 무언가를 암시하는 것들을 골라내어 레코드플레이어에 걸었다. 세상에, 프레드 애스테어가 진저 로저스와 춤추고 키스하던 무렵에, 피포 바르치차와 그의 관현악단이 연주한 경음악들은 내가 아는 것들이었다. 이는 그 음악들이 모두를 위한 음악 교육의 일부였음을 말해 주는 것이었다. 그것들은 비록 이탈리아풍으로 편곡한 것이긴 하지만 재즈 음악이었다. 「세레니타」는 「무드 인디고」를 편곡한 것이었고, 「콘 스틸레」는 바로 「인 더 무드」였으며, 「산루이지(어떤 성인을 말하는 것일까? 프랑스 왕 루이 9세일까 아니면 루이지 곤자가일까?)[3]의 슬픔」은 다름 아닌 「세인트루이스 블루스」였다. 그 노래들에는 모두 가사가 없었다. 다만 「산루이지의 슬픔」에는 어설픈 가사가 있었다. 음악이 너무나 미국적이어서, 그것이 어디에서 오는지를 숨기려고 한 듯했다.

요컨대, 나는 재즈와 존 웨인과 〈예배당〉의 만화들 사이에서, 한편으로는 영국인들을 저주하고 「밀로의 비너스」를 더럽히는 미국의 더러운 검둥이들로부터 나 자신을 지켜야 한다는 것을 배우면서, 그리고 다른 한편으로는 대서양 건너편에서 오는 메시지들에 귀를 기울이면서 보낸 셈이다.

그 상자의 밑바닥에서 나는 할아버지 앞으로 온 편지들과 우편엽서들의 묶음도 찾아냈다. 나는 잠시 망설였다. 개인적인 비밀을 들추는 것이 불경하다는 느낌이 들었다. 그러다가 다시 생각해 보니, 할아버지는 결국 수신인이었고 편지나 엽서를 쓴 사람들까지 내가 존중할 필요는 없겠다 싶었다.

나는 서신들을 훑어보기 시작했다. 무언가 대단한 것을 찾아내리라는 기대는 없었다. 그런데 그게 아니었다. 할아버지가 신뢰하던 친구들로 보이는 발신인들은 답장을 보내면서, 할아버지가 편지에서 말한 어떤 것들에 관해서 암시를 하고 있었다. 할아버지의 면모를 더 분명히 짐작할 수 있게 하는 서신들이었다. 나는 할아버지가 어떤 생각을 하셨는지, 할아

3 미국의 도시 이름 세인트루이스를 굳이 이탈리아 식으로 산루이지로 옮겼을 때의 혼동을 가볍게 꼬집은 것.

버지가 가까이 어울리셨거나 멀리서 신중하게 친분을 가꿔 오셨던 친구들은 어떤 부류였는지 알아 가기 시작했다.

하지만 할아버지의 〈정치적 면모〉를 재구성할 수 있게 된 것은 그 작은 유리병을 보고 난 뒤의 일이었다. 물론 그것을 보고 나서도 시간이 좀 걸리기는 했다. 아말리아의 이야기를 조심스럽게 받아들여야 했기 때문이다. 그래도 편지들이 있어서 한결 나았다. 그것들을 통해서 할아버지의 생각이 분명하게 밝혀지고, 그분이 지나오신 인생 역정의 몇몇 자취가 드러났기 때문이다. 1943년에 한 발신인은 할아버지의 편지를 받고 그 기름 사건의 결말을 알게 되자, 그 쾌거를 두고 할아버지를 칭찬하고 있었다.

얘기인즉슨, 이러하다. 그날 나는 책상과 그 안쪽의 책꽂이들을 마주한 채 창가에 기대어 서 있었다. 그때 내 눈길이 정면에 있던 책꽂이의 맨 위 칸에 닿았다. 나는 거기에 작은 병 하나가 있다는 사실을 처음으로 알아차렸다. 길이가 10센티미터쯤 되는 어두운 빛깔의 유리병이었는데, 옛날 약병이나 향수병과 생김새가 비슷했다.

나는 호기심을 느끼며 의자에 올라가서 그 병을 집어냈다. 나사 식으로 된 병마개는 단단하게 조여져 있었고, 예전에 밀랍으로 봉했던 붉은 자국이 남아 있었다. 나는 병을 빛에 비춰 보기도 하고, 흔들어 보기도 했다. 이젠 아무것도 들어 있지 않은 듯했다. 어렵사리 마개를 열어 속을 들여다보니, 짙은 빛깔의 작은 반점들이 눈에 띄었다. 병목으로 아직 냄새가 빠져나오고 있었다. 어떤 부패물이 수십 년 전부터 말라 온 듯한 매우 역겨운 냄새였다.

나는 아말리아를 불러서, 그 유리병에 관해 무언가 아는 것이 있느냐고 물었다. 아말리아는 하늘을 올려다보며 두 팔을 들어 올리더니, 소리 내어 웃기 시작했다. 「세상에, 아주까리기름이잖아, 그게 아직도 여기에 있었네!」

「아주까리기름? 그건 설사가 나게 하는 약이잖아요……」

「그렇다마다요! 옛날엔 아이들에게도 이걸 먹였어요. 서방님도 어렸을 때 가끔 먹었죠. 하지만 그저 배 속이 막힌 것을 뚫어 주기 위해서라면 찻숟가락 하나 정도만 먹어야 해요. 그런 다음에 곧바로 설탕을 큰 숟가락으로 두 술쯤 털어 넣어서 아주까리기름 맛이 가시게 해야죠. 하지만 그 사람들은 할아버님에게 그보다 훨씬 많이 먹였어요. 이것으로 한 병 정도가 아니라, 적어도 세 배는 되었대요!」

아말리아는 뜻밖의 사실을 알려 주는 것으로 이야기를 시작했다. 나의 할아버지가 신문을 팔고 있다는 말을 자기 아버지에게서 자주 들었다는 것이었다. 아니, 신문이 아니라 책을 파셨지 하고 내가 말했지만, 아말리아는 고집스럽다 싶을 만큼 할아버지가 책을 팔기 전에는 신문을 파셨다고 주장했다. 그러고 나서야 나는 오해가 어디에서 비롯되었는지를 알아차렸다. 그 고장에서는 신문 파는 사람들을 아직도 〈주르날리스타〉[4]라고 부른다. 그래서 아말리아가 〈주르날리스타〉라고 말했을 때, 나는 이 말을 신문 파는 사람이라는 뜻으로 해석했다. 하지만 그녀는 사투리를 쓴 것이 아니라, 자기가 들은 말을 그대로 되풀이한 것이었다. 알고 보니 할아버지는 정말로 신문에 기사를 쓰던 기자였다.

할아버지가 받으신 편지들에도 그런 정보들이 나와 있었

---

4 표준어로 〈신문 파는 사람〉은 조르날라이오, 〈기자〉는 조르날리스타.

다. 그것들을 종합해 보면, 할아버지는 1922년까지 기자로 활동하셨고, 그 신문은 사회주의 성향을 지닌 일간지이거나 주간지였다. 로마 행군과 무솔리니의 권력 장악이 임박해 있던 그즈음에, 파시스트 행동 대원[5]들은 곤봉을 들고 돌아다니면서 반대파들의 등을 후려치고 있었다. 그러다가 정말로 벌을 주고 싶은 사람을 만나면, 그들은 비뚤어진 생각을 다비워 내라는 뜻으로 아주까리기름을 푸지게 마시도록 강요했다. 그 양은 약으로 먹을 때처럼 찻숟가락 한 술 정도가 아니라 적어도 4분의 1리터였다. 그러던 차에 할아버지가 일하시던 신문사에 파쇼 행동 대원들이 난입했다. 할아버지가 1880년쯤에 태어나셨다니까, 1922년이면 줄잡아도 마흔을 넘기셨을 때였다. 그에 반해서 행동 대원들은 새파란 망나니들이었다. 그들은 활판 인쇄기를 포함해서 모든 것을 닥치는 대로 부수고, 집기들을 창밖으로 내던졌다. 그러고는 현장에 있던 편집자 두 사람을 붙잡아 아주까리기름을 마시게 한 다음, 신문사 출입문에 널빤지 두 장을 대고 못질을 한 뒤에야 떠나갔다.

「얌보 서방님, 이거 알아요? 어떤 가엾은 양반이 그 사람들 때문에 억지로 그걸 마셨다면 어떤 일이 벌어질까요? 자기 발로 집에 돌아오는 것까지는 그럭저럭 할 수도 있어요. 하지만 그 뒤로 며칠 동안 어디를 들락날락거리는지는 말하

---

5 베니토 무솔리니의 군사 조직은 세 단계의 변화를 거쳤다. 먼저 1919년 당시의 정권에 불만을 품은 재향 군인들을 중심으로 파시스트 행동대 *squadre d'azione*가 조직되었다. 로마 행군이라는 실력 행사를 통해 무솔리니가 권력을 장악한 1922년에 이 행동대는 〈국가 보위 의용군〉으로 재조직되었고, 북부 이탈리아에 나치스 괴뢰 정권인 이탈리아 사회 공화국이 들어선 1943년에는 다시 〈공화국 수비군〉으로 재편되었다.

지 않아도 알겠죠? 그건 정말 뭐라고 말할 수 없는 모욕이었어요. 사람을 그런 식으로 다루면 안 되죠.」

밀라노의 한 친구가 할아버지에게 보낸 편지에서 조언하는 내용으로 미루어 보면, 그 일을 계기로 (몇 달 뒤에 파시스트들이 승리하리라는 것을 예상하고) 할아버지는 신문사 일과 적극적인 사회 활동을 그만두기로 결심하고, 작은 헌책방을 내셨다. 그 뒤로 20년 동안 할아버지는 조용하게 사셨다. 어쩌다 정치 얘기를 하시더라도 그저 믿을 수 있는 친구들과 이야기를 나누거나 편지를 주고받는 게 고작이었다.

하지만 할아버지는 그자를 한시도 잊은 적이 없었다. 공범자들이 당신의 코를 막고 있는 동안, 당신의 입 안에 아주까리기름을 직접 부어 넣었던 그자를 말이다.

「그자는 메를로[6]라는 사내였어요. 할아버님은 그자의 소식을 줄곧 들으셨고, 20년 동안 그자의 행방을 놓치신 적이 없어요.」

아닌 게 아니라, 할아버지는 편지들을 통해서 메를로의 행적에 관한 정보를 얻고 계셨다. 그자는 파시스트 행동대를 통합한 국가 보위 의용군에서 백인대장[7]의 지위에 올랐고, 보급 업무를 맡아 일하면서 떡고물을 좀 챙겼는지, 시골에 별장을 한 채 마련했다.

「미안해요, 아말리아, 아주까리기름 얘기는 알아들었어요. 하지만 이 유리병에는 뭐가 들어 있었던 거죠?」

6 이 이름에는 두 가지가 합의가 있는 듯하다. 우선 메를로는 검은지빠귀(영어로 *blackbird*)를 가리킨다. 자연스럽게 파쇼 군대 〈검은 셔츠〉를 연상시킨다. 그런가 하면 메를로는 〈어리석고 순진한 사람〉을 가리키는 말이기도 하다.

7 파시스트 군대의 편제는 고대 로마 시대의 방식을 따라, 백인부대 *centuria*, 6백인부대 *coorte*, 군단 *legione* 하는 식으로 되어 있었다.

「얌보 서방님, 내 입으로 차마 말을 못 하겠어요. 어디 여간 추잡스러워야 말이죠……..」

「말해야 돼요, 아말리아. 그래야 내가 이 사건을 이해하죠. 애 좀 써봐요.」

그러자 아말리아는 정말이지 내가 부탁하니까 얘기하는 거라면서 설명을 시도했다. 할아버지는 녹초가 되어서 집에 돌아오셨지만, 기개를 잃지는 않으셨다. 처음에 두 차례쯤 설사를 하실 때는, 정신이 하나도 없어서 무엇을 어떻게 해야 할지 생각하실 겨를이 없었다. 그러다가 세 번짼가 네 번째로 설사를 하실 때, 그것을 요강에 받기로 결심하셨다. 그리하여 아말리아 말대로 〈하제를 먹었을 때 나오는 거시기〉가 아주까리기름과 뒤섞인 채 요강에 고였다. 할아버지는 할머니의 장미 향수가 담긴 작은 유리병 하나를 비우고 깨끗하게 씻은 다음, 기름과 뒤섞인 거시기를 옮겨 담으셨다. 그리고는 마개를 돌려서 막고 밀랍으로 단단히 봉하셨다. 마치 포도주를 보관할 때처럼 그 액체가 증발하는 것을 막고 특유의 향기가 온전히 보전되도록 하기 위함이었다.

할아버지는 그 유리병을 시내에 있던 집에 보관하시다가, 우리 가족이 솔라라로 피난을 온 뒤에는 당신의 서재로 옮겨놓으셨다. 아말리아의 아버지 마술루는 그분이 당하신 일을 알고 있었고 그분과 똑같은 생각을 하고 있었던 모양이다. 아말리아가 엿보거나 엿들은 바에 따르면, 그는 서재에 들어갈 때마다 유리병을 한 번 흘낏 보고 나서 할아버지를 바라보았고, 그러면 할아버지는 손바닥이 아래쪽으로 가게 손을 내밀고 있다가 손목을 홱 돌려 손바닥이 위를 향하게 하는 동작을 보이면서 으르는 듯한 어조로 〈사스 지라……〉라고 말씀하셨다. 이는 표준말로 〈세 시 지라(일이 잘 돌아가면)〉 즉, 〈언젠가 사정이 달라지면〉이라는 뜻이었다. 그리고 특히 마지막 시기에는 이렇게 대답하기도 하셨다. 「여보게 마술루, 일이 잘 돌아가고 있어, 잘 돌아가고 있다고. 그 사람들이 벌써 시칠리아에 상륙했다네……」

그러다가 마침내 1943년 7월 25일이 왔다. 전날 저녁 전국 파시스트당의 대평의회는 마지막 회의를 열어 무솔리니에 대한 불신임을 결의했고, 국왕은 그를 해임했다. 그리고 두 헌병이 그를 긴급 호송차에 태워 어딘가로 데려갔다. 파시즘의 종언이었다. 나는 할아버지가 모아 놓으신 신문들을 보면서 그 순간들을 되살려 볼 수 있었다. 1면의 전면에 걸친 머리기사 제목들이 한 체제의 붕괴를 웅변하고 있었다.

무엇보다 흥미로운 것은 그다음 며칠간의 신문들을 보는 일이었다. 신문들은 〈두체〉의 동상을 대좌에서 쓰러뜨리거나 공공건물의 정면에서 파쇼의 표지를 파내는 군중이며, 평복을 입은 채 모습을 드러내지 않고 있는 파쇼 체제의 지도자들에 관한 소식을 의기양양하게 보도하고 있었다. 7월 24일까지만 해도 〈두체〉를 중심으로 단결한 이탈리아 국민의 장려한 위풍을 역설하던 일간지들이 7월 30일에는 파쇼 의회의 해산과 정치범들의 석방에 환호하고 있었다. 신문사의 경영자가 하루아침에 바뀐 것은 사실이었지만, 편집국은 예전과 거의 똑같은 사람들로 구성되어 있었을 것이다. 그렇다면 그들은 새로운 상황에 재빨리 적응하고 있는 셈이었다. 아니면 그들 가운데 다수가 몇 해 동안 분노를 억누르고 있다가 비로소 멋진 복수를 하면서 만족감을 느끼는 것일 수도 있었다.

CORRIERE DELLA SERA

Le dimissioni di Mussolini Badoglio Capo del Governo

UN PROCLAMA DEL SOVRANO

Il Re assume il comando delle Forze Armate - Badoglio agli Italiani: "Si serrino le file intorno a Sua Maestà vivente immagine della Patria,,

L'annunzio alla Nazione

Sua Maestà il Re e Imperatore ha accettato le dimissioni dalla carica di Capo del Governo, Primo Ministro segretario di Stato, presentate da Sua Eccellenza il cavaliere Benito Mussolini ed ha nominato Capo del Governo, Primo Ministro segretario di Stato Sua Eccellenza il cavaliere Maresciallo d'Italia Pietro Badoglio. (Stefani)

La parola di Vittorio Emanuele

Sua Maestà il Re e Imperatore ha rivolto agli Italiani il seguente proclama:

ITALIANI,

Assumo da oggi il comando di tutte le Forze Armate.

Nell'ora solenne che incombe sui destini della Patria ognuno riprenda il suo posto di dovere, di fede e di combattimento: nessuna deviazione deve essere tollerata, nessuna recriminazione può essere consentita.

Ogni italiano si inchini dinanzi alle gravi ferite che hanno lacerato il sacro suolo della Patria.

L'Italia, per il valore delle sue Forze Armate, per la decisa volontà di tutti i cittadini, ritroverà nel rispetto delle istituzioni che ne hanno sempre confortata l'ascesa, la via della riscossa.

ITALIANI,

Sono oggi più che mai indissolubilmente unito a voi dalla incrollabile fede nell'immortalità della Patria.

Firmato: VITTORIO EMANUELE.

Controfirmato: BADOGLIO.

Roma, il 25 luglio 1943.

Precisa e chiara consegna

Sua Eccellenza il Maresciallo d'Italia Pietro Badoglio ha rivolto agli Italiani il seguente proclama:

ITALIANI,

Per ordine di Sua Maestà il Re e Imperatore assumo il Governo militare del Paese, con pieni poteri.

La guerra continua. L'Italia, duramente colpita nelle sue provincie invase, nelle sue città distrutte, mantiene fede alla parola data, gelosa custode delle sue millenarie tradizioni.

Si serrino le file attorno a Sua Maestà il Re e Imperatore, immagine vivente della Patria, esempio per tutti.

La consegna ricevuta è chiara e precisa: sarà scrupolosamente eseguita, e chiunque si illuda di poterne intralciare il normale svolgimento, o tenti turbare l'ordine pubblico, sarà inesorabilmente colpito.

Viva l'Italia. Viva il Re.

Firmato: Maresciallo d'Italia PIETRO BADOGLIO.

Roma, 25 luglio 1943.

VIVA L'ITALIA

Manifestazioni a Roma

La folla al canto dell'inno di Mameli si riversa sotto il Quirinale

Soldato del Sabotino e del Piave

L'esultanza di Milano

「코리에레 델라 세라」 1943년 7월 26일자

이는 할아버지가 기다려 온 시간이기도 했다. 「오냐, 일이 제대로 돌아갔구나.」 할아버지의 그 간결한 말을 듣자마자, 마술루는 일에 착수해야 한다는 것을 알아차렸다. 그는 현장에서 자기를 도와줄 두 젊은이, 스티불루와 지조를 불렀다. 두 사람 모두 체격이 좋았으며, 얼굴은 햇볕과 바르베라 포도주 때문에 불그죽죽하고, 근육이 울뚝불뚝했다. 특히 지조는 누구네 마차가 도랑에 빠졌다는 소리를 들으면 한걸음에 달려가 맨손으로 꺼낼 줄 만큼 힘이 장사였다. 마술루는 그들을 풀어 이웃 마을들에서 탐문을 벌이게 했다. 그러는 사이에 할아버지는 도시에 사는 친구들에게서 정보를 얻기 위해 공중전화가 있는 솔라라에 내려가셨다.

7월 30일, 드디어 메를로의 소재가 파악되었다. 그의 시골 별장 또는 농장은 솔라라에서 그리 멀지 않은 바시나스코에 있었고, 그는 남의 눈을 피해 거기에서 숨어 지내는 중이었다. 그는 거물이었던 적이 없던 터라 남들이 자기를 잊어 주리라고 기대했을 수도 있다.

할아버지는 작전을 이렇게 설명하셨다. 「8월 2일에 거기로 가자. 21년 전 그자가 나에게 아주까리기름을 먹인 날이 바로 8월 2일이었거든. 시간은 저녁 먹은 뒤가 좋겠어. 더위가 수그러드는 때이기도 하고, 메를로가 배불리 먹은 뒤라서 놈의 소화를 도와주기에도 딱 좋은 때니까.」

그들은 해거름에 마차를 타고 바시나스코로 출발했다.

메를로의 집에 도착해서 문을 두드리자, 그가 체크무늬 냅킨을 아직 옷깃에 꽂은 채로 나와서 문을 열었다. 그쪽에서 누구시냐고 묻자, 이쪽에서는 당신 누구 아니냐고 되물었다.

당연히 메를로는 할아버지의 얼굴을 전혀 기억하지 못했다. 그들은 그를 떼밀고 들어갔다. 스티불루와 지조는 그의 두 팔을 등 뒤로 돌려 단단히 그러쥔 채 의자에 앉혔다. 마술루는 엄지손가락과 집게손가락으로 그의 코를 막았다. 그들의 손가락들은 20리터짜리 커다란 유리병의 아가리라도 막을 수 있을 만큼 크고 두툼했다.

할아버지는 차분하게 21년 전에 있었던 일을 그자에게 다시 일깨워 주셨다. 그러는 동안 메를로는 고개를 가로저었다. 마치 그건 한낱 실수였고, 자기는 정치에 전혀 관심이 없었노라고 말하려는 듯했다. 할아버지는 설명을 마치면서, 메를로 패거리가 당신의 목구멍에 아주까리기름을 부어 넣기 전에 무슨 짓을 했는지 상기시키셨다. 그들은 할아버지의 코를 막은 채 매질을 하면서 〈알랄라〉[8] 소리를 내라고 강요했다는 것이었다. 하지만 할아버지는 폭력을 싫어하는 분이라서 그런 것 때문에 몽둥이를 사용하고 싶어 하지 않으셨다. 「그러니 메를로 자네가 고분고분 협력할 생각이라면, 당장 그 〈알랄라〉 소리를 내는 게 좋을걸. 그러면 보기 거북한 장면들을 피할 수 있을 거야.」 그러자 메를로는 콧소리를 과도하게 내면서 〈알랄라〉를 외쳤다. 따지고 보면 그건 그가 파시스트 노릇을 하면서 배운 몇 안 되는 것들 가운데 하나였다.

그러고 나서 할아버지는 유리병을 그의 입속에 집어넣고 내용물을 모두 삼키게 하셨다. 아주까리기름에 배설물이 용해되어 있는 그것은 적당한 온도에서 숙성시킨 1922년산 원산지 명칭 표기 검정 용액이었다.

8 파시스트 당가의 후렴구 〈에야, 에야, 알랄라〉.

그들이 나가자, 메를로는 타일 바닥에 무릎을 꿇고 앉아서 토악질을 하려고 애썼다. 하지만 그들이 너무 오래 코를 막고 있었던 터라, 이미 용액이 위장 바닥까지 내려가 있었다.

　그날 밤 할아버지는 아주 환한 얼굴로 돌아오셨다. 아말리아는 일찍이 할아버지가 그토록 즐거워하시는 것을 본 적이 없었다. 메를로는 그 일을 겪고 무척이나 겁에 질렸던 듯하다. 9월 8일에 국왕이 바돌리오를 시켜 휴전 협정을 체결하고 독일군을 피해 연합군 점령 지역인 남부의 브린디시로 정부를 옮긴 뒤에도, 그리고 무솔리니가 독일군의 도움으로 석방되고 파시스트들이 돌아온 뒤에도, 그는 이탈리아 사회 공화국에 가담하지 않고 집에 머물면서 채소밭을 가꾸었다 ─ 아말리아 말마따나, 이번에는 그가 죽은 목숨이나 다름없는 불쌍한 처지가 된 것이었다. 아말리아는 그자가 앙갚음을 하고 싶어도 할 수 없었으리라고 했다. 설령 자기가 당한 일을 파시스트들에게 고자질하고 싶었다 해도, 그날 저녁에 너무 겁을 먹었던 터라 자기 집에 들어왔던 사람들의 얼굴을 기억하지 못했으리라는 것이었다. 「게다가 그자 때문에 아주까리기름을 마신 사람이 얼마나 많겠어요? 내가 보기에 그들 가운데 몇 사람은 할아버님처럼 오랫동안 그자를 정탐했을 거예요. 그러니 거시기가 녹아 있는 아주까리기름을 어디 한 병만 마셨겠어요? 내가 실없는 소리를 하는 사람이 아니니까 내 말을 믿어도 돼요. 그런 일들을 당하고 나면 정치 따위에는 신물을 내게 마련이죠.」

　할아버지는 바로 이런 분이셨다. 이 사건은 밑줄이 그어진 신문들과 〈라디오 런던〉의 청취 기록에 얽힌 사연을 설명해 주고 있었다. 할아버지는 세상이 바뀌기를 기다리셨던 것이다.

내가 찾아낸 7월 27일자의 어떤 신문에서는 기민당과 행동당, 공산당, 프롤레타리아 통일 이탈리아 사회당, 자유당 등이 파쇼 체제의 종언에[']환호하면서 한목소리로 경하의 메시지를 보내고 있었다. 만약 그 시절에 내가 그것을 보았다면 — 틀림없이 보았을 것이다 — 정당들이 난데없이 모습을 드러낸 것의 의미를 금방 알아차렸을 것이다. 그것은 정당들이 예전에도 어딘가에 은밀하게 존재하고 있었다는 것을 보여 주는 증거였다. 어쩌면 나는 민주주의가 무엇인가 하는 것을 그런 식으로 이해하기 시작하지 않았을까?

할아버지는 살로 공화국[9]의 간행물도 보관해 놓으셨다. 그중 하나인 『알레산드리아 인민』(세상에! 에즈라 파운드도 여기에 글을 쓰고 있었다!)에는 국왕을 신랄하게 풍자하는 만화들이 실려 있었다. 파시스트들이 국왕을 증오했던 것은 국왕이 무솔리니를 체포하도록 명령했을 뿐만 아니라 휴전을 요청하고 남부로 도망가서 가증스런 영미 사람들과 한통속이 되었기 때문이다. 국왕을 따라간 움베르토 왕자 역시 격렬한 증오의 대상이었다. 이 만화들은 두 인물이 먼지 구름을 뭉게뭉게 일으키며 끊임없이 도망 다니는 모습을 보여 주고 있었다. 〈발발이 감베타〉라는 별명이 붙은 국왕은 난쟁이에 가까울 만큼 키가 작았고,[10] 〈후계자 스텔라사〉라는 별명

9 1943년 9월 23일부터 1945년 4월 27일 무솔리니가 동고에서 빨치산들에게 체포될 때까지 존속되었던 이탈리아 사회 공화국. 이것을 흔히 살로 공화국이라고 부르는 것은 이 정권의 행정 중심지가 가르다 호수 근처의 작은 도시 살로였기 때문이다.

10 1900년부터 1946년 5월까지 이탈리아 왕으로 재임했던 비토리오 에마누엘레 3세에게는 〈샤볼레타(작은 군도)〉라는 별명이 있었다. 키가 너무 작아서(153센티미터) 보통의 군도가 땅에 끌리는 것을 피하기 위해 특별히 짧게 제작된 군도를 차고 다녔기 때문이라고 한다.

이 붙은 왕자는 장대처럼 껑충한 모습이었다. 파올라가 말하기를, 나는 언제나 왕당파가 아니라 공화파였다고 한다. 보아하니 나는 왕정을 거부하라는 가르침을 파시스트들에게서 처음으로 받은 모양이다. 국왕을 에티오피아의 황제로 만든 바로 그들에게서 말이다. 섭리란 참으로 묘한 것이다.

나는 할아버지가 나중에 아주까리기름 사건을 나에게 이야기해 주셨는지 아말리아에게 물어보았다. 「아무렴요! 이튿날 바로 이야기해 주셨어요. 그만큼 기분이 좋으셨던 거죠. 할아버님은 서방님이 잠에서 깨어나자마자, 서방님 침대에 걸터앉아서 그 이야기를 처음부터 끝까지 다 들려주셨어요. 우리에게 유리병을 보여 주시면서 말이에요.」

「내 반응은 어땠나요?」

「서방님이 어떻게 나왔냐고요? 그때 모습이 바로 어제 일처럼 눈에 선해요. 서방님은 박수를 치면서 이렇게 소리쳤어요. 브라보, 할아버지는 구돈보다 훌륭해요.」

「구돈이요? 그게 뭐였더라?」

「낸들 아나요? 아무튼 나는 그렇게 들었어요. 틀림없어요. 그 소리가 지금도 귀에 쟁쟁하다니까요.」

그건 구돈이 아니라 고든이었다. 나는 할아버지의 행위를 몽고 행성의 전제 군주 밍에 맞서는 플래시 고든의 반란과 연결시켜서 찬양한 것이었다.

13. 예쁘고 창백한 소녀

나는 할아버지의 모험담을 들으면서 내가 읽은 만화를 떠올리며 열광했다. 그런데 〈예배당〉에 모아 놓은 만화들 중에 1943년 중반에서 종전 무렵 사이에 나온 것들은 전혀 없었다. 단지 1945년에 내가 미군들을 통해 수집한 것으로 보이는 만화들이 있을 뿐이었다. 어쩌면 그 시기에는 만화가 출간되지 않았거나 솔라라에 만화가 들어오지 않았을지도 모른다. 아니면 휴전 협정이 맺어진 1943년 9월 8일 이후에는 빨치산과 검은 여단이 번갈아 출몰하고 불법 유인물이 나도는 와중에서 만화 속의 이야기보다 기이하고 비현실적인 사건들을 구경하느라 만화를 잊고 살았을 수도 있다. 그것도 아니라면, 이제는 너무 자라서 만화만 보고 있을 수 없다고 느끼면서 『몬테크리스토 백작』이나 『삼총사』 같은, 만화보다 짜릿한 소설을 읽는 단계로 넘어간 것일 수도 있다.

어쨌거나 솔라라는 아직까지 진정으로 나에게만 속한 어떤 것을 되돌려 주지 않았다. 나는 내가 어린 시절에 무엇을 읽었는지 알아냈다. 하지만 그건 나 아닌 다른 사람들도 숱하게 읽은 것들이었다. 〈깨지지 않는 유리잔〉 이야기와 할아버지의 멋진 일화(하지만 나와 무관한 사건)를 제외하면, 나의 고고학적 탐사는 고작 그것으로 귀결되고 있었다. 나는 나 자신의 어린 시절이 아니라, 한 세대의 어린 시절을 다시 경험한 것이었다.

따지고 보면 이제껏 나에게 가장 분명한 것들을 이야기해준 것은 노래들이라는 생각이 들었다. 나는 할아버지 서재로 가서 손길이 닿는 대로 아무 음반이나 집어 레코드플레이어에 걸었다. 내 라디오를 다시 작동시킨 것이었다. 첫 번째 노래는 공습이 한창이던 때에 나온 그 발랄한 사랑 노래들 가운데 하나였다.

어제저녁, 거리를 걷다가 겪은 일이야.
웬 젊은 남자가 미치광이처럼
다짜고짜 나한테 말을 걸었어.
그가 권하는 대로 멀리 떨어진 카페에 가서 앉았지.
그러자 남자는 이상한 어조로
이런 이야기를 하기 시작했어.
제가 아는 아가씨가 있는데요,
머리털이 금빛으로 빛나는 여자예요.
하지만 사랑하는 내 마음을 전할 수가 없어요.
우리 할머니 카롤리나의 말로는
옛날에 할머니를 사랑했던 남자들은
이런 식으로 말했대요.
키스하고 싶어요,
당신의 검은 머리에

당신의 입술에
당신의 참한 눈에.
하지만 저는 말을 못 하겠어요.
저의 사랑스런 보배는
머리털이 금빛으로 빛나기 때문이죠!

　더 오래된 것으로 보이는 두 번째 노래는 분위기가 사뭇
애상적이었다. 옛날에 우리 어머니를 울렸을 법한 노래였다.

5층 맞은편에 참한 그 애가 살았어,
예쁘고 창백한 소녀였지.
나폴리를 떠난 지 스무 해가 되었지만
난 아직도 밤마다 나폴리 꿈을 꿔.

……내 아들 녀석이
내가 공부하던 오래된 라틴어 책에서
뭔가를 찾아냈는데, 그게 뭐냐면, 팬지 꽃……
왜 내 눈에서 눈물이 반짝이지?
누가, 과연 누가, 그 까닭을 알까……

　내 사랑은 어떠했을까? 〈예배당〉의 만화들은 내가 성애에
눈떴음을 말해 주고 있었다. 하지만 내가 사랑을 알았을까?
파올라가 내 인생의 첫 여자였을까?
　이상하게도 〈예배당〉에는 13세에서 18세에 이르는 내 인
생의 시기와 관련된 물건이 전혀 없었다. 그 5년 동안에도 예
전과 다름없이 이 집에 자주 와서 머물렀는데 말이다.

그런 생각을 하고 있는데, 한 가지 퍼뜩 떠오르는 것이 있었다. 책꽂이에 올려놓지 않고 제단에 기대어 놓은 종이 상자 세 개를 언뜻 보았다는 생각이 든 것이었다. 나는 내 수집품들의 다채로운 매력에 사로잡힌 나머지, 그것들에는 별로 관심을 두지 않았다. 하지만 어쩌면 뒤져 볼 가치가 있을지도 모를 일이었다.

　　첫 번째 상자에는 내 어린 시절의 사진들이 가득 들어 있었다. 나는 무언가 새로운 사실을 알게 되지 않을까 기대했지만, 그런 것은 전혀 없었다. 단지 어떤 종교적인 감정이 뭉클 솟아나는 것을 느꼈을 뿐이었다. 병원에서 찍은 부모님 사진과 서재에서 찍은 할아버지 사진을 보고 나서, 나는 내 사진들을 알아보았다. 옷차림으로 보아 나이는 서로 달랐지만, 사진들 속의 소년이 나라는 것을 알 수 있었다. 그리고 같이 찍은 어머니의 치마 길이를 보면, 더 오래된 사진인지 나중에 찍은 사진인지도 가늠할 수 있었다. 챙이 넓은 모자를 쓴 채 돌멩이에 달팽이를 올려놓고 장난을 치는 사내아이는 분명 나였다. 그런가 하면 내 손을 꼭 잡고 있는 여자 아이는 분명 아다였다. 아다와 나는 주로 흰옷을 입는 아이들이었다. 첫 영성체 때나 견진 성사 때의 복장을 보면, 내 옷은 연미복에 가까웠고, 아다의 옷은 웨딩드레스와 비슷했다. 나는 발릴라 소년단원들의 행렬에 끼어 오른쪽 두 번째 자리에서 작은 구식 소총을 가슴에 착 붙인 채 한 발을 앞으로 내밀고 있기도 했고, 조금 더 나이가 든 모습으로 미국의 흑인 병사 옆에 서 있기도 했다. 보통 사람의 치아보다 두 배나 큰 이를 모두 드러내며 환하게 웃고 있는 그 병사는 아마도 내가 최초로 만난 해방군일 터이고, 나는 그와 함께 이탈리아의 해방을 영원히 기념한 것이었다.

내 마음을 진정으로 감동시킨 사진은 하나뿐이었다. 스냅 사진을 확대한 것이라서 조금 흐릿하게 보이기는 했지만, 그것은 한 사내아이와 그보다 어린 계집아이를 찍은 사진이었다. 남자 아이는 조금 쑥스러워하면서 여자 아이 쪽으로 몸을 기울이고 있었고, 여자 아이는 하얀 구두의 뒤꿈치를 들어 올리고 남자 아이의 목에 팔을 두른 채 뺨에 뽀뽀를 하고 있었다. 아다가 사진기 앞에서 억지로 포즈를 취하는 것에 싫증을 내며 자발적으로 나에게 누이의 애정을 베풀어 주자, 엄마와 아빠가 그 순간을 놓치지 않고 우리를 찍은 모양이었다.

나는 사진 속의 사내아이가 나이고 계집아이가 아다라는 것을 알고 있었다. 정말 마음을 짠하게 만드는 사진이 아닐

445

수 없었다.[1] 하지만 나는 마치 영화의 한 장면을 보듯이 그것을 보았다. 내가 느낀 것은 형제애나 남매애의 예술적 표현을 마주할 때 느끼는 구경꾼의 감동이었다. 또한 그것은 밀레의 「만종」, 프란체스코 아예의 「키스」, 또는 오필리아가 황수선화며 수련이며 아스포델과 더불어 물에 떠 있는 모습을 그린 라파엘전(前)파의 그림 앞에서 느끼는 찡한 감동과도 비슷했다.

아스포델? 그것이 정말 그림 속에 있었던가? 내가 그 꽃에 대해서 무얼 알고 있지? 또다시 이미지가 아니라 단어가 힘을 발휘하고 있었다. 사람들은 우리 대뇌가 두 개의 반구로 이루어져 있으며, 왼쪽 반구는 이성적인 사고와 언어 기능을 관장하고 오른쪽 반구는 감정과 시각 기능을 주관하고 있다고 말한다. 나의 경우에는 그 우반구가 마비된 것이 아닐까? 그건 아니었다. 나는 그렇게 기진맥진해서 쓰러질 정도로 무언가를 찾고 있었으니까 말이다. 추구란 하나의 정열이다. 복수처럼 차갑게 식혀서 먹는 음식[2]이 아닌 것이다.

나는 내가 알지 못하는 사람에 대한 그리움을 불러일으키는 그 사진들을 치워 놓고, 두 번째 상자로 넘어갔다.

이 상자에는 성상(聖像) 카드가 들어 있었다. 돈 보스코의 제자였던 도메니코 사비오[3]의 모습이 담긴 카드가 많았는데,

<hr />

1 2005년 6월 20일 〈아메리칸 유니버시티 라디오〉의 다이애너 렘과 가진 인터뷰에서 에코는 이것이 자신과 누이의 사진이라고 밝혔다.
2 복수를 하려면 때를 기다려야 한다는 뜻의 속담 〈복수란 차갑게 식혀서 먹는 음식〉은 유럽에 널리 퍼져 있는 속담이다.
3 도메니코 사비오는 1842년에 피에몬테 지방에서 태어나 1857년 열다섯 살의 어린 나이에 세상을 떠난 성인이다. 그가 성인품에 오른 것은 어린 신앙인

화가들은 이 소년의 열렬한 신앙심을 보여 주기 위해 마치 온종일 몸을 구부린 채 기도에만 열중했던 사람처럼 무릎 아래가 축 늘어진 구깃구깃한 바지 차림으로 그를 묘사하고 있었다. 그다음에는 가톨릭 기도서처럼 검은색으로 장정하고 단면이 붉은색으로 되어 있는 자그마한 책이 나왔다. 바로 돈 보스코의 『사려 깊은 젊은이』였다. 1847년 판이었는데 보관 상태는 별로 좋지 않았다. 누가 나에게 그런 고본을 넘겨주었는지 모를 일이었다. 책의 내용은 교훈적인 이야기들에다가 성가와 기도문을 모아 덧붙여 놓은 것이었는데, 순결을 미덕 중의 미덕으로 권장하는 것들이 많았다.

이 상자에 담긴 다른 소책자들 역시 순결을 열렬히 권장하고, 나쁜 볼거리와 수상쩍은 친구들과 위험한 책들을 멀리하라고 가르치고 있었다. 십계명 가운데 가장 중요한 것은 음란한 행위를 하지 말라는 여섯 번째 계명[4]인 듯했다. 많은 가르침이 자신의 몸을 정결치 못한 방식으로 다루지 말라는 것과 아주 분명하게 연결되어 있었다. 심지어는 잠잘 때 아랫배가 매트리스에 눌리지 않도록, 등을 대고 반듯하게 누운

의 본보기로 간주되었기 때문이다. 이탈리아 가톨릭계의 많은 학교가 그를 수호성인으로 선택했다. 『푸코의 진자』 56장에서 주인공 벨보는 어린 시절의 트럼펫 얘기를 하면서 바로 이 도메니코 사비오를 언급하고 있다.

4 십계명의 구분은 가톨릭교회와 개신교 사이에 약간의 차이가 있다. 성 아우구스티누스의 방식을 따르고 있는 가톨릭에서는 개신교의 첫째 계명(나 이외의 하느님을 섬기지 말라)과 둘째 계명(우상을 섬기지 말라)을 하나로 합쳐 〈하나이신 하느님을 흠숭하라〉를 첫째 계명으로 삼는 대신, 개신교의 열 번째 계명(네 이웃의 물건을 탐내지 말라)를 〈남의 아내를 탐내지 말라〉와 〈남의 재물을 탐내지 말라〉로 나눠 놓고 있다. 에코가 여섯 번째 계명이라고 한 것은 물론 가톨릭의 여섯째 계명 〈간음하지 말라*Non commettere adulterio*〉를 가리키는 것인데, 에코는 이것을 〈음란한 행위를 하지 말라*Non commettere atti impuri*〉라는 더 넓은 뜻으로 말하고 있다.

채 깍지 낀 두 손을 가슴에 얹고 자라는 조언을 하기까지 했다. 이성과 접촉하지 말라는 권고는 드물었다. 이성 교제의 개연성이 높지 않았고 엄격한 사회 관습이 그것을 막고 있었기 때문이 아닌가 싶었다. 주된 적은 자위행위였다. 하지만 그 말이 직접 사용되는 경우는 드물었고, 조심스럽게 에둘러서 말하기가 일쑤였다. 어떤 작은 교본에 나온 설명에 따르면, 자위를 하는 동물은 물고기밖에 없었다. 십중팔구는 물고기들의 체외 수정을 염두에 두고 하는 말일 터였다. 많은 종류의 물고기들이 정자와 난자를 물속에 방출하여 수정이 이루어지게 하는 것은 사실이지만, 그 가엾은 것들이 적절치 못하게 어항 속에서 교접을 하는 죄를 범하지 않는 것은 바로 그 때문이 아니겠는가. 자위를 잘하기로 말하자면 원숭이들을 빼놓을 수 없는데, 그에 관해서는 아무런 언급이 없었다. 동성애에 관해서도 아무런 말이 없었다. 마치 어떤 신학생이 내 몸에 손을 대도록 허용하는 것은 죄가 되지 않는다는 듯한 태도였다.

나는 돈 도메니코 필라가 쓴 『어린 순교자들』의 매우 낡은 고본도 찾아냈다. 이것은 신앙심이 돈독한 젊은 남녀의 이야기다. 그들은 사탄 숭배에 빠져 든 반교회적인 프리메이슨 단원들에게 더없이 끔찍한 고문을 당한다. 고문자들은 우리의 신성한 종교에 대한 증오심 때문에 두 젊은이를 죄악의 쾌락에 입문시키려고 한다. 하지만 죄악의 뒤끝이 좋을 리가 없다. 프리메이슨 단원들을 위해 「신성모독의 상(像)」을 조각했던 조각가 브루노 케루비니는 어느 날 밤, 방탕한 삶을 함께 즐겼던 친구 볼팡고 카우프만의 출현으로 잠에서 깨어

Dinanzi a lui era comparso uno spaventoso fantasma avvolto in un ampio lenzuolo.

「어린 순교자들」

난다. 일찍이 두 사람은 마지막으로 음란한 짓을 벌이던 날, 한 가지 계약을 맺은 바 있다. 누구든 먼저 세상을 떠나는 사람은 반드시 친구 앞에 유령으로 나타나서 저승에 무엇이 있는지를 말해 주기로 한 것이다. 볼팡고는 바로 그 약속을 지키기 위해 사후에 타르타로스의 안개 속에서 빠져나온 것이다. 그는 수의를 두른 차림이며, 악마적인 신사 같은 얼굴로 두 눈을 휘둥그렇게 뜨고 있다. 그의 몸에서는 으스스한 인광이 번득인다. 이 유령은 자기가 누구인지를 밝히고 나서 알려 준다. 「지옥은 정말로 존재해. 내가 있는 곳이 바로 거기야!」 그런 다음 브루노에게 손으로 만질 수 있는 증거를 원한다면 오른손을 내밀어 보라고 한다. 조각가가 시키는 대로 하자, 유령은 손에 땀 한 방울을 떨어뜨린다. 땀방울은 마치 녹은 납처럼 손을 관통한다.

『사려 깊은 젊은이』와 소책자들의 간행 날짜가 있다 해도 그것을 보고 무언가를 알아낼 수는 없었다. 내가 그것들을 어떤 시기에 읽었다고 단정할 만한 근거가 없기 때문이었다. 따라서 내가 신앙생활에 충실했던 것이 전쟁 말기의 일이었는지 나중에 도시로 돌아간 뒤의 일이었는지는 확실치 않았다. 나의 신앙심은 어디에서 연유한 것일까? 전시에 벌어진 사건들에 대한 반작용이었을까? 사춘기의 폭풍에 맞서기 위한 하나의 방편이었을까? 아니면 잇따라 환멸을 겪고 난 뒤에 교회의 따뜻한 품에 안긴 것일까?

내 삶의 진정한 단편이라고 할 만한 것들은 세 번째 상자에 들어 있었다. 맨 위에 올려져 있는 것은 1947년에서 1948년 사이에 나온 몇 권의 『라디오 통신』이었는데, 일부 프로그램에 표시가 되어 있고 메모도 적혀 있었다. 글씨체를 보건대 분명 내가 쓴 것이었다. 따라서 그 페이지들은 내가 유독 듣고 싶어 했던 것이 무언인지를 말해 주고 있는 셈이었다. 시(詩)에 할애된 심야의 몇몇 프로그램을 제외하면, 내가 밑줄을 그어 놓은 것들은 실내악이나 콘서트와 관련된 프로그램이었다. 이것들은 새벽이나 오후나 심야의 프로그램들 사이에 마치 막간처럼 짤막하게 들어가 있었다. 대개는 에튀드 세 곡에 녹턴 한 곡 정도를 들려주는 식이었고, 어쩌다 운이 좋을 때는 소나타 한 곡을 통째로 들려주기도 했다. 한마디로, 열성 팬들을 겨냥하고 청취율이 낮은 시간대에 편성한 프로그램들이었다. 그렇다면 나는 전쟁이 끝나고 도시로 돌아간 뒤에, 라디오로 클래식 음악을 들을 수 있는 기회를 노리게 되었고, 다른 식구들에게 방해가 되지 않도록 음량을 최소한으로 줄여 놓은 채 방송에 귀를 잔뜩 기울이면서 조금씩 중독자가 되어 간 것이다. 할아버지는 클래식 음반들도 가지고 계셨지만, 그 음반들은 바로 나의 새로운 열정을 격려하시기 위해 나중에 사신 것들이 아닐까? 음반들이 생기기 전에는 내가 원하는 음악을 라디오로 들을 수밖에 없었을 것이다. 나는 그 흔치 않은 기회를 놓치지 않기 위해 며칠 전부터 프로그램을 점찍어 놓고 기다렸을 것이다. 그러다가 마침내 시간이 되어 라디오가 있는 주방으로 갔는데, 다른 사람들 때문에 아무 소리도 들을 수 없을 때면 내가 얼마나 속상하고 분했을까? 주방에서 빈둥거리는 다른 식구들이며 물건을 배달하러 온 수다스러운 장사꾼들이며 파스타 반죽을 주무르거나 밀대로 펴는 여자들이 얼마나 원망스러웠겠는가?

내가 가장 두드러지게 밑줄을 그어 놓은 작곡가는 쇼팽이었다. 나는 그 상자를 할아버지 서재로 가져간 다음, 레코드 플레이어를 틀고 〈텔레풍켄〉 라디오의 채널 눈금판에도 불이 들어오게 해놓았다. 그러고는 「소나타 B플랫 단조, 작품 35」를 들으며, 나의 마지막 탐색을 시작했다.

『라디오 통신』 밑에는 고교 시절에 해당하는 1947년에서 1950년 사이의 공책들이 있었다. 짐작건대 우리 철학 선생님은 정말 훌륭한 분이었던 모양이다. 철학에 관해서 내가 알고 있는 것 대부분이 바로 거기, 내 공책들 속에 들어 있었으니 말이다. 그다음에 나온 것은 몇 장의 그림과 만화 습작, 내가 학교 친구들에게 들려주었던 우스갯소리들, 그리고 선생님들을 한복판에 두고 모든 학생들이 서너 줄로 늘어서서 찍은 졸업 사진이었다. 사진 속의 얼굴들을 찬찬히 들여다보았지만 아무것도 떠오르는 게 없었다. 나 자신을 알아보는 것조차 쉬운 일이 아니었다. 나는 그 시절의 나에게 추페티노 식 앞머리의 흔적이 아직 남아 있었으리라고 보고, 머리 모양이 그것과 다른 학생들을 하나씩 제해 가면서 나를 찾아냈다.

학교 공책들 사이에 또 다른 공책 한 권이 섞여 있었다. 첫장에는 1948년의 날짜가 적혀 있었지만, 뒤로 가면서 글씨체가 계속 달라지는 것으로 보아, 그 뒤로 3년에 걸쳐서 쓴 글들을 담고 있는 듯했다. 이 글들은 시였다.

아주 형편없는 작품들이라서 내가 쓴 것으로 볼 수밖에 없었다. 그야말로 청소년기의 여드름 같은 시들이었다. 내가 알기로, 사춘기에서 성년기로 넘어가는 단계인 열여섯 무렵에는 누구나 시를 쓴다. 어디에서 읽었는지 기억나지 않지만, 시인은 진짜와 가짜의 두 부류로 나뉜다고 한다. 진짜 시인은 어느 시점에서 자신의 보잘것없는 시들을 파기하고 아프리카로 무기를 팔러 가는 사람이며, 가짜 시인은 졸작을 출간하고 죽을 때까지 계속 시를 쓰는 사람이다.[5]

시단의 실상은 그 말과 다를 수도 있지만, 내 시들이 졸작인 것은 분명했다. 도발적인 재능이 엿보인다는 점에서 끔찍하거나 혐오스럽지는 않았지만, 비장하다 싶을 만큼 속이 빤했다. 솔라라에 돌아와서 알아낸 것이 고작 내가 엉터리 시인이었다는 사실이란 말인가? 그나마 내가 자랑스럽게 여길 만한 것이 있다면, 그 같잖은 시들을 종이 상자에 담아 문을 막아 버린 〈예배당〉에 감춰 두고, 다른 사람들이 쓴 책들을 수집하는 데 열중했다는 점이다. 열여덟 살 무렵의 나는 기막히게 냉철하고, 아슬아슬하게 공정했던 것이 분명하다.

하지만 그 시들을 완전히 파기하지 않고 무덤 속 같은 곳에나마 간직한 것을 보면, 사춘기의 여드름이 사라진 뒤에도 내가 그것들에 애착을 가졌던 게 아닌가 싶다. 아마도 그것들을 내 삶의 증거로 여기고 남겨 두지 않았을까? 어떤 사람들은 자기들 배 속에서 촌충을 밀어내는 데 성공하면 그것의 머리를 알코올 용액에 보관한다고 하고, 또 어떤 사람들은 자기들 몸에서 제거해 낸 결석을 같은 방식으로 보관한다고 한다.

---

5 『푸코의 진자』 118장에서 벨보의 시골집을 찾아간 카소봉이 벽장에서 벨보가 사춘기에 쓴 시를 찾아내고 난 뒤에 하는 말. 〈사춘기에는 모두가 시를 쓴다. 진짜 시인은 장성하면 그것을 파기하고, 가짜 시인은 그것을 출간한다.〉(이윤기 역) 한편, 아프리카로 무기를 팔러 간다는 것은 21세에 시작을 중단하고 유럽, 아프리카, 미국 등지를 방랑하며, 무기 거래를 비롯한 여러 가지 직업을 전전했던 프랑스의 천재 시인 아르튀르 랭보를 염두에 두고 한 말이다.

초기의 시들은 스케치 같은 것들이었고, 처음 시를 쓰는 사람들이 으레 그러는 것처럼 자연의 매력 앞에서 얻은 깨달음을 간단하게 적은 것들이었다. 겨울 아침의 서릿발에 4월의 짓궂은 욕망이 서려 있다고 노래한 것이 있는가 하면, 8월 저녁의 신비로운 색깔을 노래하면서 서정적인 말줄임표를 잔뜩 집어넣은 것도 있었으며, 달을 노래한 것들도 많았다 (너무 많다 싶을 정도였다). 달랑 하나뿐이긴 하지만 겸허한 내면을 드러낸 시도 있었다.

> 하늘에 뜬 달아, 넌 무얼 하니?
> 난 하루하루를 이어가지만
> 내 삶은 제 색깔을 잃었어.
> 나는 흙더미이자
> 죽은 골짜기이며
> 분출할 것이 없는
> 사화산과 같아.

보아하니 내가 영 멍청하지는 않았던 모양이다. 아니 어쩌면 나는 미래파 시인들을 갓 발견하고, 달빛을 죽이자[6]고 했던 그들의 주장에 동조했는지도 모른다. 하지만 곧이어 나는 쇼팽과 그의 음악이며 고통스런 삶에 관한 시들을 읽었다. 따지고 보면 이것도 이해할 수 있는 일이다. 생각해 보라. 열여섯 살에 누가 바흐에 관한 시들을 쓴단 말인가? 바흐는 평

---

6 필리포 톰마소 마리네티가 창간하여 미래파의 기관지가 되었던 시 전문지 『포에시아』의 1909년 8, 9, 10월 통합호에는 마리네티가 쓴 제2미래파 선언 「달빛을 죽이자!」가 실려 있다.

생에 단 하루, 자기 아내가 죽던 날에만 갈팡질팡 헤매는 모습(장의사 사람들이 장례식을 어떻게 준비하느냐고 묻자, 제정신이 아니었던 바흐 왈, 〈내 아내에게 물어보게〉 했다던가)을 보인 사람이 아닌가? 그에 비하면 쇼팽은 열여섯 살짜리 젊은이를 울리기에 딱 좋다. 첫사랑 콘스탄차의 리본을 가슴에 품고 바르샤바를 떠나는 이야기도 슬프고, 발데모사의 수도원에 떠돌던 죽음의 그림자도 슬프다. 우리는 더 나이가 들면 비로소 그가 좋은 음악을 작곡했다는 사실을 깨닫게 되지만, 그러기 전에는 그저 눈물을 흘릴 뿐이다.

다음 시들은 추억을 소재로 삼고 있었다. 입술에 아직 우유를 묻히고 있던 그 시절에 벌써 나는 추억이 퇴색하는 것을 아쉬워하며 그것들을 모으는 데 관심을 가졌던 모양이다.

> 나는 추억으로 집을 짓는다.
> 삶이라는 신기루를 향해
> 나는 나아간다.
> 한 순간이 흐르고
> 흐를 때마다
> 나는 떨리는 손으로
> 가만히 한 페이지를 넘긴다.
> 그리고 추억은
> 수면에 이는 잔물결처럼
> 이내 스러진다.

행갈이가 아주 빈번했다. 신비파[7] 시인들에게서 배운 것이 아닌가 싶었다.

물시계를 소재로 삼은 시들도 많았다. 물시계가 시간에서 가느다란 실을 자아내어 기억의 창고에 한데 모은다는 식으로 노래한 시들이었다. 오르페우스(정말 오르페우스다!)에게 바치는 시도 한 편 있었다. 이 시에서 나는 그를 향해, 〈당신은 기억의 왕국으로 두 번 다시 돌아가지 않겠지요/가보면 첫 도둑질의 뜻하지 않은 신선함이/시들해져 있을 테니까요……〉라고 말한 다음, 나 자신에게는 〈단 한순간도/허비하지 말았어야 한다〉고 타이르고 있었다. 놀랍게도 이건 지금의 나에게 하는 말이었다. 그저 혈압이 너무 높았던 탓에 모든 기억을 허비해 버린 나에게 말이다. 나도 아프리카로 무기를 팔러 갈걸 그랬나 보다.

나머지 것들은 서정적인 잡시(雜詩)들이었다. 개중에는 사랑을 노래한 것들도 있었다. 그렇다면 내가 누군가를 사랑했다는 것인가? 아니면 그 나이에 흔히 그러듯이 사랑 자체를 사랑했던 것일까? 어쨌거나 나는 가까이 다가가서 만져 볼 수 없는 어떤 여자에 관해서 말하고 있었다.

　　유폐된 여인이여
　　불안정한 신비가 그대를 감싸고 있어
　　나는 그대에게 다가가지 못한다.
　　아마도 그대가 세상에 난 것은

　7 이탈리아 말로 에르메티스모. 1930년대와 1940년대의 이탈리아 사단을 풍미했던 시의 한 경향. 시의 암시력을 높이기 위해 심오하고 모호한 언어를 사용하고, 논리적인 관계나 전통적인 구문을 초월하는 특징을 보였다. 주세페 웅가레티, 에우제니오 몬탈레, 살바토레 콰시모도 등이 이 경향을 대표한다.

그저 이 시행들 속에서 살기 위함이다.

그대는 아무것도 모른다.

　중세 음유 시인들의 연애시 같은 느낌도 제법 들고, 남성 우월주의적인 꿍꿍이가 담겨 있기도 한시였다. 그 여자가 세상에 난 것이 왜 나의 보잘것없는 시행들 속에서 살기 위함이란 말인가? 만약 그녀가 한낱 가상의 존재였다면, 나는 머릿속에 가상의 하렘을 지어 놓고 반듯한 성생활을 하는 일부일처제의 파샤였던 셈이다. 그렇다면 나의 시작(詩作)은 비록 펜으로 사정을 했다 하더라도 일종의 자위행위라고 볼 수 있다. 하지만 유폐된 여인이 실제로 존재했고, 그녀가 정말로 아무것도 몰랐다면 어떻게 되는가? 그렇다면 내가 얼간이였다는 얘기다. 어쨌거나 그녀는 대체 누구였을까?

　내가 마주하고 있는 것은 이미지가 아니라 말들이었다. 로아나 여왕에게 실망하고 난 뒤라서 신비한 불꽃도 일렁이지 않았다. 그래도 무언가 느껴지는 것이 있기는 했다. 계속 읽어 나가다 보니 어떤 시행들이 나오리라는 예감마저 들었다. 언젠가 그대는 사라지리라 / 그리고 이건 아마도 꿈이었으리. 시 속의 허구적인 존재는 결코 사라지지 않는다. 그것을 영원한 존재로 만들기 위해 시를 쓰는 것이니까 말이다. 나는 그녀가 사라지는 것을 두려워했다. 그건 시 속에 그녀를 붙들어 둘 수 없으리라는 것을 알았기 때문이다. 시란 내가 다가갈 수 없었던 어떤 존재의 보잘것없는 대용물이었던 것이다. 〈내가 경솔했어요 / 한 얼굴, 오로지 한 얼굴을 바라고 / 시간의 덧없는 모래밭에 / 성을 쌓았으니까요. / 하지만 난 모르겠어요 / 그대가 나에게 영벌을 내려 하나의 세계를 만들게 했던 그 순간을 원망해야 할까요.〉 나는 하나의 세계를 만들고 있었지만, 그건 어떤 사람을 맞아들이기 위해서였다.

아닌 게 아니라 내가 그다음에 읽은 묘사는 너무나 구체적이어서 어떤 허구적인 인물을 그린 것으로 볼 수가 없었다.

신식으로 머리 모양을 낸 그녀가
5월의 하늘 아래로 무심히 지나가고 있었다.
그리고 곁에 있던 대학생은
(키가 크고 금발인 연상의 남자는)
제 친구들을 보고 씩 웃으면서
제 목에 붙인 반창고가
매독종(梅毒腫)을 감추기 위한 것이라고 했다.

더 읽어 내려가니 그녀가 노란 재킷을 입었다는 말도 나왔다. 그러자 마치 여섯째 천사의 나팔 소리[8]가 울리기라도 한 것처럼 생생한 환시가 나타났다. 여자가 실제로 존재했던 것은 분명하다. 매독종을 반창고로 감췄다면서 실실거리는 날건달을 내가 지어냈을 리가 없다. 게다가 마지막 연애시들 속에 들어 있는 이 시는 어떠한가?

바로 오늘처럼
성탄절을 사흘 앞둔 그날 저녁,
나는 처음으로
사랑을 해독하고 있었다.

8 「요한 묵시록」 9장 참조.

바로 오늘처럼
거리의 눈이 발길에 짓밟히던 그날 저녁,
나는 누가 나를 보아 주기를 바라면서
어느 집 창문 아래에서
눈싸움을 하며 요란을 떨었다.
나는 그런 식으로 하기만 하면
내가 진짜 사나이의 반열에 오를 줄 알았다.
그사이에 계절이 여러 번 바뀌었고
내 몸의 세포와 조직도 변했다.
이제는 이 기억조차 오래갈지 알 수가 없다.

그대 홀로, 그대 홀로
세상 끝 어딘가에 있지만(그대 어디에 있는가?),
나는 아직 내 심근 속에서 그대를 만난다.
성탄절을 사흘 앞둔 그날처럼
바보 같은 생각을 품은 채로.

유폐된 여인은 엄연히 존재했고, 나는 인격 형성기의 3년을 그녀에게 바쳤다. 하지만 〈그대 어디에 있는가?〉라는 구절에서 알 수 있듯이, 나는 그 뒤에 그녀를 잃었다. 그러고는 부모님이 돌아가시고 토리노에 가서 살게 된 뒤로 모든 것을 잊기로 결심한 듯했다. 마지막으로 쓴 두 편의 시가 그 점을 입증해 주고 있었다. 이 시들은 공책에 직접 쓴 것들이 아니라, 다른 종이에 타자기로 찍어서 공책에 끼워 놓은 것들이었다. 내가 알기로, 그 시절에 고교생들이 타자기를 사용하지는 않았다. 그렇다면 이 시들은 내가 대학 시절 초기에 마지막으로 시도한 시 창작의 산물이었다. 이것들이 거기에 있다는 건 이상한 일이었다. 모두가 말하기를, 대학에 들어가던 바로 그 무렵에 내가 솔라라에 가는 것을 중단했다고 하지 않았는가. 하지만 할아버지가 돌아가시고 나서, 삼촌 내외가 온갖 것을 처분하던 때에, 내가 〈예배당〉에 다시 들어갔을 가능성은 있다. 팽개쳐 두고 있던 추억들에 마지막 봉인을 찍기 위해서 말이다. 그때 일종의 유언이나 마지막 인사로 두 편의 시를 남겨 두었을지도 모른다. 이 시들은 분명 작별 인사처럼 느껴진다. 시와 사랑의 감정을 청산하고 모든 것을 남겨 둔 채 떠나는 사람의 심정이 담겨 있는 듯하다. 첫번째 시는 이러했다.

오 르누아르의 백옥 같은 여인들
마네의 〈발코니〉에 있는 숙녀들
대로에 면한 테라스가 있는 레스토랑들
랜도 마차의 빛바랜 파라솔
그와 함께 시들어 버린 마지막 카틀레야 꽃.
이제는 베르고트의 임종을 생각할 때…….

우리 서로 눈을 바라보며 솔직하게 말하자.
오데트 드 크레시는
대단한 창녀였다.[9]

9 이 시는 프루스트의 『잃어버린 시간을 찾아서』 1권 2부 「스완의 사랑」과 깊이 연관되어 있다. 어느 날 밤 스완은 오데트를 만나고자 하는 열망에 사로잡혀 파리 시내의 레스토랑들을 뒤지며 거리를 전전하다가 마침내 그녀를 찾아낸다. 두 사람이 오데트의 마차를 타고 가던 중 마차가 덜컹거리는 바람에 오데트

두 번째 시의 제목은 〈빨치산〉이었다. 1943년에서 종전에 이르는 시기의 내 삶과 관련된 기록은 이것이 전부였다.

　　탈리노, 지노, 라스, 루페토, 샤볼라
　　어느 봄날 그들이 산에서 내려왔다.
　　〈바람 불고 폭풍우 몰아쳐도〉라고 노래하면서.
　　나는 아직도 그 뒤의 여름날들을 되찾고 싶어.
　　중천의 태양 아래에서 사위가 고즈넉할 때
　　난데없이 터져 나온 요란한 소총 소리,
　　오후 내내 숨을 죽이며 기다리는 동안
　　나직나직 소식들이 퍼져 나갔다.
　　〈검은 여단이 후퇴하고 있고, 바돌리오파 유격대는
　　내일 내려온대. 그들이 방어벽을 무너뜨리고 있어.
　　오르베뇨 가는 길에서는 벌써 전투가 한창인가 봐.
　　그들은 마차로 부상자들을 옮기고 있어.
　　나는 청소년 사목 회관 근처에서 그들을 보았어.
　　가라니 중사는 면사무소에 바리케이드를 쳤대……〉
　　그러다가 느닷없이 들려오던 엄청난 아우성,
　　아수라장의 소음, 건물 벽에 총알이 부딪히며
　　따다닥거리는 소리, 골목길에서 나던 누군가의 목소
　리……

의 블라우스에 꽂혀 있던 카틀레야 꽃들이 흐트러진다. 스완은 그 꽃들을 바로 잡아 주다가 그녀와 처음으로 육체적인 관계를 갖는다. 이후로 〈카틀레야를 하다〉라는 말은 〈섹스하다〉를 뜻하는 이들만의 용어가 된다. 한편 베르고트라는 인물은 『잃어버린 시간을 찾아서』 전편에 걸쳐서 이따금씩 등장하는 저명한 작가이다. 5권 「갇힌 여인」에 나오는 그의 죽음과 관련된 대목은 이 소설의 명장면으로 꼽힌다.

곧이어 찾아온 어둠, 정적, 산마르티노에서 울리던
약간의 총성, 그리고 마지막 추격전……

나는 그 장쾌한 여름날들을 꿈꾸고 싶어.
피처럼 진한 확신으로 충만했던 계절을,
탈리노와 지노와 라스가
진리의 얼굴을 들여다보았을 법한
시간들을.

하지만 난 그럴 수가 없어. 벼랑골로 가는 길목에
아직 내 바리케이드가 남아 있기 때문이야.
하여 나는 이 기억의 노트를 덮고자 한다.
이제 별빛이 밝던 그 밤들은 지나갔다.
숲 속에서 빨치산이
잠자는 미녀가 잠에서 깨지 않도록
작은 새들의 지저귐을 감시하던 밤들은 가버렸다.

수수께끼 같은 시였다. 분명한 것은 우선 내가 영웅적인
시기를 경험했다는 사실이다. 비록 주인공은 내가 아니라 다
른 사람들일지라도, 나는 그 시기를 영웅적이라 보고 있었
다. 또한 나는 성년기의 문턱에서 어린 시절과 사춘기의 추
억을 모두 묻어 버리려고 하면서도, 한편으로는 환희와 확신
이 넘쳤던 시간들을 회상하고자 했다. 하지만 어떤 장애물
(우리 집 창문 아래에서 벌어진 그 전쟁의 마지막 바리케이
드) 때문에 나는 나아갈 수가 없었다. 무엇이 나를 가로막았
던 것일까? 그건 내가 상기할 수 없었거나 상기하고 싶지 않

았던 어떤 것. 그리고 벼랑골과 관계가 있는 어떤 것이었다. 벼랑골이 또다시 문제가 되고 있었다. 내가 거기에서 마녀들을 만나기라도 한 것일까? 그 만남 때문에 모든 것을 지워 버리고 싶었던 것일까? 아니면 〈유폐된 여인〉을 잃고 말았다는 것을 의식하면서, 다른 날들과 벼랑골을 소재로 삼아 그 상실을 부각시키는 알레고리를 만들어 낸 것인지도 모른다 — 그때까지의 내 삶과 관련된 모든 것을 아무의 손길도 미치지 않는 〈예배당〉의 상자 속에 넣어 둔 것도 바로 그 때문이 아닐까?

다른 것은 전혀 남아 있지 않았다. 다른 곳에서는 몰라도 솔라라에서는 더 찾아낼 것이 없었다. 나는 이미 대학생 시절에 그렇게 과거를 묻어 버리고 나서, 나 자신과 무관한 타인들의 과거로 관심을 돌리기 위해 고서적 연구에 전념하기로 결심한 듯했다. 내가 내릴 수 있는 결론은 그것뿐이었다.

그런데 내게서 달아나면서 고교 시절뿐만 아니라 솔라라 시절까지 묻어 버리게 만든 그 여자는 대체 누구였을까? 〈5층 맞은편에 살았던 예쁘고 창백한 소녀〉가 나에게도 있었던 것일까? 그렇다면 나는 누구나 살아가면서 한 번쯤 겪는 일을 경험한 것일 뿐이다.

그 일에 관해서 무언가를 말해 줄 수 있는 사람은 잔니밖에 없었다. 고교생이 사랑에 빠지면 그 사실을 누구에게 가장 먼저 털어놓겠는가? 다른 사람에게는 몰라도 단짝 친구에게는 말하지 않겠는가?

며칠 전만 해도 나는 내 과거를 놓고 잔니와 이야기하는 것을 원하지 않았다. 잔니가 자기 추억의 차분한 빛으로 내 추억의 안개를 흩어지게 하는 것이 싫었기 때문이다. 하지만 사정이 그렇게 되고 보니, 그의 기억에 의존하지 않을 수가 없었다.

나는 이미 밤이 깊어 갈 무렵에 전화를 걸어 몇 시간 동안 잔니와 이야기를 나눴다. 처음엔 쇼팽에 관한 얘기를 하면서 변죽을 울렸다. 덕분에 여러 가지 사실을 알게 되었다. 그 시절에 우리는 클래식 음악에 심취해 있었고, 라디오야말로 우리가 좋아하는 위대한 음악의 유일한 원천이었다. 그러다가 고교 3학년 때가 되어서야 마침내 우리 도시에 클래식 음악 애호가들의 단체가 생겨났다. 그들은 이따금 연주회를 열었는데, 레퍼토리는 대개 피아노나 바이올린 독주였고 규모가 가장 크다고 해봐야 삼중주였다. 우리 반에서 그 연주회에 가는 학생은 네 명뿐이었다. 우리 네 사람은 다른 학생들이 거의 알아차리지 못하게 연주회에 다녔다. 왜냐하면 천박한 다른 녀석들은 아직 만 18세도 안 된 주제에 그저 매음굴에 들어갈 생각이나 하고 있었고, 남자끼리 돌아다니는 우리에게 마치 동성애자들을 바라보는 듯한 시선을 던지고 있었던 것이다. 어쨌거나 우리는 몇 차례 가슴 떨리는 감동을 함께 경험했다. 잔니의 얘기가 그 대목에 이르고 나서야, 나는 비로소 용기를 낼 수 있었다. 「내가 1학년 때 어떤 여자를 마음에 두기 시작했다는 거 자네 알고 있나?」

「보아하니 자네 그 일도 잊어버린 모양이군. 그렇다면 불행 중 다행이라고 볼 수도 있을 거야. 그걸 알면 뭐 하겠어, 까마득한 옛날 일인데…… . 자아 얌보, 자네 건강을 생각하게.」

「바보처럼 굴지 마. 여기에서 몇 가지 물건을 찾아냈는데, 궁금해서 견딜 수가 없어. 난 꼭 알아야겠어.」

그는 잠시 머뭇거리는 듯하더니, 자기가 기억하고 있는 것을 술술 풀어냈다. 이야기에 열을 올리는 품이 마치 사랑에 빠졌던 사람이 자기 자신이기라도 한 듯했다. 아닌 게 아니라, 당시에 그는 거의 그런 심정이었다고 했다. 그때까지 사랑 때문에 번민해 본 적이 없던 터라, 내 고백을 듣고 마치 자기 일인 것처럼 내 사랑에 도취되었다는 것이었다.

「게다가 그 여학생은 자기 반에서 가장 예뻤다네. 자네는 눈이 높았어. 사랑에 빠지되, 가장 예쁜 여자에게만 빠졌지.」

「*Alors moi, j'aime qui?* ……*Mais cela va de soi! — J'aime, mais c'est forcé, la plus belle qui soit!*(그런데 내가 누구를 사랑하느냐고? ……그야 물어보나 마나지! — 나는 사랑하되, 당연히, 그게 누구든 가장 아름다운 여자를 사랑한다네!)」[10]

「무슨 말이야?」

「나도 몰라, 그냥 머릿속에 떠올랐어. 아무튼 그 여학생 얘기 좀 해봐. 이름이 뭐였지?」

「릴라, 릴라 사바.」

예쁜 이름이었다. 혀끝에 올려 보니 꿀처럼 살살 녹는 듯했다. 「릴라. 예쁘네. 그런데 일이 어떻게 시작되었지?」

「1학년 때 우리 남학생들은 덩치만 컸지 아직 소년이었어. 여드름이 도톨도톨하고 무릎 아래에서 홀치는 헐렁한 반바지를 입고 다니는 애들이었지. 반면에 같은 또래의 여학생들은 벌써 여자였어. 교문 앞에 와서 그녀들을 기다리던 대학

---

10 프랑스의 시인이자 극작가인 에드몽 로스탕의 희곡 『시라노』의 1막 5장에서 시라노가 친구 르 브레에게 자기가 사랑하는 여인이 누구인지 고백하는 장면.

생들에게 애교를 부릴지언정, 우리에게는 눈길조차 주려고 하지 않았지. 자네는 그녀를 그냥 한 번 보기만 하고 홀딱 반해 버렸어. 단테와 베아트리체 같았다고나 할까. 이건 공연히 하는 말이 아냐. 1학년 때 우리는 『신생』과 〈맑고 시원하고 달콤한 물〉[11]을 배웠어. 자네는 그것들을 달달 외웠지. 자네 얘기를 하고 있는 작품들이었거든. 한마디로 자네는 첫눈에 반했어. 며칠 동안 정신을 못 차렸지. 그녀 생각에 가슴이 메어서 음식에는 손을 대지 않았어. 자네 부모님은 자네가 병에 걸렸다고 생각하셨을 정도야. 그러고 나서 자네는 그녀의 이름을 알고 싶어 했어. 하지만 주위 사람들에게는 물어볼 엄두를 못 냈지. 남들이 자네 상태를 알아차릴까 두려웠던 거야. 다행히 릴라네 반에 니네타 포파라는 여학생이 있었어. 얼굴이 다람쥐처럼 생긴 착한 여학생이었는데, 자네 이웃에 살았기 때문에 어려서부터 자네와 함께 놀았지. 자네는 건물 계단에서 니네타와 마주치자 다른 얘기를 하는 척하면서, 전날 어떤 여학생이랑 같이 있는 것을 봤는데 그 여학생 이름이 뭐냐고 물었어. 그렇게 해서 적어도 이름은 알아낸 거지.」

「그다음에는?」

「얘기할게. 자네는 좀비로 변했어. 당시에는 신앙심이 아주 깊었기 때문에 자네 지도 신부를 찾아갔지. 베레모를 쓰

11 『신생』은 단테의 자전적인 시와 산문을 모아 엮은 책으로서 베아트리체에 대한 사랑의 감정을 담은 것이다. 〈맑고 시원하고 달콤한 물〉은 프란체스코 페트라르카의 『칸초니에레(서정시집)』 중에서 가장 유명한 126번째 노래의 첫 행이다. 이 시에서 시인은 사랑하는 여인이 즐거운 시간을 보냈던 숲을 낙원으로 규정하고, 자기는 죽어서 그 숲에 묻혀 언젠가 그녀가 돌아오기를 기다리겠노라고 노래한다.

고 스쿠터를 타고 다니던 돈 레나토라는 신부님이었어. 모두가 그 신부님을 두고 도량이 큰 분이라고 말했어. 그분은 책의 찾아보기에 나와 있는 저서들도 읽어 보라고 권하셨어. 비판적인 정신을 키우려면 많은 것을 두루 읽어야 한다고 말씀하셨지. 나 같으면 신부님을 찾아가서 그런 얘기를 할 엄두를 못 냈겠지만, 자네는 누군가에게 얘기를 해야만 하는 상황이었어. 그 시절의 자네는 말이야, 어떤 우스갯소리에 나오는 남자와 비슷했어. 한 남자가 조난을 당해서 어떤 여자와 단둘이서 무인도에 표착했는데, 그 여자는 세계에서 가장 아름답고 가장 유명한 영화배우야. 두 남녀가 함께 지내다 보니 올 것이 오고야 말았지. 하지만 남자는 아직 만족감을 느낄 수가 없었어. 그 놀라운 경험을 누구에게 자랑하고 싶은데 들어줄 사람이 없는 거야. 그래서 여자를 설득해서 남자 옷을 입히고 불에 탄 코르크를 콧수염처럼 달아 주었지. 남자는 그제야 희색이 넘쳐흐르는 얼굴로 여자의 팔을 잡고 말했다네. 구스타보, 내가 어떤 여자랑 잤는지 자네는 짐작도 못 할걸……."

"상스러운 얘기는 그만두게. 나한테는 심각한 일이야. 돈 레나토 신부님이 나에게 뭐라고 하셨지?"

"신부가 아무리 도량이 크다 한들 자네 같은 젊은이에게 해줄 얘기야 뻔하지 않겠나? 돈 레나토 신부님은 자네 감정이 고귀하고 아름다우며 자연스러운 거라고 하셨어. 하지만 육체관계로 나아감으로써 그 감정을 훼손하면 안 된다는 당부도 있지 않으셨다네. 결혼할 때까지 동정을 지켜야 하니까, 그 감정을 자네 마음속 가장 깊숙한 곳에 비밀로 간직해야 한다는 것이었지."

「그래서 나는 어떻게 했지?」

「자네야 숙맥처럼 자네 마음속 가장 깊숙한 곳에 그것을 간직했지. 그건 내가 보기에 자네 자신 때문이기도 해. 그녀에게 다가가는 것을 터무니없이 두려워했거든. 하지만 자네 마음속 가장 깊숙한 곳에 간직하는 것으로는 충분하지 않았어. 그래서 나를 찾아와 모든 것을 털어놓았고, 나는 자네의 공모자 노릇까지 하게 되었네.」

「어째서? 내가 그녀에게 접근하지 않았는데도 말인가?」

「문제는 자네가 학교 바로 뒤에 살았다는 데 있었어. 학교에서 나와 모퉁이만 돌아가면 자네 집이었지. 교장 선생님이 세우신 규칙에 따라 여학생들은 남학생들이 나가고 난 뒤에 하교하게 되어 있었어. 그러니 학교 현관의 계단 앞에 바보처럼 서 있지 않는 한, 자네가 하굣길에 그녀와 마주칠 가능성은 전혀 없었던 셈이지. 우리나 여학생들이나 대개는 정원을 가로질러 밍게티 광장까지 간 다음에, 거기에서 뿔뿔이 흩어져 귀가했어. 릴라는 바로 그 밍게티 광장에 면한 집에 살고 있었어. 자네는 학교를 나선 뒤에 바로 자네 집으로 가지 않고, 나와 함께 가는 척하면서 정원 가장자리까지 갔어. 그러고는 학교 쪽을 살피며 여학생들이 나오기를 기다렸다가 왔던 길을 되돌아가는 거야. 그럼으로써 반대쪽에서 친구들과 함께 오는 그녀와 마주치게 되는 거지. 자네는 마주 오는 그녀를 그냥 바라보기만 했네. 매일같이 그랬어.」

「매일같이 그랬으면 볼 만큼 봤겠는걸.」

「아니, 자네는 그것으로 만족할 수 없었어. 그래서 갖가지 계책을 쓰기 시작했지. 한번은 불우 이웃 돕기 행사를 내세워 교장의 허락을 받고 교실마다 돌아다니면서 무슨 티켓을 팔았어. 물론 릴라네 반에도 들어갔지. 그런데 자네는 그녀의 책상 앞에서 30초 넘게 꾸물거릴 수 있도록 꾀를 썼지. 거스름돈이 없다고 둘러댔다던가. 또 치통을 핑계한 적도 있어. 자네 가족이 다니는 치과가 바로 밍게티 광장에 있었고, 그곳 창문들이 릴라네 발코니와 마주 보고 있었거든. 자네가 지독한 고통을 호소할 때마다, 치과 의사는 어찌된 영문인지를 몰라 하면서도 만에 하나를 생각해서 치과용 드릴을 집어 들기가 일쑤였지. 그런 식으로 아프지도 않은 이를 치료받은 게 한두 번이 아냐. 자네는 매번 30분 정도 일찍 가서 대기실 창문 너머를 홀깃거렸어. 물론 릴라가 발코니에 나와 있는 경우는 한 번도 없었지. 눈이 내리던 어느 날 저녁에는 이런 일도 있었네. 우리는 무리를 지어 영화관에서 나오던 길이었어. 그런데 바로 그 밍게티 광장에서 자네가 눈싸움을 하자고 하더니 마치 마귀가 들린 사람처럼 고함을 지르기 시작했어. 사람들이 보기에는 영락없이 술에 취한 사람이었지. 자네는 그녀가 왁자지껄한 소리를 듣고 발코니로 나오기를 기대하면서 그렇게 행동한 거야. 그때의 자네 모습을 한번 생각해 보게. 하지만 그녀 대신 웬 심술궂은 노파가 창문에 나타나더니, 경찰을 부르겠다고 소리쳤지. 그 뒤에 자네는 아주 기발한 것을 생각해 냈어. 학교에서 익살극이나 성대한 쇼를 공연하자는 것이었네. 자네는 1학년에 유급될 위험을 무릅쓰고, 익살극의 대본이며 음악이며 무대 디자인 따위만 생각했어. 결국 세 차례의 공연을 성사시켰지. 덕분에 전교생과 학부모들이 학교 강당에 모여서 세상에서 가장 위대한 공연을 볼 수 있게 된 거야. 릴라는 이틀 밤 내리 구경하러 왔어. 공연의 압권은 마리니 여사를 풍자하는 대목이었어. 마

469

리니 여사는 우리 과학 선생님이었지. 바싹 바른 몸, 납작한 가슴, 쪽진 머리, 커다란 뿔테 안경, 언제나 걸치고 다니는 검은 덧옷이 그분의 특징이었어. 자네 역시 말라깽이였기 때문에 그분으로 분장하는 건 일도 아니었지. 옆모습이 영락없는 마리나 여사였어. 자네가 무대로 걸어 나오자마자 요란한 박수갈채가 터져 나왔어. 아마 대성악가 카루소도 그런 박수갈채는 못 받아 봤을 거야……. 마리니 여사는 수업 시간에 핸드백에서 목캔디를 꺼내어 30분 동안 입에 물고 양쪽 볼을 번갈아 볼록하게 만드는 버릇이 있었어. 자네가 핸드백을 열어서 사탕을 입에 넣는 시늉을 하고 혀를 움직여 뺨을 볼록하게 만들자, 그야말로 웃음소리에 강당이 무너져 내릴 듯했어. 그렇게 한바탕 터져 나온 웃음이 5분은 족히 이어졌을걸. 자네의 혀 놀림 한 방에 수백 명이 자지러진 셈이지. 자네는 영웅이 되었네. 하지만 자네를 무엇보다 기쁘게 했던 것은 릴라가 거기에 와서 자네를 보았다는 사실이야. 그건 분명해.」

「그렇다고 해서 내가 감히 그녀에게 접근하겠다는 생각을 한 건 아니겠지?」

「물론이지. 돈 레나토 신부님하고 약속한 것도 있었잖아?」

「그렇다면 그녀에게 티켓을 팔 때 말고는, 내가 그녀에게 말을 건 적이 없었나?」

「가끔 있었지. 한번은 전교생이 알피에리의 비극들을 보기 위해 아스티에 간 적이 있었네. 낮 공연이라 관객이 우리 학생들밖에 없었어. 연주회를 함께 다니던 우리 네 사람은 운 좋게도 2층의 박스 하나를 차지했어. 자네는 다른 박스들과 1층의 좌석들을 살피면서 그녀를 찾았어. 그러다가 그녀가 아무것도 보이지 않는 1층 뒤쪽의 보조의자에 앉게 되었다는 사실을 알아차렸지. 그래서 자네는 막간에 어찌어찌 수를 써서 그녀와 마주친 다음, 인사를 건네고 연극이 재미있냐고 물었어. 그녀는 제대로 볼 수가 없다고 투덜거렸지. 그러자 자네는 우리가 아주 멋진 박스를 차지하고 있는데 자리 하나가 아직 비어 있다면서, 원한다면 그리로 자리를 옮기라고 권했어. 그녀는 우리 쪽으로 왔고, 앞으로 몸을 기울인 채 나머지 막들을 열심히 보았어. 자네는 박스의 뒷좌석에 앉아 있었는데, 그녀가 온 뒤로는 무대를 보지 않았어. 두 시간 내내 그녀의 뒤통수에 눈길을 붙박고 있었지. 거의 오르가슴에 가까운 흥분을 느끼면서 말이야.」

「그러고 나서는?」

「그러고 나서 릴라는 자네에게 고맙다고 말하고, 자기 친구들에게로 돌아갔어. 자네는 친절을 베풀었고, 릴라는 그것에 감사했을 뿐이지. 앞서 말했듯이, 그녀들은 이미 숙녀였던 터라, 우리 따위는 안중에도 없었어.」

「학교에서 내가 공연 덕분에 영웅이 되었는데도?」

「아니, 자네가 보기엔 여자들이 제리 루이스 같은 희극 배우와 사랑에 빠졌을 것 같아? 여자들은 그가 재능이 있는 배우라고 생각했어. 그뿐이야.」

들고 보니, 고교 시절의 평범한 사랑 이야기였다. 하지만 잔니는 이야기를 계속하면서 내가 무언가를 이해하도록 도와주었다. 나는 미친 듯한 열정에 사로잡힌 채 고교 1학년을 보냈다. 그러다가 방학이 되자 나는 지독한 고통을 겪었다. 그녀가 어디에 있는지 몰랐기 때문이었다. 방학이 끝나고 2학년에 올라간 뒤에도 그녀를 숭배하는 나의 조용한 의식은 계속되었다(이건 잔니를 통해서가 아니라 내가 알아낸 사실이지만, 그 시기에 나는 시를 계속 쓰고 있었다). 밤이나 낮이나 매일같이 그녀와 함께 있는 기분으로 살았던 게 아닌가 싶다.

그런데 2학년 중반에 릴라 사바가 갑자기 사라졌다. 학교를 떠난 것이었다. 그뿐이 아니었다. 나중에 니네타 포파를 통해서 알게 된 사실이지만, 그녀의 가족 전체가 우리 도시를 떠났다고 했다. 무언가 좋지 않은 일이 있었던 모양이었다. 니네타도 그 일에 관해서는 아는 게 별로 없었다. 그저 나쁜 소문을 조금 들었을 뿐이었다. 릴라의 아버지가 사기 파산과 비슷한 일을 벌여 곤경에 빠졌다는 소문이었다. 그는 뒷감당을 변호사에게 맡겨 버리고, 일이 원만하게 해결되기를 기다리던 사이에 외국에 일자리가 생겨 떠났다는 것이었다 — 그들이 다시 돌아오지 않은 걸 보면, 일이 잘 해결되지 않은 모양이었다.

그들이 어디로 갔는지는 아무도 몰랐다. 아르헨티나로 갔다는 사람도 있고, 브라질로 갔다는 사람도 있었지만, 모두 추측일 뿐이었다. 우리에게는 스위스의 루가노가 북극이나 다름없었던 그 시절에, 남미는 너무나 먼 곳이었다. 잔니는 자기 나름대로 이리저리 알아보았다. 산드리나라는 여학생이 릴라와 가장 친하게 지냈다고 해서 물어보았지만, 릴라에게 신의를 지키느라고 아무 말도 해주지 않았다. 우리는 그녀가 릴라와 편지를 주고받고 있으리라 확신했다. 하지만 그녀는 입을 굳게 다물고 있었다 — 하기야 우리가 릴라와 무슨 상관이 있다고 이야기를 해주겠는가.

나는 넝마 조각처럼 풀이 죽었고, 졸업할 때까지 1년 반 동안 늘 안타깝고 쓸쓸한 마음으로 지냈다. 나는 릴라 사바만 생각했다. 그녀가 어디에 있을까 하는 생각은 한시도 내 머릿속을 떠나지 않았다.

그러다가 대학에 들어가서는 모든 것을 잊은 것처럼 보였다는 게 잔니의 얘기였다. 1학년 때부터 여자를 사귀기 시작해서 졸업할 때까지 두 명의 여자 친구가 있었고, 그 뒤에 파올라를 만났다니, 그렇게 보일 만도 했다. 그렇다면 릴라는 누구나 하나쯤 간직하고 있는 사춘기의 아름다운 추억으로 남고 모든 게 끝났을 법했다. 하지만 사정은 그렇지 않았다. 나는 내 생애의 나머지 기간 내내 그녀를 찾았다. 남미에 가고 싶어 하기도 했다. 티에라 델 푸에고 군도에서 브라질의 페르남부코 사이의 어딘가를 돌아다니다 보면 그녀를 만날 수도 있지 않을까 해서 말이다. 한번은 감상에 흠뻑 젖어 잔니에게 고백하기를, 여러 여자를 만나서 연애를 했지만 어느 여자에게서든 릴라의 얼굴을 찾았노라고 했다. 나는 죽기 전에 딱 한 번만이라도 그녀를 보고 싶어 했다. 그녀가 어떻게 변했는지는 중요하지 않았다. 잔니는 내 추억이 망가지게 될 거라고 말했다. 그건 건 아무래도 상관없었다. 나로서는 그 이루지 못한 사랑을 청산되지 않은 채로 그냥 둘 수가 없었다.

「자네는 릴라 사바를 찾으면서 평생을 보냈어. 나는 그런 자네를 보면서 이따금 말했지. 그건 다른 여자들을 만나기 위한 핑계라고 말이야. 나는 자네 태도를 별로 진지하게 받아들이지 않았어. 그러다가 지난 4월에야 비로소 사태가 심각하다는 것을 깨달았지.」

「4월에 무슨 일이 있었는데?」

「얌보, 그건 말하고 싶지 않아. 내가 자네에게 그 이야기를 한 것이 바로 자네가 쓰러지기 며칠 전이거든. 그 이야기와 자네가 당한 일 사이에 직접적인 관계가 있다는 건 아냐. 하지만 그냥 악운을 피하기 위해서라도 그 이야기는 그만두자고. 어쨌거나 내가 보기엔 별로 중요하지도 않아……」

「아냐, 지금 다 말해 줘야 해. 안 그러면 내 혈압이 올라가. 어서 털어놔.」

「정 그렇다면 하는 수 없지. 지난 4월 초순에 고향에 갔었어. 이따금 그러듯이 묘지에 꽃을 가져다 놓기 위해서였지. 우리가 살던 도시가 조금 그립기도 했어. 그곳은 우리가 떠난 뒤로도 변하지 않고 옛날 모습 그대로야. 그래서 거기에 돌아갈 때면 젊은 시절로 돌아간 기분이 들어. 그런데 거기에서 산드리나를 만났어. 그녀도 우리처럼 환갑이 다 되었지만 별로 변하지 않았더군. 우리는 커피 한 잔을 마시면서 옛날을 회상했지. 이 얘기 저 얘기 하다가 나는 릴라 사바의 소식을 물어봤어. 그러자 산드리나가 이러는 거야. 〈몰랐어? 릴라는 우리가 졸업하자마자 죽었는데, 모르고 있는 거야?〉 세상에, 그걸 내가 무슨 수로 알았겠나? 그러고는 이렇게 덧붙였어. 〈어떻게든 왜든 그런 건 나한테 묻지 마. 브라질로 릴라한테 편지를 여러 통 보냈는데, 걔네 어머니가 그것들을 도로 보내면서 무슨 일이 있었는지 말해 주더라고. 아이고, 불쌍한 것, 열여덟 살에 세상을 떠나다니.〉 그게 다였어. 따지고 보면, 산드리나에게도 그건 오래전에 끝난 일이지.」

나는 40년 동안 유령을 놓고 애면글면했다. 대학에 들어가면서 과거를 싹둑 잘라 버렸지만, 유독 릴라에 관한 추억에서만은 벗어나지 못했다. 결국 나는 부질없이 어떤 무덤 주위를 빙빙 돌았던 셈이다. 이 얼마나 시적인가. 그리고 얼마나 비통한가.

〈그런데 그녀의 생김새는 어땠어? 릴라 사바 말이야〉 하고 나는 다시 물었다. 「다른 건 몰라도 그 얘기는 해줄 수 있겠지?」

「무슨 얘기를 듣고 싶은 거야? 릴라는 예뻤어. 내가 보기에도 그랬네. 내가 자네에게 릴라가 예쁘다고 말하면, 자네는 마치 자기 아내가 예쁘다는 소리를 들은 사람처럼 우쭐거렸지. 릴라는 금빛 머리채를 거의 허리께까지 늘어뜨리고 다녔어. 얼굴은 천사와 꼬마 악마의 중간쯤 되는 모습이었고, 웃을 때는 위쪽 앞니 두 개가 보였어……」

「그녀의 사진이 남아 있을 거야. 우리 학교 다닐 때 반별로 단체 사진 찍었잖아!」

「얌보, 학교에 가봐도 사진을 볼 수는 없을 거야. 1960년대에 우리 모교가 불에 탔어. 건물, 책걸상, 학적부 등 모든 것이 소실되었지. 지금은 새 건물이 들어서 있는데, 한마디로 흉물스러워.」

「그녀의 친구들, 예를 들어 산드리나에게는 사진이 있겠다 싶은데…….」

「그럴 수도 있지. 자네가 원한다면, 내가 한번 알아볼게. 어떤 식으로 물어봐야 할지 잘 모르겠지만 말이야. 친구들에게도 사진이 없다면 어떻게 할 건데? 50년 가까이 지난 일이라 산드리나조차도 릴라가 어떤 도시에 가서 살았는지를 모르고 있어. 이름이 이상했는데, 리우데자네이루처럼 유명한 도시는 아니었다는 거야. 설마 사바라는 이름을 찾겠다고, 손가락에 침을 묻혀 가면서 브라질의 전화번호부들을 모조리 뒤질 생각은 아니겠지? 사바라는 성을 가진 사람이 천 명이나 나올 수도 있어. 어쩌면 릴라네 아버지가 거기로 도망쳐 가면서 이름을 바꿨을지도 몰라. 그리고 자네가 거기로 간다 한들, 누구를 만날 거야? 그녀의 부모 역시 세상을 떠났을걸. 아니면 노망이 들었겠지. 아마도 아흔 살을 넘겼을 테니까 말이야. 그래, 천신만고 끝에 그이들을 찾아냈다고 치자. 그이들한테 뭐라고 할 거지? 실례합니다, 지나가는 나그네인데, 댁의 따님인 릴라의 사진을 좀 볼 수 있을까요? 이렇게 말할 텐가?」

「못할 것도 없지.」

「이보게, 왜 아직도 그놈의 환상을 좇고 있는 거야? 죽은 사람은 불쌍하지만 산 사람은 제살이를 해야지. 자네는 어느 묘지에 가서 그녀의 비석을 찾아야 할지도 몰라. 게다가 그녀의 묘비에는 릴라라는 이름이 새겨져 있지도 않을걸. 그녀의 진짜 이름은 그게 아니었거든.」

「진짜 이름은 뭐였는데?」

「아이고, 내가 괜한 얘기를 했군그래. 산드리나가 지난 4월에 그 사실을 알려 줬어. 그래서 곧바로 자네한테 말했지. 우연의 일치가 자못 신기해 보이더라고. 하지만 자네가 그 얘기를 듣고 예상보다 큰 충격을 받았다는 사실을 곧 알게 되었어. 이렇게 말해도 될지 모르지만, 내가 보기엔 자네의 반응이 과도하다 싶더라고. 그건 정말 우연의 일치일 뿐이었거든. 좋아, 그것도 마저 털어놓을게. 릴라는 시빌라의 애칭이었어.」

어린 시절에 프랑스 여성 잡지에서 본 얼굴, 고교생 시절

476

에 학교 계단에서 마주친 여학생의 얼굴, 아마도 모두가 어떤 공통점을 지니고 있었을 법한 파올라와 반나와 네덜란드 미녀 등등의 다른 얼굴들, 그리고 곧 결혼해서 내 곁을 떠나갈 살아 있는 시빌라의 얼굴에 이르기까지, 나는 많은 얼굴을 가슴에 품고 살았다. 그건 내가 아직 시를 쓰고 있던 무렵에 이미 저세상으로 떠나 버린 어떤 존재를 찾아 헤매는 오랜 세월에 걸친 릴레이 경주였다.

나는 이런 시를 암송했다.

나는 외로이 안개 낀 산책로에서
나무 밑동에 몸을 기대고 서 있다.
내 가슴속에 남은 것은 오로지
너에 관한 추억뿐,
창백하고도 거대한 추억,
나무들 사이의 모든 자리를 공허로 채우고
차가운 빛 속으로 사라져 간 너의 추억뿐.

이 시는 아름답다. 내가 쓴 것이 아니기 때문이다. 거대하지만 창백한 추억. 솔라라에서 보물들을 찾아냈지만, 릴라 사바의 사진은 어디에도 없다. 잔니는 마치 어제 일인 양 그녀의 얼굴을 회상할 수 있지만, 당사자인 나는 그럴 수가 없다.

14. 세 송이 장미 호텔

내가 솔라라에서 할 일이 아직 남아 있을까? 내 청소년기의 가장 중요한 사건은 다른 곳에서, 다시 말해 1940년대 말의 우리 도시와 브라질에서 벌어졌다는 사실이 분명해지지 않았는가. 그 장소들(당시의 우리 집, 고등학교)은 이제 존재하지 않는다. 릴라가 짧은 생애의 마지막 몇 해를 살았던 그 머나먼 나라의 장소들도 아마 이젠 존재하지 않을 것이다. 솔라라가 나에게 마지막으로 제공해 준 것은 내가 쓴 시들이다. 이것들은 릴라의 존재를 일깨워 주었을 뿐 그녀의 얼굴을 보여 주지는 않았다. 나는 다시 안개의 장벽을 마주하고 있다.

그날 아침에 나는 그런 생각을 하고 있었다. 이미 솔라라를 떠나기 위해 한 발을 문밖에 내놓고 있는 기분이 들었다. 하지만 나는 다락에 올라가 작별 인사를 하고 싶었다. 거기에서 찾을 것은 이제 아무것도 없으리라 확신했다. 그럼에도 마지막으로 어떤 흔적을 찾아내고자 하는 터무니없는 욕구가 일었다.

나는 이제 익숙해진 그 공간을 다시 죽 둘러보았다. 여기저기에 놓인 장난감들이며 책장들에 눈길을 주고 있다가, 나는 두 책장 사이에 아직 열어 보지 않은 골판지 상자가 남아 있음을 알아차렸다. 상자에 든 것은 또 다른 소설책들이었다. 콘래드나 졸라의 소설과 같은 몇 권의 고전과 오르치 남작 부인의 『스칼렛 핌퍼넬』[1]과 같은 통속 소설이 뒤섞여 있었다.

1930년대 나온 이탈리아 추리 소설인 아우구스토 마리아 데 안젤리스의 『세 송이 장미 호텔』도 들어 있었다. 내 이야기를 하는 듯한 책을 또다시 찾아낸 것이었다.

비가 주룩주룩 내리고 있었다. 그 기다란 빗줄기가 전조등 불빛을 받아 은빛으로 보였다. 연기처럼 뿌연 안개가 이리저리 흩어지면서 바늘로 찌르듯이 얼굴을 파고들었다. 보도에서는 우산들의 끝없는 행렬이 물결치며 흘러가고 있었다. 도로 한복판을 달리는 자동차들, 이따금 스쳐가는 마차들, 승객들로 미어터지는 전차들. 12월 초순의 밀라노, 저녁 여섯시인데도 어둠이 아주 짙었다.

세 여자가 단속적인 걸음걸이로 서둘러 나아가고 있었다. 행인들 사이에 틈새가 보일 때마다 돌풍처럼 파고들어서 행렬을 끊고 있는 듯했다. 세 여자 모두 전쟁 전에 유행하던 검은 옷을 입고 구슬로 장식한 작은 망사 모자를 쓴 차림이었다…….

세 여자는 생김새가 너무 비슷해서, 만약 턱밑의 모자 끈 매듭에 서로 다른 색깔(연자주, 보라, 검정)의 리본을 달지 않았다면, 누구나 자기가 환시를 경험하고 있다고 생각할

1 우리나라에서는 〈빨간 별꽃〉, 〈빨강 별꽃〉, 〈주홍 별봄맞이꽃〉 등의 제목으로 번역되었다.

만했다. 똑같은 사람을 잇달아 세 번 보았다고 확신했을 테
니 말이다. 그녀들은 오르소 거리를 벗어나 폰테 베테로 거
리를 올라가다가, 불이 환하게 밝혀진 보도 끄트머리에서
카르미네 광장의 어둠 속으로 성큼 들어갔다⋯⋯.

그녀들을 뒤쫓던 남자는 광장을 가로지르는 그녀들을
따라갈까 말까 망설이다가, 비가 부슬거리는 성당의 현관
앞에서 멈춰 섰다⋯⋯.

그는 낭패스러워하는 기색을 보이며 자그마한 검은 문
에 눈길을 붙박고 있었다⋯⋯. 그는 성당의 작은 문을 계
속 응시하면서 기다렸다. 이따금 검은 형체가 광장을 건너
와서 쪽문 뒤로 사라졌다. 안개가 짙어지고 있었다. 30분
넘게 시간이 흘렀다. 남자는 마음을 접은 듯했다⋯⋯. 그
는 빗방울이 떨어지도록 우산을 벽에 기대어 놓았다. 그러
고는 느리고 규칙적인 동작으로 두 손을 맞비비며 내면의
독백에 빠져 들었다⋯⋯.

그는 카르미네 광장에서 메르카토 거리로 접어든 다음,
다시 폰타초 거리로 들어섰다. 불이 환하게 밝혀진 넓은
로비로 통하는 커다란 유리문이 나타났다. 그는 그 문을
열고 들어갔다. 유리에는 커다란 글자로 이런 말이 적혀
있었다. 〈세 송이 장미 호텔〉⋯⋯.

이 남자는 나였다. 이리저리 흩어지는 안개 사이로 나는
릴라와 파올라와 시빌라라는 세 명의 여자를 언뜻 보았다.
그 뿌연 안개 속에서는 그녀들을 구별할 수가 없었다. 그러
다가 갑자기 그녀들은 어둠 속으로 사라졌다. 안개가 짙어지
고 있으니, 그녀들을 다시 찾아 나서는 것은 부질없는 짓이

었다. 해결책은 십중팔구 다른 곳에 있었다. 폰타초 거리로 우회해서 불이 환하게 밝혀진 어떤 호텔의 로비로 들어가는 편이 나을 것이었다(하지만 이 호텔의 로비는 살인 현장으로 통해 있지 않았던가?). 〈세 송이 장미 호텔〉은 어디에 있을까? 내가 보기에, 그것은 도처에 있다. 그건 어떤 다른 이름으로 불려도 향기가 변하지 않는 장미[2]인 것이다.

골판지 상자의 바닥에는 신문지가 깔려 있고 그 밑에는 다른 책들보다 훨씬 오래된 것으로 보이는 커다란 판형의 책 두 권이 있었다. 하나는 귀스타브 도레[3]의 판화가 들어간 성서였는데, 보관 상태가 좋지 않아서 이제는 거리의 헌책 장수에게나 가야 할 물건이었다. 나머지 하나는 반(半)가죽 장정의 책이었는데, 장정을 한 지는 백 년쯤 된 듯했고 아무것도 적혀 있지 않은 책등은 해져 있었으며 대리석 무늬가 들어간 앞뒤 표지는 빛이 바랜 상태였다. 나는 책을 펼치자마자 17세기의 고본임을 알아차렸다.

본문을 세로로 나누어 2단으로 짠 조판 방식이 나를 긴장시켰다. 나는 얼른 속표지를 보았다. *Mr. William Shakespeares Comedies, Histories, & Tragedies.* 셰익스피어의 초상, 그리고 그 아래에 *printed by Isaac Iaggard*······.

그것은 건강 상태가 정상일 때조차도 심장 마비를 일으킬 만한 뜻밖의 발견이었다. 의심의 여지가 없었다. 이번엔 시

---

2 셰익스피어, 『로미오와 줄리엣』, 2막 2장.
3 프랑스의 화가이자 삽화가(1832~1883). 라블레, 단테, 세르반테스, 발자크, 위고 등 1백 작품이 넘는 세계 문학의 걸작들과 성서(투르 성서, 1866)에 삽화를 그려 당대에 세계적인 명성을 누렸다.

세익스피어 희곡집 퍼스트 폴리오

빌라의 장난이 아니었다. 그건 바로 1623년 판 퍼스트 폴리
오였다. 습기 때문에 생긴 약간의 얼룩이 있긴 하지만 여백
이 널찍널찍한 온전한 2절판이었다.

이 책이 어떻게 할아버지의 수중에 들어왔을까? 아마도
상대하기에 더없이 좋은 파파 할머니를 만나 19세기 물건들
을 한목에 사들이면서 손에 넣으시지 않았을까? 그 노파는
가격을 놓고 까탈을 부리지 않았을 것이다. 거추장스런 잡동
사니를 고물 장수에게 팔아넘기는 것으로 생각했을 테니까
말이다.

할아버지는 고서 전문가가 아니었지만, 그렇다고 이 방면
에 식견이 없으셨던 것도 아니었다. 이것이 상당한 가치가

있는 책임을 분명 알아차리셨을 것이고, 셰익스피어의 전집을 갖게 되었다며 좋아하셨을 것이다. 하지만 할아버지에게는 경매 카탈로그가 없었고, 그것을 참조할 생각도 하지 않으셨을 것이다. 그리하여 나중에 삼촌 내외가 모든 것을 다락으로 치워 버릴 때, 이 퍼스트 폴리오도 여기로 딸려 와서 40년 동안 숨겨져 있었던 것이다. 어떤 다른 장소에서 3세기가 넘도록 때를 기다렸던 것처럼 말이다.

내 심장이 격렬하게 고동치고 있었지만, 나는 그것에 아랑곳하지 않았다.

이제 나는 여기 할아버지 서재에서 떨리는 손으로 내 보물을 만지고 있다. 숱한 잿빛 돌풍을 겪은 뒤에 마침내 〈세 송이 장미 호텔〉에 들어온 것이다. 이건 릴라의 사진이 아니라, 밀라노로 당장 돌아가라는 권유다. 셰익스피어의 초상이 여기에 있으니, 거기에 가면 릴라의 사진을 얻게 될 것이다. 에이번의 시인이 나를 다크 레이디[4] 쪽으로 이끌어 주리라.

나는 거의 3개월 동안 솔라라 집에 틀어박혀서 혈압이 높아지는 것을 아랑곳하지 않고 고성(古城)에서 겪을 법한 온갖 미스터리를 경험했다. 하지만 이 퍼스트 폴리오와 더불어 나는 그 모든 것보다 한결 흥미진진한 소설을 체험하고 있다. 흥분이 고조되어 생각이 흐려지고, 후끈후끈한 기운이 얼굴로 솟구친다.

이것은 필시 내 생애에서 겪은 가장 큰 충격이다.

4 에이번의 시인 셰익스피어는 154편의 소네트 가운데 127~154번에서 〈다크 레이디〉에 대한 사랑을 노래하고 있다.

제3부 OI NOΣTOI[1]

15. 드디어 돌아왔구나, 내 친구 안개여!

나는 어떤 터널을 통과하고 있다. 내벽에서 인광이 번득이는 터널이다. 나는 멀리 떨어진 한 지점을 향해 급히 나아간다. 잿빛 점 하나가 어서 오라고 재촉하는 듯하다. 나는 죽음을 경험하고 있는 것일까? 내가 듣기로, 죽음을 경험하고 돌아왔다는 사람들의 이야기는 이것과 정반대다. 어둡고 현기증 나는 통로를 지나, 〈세 송이 장미 호텔〉처럼 눈부신 빛이 쏟아지는 곳에 다다랐다고 하지 않는가. 따라서 나는 죽은 게 아니다. 아니면 그들이 거짓말을 한 것이다.

터널의 출구가 눈앞에 있다. 그 너머에 서린 증기가 터널로 스며든다. 증기에 휩싸이자 아늑한 기분이 든다. 나는 시나브로 아주 얇은 망사처럼 부유하는 뿌연 증기 속으로 옮겨간다. 이건 안개다. 책에 나오는 것도 아니고 다른 사람들이 말한 안개도 아니다. 이건 진짜 안개이고, 나는 그 속에 있다.

1 오이(OI)는 그리스어 정관사의 복수형이고, 노스토이(NOΣTOI)는 〈귀향〉을 뜻하는 노스토스(NOΣTOΣ)의 복수형. 고대 그리스 문학에서 이 말은 트로이를 함락시킨 그리스 영웅들의 귀환 여행을 다룬 서사시를 가리키기도 한다. 호메로스의 『오디세이아』가 바로 현재까지 온전하게 전해져 내려온 유일한 〈노스토이〉다.

나는 돌아온 것이다.

내 주위로 안개가 피어올라 부드럽고 허허로운 물감을 세상에 칠한다. 집들의 윤곽이 드러나 있다면, 안개가 슬그머니 다가와 지붕을 모서리부터 조금씩 갉아먹는 것을 볼 수 있을 것이다. 하지만 이미 모든 것이 안개에 먹혀 버렸다. 아니 어쩌면 이것은 들판이나 언덕에 끼어 있는 안개일지도 모른다. 내가 안개 속에 둥둥 떠 있는 것인지, 안개 속을 걷고 있는 것인지 가늠할 수가 없다. 바닥에도 안개가 자욱하다. 눈을 밟으며 걷고 있는 느낌이다. 나는 안개에 잠긴 채, 안개로 허파를 채웠다가 밖으로 다시 불어 낸다. 나는 돌고래처럼 유영하고 있다. 언젠가 크림 속에서 헤엄치는 꿈을 꾸었을 때와 비슷한 기분이다……. 안개가 친구처럼 나를 맞이하더니, 내 주위를 휘감아 돌며 내 냄새를 맡고 뺨을 어루만지다가, 옷깃과 턱 사이로 스며들어 내 목을 가볍게 찌른다. 안개에서는 진한 냄새가 난다. 눈이나 음료나 담배 냄새와 비슷하다. 솔라라 집의 현관 주랑에서 움직이고 있는 듯한 기분이 든다. 지하 저장고의 아케이드처럼 지붕이 나직한 그 주랑에서는 언제나 하늘을 온전히 볼 수가 없었다. *Et, comme un bon nageur qui se pâme dans l'onde,/tu sillonnes gaiement l'immensité profonde/ avec une indicible et mâle volupté*(그리고 헤엄 잘 치는 사람이 물결 속에서 황홀함을 느끼듯,/그대는 깊고도 광대한 공간을 즐겁게 누비고 다니며/이루 말할 수 없는 남성적인 쾌감을 맛본다).[2]

2 보들레르의 시집, 『악의 꽃』 1부 〈스플린과 이상〉의 세 번째 시 「상승」의 6~8행.

몇몇 실루엣이 다가든다. 언뜻 보기엔 팔이 여러 개 달린 거인들 같다. 그들에게서 은은한 열기가 발산되어, 그들이 지나가는 길에는 안개가 스러진다. 그들이 마치 가로등의 희미한 불빛을 받고 있는 것처럼 환하게 보인다. 그들이 덤벼들어 나를 눌러 버릴 것만 같다. 나는 무서워서 뒤로 물러선다. 그들은 유령처럼 나를 스치고 사라져 간다. 나를 덮친다 싶었는데 내가 깔린 게 아니라 오히려 그들 속으로 들어갔다가 나온 느낌이다. 마치 기차를 타고 갈 때 보면 어둠 속에서 신호등 불빛이 다가들다가 어둠에 묻혀 스러지는 것과 비슷했다.

　　그러고 나자 얼굴에 조롱기가 가득 담긴 인물이 나타난다. 녹색과 청색이 어우러진 타이츠 차림의 악마적인 어릿광대다. 두 손으로는 사람의 허파처럼 생긴 흐물흐물한 물건을 가슴에 댄 채 눌러 대고, 추저분한 입으로는 불꽃을 내뿜는다. 그는 나에게 부딪치면서 화염 방사기처럼 나를 핥다가 사라져 간다. 그가 지나가면서 남긴 약간의 불기운 때문에 *fumifugium*[3](연무)이 잠시 환해진다. 이어서 공처럼 둥근 물체 하나가 굴러 온다. 커다란 독수리 한 마리가 구체 꼭대기에 올라앉아 있다. 독수리 뒤로 창백한 얼굴 하나가 불쑥 나타난다. 공포 때문에 머리카락이 쭈뼛쭈뼛 솟은 것처럼 연필 백 개가 머리에 박혀 있는 얼굴이다…… 나는 이것들이 무엇

---

3 이 유사 라틴어는 영국 작가 존 이블린이 1661년에 발표한 팸플릿의 제목으로 처음 사용한 말이다. 〈런던의 공기와 매연으로 인한 불편함의 일소〉라는 부제를 달고 있는 이 책은 런던의 스모그 문제를 다룬 최초의 역사적인 문헌들 가운데 하나다. 이블린이 사용한 *fumifugium*이라는 말은 일반적으로 〈연기에서 벗어나기〉 또는 〈연기 흩뜨리기〉라는 뜻으로 해석되지만, 에코는 이 말을 〈스모그〉, 또는 〈연무(煙霧)〉의 뜻으로 사용하고 있는 듯하다.

인지 알고 있다. 어린 시절 열병에 걸려 침대에 누워 있을 때면, 노란 고름의 샘처럼 보글거리는 수프에 잠겨 〈임금 파스타〉와 함께 삶아지고 있는 기분을 느꼈다. 그때마다 그 어릿광대와 공에 올라앉은 독수리와 머리에 연필을 꽂은 남자가 나타났다.[4] 그런 신열에 시달리던 밤에 겪은 일들이 이제 생생한 기억으로 되살아난다. 나는 캄캄한 방에 누워 있다. 그때 낡은 장롱의 문들이 갑자기 열리더니, 가에타노 아저씨의 수많은 분신이 장롱에서 튀어나온다. 가에타노 아저씨는 턱이 뾰족하고 곱슬곱슬한 옆머리가 관자놀이에 난 혹처럼 불거져 나와서 얼굴이 세모꼴로 보였다. 안색은 폐병 환자처럼 창백하고 눈가에는 짙은 그늘이 서려 있었으며, 벌레 먹은 잇바디 한복판에 금니 하나가 박혀 있었다. 그야말로 머리에 연필을 꽂은 남자와 비슷했다. 가에타노 아저씨의 분신들은 쌍쌍이 출현하여 크게 무리를 지은 다음, 내 방 여기저기에서 팔을 기하학적으로 구부리며 마리오네트 같은 동작으로 춤을 추었다. 때로는 2미터 길이의 나무 자를 지팡이처럼 짚고 있기도 했다. 그들은 내가 독감이나 홍역이나 성홍열에 걸렸을 때마다, 신열이 올라가는 저녁 무렵이면 어김없이 나타나서 끈질기게 나를 괴롭히고 두려움에 떨게 했다. 그러다가는 올 때처럼 갑작스럽게 자취를 감췄다. 나는 그들이 장롱 속으로 돌아간다고 생각했다. 그래서 회복기가 되면 겁을 내면서 조심조심 다가가 장롱을 열고 내부를 샅샅이 살펴보

4 불을 뿜는 어릿광대는 예전에 기침·감기·류머티즘 환자를 위해 사용하던 발열 습포제 〈테르모젠〉의 포장지와 광고 포스터에 나오는 인물이고, 공에 올라앉은 독수리는 밀라노에서 생산되는 유명한 아마로(약초 술) 〈페르네트 브랑카〉의 로고이며, 머리에 연필을 꽂은 남자는 〈프레스비테로〉 연필의 광고 캐릭터이다.

에코의 몽타주

았다. 하지만 그들이 출몰하는 구멍은 어디에도 감춰져 있지 않았다.

병이 다 나았을 때, 나는 이따금 일요일 한낮에 가에타노 아저씨를 대로에서 만났다. 그는 금니를 드러내며 나에게 미소를 짓고, 내 뺨을 어루만지면서 〈착한 녀석〉이라고 말한 다음, 어딘가로 멀어져 갔다. 그는 착한 악마였다. 나는 내가 병에 걸릴 때마다 그가 유령처럼 나타나는 까닭을 도무지 이해할 수 없었다. 가에타노 아저씨의 삶과 존재 그 자체에 무언가 모호하고 끈적끈적하고 미묘하게 두려움을 자아내는 것이 있었지만, 그것에 관해 부모님께 물어볼 엄두도 나지 않았다.

내가 도로를 건너다가 자동차에 치일까 봐 파올라가 내 팔을 붙잡은 적이 있었다. 그때 내가 뭐라고 했더라? 자동차가 보행자나 닭들을 치기도 한다는 것쯤은 나도 안다고, 운전자가 그런 사고를 피하기 위해 브레이크를 밟으면 시커먼 연기가 난다고, 그다음에는 먼지막이 코트 차림에 커다란 검은색 안경을 쓴 남자 두 명이 크랭크로 다시 시동을 걸어야 한다고 하지 않았던가. 그때는 몰랐지만, 이제 나는 알고 있다. 그 남자들은 내가 신열에 들떠 헛것을 볼 때, 가에타노 아저씨 다음에 나타났다.

그들이 눈앞에 보인다. 안개 속에서 갑자기 나타난 것이다. 나는 가까스로 그들을 피한다. 그들의 자동차는 사람의 형상을 닮아 생김새가 흉측하다. 거기에서 가면을 쓴 남자 두 명이 내리더니, 내 귀를 잡으려고 한다. 내 귀는 이제 아주 길어져 있다. 그야말로 천문학적인 당나귀 귀다. 물렁물렁하고 털이 나 있는데다, 달에 가서 닿을 만큼 길다. 조심해, 만

『메오의 귀』

약 네가 나쁜 짓을 하면, 피노키오의 코 따위는 아무것도 아
냐. 네 귀가 메오의 귀처럼 길어질 거야! 왜 『메오의 귀』[5]가
솔라라에 없었을까? 나는 그 책의 내부에서 살고 있다.

내 기억이 되돌아왔다. 다만 이제는 가뭄 끝에 큰물이 나
듯, 무수한 기억이 박쥐 떼처럼 내 주위에서 빙글빙글 돌고
있다.

키니네 당의정을 먹고 난 뒤로, 열이 내리고 있다. 아버지
가 내 작은 침대 곁에 앉아서 『사총사』의 한 장을 읽어 주신
다. 삼총사가 아니라 정말 사총사다. 라디오로 방송된 이 패
러디는 온 국민을 애청자로 만들었다. 이 프로그램이 한 회
사의 판촉 행사와 결합되었기 때문이다. 〈페루지나〉 초콜릿
을 사서 상자를 열어보면, 프로그램에 나오는 인물들이 다채
롭게 그려진 카드가 들어 있었다. 사람들은 갖가지 상품을
타기 위해 경쟁적으로 이 카드들을 앨범에 모았다.

5 이탈리아의 언론인이자 아동 문학가인 조반니 베르티네티(1872~1950)
가 1908년에 출간한 소설.

『사총사』

가장 큰 상은 피아트의 소형차 〈발릴라〉였다. 하지만 이 상을 타는 사람은 요행히도 가장 드문 카드인 〈사나운 살라딘〉을 손에 넣은 사람뿐이었다. 결국 너나 할 것 없이 〈사나운 살라딘〉을 얻으려고 경쟁을 벌이는 바람에 온 국민이 초콜릿에 중독되었다(또는 부모, 연인, 이웃 사람, 직장 상사 등 누구에게나 초콜릿을 선물했다).

여러분께 들려 드릴 이 이야기에는/깃털 장식 모자를 쓴 인물들도 나오고/칼과 장갑, 결투와 매복,/아름다운 여인들과 사랑의 밀회 등도……. 라디오로 방송된 이 이야기는 재치가 넘치는 다수의 삽화를 곁들여 책으로도 출간되었다. 아빠가 이책을 읽어 주시면, 나는 고양이들에게 둘러싸인 리슐리외 추기경이나 아름다운 술라미타의 모습을 상상하면서 잠에 빠져 들었다.

나는 솔라라에서 할아버지의 자취를 숱하게 찾아냈다(그게 언제 적 일일까? 어제? 아니면 까마득한 옛날?). 그런데 왜 아버지의 자취는 전혀 남아 있지 않았을까? 할아버지는 헌책방을 운영하셨고, 나는 할아버지가 모으신 책이며 잡지를 읽으며 자랐다. 내가 그렇게 종이에 묻혀 지내는 동안, 아버지는 온종일 밖에 나가 일하셨다. 아버지는 당신의 지위를 지키기 위해 정치에는 관여하시지 않았다. 우리가 솔라라에 있었을 때, 아버지는 주말마다 위험을 무릅쓰고 우리를 보러 오셨고, 다른 때에는 공습을 당하고 있던 도시에서 지내셨다. 다만 내가 아플 때에는 내 곁에서 나를 보살펴 주셨다.

빵 탕 웡 뚜벅 텀벙 우지직 우지직 우두둑 툴툴 풋 으르렁 우르르 빠방 저벅 버석 긁적긁적 따당 팔락 빠방 슝 붕 우지끈 땡그랑 통 척 우아아아 부릉부릉 윽 쏙……
도시가 공습을 당하고 있을 때면, 솔라라 집의 창문 너머로 멀리에서 번쩍이는 불빛들이 보였다. 우리는 그 광경을 바라보면서, 어쩌면 바로 그 순간에 아빠가 무너지는 건물에 깔리고 있을지도 모른다고 생각했다. 하지만 아빠가 돌아오기로 되어 있는 토요일이 오기 전까지는 정말로 어떤 일이 벌어졌는지 알 수가 없었다. 이따금 화요일에 공습이 벌어지면, 우리는 나흘 동안 소식을 기다려야 했다. 전쟁은 우리를 숙명론자로 만들어 버렸고, 공습은 소나기와 같은 것이었다. 우리 아이들은 여느 때와 다름없이 태평하게 놀면서, 화요일 저녁과 수요일, 목요일, 금요일을 보냈다. 하지만 우리는 정말 태평했을까? 우리 마음에도 불안감이 깊게 각인되지 않았을까? 시체가 여기저기 흩어져 있는 싸움터를 산 채로 돌아다니는 사람의 슬픔, 얼떨떨함과 안도감이 뒤섞인 그 슬픔이 우리에게도 찾아오지 않았을까?

지금은 그저 내가 아버지를 사랑했다는 느낌이 들 뿐이다.

아버지의 얼굴이 눈에 선하다. 희생을 감수하는 삶의 자국이 새겨진 얼굴이다. 아버지는 힘들게 일하신 덕분에 자동차를 구입하셨지만, 그 자동차를 타고 가다가 참혹한 사고를 당하셨다. 아버지가 그토록 열심히 일하셨던 것은 할아버지에게서 독립하고자 하는 마음이 강했기 때문일지도 모른다. 할아버지는 돈 걱정 없이 즐겁게 사시는 분이었고, 과거의 정치적인 행적과 메를로에 대한 복수 덕분에 영웅적인 후광도 얻으셨다. 아버지는 그런 할아버지의 그늘에서 벗어나고자 했을 것이다.

내 곁에서 달타냥의 사이비 모험담을 읽어 주시던 아빠의 모습이 눈앞에 보이는 듯하다. 그 책에서 달타냥은 무릎 아래에서 훑치는 헐렁한 바지를 입은 품새가 골프 선수와 비슷했다. 어머니의 젖가슴에서 맡았던 향내도 느껴진다. 젖을 뗀 지 여러 해가 지난 뒤에도 어머니의 젖가슴에서는 향내가 났다. 내가 잠자리에 들기 전에 인사를 하러 가면, 어머니는 〈필로테아〉라는 기도서를 내려놓고 나직한 음성으로 성모 마리아에게 바치는 성가 하나를 불러 주셨다. 이 노래 덕분에 나는 「트리스탄과 이졸데」의 서곡에 나오는 것과 같은 반음계의 상승에 익숙해졌다.

이제 내 기억이 되살아나고 있으니, 이것이 어찌된 일일까? 나는 어디에 있는 것일까? 안개가 서린 파노라마 대신 가정의 정겨운 분위기가 담긴 장면들이 아주 생생하게 나타난다. 만상이 적막에 싸여 있다. 외부 세계는 전혀 느껴지지 않고, 모든 것이 나의 내부에 있는 듯하다. 손가락과 손, 이어서 다리를 움직여 보려고 하지만 말을 듣지 않는다. 마치 내 육신이 없어진 것만 같다. 허공에 붕 뜬 채로 죽음의 심연을 예고하는 수렁들 쪽으로 활강하는 기분이다.

마약에 취한 것일까? 그렇다면 누가 나에게 마약을 먹였단 말인가? 내가 기억하는 마지막 순간이 언제지? 그때 나는 어디에 있었지? 사람들은 대개 잠에서 깨어나면 잠자리에 들기 전에 했던 일을 기억한다. 책을 보다가 잠든 사람은 책을 덮어서 침대 머리맡 탁자에 올려놓은 것도 기억한다. 하지만 호텔 객실에서 깨어나거나 오랫동안 다른 곳에 머문 뒤에 집에 돌아와서 자다가 깨어난 경우에는 오른쪽에 놓인 스탠드를 왼쪽에서 찾는 일이 생길 수도 있다. 아직도 전에 머물던 장소에 있다고 생각하기 때문이다. 나는 잠들기 전에 아빠가 『사총사』를 읽어 주신 일을 마치 간밤의 일처럼 기억하고 있다. 그것이 적어도 50년 전에 있었던 일이라는 것을 아는데도 말이다. 반면에 내가 여기에서 깨어나기 전에 어디에 있었는지는 생각이 날 듯 말 듯하다.

나는 셰익스피어의 퍼스트 폴리오를 손에 들고 솔라라에 있지 않았던가? 그다음엔 무슨 일이 있었을까? 아말리아가 내 수프에 LSD를 넣은 게 아닐까? 그래서 내 과거의 구석구석에서 튀어나온 형상들이 우글거리는 안개 속에서 이렇게 떠돌고 있는 것이다.

참으로 어리석은 생각이다. 어쩌면 이리도 단순할까…….
솔라라에서 나는 또다시 사고를 당했다. 사람들은 내가 죽은 줄 알고 땅에 묻었는데, 무덤 속에서 깨어난 것이다. 산 채로 매장되는 것, 이건 고전적인 시나리오다. 하지만 이런 처지에 놓인 사람은 발광이 나야 마땅하다. 팔다리를 버둥거리면서 관의 내벽을 두드리고, 공기가 부족한 것을 느끼며 공황 상태에 빠져 들어야 한다. 그런데 나는 오히려 육신이 없어진 것처럼 느끼고 있다. 그리고 내 마음은 더없이 평온하다. 이건 무덤에서 깨어난 자의 본새가 아니다.

그렇다면 나는 죽은 것이고, 이 단조롭고 고요한 세계가 바로 저승인 것이다. 여기에서 나는 과거의 삶을 영원히 다시 살게 될 것이다. 과거의 삶이 끔찍했다면 참으로 딱한 노릇이고(그게 바로 지옥이리라), 그게 아니라면 여기는 천국이 될 것이다. 이런 세상에! 내가 곱사등이, 장님에다 귀머거리와 벙어리로 태어났다고 가정해 보자. 또는 내가 사랑하던 사람들 즉, 부모나 아내나 다섯 살짜리 아들이 내 눈앞에서 허무하게 죽었다고 가정해 보자. 그렇다면 사후의 삶이란 그저 내가 지상에서 겪었던 고통을 다른 방식으로 계속 다시 경험하는 것이 되지 않겠는가? 지옥이란 *les autres*(타인들)[6]가 아니라, 우리가 살아 있는 동안에 겪은 죽음의 행렬이 아닐까? 아무리 잔인한 신이라도 우리에게 그런 운명을 부여할 생각은 못할 것이다. 그라뇰라의 말이 옳다면 몰라도 말이다. 그라뇰라? 그는 내가 예전에 알았던 사람인 듯하다. 하지만 추억들이 서로 떼밀며 몰려들고 있으므로, 갈피를 잡을 수 있도록 가지런하게 줄을 세워야 한다. 그러지 않으면 나는 다시 안개 속에서 헤매게 될 것이고, 〈테르모젠〉의 어릿광대가 다시 나타날 것이다.

---

6 〈지옥이란 바로 타인들이다 *L'enfer, c'est les autres*〉는 사르트르의 희곡 『닫힌 문』에 나오는 대사이다.

아마도 나는 죽은 게 아닐 것이다. 만약 내가 죽었다면, 부모에 대한 사랑이나 공습에 대한 불안 같은 지상의 감정을 느끼지 않을 것이다. 죽는다는 것은 삶의 순환이 끝나고 심장 박동이 멎는다는 뜻이다. 내가 죽어서 과거의 내 삶을 지옥처럼 경험하고 있는 것이라면, 그것이 아무리 끔찍한 것이라 해도 우주적인 거리를 두고 초연하게 바라볼 수 있을 것이다. 지옥이란 펄펄 끓는 피치 속에서 살가죽이 벗겨지는 고통을 겪는 곳이 아니다. 지옥에 간 사람은 자기가 저지른 악행을 관조한다. 그는 자기가 그것에서 영원히 벗어날 수 없다는 것을 알고 있다. 하지만 그는 순수한 정신일 것이다. 하지만 나는 그냥 기억하는 것으로 그치지 않고, 과거의 악몽과 애정과 환희를 다시 경험한다. 나는 내 육신을 느끼지 못하지만, 육신의 기억을 간직하고 있고, 아직 육신에서 벗어나지 않은 것처럼 고통을 느낀다. 마치 다리 하나가 잘린 사람이 아직도 잘려 나간 다리가 아프다고 느끼는 것처럼 말이다.

다시 정리해 보자. 나에게 또다시 사고가 생겼다. 이번 사고는 지난번보다 심각하다. 너무 흥분한 탓이다. 처음에는 릴라를 생각하다가, 그다음에는 셰익스피어의 퍼스트 폴리오를 마주하고 흥분이 고조되었다. 그 바람에 혈압이 엄청나게 올라갔고, 나는 혼수상태에 빠지고 말았다.

파올라와 내 딸들을 비롯하여 나를 사랑하는 사람들 모두가 깊은 코마에 빠져 있는 나를 바라보고 있다(그라타롤로 박사는 나를 퇴원시키지 말고 적어도 몇 달 동안 내 혈압을 엄격하게 관리했어야 하는 건데 잘못했다면서 자기 머리카락을 쥐어뜯는다). 그들의 기계가 알려 주는 바에 따르면 내 뇌는 생명의 징후를 보이지 않는다. 그래서 그들은 절망에 빠진 채, 플러그를 뽑아야 할지, 몇 해가 걸리더라도 기다려야 할지 고민하고 있다. 파올라는 내 손을 잡고 있다. 카를라와 니콜레타는 음반을 틀어 놓았다. 혼수상태에서도 음악이든 말소리든 어떤 자극을 받으면 환자가 깨어날 수도 있다는 것을 어디에서 읽은 것이다. 내가 대롱에 의지해서 목숨을 이어가는 동안, 그녀들은 몇 해 동안 계속 그러고 있을지도 모른다. 인간의 존엄성이라는 것을 조금이라도 지니고 있는 사람이라면 당장에 그만두자고 말할 것이다. 그러면 가엾은 그녀들은 희망을 버리는 대신 마침내 자유로운 기분을 느끼게 될 것이다. 하지만 나는 그녀들이 플러그를 뽑아야 한다고 생각할 수는 있어도, 그것을 말로 나타낼 수가 없다.

주지하다시피, 깊은 코마에 빠진 뇌는 활동의 징후를 보이지 않는다. 나는 생각하고 느끼고 기억하지만, 외부에서 나를 관찰하는 사람들은 내 뇌가 활동하지 않는다고 생각한다. 내 뇌는 과학의 현 수준에 맞춰 평평한 뇌전도를 보여 주고 있지만, 과학이 인체의 신묘한 기능에 관해서 무엇을 알겠는가? 모니터에 나타나는 뇌파가 평평하다 해도 내장이나 발끝이나 고환으로 사고 작용을 하는 것일 수도 있다. 사람들은 내 뇌가 활동하지 않는다고 생각하지만, 나는 아직 내면의 활동을 하고 있는 것이다.

뇌파가 평탄한 선을 그려도 어딘가에서 영혼이 작용하고 있다는 얘기가 아니다. 단지 그들의 기계가 나의 뇌 활동을 일정한 한도까지만 기록한다는 얘기다. 그 한도를 넘어선 곳에서 내가 아직 사고를 하고 있다는 사실을 그들은 모른다.

『몬테크리스토 백작』

다시 깨어나서 그들에게 이런 사실을 알려 준다면, 신경학 분야의 노벨상을 타는 사람도 생길 것이고 뇌의 활동을 기록하는 현재의 기계들은 모두 폐기 처분되고 말 것이다.

　과거의 안개 속에서 빠져나와 나를 사랑했던 사람들과 내가 죽어 있기를 바랐던 사람들 앞에 힘차게 살아 있는 모습으로 다시 나타날 수 있다면. 「날 봐, 난 에드몽 당테스야!」 몬테크리스토 백작은 자기를 죽은 사람으로 간주하고 있던 사람들 앞에 숱하게 나타나지 않는가! 옛날의 은인들과 사랑하는 메르세데스와 자기를 모함했던 사람들 앞에 나타나, 〈날 봐, 내가 돌아왔어. 난 에드몽 당테스야!〉 하고 말하지 않는가.

　또는 이 침묵에서 벗어나 형체가 없는 상태로 병실의 허공을 떠다니면서 움직이지 않는 내 육신을 마주한 채 울고 있는 사람들을 볼 수 있다면 좋겠다. 자신의 장례식에 참석하

501

면서 동시에 육신의 방해를 받지 않고 날아다니는 것. 그건 모두가 소망하는 일 두 가지를 한꺼번에 실현하는 것이다. 하지만 나는 꼼짝달싹할 수 없는 신세가 되어 꿈을 꾸고 있을 뿐이다.

사실 나는 복수를 갈망할 만큼 가슴에 응어리진 것이 전혀 없다. 나를 불안하게 하는 것이 있다면, 그것은 내가 편안한 기분을 느끼고 있음을 다른 사람들에게 말할 수 없다는 사실이다. 손가락 하나, 눈꺼풀 하나라도 움직일 수 있다면, 하다못해 모스 부호로라도 신호를 보낼 수 있다면 좋겠다. 하지만 나는 그저 생각만 할 뿐 손끝 하나도 움직일 수가 없고, 아무것도 느끼지 못한다. 내가 여기에 온 지 얼마나 됐을까? 일주일이나 한 달이 되었을 수도 있고, 일 년이 넘었을 수도 있다. 심장이 뛰고 있다는 느낌이 들지 않는다. 배고픔이나 목마름의 자극도 느껴지지 않고, 자고 싶은 욕구도 일지 않는다(혹시 이렇게 계속 깨어 있어야 하는 게 아닌가 싶어 두렵다). 내가 배설을 하거나(어쩌면 대롱을 통해서 저절로 배설이 이루어지고 있을지도 모른다) 땀을 흘리고 있는지, 심지어는 숨을 쉬고 있는지도 알 수가 없다. 내 외부에, 내 주위에 공기가 있는지조차 확신할 수가 없다. 나는 내가 산송장이 되었다고 생각하고 있을 파올라와 카를라와 니콜레타의 고통을 생각하며 괴로워한다. 하지만 가급적이면 그런 고통에 굴복하지 말아야 한다. 온 세상의 고통을 내 몫으로 삼을 수는 없는 노릇이다 ─ 오 냉혹한 이기심의 은총이 나에게 내리기를. 나는 나 자신과 함께, 나 자신을 위해 살고 있다. 그리고 이제 나는 첫 번째 사고를 겪고 나서 내가 잊어버렸던 것이 무엇인지를 알고 있다. 현재로서는 이것이 바로 나의 삶이다. 어쩌면 이런 삶이 영원히 계속될지도 모른다.

따라서 나에게 남은 일은 그저 기다리는 것밖에 없다. 만약 사람들이 나를 다시 깨어나게 한다면, 그건 모두가 깜짝 놀랄 일이 될 것이다. 그러기 전까지 내가 스스로 깨어날 가능성은 전혀 없을 것이므로, 끝없이 과거를 회상하며 살아갈 각오를 해야 한다. 어쩌면 그저 조금 더 버티다가 완전히 세상을 떠나게 될지도 모른다 ─ 그러니 어떻게든 이 순간들을 활용해야 한다.

만약 내가 갑자기 생각하기를 멈춘다면, 그 뒤에는 무슨 일이 벌어질까? 더없이 내밀한 지금의 삶과 비슷한 또 다른 형태의 내생(來生)이 시작될까? 아니면 아무 의식이 없는 영원한 암흑 상태로 들어가게 될까?

이런 문제와 씨름하느라고 내게 주어진 시간을 허비하는 것은 어리석은 짓이리라. 어떤 존재가, 혹은 우연이라는 현상이 내가 누구인지를 돌이켜볼 기회를 내게 주었다. 이 기회를 활용하자. 만약 무언가 회개해야 할 것이 있다면, 나는 통회의 기도를 바칠 것이다. 하지만 회개를 하자면 먼저 내가 무엇을 했는지 기억해 내야 한다. 내가 파올라 몰래 다른 여자들을 만났고, 진귀한 장서를 물려받은 〈미망인들〉을 숱하게 속였다는 것은 이미 알고 있다. 그 부정직한 행실들에 대해서는 파올라도 미망인들도 벌써 용서했을 것이다. 어쨌거나 기억할 것이 있다는 건 다행한 일이다. 결국 지옥이 존재한다면, 그건 그냥 텅 비어 있는 상태가 아니겠는가.

이렇게 잠에 빠져 들기 전에, 나는 솔라라 집의 다락에서 생철로 된 개구리를 찾아냈고, 그것을 보면서 곰돌이 안젤로라는 이름과 〈오시모 박사의 캐러멜〉을 떠올린 바 있다. 그래, 나는 분명 그런 말들을 했다. 이제 그것들이 어떻게 연결되는지 알겠다.

오시모 박사는 로마 대로에서 약국을 운영하고 있는 약사로서 벗어진 머리가 달걀처럼 반질반질하고 하늘색 안경을 쓴 남자이다. 엄마가 나를 데리고 나가 시장을 보고 약국에 들를 때마다, 오시모 박사는 엄마가 고작 흡수성 거즈 한 통을 사는 경우에도, 운두가 아주 높은 유리 용기의 뚜껑을 열어서 향기로운 하얀 구슬들 사이에 섞여 있는 자그마한 밀크 캐러멜 봉지 하나를 꺼내어 내게 준다. 나는 캐러멜들을 곧바로 다 먹어 치우면 안 된다는 것을 알고 있다. 그것은 적어도 사나흘 동안 아껴 먹어야 할 분량인 것이다.

아직 네 살도 채 안 되었던 때라서, 나는 그날이 오기 전 마지막으로 엄마랑 외출했을 때 엄마의 배가 여느 때와 다르다는 것을 알아차리지 못했다. 그런데 오시모 박사의 약국에 들른 지 얼마 되지 않은 어느 날, 어른들은 나를 아래층으로 내려 보냈다. 나를 피아차 아저씨에게 맡긴 것이다. 피아차 아저씨는 아주 커다란 방에서 살고 있다. 이 방은 마치 살아 있는 것처럼 보이는 동물들 — 앵무새, 여우, 고양이, 독수리 — 로 가득 차 있어서 숲과 비슷한 느낌을 준다. 어른들이 설명해 준 바에 따르면, 피아차 아저씨는 죽은 동물들을 땅에 묻지 않고 박제를 하는데, 사냥한 동물들은 다루지 않고 죽을 때가 되어 자연히 죽은 동물들만 다룬다고 한다. 나는 이제 그 숲처럼 생긴 방에 앉아 있다. 피아차 아저씨는 나를 즐겁게 해주려고 갖가지 동물들의 이름과 특성을 알려 준다. 나는 시간 가는 줄 모르고 죽은 동물들이 모여 있는 그 경이로운 장소를 탐험한다. 이곳에서는 죽음이 험악해 보이지 않는다. 죽음에서 고대 이집트의 신비와 어떤 향기를 느낄 수 있다. 그 향기는 오로지 여기에서만 맡을 수 있는 것이다. 화학 용액과 먼지 묻은 깃털과 무두질한 가죽의 냄새가 뒤섞인 그 향기를 맡으며, 나는 내 생애에서 가장 아름다운 오후를 보낸다.

한참 뒤에 나를 도로 데려가기 위해서 우리 집에서 어른 한 사람이 내려온다. 그이를 따라 집에 올라갔을 때, 나는 내가 죽은 동물들의 왕국에 있는 동안 누이동생이 태어났음을 알아차린다. 산파가 양배추 속에서 찾아낸 아기를 데려온 것이다. 아기는 하얀 레이스에 싸여 있어서, 보랏빛이 도는 발그스름한 공 같은 것이 보일 뿐이다. 그 공에서 검은 구멍 하나가 벌어지더니 새된 울음소리가 터져 나온다. 어른들 말로는 아기가 아파서 그러는 게 아니란다. 세상에 태어나서 엄마와 아빠와 오빠를 만난 것이 기쁘다고 저 나름대로 말을 하느라고 그런다는 것이다.

나는 매우 신이 나서, 누이동생에게 어서 오시모 박사의 밀크캐러멜을 주자고 제안한다. 하지만 갓 태어난 아기는 이가 없어서 엄마 젖밖에 빨 수 없다고 한다. 구슬 던지기 놀이를 할 때처럼 그 검은 구멍에 하얀 구슬들을 던져 넣었으면 딱 좋았을 것이다. 그랬다면 금붕어 한 마리를 탔을지도 모른다.

나는 장난감들이 들어 있는 궤로 달려가서 생철 개구리를 집어 든다. 아무리 갓 태어난 아기라 해도, 배를 누르면 개골개골 소리를 내는 초록색 개구리를 보고 좋아하지 않을 리가 없어. 아냐, 그만두자. 나는 개구리를 도로 내려놓고, 풀이 죽은 채로 물러난다. 쳇, 누이동생이 생겼다고 해서 좋을 게 뭐가 있담? 피아차 아저씨의 늙은 새들하고 같이 있는 게 낫지 않았을까?

생철 개구리와 곰돌이 안젤로. 다락에서 그것들은 잇달아 내 머릿속에 떠올랐다. 누이가 자라서 밀크캐러멜을 무척 좋아하게 되고 내 소꿉동무가 되면서, 곰돌이 안젤로가 누이와 연결된 것이다.

「그만해 누초, 곰돌이 안젤로가 그걸 어떻게 견디겠어?」 내 사촌에게 고문을 그만두라고 사정했던 적이 얼마나 많았던가. 하지만 그는 나보다 나이가 많았고 사제들이 운영하는 기숙학교에 다니고 있었다. 학교에서 온종일 제복 차림으로 답답하게 생활하던 그는 우리 도시로 돌아올 때마다 억눌린 기분을 풀었다. 장난감들을 가지고 전쟁놀이를 한참 하고 나면, 그는 곰돌이 안젤로를 붙잡아서 침대 다리에 묶어 놓고, 터무니없는 매질을 가했다.

곰돌이 안젤로를 내가 언제부터 가지고 있었지? 녀석이 언제 우리 집에 왔는가는 기억나지 않는다. 그라타롤로 박사가 말한 것처럼 나의 개인적인 기억들을 서로 연결시켜서 일관되게 조직하는 법을 터득하기 전의 일이라서 기억이 실종된 것이다. 노르스름한 플러시 천으로 된 내 친구 안젤로는 여느 인형들처럼 팔다리를 움직일 수 있기 때문에 앉아 있거나 걸을 수도 있었고, 두 팔을 번쩍 들어 올릴 수도 있었다. 그는 덩치가 크고 위엄이 있었으며, 반짝반짝 빛나는 밤색 눈에는 활기가 넘쳤다. 아다와 나는 그를 우리 장난감들의

506

왕으로 선출했다. 그는 납 병정들과 인형들의 임금이었다.

나이가 들고 우리의 손때가 오르면서, 안젤로는 훨씬 더 존경스러운 모습으로 변해 갔다. 일찍이 절뚝거리는 걸음으로 권위를 획득했던 그는 무수한 전투를 승리로 이끈 영웅처럼 한쪽 눈과 한쪽 팔을 잃음으로써 더욱 위엄을 갖추게 되었다.

우리가 작은 민걸상을 뒤집어 놓으면, 그것은 군함이나 해적선, 또는 이물과 고물이 네모난 쥘 베른의 배로 변했다. 곰돌이 안젤로와 병정들은 그 배를 타고 머나먼 곳으로 모험을 떠났다. 안젤로는 키잡이 자리에 앉았고, 그 앞에는 납으로 만든 〈별천지 용사들〉과 〈감자 대위〉가 탔다. 이 용사들은 생김새가 조금 우스꽝스럽긴 했지만, 크기가 적당해서 다른 병사들보다 쓸모가 많았다. 그들의 전우인 찰흙 병정들은 생김새는 더 군인다웠지만, 대체로 안젤로보다 심한 불구가 되어 있었다. 머리가 없거나 팔다리가 떨어져 나간 병사들이 있는가 하면, 납작하고 잘 부스러지고 이제는 제 빛깔을 잃어버린 찰흙에서 철사로 된 갈고리가 삐져나와 있는 자들도 있었다. 말하자면 키다리 존 실버가 한두 명이 아닌 셈이었다. 우리의 멋진 배가 닻을 올리고 〈침실 바다〉를 떠나 〈복도 대양〉을 가로지르고 〈주방 군도〉에 다다르는 동안, 곰돌이 안젤로는 소인국 백성들처럼 작은 병사들의 한복판에 떡 버티고 앉아 있었다. 우리는 거구의 안젤로와 난쟁이 병사들 사이의 불균형을 대수롭게 여기지 않았다. 그것이 오히려 안젤로의 걸리버 같은 위엄을 돋보이게 했으니까 말이다.

날이 가고 달이 가면서, 곰돌이 안젤로는 어떤 묘기를 부리라고 해도 마다하지 않겠다는 듯한 너그러운 봉사심 때문에, 그리고 내 사촌 누초의 분풀이 대상이 되는 바람에, 하나 남은 눈과 팔을 마저 잃었고, 나중에는 두 다리까지 잃고 말 았다. 아다와 내가 자라는 동안, 사지가 떨어져 나간 그의 몸통에서 밀짚 다발이 비어져 나오기 시작했다. 사람들은 우리 부모님에게 안젤로에 관한 험담을 늘어놓았다. 털가죽이 벗겨진 안젤로의 몸뚱이에 벌레들이 꾀기 시작했고, 어쩌면 거기에서 세균이 배양되고 있을지도 모른다는 것이었다. 급기야 부모님은 우리에게 안젤로를 없애 버리라고 부추기면서, 그러지 않으면 우리가 학교에 가 있을 때 안젤로를 쓰레기장에 내다 버리겠다고 잔인하게 으름장을 놓으셨다.

사실 그즈음에는 아다와 내가 보기에도 우리가 사랑하는 곰돌이의 모습이 안쓰러웠다. 너무 쇠약해서, 무언가에 기대지 않고는 똑바로 서지도 못 했을 뿐만 아니라, 뱃가죽이 서서히 갈라지고 내부 기관들이 볼썽사납게 비어져 나오는 사태까지 겪고 있었으니 말이다. 우리는 안젤로가 죽을 수밖에 없다는 생각을 받아들였다. 심지어는 그가 이미 죽은 것으로 간주하고, 격식을 제대로 갖춰 장례식을 치러 주어야 한다는 생각까지 받아들였다.

안젤로를 떠나보내기로 한 날, 우리는 아침 일찍 일어났다. 아빠가 방금 보일러를 켜셨다. 이 보일러는 우리 집의 모든 방열기에 뜨거운 물을 공급하는 장치이다. 조객들이 모여들어 느리고 엄숙한 추도 행렬을 지었다. 장난감들이 〈감자 대위〉의 지휘 아래 보일러 옆에 죽 늘어서 있다. 모두가 가지런하게 대오를 지어 차려 자세를 한 채, 세월과의 싸움에서 패배한 영웅에게 걸맞은 군례를 갖추고 있는 것이다. 나는 죽은 것이나 진배없는 안젤로를 방석에 받쳐 들고 앞으로 나아간다. 파출부 아주머니를 포함하여 온 가족이 한마음으로 애도와 경의를 표시하며 내 뒤를 따른다.

나는 종교적인 의식을 거행하듯 엄숙한 태도를 보이면서 안젤로를 불꽃이 일렁거리는 그 바알Baal의 입속에 집어넣는다. 안젤로는 이제 그저 밀짚 무더기나 진배없는 터라 불길이 한 번 스치자마자 사그라지고 만다.[7]

이것은 앞으로 다가올 일을 예고하는 의식이었다. 몇 달 지나지 않아서 보일러 역시 꺼져 버렸으니 말이다. 우리 집에서는 원래 무연탄을 보일러의 연료로 사용하다가 무연탄이 사라지면서 석탄 가루를 계란 모양으로 뭉쳐 놓은 연탄을 사용하고 있었다. 그런데 전쟁이 벌어지면서 그것마저도 배급을 받아야 하는 상황이 되었고, 주방에는 예전에 쓰던 낡은 난로를 다시 들여놓아야 했다. 나중에 우리가 솔라라에서 사용한 것과 아주 비슷하게 생긴 이 난로는 나무나 종이나 판지를 태울 수도 있고, 포도주 색 물질을 작은 벽돌 모양으로 압착한 〈미네라리아〉라는 연료를 땔 수도 있었다. 이 연료는 불땀이 좋지 않은 대신 마디게 타고 불꽃이 선명했다.

이제는 곰돌이 안젤로의 죽음을 생각해도 슬픔이 인다거나 그리움 때문에 가슴이 먹먹해지지 않는다. 그가 죽은 뒤로 몇 해 동안은 그랬을지도 모르고, 지나온 지 얼마 되지도 않은 과거를 되찾으려고 애쓰던 열여섯 살 때에는 그런 감정을 다시 느꼈을 수도 있다. 하지만 지금은 아니다. 이제 나는

7 움베르토 에코는 1992년 주간 『레스프레소』의 고정 칼럼 〈미네르바 성냥갑La bustina di Minerva〉을 통해서 어린 시절의 장난감이었던 이 곰돌이 안젤로에 관한 추억을 이야기한 바 있다. 이 글은 칼럼 선집 『미네르바 성냥갑』(김운찬 역, 열린책들, 2004)에도 실려 있다.

〈미네라리아〉 광고

시간의 흐름 속에서 살지 않는다. 나는 행복하게도 영원한 현재 속에 있다. 안젤로가 눈앞에 보인다. 장례식 날의 모습도, 위풍당당하던 날들의 모습도 눈에 선하다. 나는 한 추억에서 다른 추억으로 금방금방 옮겨갈 수 있고, 추억 하나하나를 *hic et nunc*(여기 그리고 지금)의 일처럼 경험하고 있다.

바로 이런 것이 영생이라면, 영생이란 참으로 멋진 것이다. 나는 왜 이것을 얻기까지 60년을 기다려야 했을까?

그런데 릴라의 얼굴은? 이젠 그것이 보일 법도 한데, 추억들은 내 의사에 상관없이 저희가 정한 순서에 따라 한 번에 하나씩 나에게 오는 듯하다. 나는 그냥 기다려야 한다. 그것 말고는 어찌해 볼 도리가 없다.

나는 〈텔레풍켄〉 라디오를 옆에 두고 복도에 앉아 있다. 연속극이 나오는 시간이다. 아빠는 한마디도 놓치지 않겠다는 듯 귀를 기울이고 있고, 나는 엄지손가락을 입에 문 채 아빠의 무릎에 올라앉아 있다. 라디오에서 흘러나오는 이야기들은 집안의 우환, 간통, 속죄 등 나로서는 도통 이해할 수 없는 것들이다. 그래도 가만히 듣고 있노라면 목소리들이 점점 아련해지면서 졸음이 찾아온다. 나는 내 방으로 자러 가면서, 복도의 불빛을 볼 수 있도록 방문을 그냥 열어 두라고 부탁한다. 나는 머리에 피도 마르기 전에 영악해져서, 공현 축일 전날 밤에 동방 박사들이 가져다준다는 선물이 사실은 부모님이 사주시는 것임을 일찌감치 알아차렸다. 누이동생은 나처럼 생각하지 않는다. 하지만 아직 너무 어린 아이에게서 환상을 빼앗아 버릴 수는 없는 노릇이다. 1월 5일 밤이면 나는 집 안에서 무슨 일이 벌어지는지 알기 위해서 깨어 있으려고 무진 애를 쓴다. 그러다 보면 어른들이 선물을 갖다 놓는 소리가 들려온다. 이튿날 아침이 되면, 나는 기적 같은 일이 벌어진 것에 대해 놀라고 기뻐하는 시늉을 한다. 나는 어른들의 비위를 맞추려고 알랑거리는 아첨꾼이다. 나는 그 놀이가 중단되는 것을 원치 않는다.

나는 눈치가 빠르다. 아기가 어머니 배에서 태어난다는 사실도 직감으로 알아차렸다. 하지만 그것을 입 밖에 내지는 않는다. 엄마가 친구들과 함께 여자들 일에 관해서 이야기하고 있다(〈아무개 말이야, 처지가 묘하게 됐어〉 혹은 〈그 여자 말이야 여기, 에헴 에헴, 난소에 유착이 생겼대〉 하는 식으로). 한 아주머니가 갑자기 엄마의 말을 막는다. 아이가 듣고 있으니 말조심을 하라는 것이다. 엄마는 내가 아직 어려서 말귀를 못 알아들으니까 괜찮다고 말한다. 나는 문 뒤에서 염탐하며 삶의 비밀들을 간파해 나간다.

　엄마의 서랍장에는 작고 동그란 문이 달려 있다. 나는 그 문을 통해 책 한 권을 슬쩍한 바 있다. 조반니 모스카[8]가 쓴 『이런 것을 두고 누가 죽음이라 했는가』라는 책이다. 이는 묘지에 사는 것의 아름다움과 흙을 포근한 이불처럼 덮고 누워 있는 것의 안락함을 노래하는 정중하면서도 반어적인 엘레지이다. 죽음의 세계로 나를 초대하는 듯한 이 책이 마음에 든다. 아마도 나는 풀잎이 초록색 말뚝처럼 보였다는 발렌테의 죽음을 교과서에서 접하기 전에 여기에서 처음으로 죽음을 만났을 것이다. 그런데 어느 날 아침, 나는 5장에서 이런 대목과 마주쳤다. 잠시 실신했다가 무덤 파는 인부의 보살핌을 받은 착한 여자 마리아는 자기 배 속에서 날개가 퍼덕이는 것을 느낀다. 작가는 이제껏 얌전한 태도를 보이면서, 그저 불행한 사랑을 암시하고 장차 아기가 태어나리라는 것을 넌지시 알려 주었을 뿐이다. 하지만 이 대목에서는 사실적인 묘사를 감행함으로써 나에게 공포감을 주고 있다. 〈그날 아침부터 마리아의 배 속에 생기가 돌았다. 마치 새장 속에서 참새들이 포드닥거리는 것처럼 무언가가 날개를 치며 가볍게 떨고 있었다……. 아이가 움직이고 있는 것이었다.〉

---

8 조반니 모스카(1908~1983)는 이탈리아의 언론인이자 작가이다. 여러 신문에서 기자로 활동한 뒤에 「소년 신문」을 이끌었고, 제2차 세계 대전 시기에 이탈리아에서 가장 유명했던 풍자 신문들인 「베르톨도」(1939)와 「칸디도」(1945)의 창간에 참여했다. 예리한 유머 감각에서 나온 기사들과 풍자문들을 여러 신문을 통해 발표했고, 비슷한 특성을 지닌 소설 작품들도 출간했다. 대표작으로는 초등학교 교사를 지낸 경험을 바탕으로 쓴 『학교의 추억』(1940)과 『이런 것을 두고 누가 죽음이라 했는가』(1941), 『보르게세 빌라의 아이들』(1954), 『어떤 아버지의 일기』(1969) 등이 있다.

임신에 관한 묘사가 읽기 거북할 만큼 사실적이다. 이런 글을 접해 보기는 처음이다. 나는 무언가를 새로 알게 되어서 놀라는 것이 아니다. 내가 이미 혼자서 깨달은 것을 확인하고 있을 뿐이니까 말이다. 하지만 이 금지된 글을 읽고 있다가 누군가에게 들켜서, 내가 무언가를 알게 되었다는 사실이 남들에게 알려진다고 생각하니 덜컥 겁이 난다. 금지된 것을 범함으로써 죄를 지었다는 느낌이 든다. 나는 책을 서랍장 속에 도로 가져다 놓고, 내가 침입한 흔적을 모두 없애려고 애쓴다. 나는 한 가지 비밀을 알고 있다. 하지만 그것을 아는 게 죄인 것만 같다.

이건 내가 여성 잡지 『노벨라』의 표지에 실린 아름다운 디바의 얼굴에 입을 맞추기 전에 있었던 일이고, 성애의 비밀이 아니라 탄생의 비밀과 관련된 것이다. 어떤 원시인들은 성행위와 임신 사이에 직접적인 관계가 있다는 사실을 이해하지 못했다고 한다(하기야, 9개월이라는 시간은 한 세기만큼이나 길지 않으냐고 파올라는 말했다). 나 역시 어른들의 일인 성행위와 아기 사이의 신비로운 관계를 이해하는 데 오랜 시간이 걸렸다.

우리 부모님마저도 내가 충격을 느낄 수 있다는 사실에 신경을 쓰지 않으신다. 그분들의 세대는 우리보다 늦은 나이에 이런 기분을 느낀 모양이다. 아니면 당신들의 어린 시절을 잊어버린 것일 수도 있다. 부모님은 이따금 아다와 나의 손을 잡고 영화관에 데려가신다. 도중에 지인을 만나면, 아빠는 우리가 영화를 보러 가는 길이라면서 「황금 도시」와 같은 영화의 제목을 말한다. 상대방은 아다와 나를 바라보면서 장난기 어린 미소를 짓더니, 영화가 〈조금 야하다〉고 속삭인다.

아빠는 태연하게 대답하신다. 「그렇다면 놓치지 말고 꼭 봐야겠는걸.」 그래서 나는 조마조마한 마음으로 크리스티나 쇠데르바움의 포옹을 지켜보게 된다.

솔라라 집의 복도에서 〈지구에 사는 각양각색의 인종과 민족〉이라는 말이 생각났을 때, 나는 거웃이 다보록한 음문을 떠올렸다. 이제 그 까닭을 설명해 주는 장면이 눈앞에 보인다. 나는 몇몇 친구와 함께 있다. 그들은 중학교 때의 급우들인 듯하다. 우리가 있는 곳은 한 친구 아버지의 서재다. 우리는 비아수티의 『지구의 인종과 민족』이라는 책을 보고 있다. 우리는 책장을 팔랑팔랑 넘겨 칼무크족 여인들의 사진이 실린 페이지를 펼친다. 사진 속의 여자들은 *à poil*(완전한 벌거숭이)⁹이다. 그녀들의 성기가 보인다. 아니, 성기라기보다 모피라고 하는 편이 나을지도 모르겠다. 내 친구가 잘못 알고 하는 말을 빌리자면, 칼무크족 여인들은 〈제 스스로 장사를 하는 여자들〉이다.

나는 다시 안개 속에 있다. 등화관제가 실시되는 어두운 밤. 안개가 짙게 서려 있다. 온 도시가 공습을 노리는 적기의 시야에서 사라지려고 전전긍긍한다. 하늘에서는 도시가 보이는지 알 수 없지만, 땅에서 바라보고 있는 내 눈에는 도시가 가뭇없이 사라진 것만 같다. 나는 초등학교 1학년 교과서의 그림에 나오는 것처럼, 아빠의 손을 잡고 나아간다. 아빠는 교과서 그림 속의 남자 어른처럼 중절모자를 쓰고 있다. 하지만 아빠가 입은 외투는 덜 우아하고 더 낡은 것이며, 어

---

9 프랑스어 poil은 동물이나 사람의 몸에 난 털을 가리킨다. 〈*à poil*〉이란 체모가 드러나도록 완전히 벌거벗은 상태를 가리키는 관용구이다.

깨를 따로 달지 않고 깃에서 바로 소매로 이어지게 만든 래글런 식이다. 내 외투는 훨씬 더 낡았다. 오른쪽에 단춧구멍들의 자국이 남아 있어서, 아빠가 입던 외투를 내 몸에 맞게 고친 것임을 알 수 있다. 아빠는 오른손에 산책용 지팡이 대신 손전등을 들고 있다. 이 손전등은 전지를 넣어서 불을 밝히는 것이 아니라, 자전거 전조등처럼 마찰을 이용하여 충전한다. 네 손가락으로 방아쇠 같은 것을 당기면, 가볍게 윙윙거리는 소리가 나면서 불빛이 보도를 밝힌다. 발 디디는 자리나 길모퉁이나 교차로의 초입을 분간하기에는 충분한 빛이다. 그러다가 손잡이를 놓아 버리면 불빛이 사라진다. 우리는 불빛이 있을 때 잠깐 보아 둔 것을 바탕으로 마치 맹목비행을 하듯이 열 발짝 정도를 더 나아간다. 그런 다음 잠시 동안 다시 불을 켠다.

안개 속에서 우리는 사람들의 거뭇한 형체와 마주치고, 때로는 인사나 사과의 말을 속삭이기도 한다. 사람들이 그렇게 나직한 소리로 말을 주고받는 것은 내가 보기에 당연한 일이다. 가만히 생각해 보면, 폭격기들이 불빛을 볼 수는 있어도 소리를 들을 수는 없으므로, 목청껏 노래를 부르며 안개 속을 걸어가도 아무 문제가 없을 것이다. 하지만 아무도 그렇게 하지 않는다. 우리가 조용하게 굴면 안개가 더욱 힘을 얻어 우리의 발걸음을 보호해 주고 우리와 우리 거리를 적들의 눈에 띄지 않게 가려 줄 것 같은 기분이 들기 때문이다.

등화관제는 참으로 엄격하게 실시된다. 이런 등화관제가 정말 유용한 것일까? 이건 그저 사람들을 안심시키기 위한 것이 아닌가 싶다. 적들이 우리를 폭격하고자 할 때는 낮에

515

오니까 말이다. 한밤중에 사이렌이 울렸다. 엄마는 울면서
아다와 나를 깨우고 — 엄마가 우는 것은 폭탄이 무서워서가
아니라 아이들을 한밤중에 흔들어 깨우는 것이 안쓰럽기 때
문이다 — 우리의 파자마 위에 작은 외투를 걸쳐 주신다. 우
리 가족은 대피소로 내려간다. 우리 건물에 있는 대피소가
아니라 맞은편 건물에 있는 대피소로 가는 것이다. 우리 건
물의 대피소는 원래 있던 지하실에 들보를 덧대고 모래주머
니를 쌓아서 보강한 것일 뿐이지만, 맞은편 건물에 있는 것
은 일찍이 1939년에 전쟁을 예상하고 건설한 대피 시설이다.
우리는 나지막한 담으로 경계가 지어진 마당을 가로질러 가
지 않는다. 그 대신 사이렌이 이제 울리기 시작했으니 적기
는 아직 멀리 있으리라 믿고, 종종걸음으로 건물들의 블록을
빙 돌아서 간다.

이 공습 대피소는 멋지다. 시멘트 벽에는 물이 흘러내리는
홈들이 나 있고, 불빛은 약하지만 따뜻한 느낌을 준다. 어른
들은 모두 기다란 의자에 앉아서 이야기꽃을 피우고, 우리
아이들은 한복판에서 뛰어다니며 논다. 고사포 소리가 들려
온다. 굉음이 아니라 소음기를 거쳐 나온 것처럼 작은 소리
다. 사람들은 설령 이 건물에 폭탄이 떨어진다 해도 대피소
는 끄떡없을 거라고 확신한다. 사실이 아닐지언정 그렇게 생
각하는 것이 유익하다. 대피소 책임자는 골똘한 상념에 잠긴
표정으로 서성거린다. 우리 초등학교의 담임 선생님이기도
한 이 모날디 씨는 집에서 급히 나오느라고 국가 보위 의용
군의 백인대장 제복도 걸치지 못하고 파시스트 행동 대원 시
절에 받은 훈장도 달고 나오지 못한 것을 못내 원통해하고
있다. 이 시절은 무솔리니를 권좌에 오르게 한 로마 행군에

516

참여했던 사람이라면 누구나 전쟁 영웅 행세를 하던 때이다 (나는 휴전 협정이 맺어진 1943년 9월 8일이 지나서야 할아버지에게서 로마 행군에 관한 설명을 들었다. 할아버지 말씀에 따르면, 그건 지팡이로 무장한 좀도둑놈들의 산보였다. 그래서 만약 국왕이 명령만 내렸다면, 보병 몇 개 중대로 그들을 중도에서 궤멸시켰을 것이다. 하지만 국왕은 〈발발이 감베타〉였고, 타고난 배신자였다).

어쨌거나 모날디 선생은 주민들 사이를 오가면서 그들을 진정시키고, 임신한 여자들을 보살피는가 하면, 이것은 궁극적인 승리를 위해 견뎌 내야 할 작은 희생이라고 설명하기도 한다. 해제경보 사이렌이 울리고, 가족들이 거리로 흩어진다. 그때 우리 주민들이 모르는 낯선 남자가 담배에 불을 붙인다. 근처를 지나가다가 갑자기 공습경보가 울리는 바람에 우리 대피소로 피신한 사람이다. 모날디 선생은 그의 팔을 잡고 빈정거리는 말투로 묻는다. 우리는 전쟁 중이고, 등화관제가 실시되고 있다는 것을 모르느냐고. 그러자 남자는 담배를 피우기 시작하면서 말한다.

「저 위에 아직 폭격기가 있다 해도, 성냥불을 보지는 못 할 거요.」

「아, 당신이 그걸 안단 말이오?」

「알다마다요. 나는 전투기를 조종하는 공군 대위요. 폭격기를 타고 날아다니죠. 당신, 몰타를 폭격해 본 적 있소?」

진짜 영웅이 나타난 것이다. 모날디 선생은 불뚝거리면서 꽁무니를 빼고, 주민들 사이에는 이러저러한 논평이 오고 간다. 내가 언젠가 말했던 대로 모날디 선생은 허풍선이다. 책임자라는 사람들은 한결같이 그 모양이다.

모날디 선생은 우리에게 영웅주의적인 작문을 시킨 사람
이기도 하다. 작문과 관련해서 아빠와 엄마의 지도를 받던
그날 저녁의 내 모습이 눈에 보인다. 이튿날에는 문화 경연
의 일환으로 수업 시간에 작문을 하기로 되어 있다. 엄마의
조언은 이러하다. 「주제가 무엇이든 간에 〈두체〉와 전쟁에
관해서 쓰면 되는 거야. 그러니까 좋은 인상을 줄 수 있는 멋
진 문장들을 준비하는 게 필요해. 예를 들어, 이탈리아와 그
문명을 충실하고 꿋꿋하게 수호하는 사람들이 되자고 말하
면, 주제가 무엇이든 간에 잘 통할 거야.」

「그런데 〈밀 증산 전투〉[10]라는 주제가 나오면 어쩌죠?」

「그것도 마찬가지 방식으로 다루면 돼. 상상력을 좀 발휘
해서 말이야.」

그러자 아빠가 넌지시 일깨운다. 「우리 병사들이 마르마리
카[11]의 불타는 사막을 피로 물들이고 있다는 것을 기억해. 그
리고 우리 문명은 새롭고 영웅적이고 신성하다는 사실을 잊
지 마. 그러면 언제나 좋은 인상을 줄 거야. 〈밀 증산 전투〉에
관해서 글을 쓸 때도 마찬가지야.」

부모가 아들의 학업 성적이 좋기를 바라는 것은 당연한 일
이다. 만약 평행선의 공리를 알아야 좋은 점수를 받는다면,

---

10 베니토 무솔리니의 파쇼 시대에 전개된 밀 증산 운동. 1925년 파쇼 체제
의 경제 자립 정책의 일환으로 국가의 기본적인 식량 자원인 밀의 완전한 자급
자족을 목표로 시작되었다. 시작 당시에 이탈리아는 밀 소비량의 3분의 1을 수
입에 의존하고 있었다. 이런 상황을 타개하기 위해서 한편으로는 재배 면적을
늘리고 다른 한편으로는 생산성을 높이는 두 가지 방향으로 운동을 전개했다.

11 리비아와 이집트에 걸쳐 있는 지중해 연안의 사막 지대. 1940년 10월에
서 11월 사이에 이곳에서 이탈리아군과 영국군이 맞붙어 격전을 벌였고, 이탈
리아군이 패배했다.

우리는 기하학 책을 보면서 시험에 대비한다. 또한 발릴라 소년단원으로서 무언가를 말해야 하는 경우라면, 우리는 발릴라 소년단원이라면 반드시 생각해야 할 것을 달달 외도록 공부한다. 우리가 공부하는 내용이 옳은가 그른가 하는 것은 문제가 되지 않는다. 사실 우리 부모님은 모르셨겠지만, 유클리드의 제5공리를 놓고 보더라도 이것은 완전한 평면을 상정할 때만 유효하다. 그런 평면은 너무 이상화된 것이라서 현실에 존재하지 않는다. 파쇼 체제도 하나의 평면에 비유할 수 있다. 그즈음에 사람들은 모두 그 평면에 적응되어 있었다. 평행선들이 부서지거나 속절없이 갈라지는 곡선의 소용돌이가 있다는 것을 모르는 채로 말이다.

한 장면이 빠르게 스쳐 지나간다. 그보다 몇 해 전에 있었던 일일 것이다. 나는 엄마에게 묻는다.
「엄마, 혁명이 뭐예요?」
「그건 노동자들이 정권을 잡고 너희 아버지 같은 회사원들의 목을 잘라 버리는 일이야.」

그런데 내가 부모님의 조언에 따라 글짓기를 하고 이틀이 지나서 브루노 사건이 벌어졌다. 브루노는 눈이 고양이 같고 이가 뾰족뾰족한 아이였다. 쥐색 머리에는 탈모증이나 농가진 때문에 생긴 듯한 흰 반점들이 있었다. 딱지가 앉았다가 떨어져 나간 자국들이었다. 당시에 가난한 집 아이들은 언제나 머리에 딱지가 앉아 있었다. 별로 청결하지 않은 환경에서 살기 때문이기도 했고, 비타민 결핍증 때문이기도 했다. 우리 반에서는 데 카롤리와 내가 부잣집 아이로 통했다. 사실 데 카롤리네 집과 우리 집은 선생님과 대등한 사회 계층에 속해 있었다. 우리 집으로 말하자면, 아버지는 넥타이를 매고 다니는 회사원이었고 어머니는 예쁜 모자를 쓰고 다녔다(그러니까 어머니는 아줌마가 아니라 여사였다). 데 카롤리네는 아버지가 작은 포목점을 운영하고 있었다. 나머지 아이들은 우리보다 못한 계급에 속해 있었고, 자기네 부모들과 이야기할 때는 아직도 사투리를 쓰고 있었으며, 그 때문에 맞춤법과 문법에 맞지 않게 글을 쓰기가 일쑤였다. 그중에서도 가장 가난한 아이는 브루노였다. 브루노는 여기저기가 해진 검정 덧옷을 입고 다녔고, 옷에 하얀 깃을 달지 않거나 달더라도 낡고 더러운 것을 달았다. 착실한 아이들이 매고 다니는 파란 나비매듭 리본도 물론 없었다. 또한 브루노는 머리에 난 부스럼 때문에 숫제 까까머리를 하고 다녔다. 머릿니가 꾀지 않게 하는 방법이기도 한 이 삭발은 브루노네 가족이 알고 있는 유일한 치료법이었다. 하지만 이미 부스럼이 났다가 아문 자리들은 희끄무레한 반점으로 남아 있었다. 그것은 가난의 흉터였다. 우리 담임 선생님은 요모조모를 다 놓고 보면 좋은 사람이라고 할 수 있었다. 하지만 그는 파쇼 행동 대원 출신답게 남자다운 방식으로 우리를 가르쳐야 한다고 생각한 나머지, 왈살스럽게 아이들의 따귀를 갈겼다. 그래도 나하고 데 카롤리는 때리지 않았다. 우리가 따귀를 맞으면 자기와 사회적 신분이 동등한 우리 부모들에게 말하리라는 것을 알고 있었던 것이다. 그는 우리와 같은 구역에 살았기 때문에, 자기 아들과 함께 하교할 때마다 나를 우리 집에 데려다 주었다. 덕분에 우리 집에서는 나를 데리러 오는 번거로움을 피할 수 있었다. 그건 우리 어머니가 교장 선생님의 올케와 사촌간이었기 때문인지도 모를 일이다.

반면에 브루노는 매일같이 따귀를 맞았다. 주의가 산만하고 나쁜 행동을 한다거나, 기름때 묻은 덧옷을 학교에 입고 온다는 것이 그 이유였다. 선생님은 툭하면 브루노를 이동 칠판 뒤로 보냈다. 거기는 잘못을 저지른 아이들이 벌서는 장소였다.

어느 날 브루노는 무단결석을 한 뒤에 학교에 왔다. 선생님이 대뜸 소매를 걷어붙이고 있을 때, 브루노는 울음을 터뜨렸다. 그 흐느낌 사이로 아버지가 돌아가셨다는 말이 새어 나왔다. 선생님은 마음이 짠해진 듯했다. 파쇼 행동 대원 출신에게도 인정은 있었던 것이다. 그는 사회 정의란 당연히 자비를 통해서 이루어지는 거라면서, 우리 모두에게 성금을 모으라고 요구했다. 우리 학부모들 역시 인정이 있었던 게 분명하다. 이튿날 우리 반 아이들은 저마다 동전 몇 푼이며 입지 않는 옷이며 잼 단지며 1킬로그램짜리 빵 따위를 가져 왔다. 이로써 브루노는 우리와 연대감을 느낄 수 있는 기회를 경험한 것이다.

하지만 바로 그날 오전, 운동장에서 행진을 하던 중에 브루노는 두 손으로 땅바닥을 짚고 엉금엉금 걸어가는 장난을 쳤다. 우리는 모두 브루노가 정말 못된 아이라고 생각했다. 아버지를 땅에 묻고 온 녀석이 그런 장난을 치고 있었으니 말이다. 선생님은 은혜에 감사할 줄 아는 가장 기본적인 심성조차 갖추지 못한 놈이라면서 브루노에게 호통을 쳤다. 이틀 전에 아버지를 여의고 급우들의 온정 어린 도움을 받은 지 몇 시간도 지나지 않아서 못된 짓을 하는 걸 보니, 막돼먹은 집안의 자식은 어쩔 수가 없다는 것이었다.

그 작은 소동에서 조연 역할을 했던 나는 문득 선생님의 말에 의심을 품었다. 앞서 작문 시험을 본 다음 날 아침에도 나는 그와 비슷한 기분을 느꼈다. 뒤숭숭한 마음으로 잠에서 깨어났는데, 내가 정말 〈두체〉를 사랑하는가 하는 물음이 떠올랐다. 나는 그저 글짓기를 할 때만 그렇게 말하는 위선적인 아이가 아닐까 하는 생각이 든 것이다. 두 손으로 땅바닥을 짚고 엉금엉금 걸어가는 브루노를 보면서, 나는 그 행동이 존엄성을 되찾기 위한 반발이라는 것을 알아차렸다. 브루노는 자기 나름의 방식으로 우리의 알량한 온정 때문에 당한 모욕에 반응한 것이었다.

나는 며칠 뒤에 열린 파시스트 토요 집회에서 그 점을 더욱 분명하게 깨달았다. 우리는 모두 제복 차림으로 도열해 있었다. 우리의 제복은 아주 근사했지만, 브루노의 제복은 평일에 학교에서 입는 덧옷만큼이나 꾀죄죄했고 목에 두르는 파란 스카프의 매듭도 엉터리였다. 모두가 선서를 할 차례가 되었다. 먼저 백인대장이 〈하느님과 이탈리아의 이름으로 맹세합니다. 나는 《두체》의 명령을 수행할 것이고 온 힘을 다하여 파시스트 혁명의 대의에 봉사할 것이며 필요하다면 피를 바치겠습니다. 다 같이 맹세하겠습니까?〉 하고 말하면, 우리는 〈맹세합니다!〉라고 대답하게 되어 있었다. 우리 모두가 〈맹세합니다!〉를 외치고 있을 때, 브루노는 맹세 대신 〈만세!〉 하고 소리쳤다[12] — 그가 내 근처에 있었기 때문에 내 귀에는 똑똑하게 들렸다. 그건 반항의 외침이었고, 내가 처

12 원문에는 〈lo giuro(나는 맹세합니다)!〉와 〈Arturo!〉(영어의 아서에 해당하는 이름)로 되어 있지만, 〈-uro〉로 뒷소리를 맞췄다는 점을 감안하여, 〈맹세〉와 〈만세〉로 옮겼다.

음으로 목격한 반역 행위였다.

브루노는 자발적으로 반역을 감행하고 있었다. 아니면 『세계 속의 이탈리아 소년』에 나오는 것처럼 아버지가 술주정뱅이에다가 사회주의자라서 그랬을까? 어쨌거나 이제 나는 깨달았다. 브루노야말로 당시에 우리를 질식시키고 있던 파시스트의 수사법에 어떻게 반응해야 하는지를 나에게 가장 먼저 가르쳐 준 사람이라는 것을.[13]

나는 열 살 때 파시스트 병사가 되어 이탈리아를 위해 목숨을 바치겠다고 썼고, 열한 살 때에는 〈깨지지 않는 유리잔〉을 소재로 생활 수기를 썼다. 1년도 안 되는 사이에 내가 그렇게 달라진 것은 브루노에게서 얻은 교훈 때문이었다. 브루노는 혁명적인 아나키스트였고, 내 마음에는 회의주의의 싹이 막 돋아나고 있었다. 그의 외침은 깨지지 않는다던 유리잔이 박살난 것과 같은 환멸을 느끼게 해주었다.

나는 분명 혼수상태의 정적 속에 갇혀 있지만, 옛날에 나에게 일어났던 일들을 오히려 더욱 잘 이해하고 있다. 사람들이 죽음의 벼랑에 다다랐을 때 얻게 된다는 깨달음이 바로 이런 것일까? 잭 런던의 인물 마틴 이든이 삶의 마지막 순간에 무언가를 깨달은 것처럼, 나도 내 삶의 모든 진실을 알게

---

13 에코는 일찍이 1991년 『레스프레소』의 고정 칼럼 〈미네르바 성냥갑〉(동명의 칼럼 선집, 열린책들, 2004, pp. 29~32)을 통해, 이 브루노 이야기를 들려준 바 있다. 주간지 칼럼이라는 지면의 제약 때문에 똑같은 이야기를 한결 간략한 형태로 제시하면서, 에코는 데아미치스의 아동 소설 『마음』에 나오는 프란티를 패러디한 듯한 이 이야기가 자신이 실제로 겪은 일을 충실하게 옮긴 것이라고 밝혔고, 브루노를 일컬어 자기가 〈처음으로 만난 반파시스트 스승〉이라고 했다.

되는 것일까? 하지만 마틴 이든은 〈알게 된 순간에 앎을 끝 냈다〉고 하지 않는가? 나는 아직 마지막 순간에 다다르지 않 았고, 죽어 가는 사람들보다 유리하다. 나는 깨달음을 얻고 무언가를 알아 가고 있으며, 그 사실을 의식하기까지 한다. 나는 특권을 누리고 있는 것일까?

16. 바람이 씽씽 불고

릴라를 기억해 낼 수 있다면 좋으련만…… 릴라는 어떻게 생겼을까? 그을음이 까맣게 긴 듯한 이 반(半)수면 상태의 어둠 속에서 많은 이미지가 떠오르고 있지만, 릴라는 보이지 않는다…….

정상적인 상태에 있는 사람이라면, 작년 바캉스 때의 일을 회상하고 싶다 하는 식으로 말할 수 있을 것이고, 만약 그가 몇 가지 흔적을 간직하고 있다면 그것들을 기억해 낼 것이다. 하지만 나는 그렇게 할 수 없다. 내 기억은 촌충처럼 편절로 이루어져 있다. 하지만 촌충과 달리 내 기억은 머리가 없고, 미로 속을 방황한다. 내 기억의 어떤 요소도 여행의 시작이나 끝이 될 수 있다. 나는 추억들이 저희의 논리를 따라 스스로 찾아오기를 기다려야 한다. 안개 속에 있을 때와 비슷한 상황이다. 햇빛 속에서는 멀리 있는 사물들을 볼 수 있고, 방향을 잡아서 어떤 특정한 것을 향해 갈 수도 있다. 안개 속에서는 어떤 사물이나 사람이 내 쪽으로 다가온다 해도 내 근처로 오기 전까지는 그것이 무엇인지 알 수가 없다.

어쩌면 이것이 당연한 것일지도 모른다. 모든 것을 한꺼번에 가질 수는 없다. 추억들은 꼬치처럼 작은 덩어리를 지어 찾아온다. 심리학자들이 마법의 수 7을 놓고 하는 이야기들을 파올라에게서 들은 적이 있다. 그녀가 뭐라고 했던가? 어떤 목록을 구성하는 요소들을 기억하는 경우, 누구나 일곱 개까지는 쉽게 기억할 수 있다. 하지만 그 이상을 기억하기는 어렵다. 일곱 가지를 기억하는 것도 쉬운 일은 아니다. 일곱 난쟁이가 누구누구더라? 재채기쟁이, 멍청이, 잠꾸러기, 툴툴이, 부끄럼쟁이, 박사…… 그다음엔?[1] 매번 나머지 하나가 기억나지 않는다. 또 로마 7왕은 누구누구지? 로물루스, 누마 폼필리우스, 툴루스 호스틸리우스, 세르비우스 툴리우스, 타르퀴니우스 프리스쿠스, 타르퀴니우스 수페르부스…… 그럼 나머지 하나는? 아, 생각났다, 공골로.[2]

내가 떠올릴 수 있는 가장 어린 시절의 기억은 한 인형에 관한 것이 아닌가 싶다. 그 인형은 군악대의 으뜸 고수처럼 하얀 제복 차림에 원통형 군모를 쓴 모습이었고, 작은 열쇠로 태엽을 감아 주면 통탕통탕 북을 울렸다. 그게 정말 그랬을까? 혹시 자라면서 들은 부모님의 회상을 바탕으로 내가 기억을 재구성한 것은 아닐까? 가장 어린 시절의 추억은 그

---

1 일곱 난쟁이에게는 원래 이름이 없었는데, 1937년에 제작된 월트 디즈니의 만화 영화 「백설 공주와 일곱 난쟁이」에서 비로소 이름을 얻게 되었다. 앞에 나온 난쟁이들의 영어 이름은 각각 Sneezy, Dopey, Sleepy, Grumpy, Bashful, Doc이고 나머지 하나는 Happy이다.
2 로마 7왕은 로마 건국 초기(기원전 753~510)에 군림했다는 전설 속의 왕들이다. 나머지 한 왕의 이름은 공골로가 아니라, 앙쿠스 마르키우스. 공골로는 바로 앞에서 말한 일곱 난쟁이 가운데 하나인 Happy의 이탈리아어 이름으로, 〈대단히 기뻐하다〉라는 뜻의 〈공골라레〉에서 나온 것이다.

게 아니라 무화과나무의 장면일지도 모른다. 나는 나무 아래에 있고, 퀴리노라는 농부가 사다리를 타고 올라가서 나에게 가장 맛있는 무화과를 따주던 장면 말이다 — 다만 당시에 나는 아직 발음이 서툴러서 무화과를 *fico*가 아니라 *sico*라고 말했다.

내가 마지막으로 겪은 일은 솔라라 집에서 셰익스피어의 퍼스트 폴리오를 발견한 것이다. 파올라와 다른 사람들은 내가 갑자기 깊은 잠에 빠져 들었을 때 손에 무엇을 들고 있었는지 알아차렸을까? 그들은 당장 그 책을 시빌라에게 맡겨야 한다. 만약 내가 몇 해 동안 계속 이런 상태로 있으면, 그들은 의료비를 감당할 수가 없어서 고서점을 팔고 솔라라의 집도 팔게 될 것이다. 어쩌면 그것으로도 충분치 않을 것이다. 하지만 셰익스피어의 퍼스트 폴리오를 팔면 내 입원비를 언제까지라도 낼 수 있을 것이고 간호사를 열 명이나 두어도 될 것이다. 그러면 그들은 자기들의 삶을 살면서 한 달에 한 번씩 나를 보러 오기만 하면 된다.

광고에 나오는 또 다른 인물이 나에게 다가오더니, 커다란 알약을 들고 야한 몸짓을 보이면서 이를 벌쭉 드러내고 웃는다.

이어서 원통형 군모를 쓴 꼬마 북재비가 내 옆으로 지나간다. 나는 할아버지 품으로 도망친다. 할아버지 조끼에 뺨을 대자 파이프 담배 냄새가 난다. 할아버지는 살담배를 파이프에 담아 피우셨고 늘 담배 냄새를 풍기셨다. 그런데 왜 솔라라에 할아버지의 파이프가 없었을까? 못된 삼촌 내외가 그것을 하찮게 여기고 딱성냥에 숱하게 긁힌 대통과 함께 내버린

〈피아트〉 두통약 광고

것이다. 그 밖에 또 무엇이 사라졌는지는 아무도 모른다. 할아버지가 쓰시던 펜이며 압지, 안경, 구멍 난 양말, 반쯤 차 있던 마지막 담뱃갑도 어딘가로 사라졌다.

안개가 흩어지고 있다. 나는 두 손으로 땅을 짚으며 걸어가던 브루노를 기억하지만, 내 딸 카를라의 출생이나 대학 졸업식 날이나 파올라와의 첫 만남은 기억하지 못한다. 과거를 전혀 기억하지 못하다가 이제는 내 인생 초년기의 모든 추억을 되살리고 있지만, 시빌라가 일자리를 찾아서 고서점에 처음으로 들어오던 날이나 내가 마지막으로 시를 썼던 때는 기억하지 못한다. 릴라 사바의 얼굴도 기억해 낼 수가 없다. 그 얼굴을 기억해 낼 수만 있다면, 계속 이렇게 깊은 잠에 빠져 있어도 나쁘지 않을 것이다. 나는 어른이 된 뒤에도 평생을 두고 어디에서나 릴라의 얼굴을 찾았다고 하는데, 정작 그 얼굴이 생각나지 않는다. 그건 내가 성인으로 살아온 삶과 성인이 되면서 잊고 싶어 했던 것을 아직 기억해 내지 못하고 있기 때문이다.

기다려야 한다. 아니 어쩌면 16년에 걸친 인생 초년의 오솔길들을 따라 영원히 돌아다닐 각오를 해야 할지도 모른다. 하기야 그것으로 충분하다고 볼 수도 있다. 각각의 순간, 각각의 사건을 다시 산다면, 이런 상태로 16년을 버틸 수 있을 테니까 말이다. 그 정도면 족하다. 일흔여섯 살을 넘기면 살 만큼 산 것이 아닌가…… 그쯤 되면 파올라도 내 생명을 유지시키고 있는 기계들의 코드를 뽑아야 하는 게 아닌가 하고 생각할 것이다.

그런데 텔레파시라는 것은 존재하지 않는 것일까? 그런 게 존재한다면, 파올라에게 정신을 집중하여 생각의 힘으로 메시지를 보낼 수도 있을 텐데. 아니면 정신이 풋풋하고 맑은 아이들을 상대로 소통을 시도할 수도 있을 것이다. 「산드로 나와라, 산드로 나와라, 여기는 페르네트 브랑카의 회색 독수리,[3] 여기는 회색 독수리, 대답하라, 오버…….」 내가 그렇게 신호를 보낼 때, 산드로 녀석이 〈알았다, 회색 독수리, 크고 똑똑하게 들린다……〉 하는 식으로 대답해 온다면 얼마나 좋을까.

도시에서 따분한 하루를 보내던 내가 보인다. 나를 포함한 네 명의 아이가 우리 건물 앞의 도로에서 놀고 있다. 이 도로

3 15장의 3번 주석과 491페이지의 삽화 참조.

에서는 자동차가 한 시간에 한 대 꼴로 느리게 지나간다. 그래서 우리가 여기에서 노는 것을 어른들이 허용하는 것이다. 우리는 구슬치기를 하고 있다. 이건 다른 장난감이 없는 아이들도 함께할 수 있는 가난뱅이의 놀이다. 구슬에는 한 가지 종류만 있는 것이 아니다. 찰흙을 빚어 만든 연갈색 구슬이 있는가 하면, 유리로 된 것들도 있다. 유리구슬 중에는 알록달록한 아라베스크 무늬가 투명하게 비쳐 보이는 것들도 있고, 우윳빛 유리에 빨간 줄무늬가 나 있는 것들도 있다. 첫 번째 놀이는 〈구멍에 넣기〉다. 도로 한복판에서 손가락으로 구슬을 튕겨 보도에 바싹 붙여 파놓은 구멍으로 보내는 것이다. 구슬을 튕길 때는 집게손가락 끝을 엄지손가락 끝에 대었다가 탁 미끄러뜨린다(하지만 잘하는 아이들은 반대로 엄지손가락을 집게손가락에 대었다가 미끄러뜨린다). 첫판에 구슬이 구멍 속으로 들어가는 경우도 있지만, 그렇지 않을 때는 다음 판으로 넘어간다. 두 번째 놀이는 〈스판나 체타(뼘 재기)〉이다. 솔라라에서는 이것을 〈치카 스판나〉라고 했다. 보체[4]라는 공놀이를 할 때처럼 구슬 하나를 먼저 던져 놓고 이것에 가까이 가는 것으로 승부를 겨룬다. 하지만 한 뼘보다 더 가까이 다가가면 안 된다. 여기에서 말하는 한 뼘이란 엄지손가락을 제외한 네 손가락을 한껏 벌린 길이를 가리킨다.

팽이를 돌릴 줄 아는 사람은 찬탄의 대상이 된다. 부잣집 아이들은 여러 색깔의 띠로 장식된 금속제 팽이를 가지고 논

---

4 〈보치노〉라는 불리는 작은 공을 먼저 던져 놓고, 두 사람 또는 두 팀이 번갈아 가며 공을 던져 그 표적에 더 가까이 가는 것으로 승부를 겨루는 놀이. 남부 프랑스 사람들이 즐기는 〈페탕크〉라는 놀이와 비슷하다.

다. 이 팽이는 끝이 동그스름한 막대를 여러 번 눌러 태엽을 감은 다음 내려놓으면 다색의 소용돌이를 그리며 돌아간다. 하지만 내가 말하는 것은 그런 팽이가 아니라 〈피를라〉 또는 〈몬자〉라 불리는 나무 팽이, 즉 둥글고 짧은 나무토막의 한쪽 끝을 뾰족하게 깎아서 배가 불룩한 원뿔 모양으로 만든 다음 쇠구슬로 심을 박고 몸통에 나선 모양으로 홈을 낸 것이다. 몸통의 홈을 따라 끈을 감았다가 끈의 끄트머리를 홱 잡아당기면 팽이가 돌아간다. 하지만 아무나 이 팽이를 돌릴 수 있는 것은 아니다. 나는 그것을 제대로 돌려 본 적이 없다. 더 비싸고 돌리기 쉬운 팽이들을 가지고 놀다 보니 손방이 되어 버린 것이다 ― 그래서 다른 아이들은 나를 놀린다.

오늘은 우리 건물 앞의 도로에서 놀 수가 없다. 재킷 차림에 넥타이까지 맨 남자 어른들이 팽이를 들고 보도를 따라가면서 잡초를 뽑고 있기 때문이다. 그들은 하기 싫은 일을 억지로 하는 사람들처럼 느릿느릿 움직인다. 그들 가운데 한 남자가 구슬을 가지고 노는 놀이에 어떤 종류가 있느냐면서 우리에게 말을 건다. 그가 말하기를, 자기가 어렸을 때는 〈동그라미 밖으로 쳐 내기〉를 했다고 한다. 보도에 분필로, 또는 땅바닥에 막대기로 동그라미를 그려 놓고 그 안에 구슬들을 모아 놓은 다음, 더 큰 구슬을 던져 그것들을 동그라미 밖으로 내보내는 방식으로 승부를 겨루어 가장 많은 구슬을 내보낸 사람이 승자가 되는 놀이라는 것이다. 〈나는 네 부모님을 안다. 부모님께 페라라 아저씨가 안부를 묻더라고 전해 드려라. 모자 가게를 하는 페라라 아저씨라고 하면 아실 거야〉 하고 그가 내게 말했다.

나는 집에 돌아가서 안부를 전했다. 엄마가 말했다. 「그 사람들은 유대인이야. 강제로 부역에 동원된 거란다.」 아빠는 하늘을 올려다보며 〈거참!〉 하고 말했다. 나중에 나는 할아버지 가게에 가서 왜 유대인들이 부역을 하느냐고 물었다. 할아버지는 그들이 좋은 사람들이니까 그들을 만나면 정중하게 대하라고 하시면서도, 내가 너무 어리다는 이유로 그 사정을 설명해 주지 않으셨다. 「말조심해. 다른 사람들한테는 그런 얘기 하지 마. 선생님한테는 더더욱 안 돼. 때가 되면 내가 다 이야기해 줄게. 〈사스 지라(일이 잘 돌아가면).〉」

그때 내가 궁금하게 여겼던 것은 단지 유대인들이 어떻게 모자를 팔게 되었는가 하는 것이었다. 내가 벽에 붙은 포스터나 잡지에 실린 광고에서 본 모자들은 한결같이 고급스럽고 우아했다.

〈보르살리노〉 모자 광고 포스터

독일 강제 수용소 사진들

나로서는 아직 유대인들을 걱정할 이유가 없었다. 할아버지는 몇 해가 지나고 나서야 솔라라의 집에서 1938년의 신문을 꺼내어 인종에 관한 법률을 예고하는 기사를 보여 주셨다. 하지만 그런 일이 벌어지고 있던 1938년에 나는 여섯 살이었다. 신문을 읽을 만한 나이가 아니었던 것이다.

　그런데 어느 날부터인가 잡초 뽑는 일을 하던 페라라 아저씨와 다른 유대인들의 모습이 거리에서 사라졌다. 당시에 나는 그들이 가벼운 벌을 받은 다음 집으로 돌아가도 좋다고 허락을 받은 것이려니 생각했다. 하지만 전쟁이 끝나고 나서 누가 어머니에게 하는 이야기를 들었는데, 페라라 씨는 독일에서 죽었다고 한다. 전쟁이 끝나고 나서 나는 많은 것을 알게 되었다. 아기의 출생(아홉 달 전의 예비 행위를 포함해서)뿐만 아니라, 유대인들의 죽음에 관한 비밀도 알게 되었으니 말이다.

　솔라라로 피난을 가면서 내 삶이 달라졌다. 도시에서는 삶이 약간 쓸쓸했다. 나는 매일 몇 시간씩 학교 친구들과 놀았고, 나머지 시간에는 웅크리고 앉아서 책을 보거나 자전거를 타고 돌아다녔다. 그래도 할아버지 가게에서는 마법에 걸린 것처럼 황홀한 시간을 보냈다. 할아버지가 손님과 이야기를 나누고 있을 때면, 나는 뜻밖의 것들을 자꾸자꾸 발견하는 기쁨에 사로잡힌 채 여기저기를 뒤지고 또 뒤졌다. 하지만 그럼으로써 나는 갈수록 혼자 있기를 좋아하게 되었고, 나의 상상만을 친구로 삼아서 놀게 되었다.

　솔라라에서는 혼자 산길을 오르내리며 마을의 학교를 다니고 들판과 포도밭 사이를 뛰어다녔다. 나는 자유로웠고,

미답의 영토가 내 앞에 펼쳐져 있었다. 게다가 함께 돌아다
닐 만한 친구들이 많았다. 우리의 주된 관심사는 우리의 요
새 하나를 짓는 것이었다.

　이제 마을의 청소년 사목 회관[5]에서 겪은 모든 일이 마치
영화를 보는 것처럼 눈앞에 다시 펼쳐진다. 토막토막 끊어진
장면들이 아니라, 죽 이어진 시퀀스로……

　5 이탈리아 말로 오라토리오라 불리는 이것은 19세기 중반 이래로 이탈리
아 청소년들의 삶에서 중요한 역할을 수행해 온 교육·문화·체육 시설이다. 오
라토리오는 원래 신자들이 모여서 기도를 올리는 작은 예배당을 가리키는 말
(〈기도하다〉는 뜻의 라틴어 *orare*에서 온 말)이었는데, 1550년경에 성 필리포
네리가 교직자들과 평신도들의 상호 부조를 위한 공동체 운동을 전개하면서 이
말을 사목 회관의 의미로 사용하기 시작했다. 하지만 오늘날과 같은 오라토리
오의 개념을 확립한 사람은 돈 보스코 성인이다. 그는 1846년 토리노에서 불우
한 청소년들을 교육시키기 위한 오라토리오를 설립하여, 도메니코 사비오를 비
롯한 많은 청소년을 가르쳤다. 이후로 이 오라토리오는 청소년을 위한 종교 교
육과 문화·체육 시설의 본보기가 되어 이탈리아 전역으로 퍼져 나갔다. 이탈리
아 정부와 지방 자치 단체들은 2001년부터 오라토리오의 사회적이고 교육적인
기능을 인정하는 법규를 잇달아 제정하여 그것들의 신설과 재정비를 장려하고
있다. 오라토리오는 대개 소교구 성당의 근처에 있으며 다양한 문화 시설과 스
포츠 시설을 갖추고 있다. 교리 교육을 비롯한 사목 활동뿐만 아니라, 음악이나
연극 같은 문화 활동과 축구를 중심으로 하는 체육 활동이 활발하게 이루어지
고 있기 때문에 자연스럽게 청소년 문화 센터와 같은 역할을 하게 되었다. 이탈
리아의 축구와 오라토리오는 긴밀한 관계를 가지고 있다. 지방의 명문 축구팀
중에는 오라토리오의 주도로 결성된 지역 팀을 모태로 해서 형성된 것들이 있
고, 오라토리오의 축구장에서 공을 차기 시작하여 유명한 축구 선수로 성장한
사람들도 많기 때문이다. 움베르토 에코는 『푸코의 진자』에서도 이 청소년 사
목 회관을 여러 차례 언급하고 있다(55장과 56장 참조). 『푸코의 진자』에 나오
는 벨보의 트럼펫 이야기는 역자가 보기에 우리 시대의 문학이 빚어낸 가장 아
름다운 장면들 가운데 하나인데, 벨보가 트럼펫을 배운 곳이 바로 이 오라토리
오이다. 요컨대, 『로아나 여왕의 신비한 불꽃』의 주인공 얌보에게나 『푸코의 진
자』의 주인공 벨보에게나 오라토리오는 어린 시절의 가장 중요한 추억이 서린
곳이다.

요새가 요새답기 위해서는 지붕과 벽과 문이 있는 집의 형태로 지어서는 안 될 일이었다. 우리가 고른 자리는 대개 구덩이나 바위 사이의 우묵한 곳이었다. 우리는 나뭇가지와 잎들을 모아 덮개를 만들고, 골짜기 아니면 탁 트인 들판이라도 내려다볼 수 있도록 총안을 뚫어 놓았다. 그리고 막대기로 적을 겨냥하고 기총 소사 흉내를 냈다. 자라부브의 이탈리아 병사들처럼 배고픔 때문에 항복하는 경우가 아니면 우리는 천하무적이었다.

우리가 청소년 사목 회관에 가기 시작한 것도 멋진 요새를 만들고자 하는 열망 때문이었다. 회관의 축구장 끄트머리에 있는 나직한 담 뒤쪽의 언덕에서 우리는 요새를 짓기에 딱 좋은 자리를 발견했다. 일요일 축구 경기에 참여하는 스물두 명의 선수 전원을 사격할 수 있는 자리였다. 회관에서는 활동이 자유로운 편이었다. 여섯시쯤에만 한자리에 모여서 교리 문답 교육을 받거나 감사 기도를 올리면 되고, 나머지 시간에는 저마다 하고 싶은 일을 할 수 있었다. 거기에는 소박한 회전목마며 그네와 같은 놀이 기구도 있었고, 작은 극장도 있었다. 나는 그 극장에서 상연된 「파리의 소년」이라는 연극에 출연함으로써 처음으로 무대를 밟았다. 몇 해 뒤에 열린 고등학교의 공연에서 내가 릴라에게 깊은 인상을 줄 수 있었던 것은 바로 여기에서 연극적인 기량을 연마한 덕택이었다.

회관에는 우리 또래의 아이들뿐만 아니라, 우리보다 서너 살 많은 형들이나 우리 눈에는 까마득한 연상으로 보이던 청년들도 왔다. 그들은 탁구를 하거나 돈을 걸지 않고 카드놀이를 했다. 관장인 돈 코냐소 신부는 관대한 사람이라서 그들에게 신앙 고백을 요구하지 않았다. 어떤 청년들은 우리 지방에서 가장 유명한 매음굴인 〈빨간 집〉에 들어가 보려고, 폭격 당할 위험까지 무릅써 가며 자전거를 타고 도시를 간다는데, 그런 무리에 휩쓸리지 않고 회관에 나오는 것만도 장한 일이 아닐 수 없었다.

바돌리오 정부가 영미 연합군과 휴전 협정을 맺은 1943년 9월 8일 이후에, 나는 청소년 사목 회관에서 처음으로 빨치산들에 관한 이야기를 들었다. 처음에 사람들은 그들이 그저 무솔리니의 사회 공화국에서 실시하는 새로운 징집이나 나치 독일의 강제 징용을 피하기 위해 산속으로 도망친 청년들이라고 했다. 그러다가 사람들은 공식적인 성명에서 말하는 대로, 그들을 반역자라고 부르기 시작했다. 그로부터 몇 달이 지나서야, 우리는 그들 가운데 열 명이 총살당했고, 피살자 중에는 솔라라 사람도 한 명 포함되어 있다는 것을 알게 되었다. 또한 그때서야 우리는 〈라디오 런던〉을 들으며 그들에게 특별한 메시지가 전해지고 있다는 사실을 알아차렸고, 그들을 빨치산 또는 그들이 더 좋아하는 이름인 애국자라고 부르기 시작했다. 솔라라 사람들은 그들 편이었다. 그들 모두가 이 고장 토박이였기 때문이다. 그래서 그들이 마을에 나타나면, 사람들은 이제 〈곱슬머리〉, 〈번개〉, 〈파란 수염〉, 〈페루초〉 같은 별명으로 불리는 그들을 그냥 예전에 알고 지내던 때의 이름으로 불렀다. 그들 가운데 다수는 내가 청소년 사목 회관에서 본 적이 있는 청년들이었다. 나달나달 낡아 빠진 재킷 차림으로 카드놀이를 하던 젊은이들이 군모를 쓰고 어깨에 탄띠를 두른 모습으로 다시 나타난 것이다. 그들은 자동 소총을 들고 허리띠에 수류탄 두 개를 매달고 있었다. 권총을 차고 있는 사람들도 더러 보였다. 그들의 복장은 통일되어 있지 않았다. 빨간 셔츠를 입고 있는 사람들이 있는가 하면, 영국군의 재킷이나 국왕 군대 장교의 바지와 각반을 착용하고 있는 사람들도 있었다. 그들 모두가 아주 멋있었다.

파시스트들이 완전히 패망하기 전인 1944년에도 빨치산들은 이따금 검은 여단이 없는 틈을 타서 솔라라를 잽싸게 다녀갔다. 어떤 때는 바돌리오파 대원들이 파란 스카프를 목에 두른 채 산에서 내려왔다. 사람들이 말하기를, 그들은 국왕을 지지하고 공격에 나설 때면 아직도 사보이아 왕가에 대한 충성심이 담긴 구호를 외친다고 했다. 그런가 하면 어떤 때는 빨간 스카프를 두른 가리발디파 대원들이 내려왔다. 그들은 국왕과 바돌리오파에 반대하는 노래들과 〈바람이 씽씽 불고 폭풍이 몰아쳐도/신발에 구멍이 숭숭해도 우리는 가야 한다/붉은 봄이 되어 승리를 거둘 때까지/미래의 태양이 떠오를 때까지〉 하는 노래를 불렀다.[6] 바돌리오파는 가리발디파보다

6 제2차 세계 대전 기간 중의 이탈리아 저항 운동(레시스텐차)은 휴전 협정이 공포된 1943년 9월 8일부터 독일군이 이탈리아에서 항복한 1945년 4월 25일까지 다양한 형태로 전개되었다. 빨치산은 무장 투쟁이라는 방식으로 이 저항 운동에 참가했던 사람들을 가리키는 말이다. 이 말은 대개 공산 게릴라를 지칭하지만, 이탈리아의 빨치산들 중에는 자유주의자나 가톨릭주의자뿐만 아니라 왕당파까지 포함되어 있었다. 이들은 1943년 9월 9일에 독일이 점령하고 있던 북부와 중부 이탈리아에서 파시즘에 저항하기 위해 만들어진 국민 해방 위원회(CLN)를 중심으로 결집되어 있었고, 정파와 정견에 따라 여러 부대로 나뉘어 투쟁을 벌였다. 가장 세력이 강했던 부대는 공산당의 주도로 결성된 가리발디 여단과 행동당의 지도를 받고 있던 〈정의와 자유〉 여단이었고, 그 밖에도 사회당과 연계된 마테오티 여단, 주로 제대 군인들로 구성되고 특정 정당과 결합되지 않은 독립 여단이 있었다. 바돌리오파는 독립 여단의 한 분파로서 주로 왕정을 지지하는 대원들로 구성되어 있었다. 빨치산들의 투쟁은 나치 독일

무장이 잘되어 있었다. 소문에 따르면 영국군이 바돌리오파에게는 보급품을 보내 주고, 공산주의자들인 가리발디파에게는 보내 주지 않기 때문이라고 했다. 가리발디파 대원들은 검은 여단과 접전을 벌이거나 무기고를 기습해서 노획한 자동 소총을 가지고 있었음에 반해서, 바돌리오파 대원들은 영국군의 최신형 스텐 기관 단총으로 무장하고 있었다.

스텐 기관 단총은 가리발디파의 자동 소총보다 가벼웠고, 개머리판이 굵은 철사로 된 윤곽만 남긴 채 속이 텅 비어 있었으며, 탄창을 아래쪽이 아니라 옆쪽에 끼우게 되어 있었다. 한번은 바돌리오파의 한 대원이 나에게 그 총을 한 방 쏘아 보게 해주었다. 그들은 대개 손이 무디어지지 않도록 훈련을 하기 위해서, 그리고 여자들의 눈길을 끌기 위해서 사격을 했다.

한번은 파시스트 군대인 공화국 수비군의 산마르코 사단 병사들이 우리 마을에 온 적이 있었다. 그들은 〈산마르코! 산마르코!/우리가 죽는다 한들 무엇이 두려우랴〉하는 노래를 불렀다.

사람들이 말하기를 그들은 비록 옳지 않은 선택을 하긴 했지만 뱀뱀이가 있는 양가의 자식들이라서 주민들에 대한 처신이 반듯하고 여자들을 정중하게 대한다고 했다. 같은 파시스트라 해도 검은 여단 사람들에 비하면 신사라는 것이

의 점령 상태에서 이탈리아를 해방시키기 위한 애국 전쟁이었을 뿐만 아니라, 파시스트들과 이탈리아 사회 공화국의 지지자들을 상대로 벌인 내전이기도 했다. 한편, 가리발디파 빨치산들이 불렀다는 노래 「바람이 씽씽 불고」는 1943년 9월에 펠리체 카쇼네가 저항 운동을 고무하기 위해 지은 가사를 러시아 민요 「카츄샤」의 음악에 맞춰 부른 민중가요이다. 이 노래는 1965년 이탈리아의 빨간 머리 여가수 밀바(1937~)가 발표한 앨범 「자유의 노래」에 수록됨으로써 전 세계적으로 널리 알려지게 되었다.

이탈리아 사회 공화국 선전 포스터

다. 검은 여단의 사내들은 교도소나 소년원에서 풀려난 자들(개중에는 열여섯 살짜리도 있었다)인 데다 누구에게든 그저 겁을 주려고만 했으니까 말이다. 하지만 시절이 험난하니, 산마르코 사단의 파시스트들에게도 경계심을 가져야만 했다.

엄마와 함께 미사를 드리러 마을의 성당에 가는 길이다. 엄마 옆에는 우리 집에서 몇 킬로미터 떨어진 빌라에 사는 아주머니가 있다. 이 여자는 늘 입에 거품을 물며 자기네 소작인을 욕한다. 소작인이 자기네가 가져야 할 몫을 훔쳐 간다는 것이다. 그 원수 같은 소작인이 빨갱이라서 이 여자는 파시스트가 되었다고 한다. 다른 건 몰라도 파시스트들이 빨갱이를 싫어하니까 그 점에서는 자기도 파시스트라는 얘기다.

우리가 성당을 나서는데, 산마르코 사단의 두 장교가 엄마

540

와 그 아주머니에게 은근한 눈길을 보낸다. 별로 젊은 여자들은 아니지만 용모가 괜찮아 보였던 모양이다 — 하기야, 군바리들은 들이댈 수 있는 곳이라면 어디나 들이대는 법이다. 그들은 정보를 얻겠다는 핑계를 대고 다가든다. 이 고장 사람들이 아니라서 주민들의 도움이 필요하다는 것이다. 두 여인은 그들을 정중하게 대하면서(사실 그들은 젊은 미남자다), 객지에서 얼마나 고생이 많으냐고 묻는다. 한 장교가 대답한다. 「우리는 이 고장의 명예를 회복시키기 위해 투쟁하고 있습니다. 일부 반역자들 때문에 더럽혀진 명예를 되찾아 주기 위해서 말입니다.」 그러자 엄마 옆의 아주머니가 토를 단다. 「참 훌륭하시군요. 내가 조금 전에 말하던 남자하고는 영판 다르시네요.」

그 장교는 묘한 웃음을 흘리며 말한다. 「그 남자의 이름과 주소를 알고 싶군요.」

엄마는 안색이 창백해졌다가 다시 낯을 붉히며 둘러댄다. 「아 그게 말이에요 중위님, 내 친구가 말하는 남자는 지난 몇 해에 걸쳐서 우리 고장에 가끔씩 왔던 아스티 사람이에요. 지금은 어디에 있는지 아무도 몰라요. 독일로 끌려갔다는 소문만 돌고 있죠.」

「마땅히 가야 할 곳으로 갔군요.」 중위는 빙그레 웃으며 더 추궁하지 않는다. 그들과 인사를 나누고 헤어져 집으로 돌아오는 길에, 엄마는 화를 억누르며 그 생각 없는 여자를 타이른다. 요즘에는 아무것도 아닌 일로 애먼 사람을 죽음으로 몰아넣을 수 있기 때문에 말조심을 해야 한다는 것이다.

그라뇰라. 그는 청소년 사목 회관에 자주 드나들었다. 그는 자기 이름을 첫 번째 〈아〉에 강세를 두어 그라놀라로 발음해야 한다고 주장했지만, 사람들은 〈우박〉이라는 뜻이 되게 그라놀라라고 불렀다. 그럼으로써 총알을 우박처럼 퍼부어 대는 행위를 암시하는 것이었다. 그가 자기는 평화를 애호하는 사람이라고 반박하면, 그의 친구들은 〈이거 왜 이러시나, 우리도 다 알고 있는데……〉 하고 되받기가 일쑤였다. 사람들은 그가 산속에 있는 가리발디파 빨치산들과 관계를 맺고 있다고 수군거렸다. 한술 더 떠서, 그가 빨치산 대장이라고 말하는 사람들도 있었다. 마을에 살다가 발각되면 즉시 총살을 당하기 때문에 산속에 숨어 있는 것보다 훨씬 위험한데도 대장답게 위험을 무릅쓰고 있다는 것이었다.

그라놀라는 「파리의 소년」이라는 연극에 나와 함께 출연했고, 그 뒤로 나를 친근하게 대해 주었다. 나에게 트레세테라는 카드놀이를 가르쳐 주기도 했다. 그는 다른 어른들과 함께 있으면 불편함을 느끼는지, 나랑 이런저런 얘기를 나누면서 긴 시간을 보내기가 일쑤였다. 예전에 학교 선생님이었다는 소문으로 미루어 보건대, 나를 대하면 교육자적 소명 의식이 발동하는 게 아닌가 싶었다. 아니면 자기의 엄청난 이야기를 아무에게나 할 수 없다는 사실을 알고 있기 때문일 수도 있었다. 다른 사람들이 자기 얘기를 들으면 자기를 적(敵)그리스도쯤으로 여기리라는 것을 알기에, 그저 나 같은 소년을 믿고 속내 이야기를 하는 것일지도 모를 일이었다.

그는 은밀하게 유포되는 지하 유인물을 이따금 내게 보여 주었다. 하지만 그것들을 내게 넘겨주지는 않았다. 그런 것들을 소지하고 있다가 걸리면 총살을 당하기 십상이라는 것이었다. 그 유인물들을 통해서 나는 로마에서 독일군이 자행

한 포세 아르데아티네의 학살을 알게 되었다. 「이런 일들이 다시는 일어나지 않게 하기 위해서 우리 동지들이 저 위쪽 언덕에서 싸우는 거야. 이제 독일 놈들은 한마디로 *kaputt*야! 곧 패망하리라는 거지.」 그라뇰라의 목소리는 결연했다.

그라뇰라는 그런 유인물들을 통해서 스스로를 드러내는 신비스런 정당들이 파쇼 체제 이전에는 어떻게 존재했는지, 지하 활동을 전개하면서 또는 외국에서 어떻게 살아남았는지 이야기해 주었다. 일부 정당의 위대한 지도자들은 벽돌 쌓는 일을 하면서 살았고, 때로는 무솔리니의 심복들에게 붙잡혀 곤봉에 맞아 죽었다는 얘기도 해주었다.

그라뇰라는 한때 어떤 직업학교에서 학생들을 가르쳤다. 그때는 매일 아침 자전거를 타고 출근하여 오후 서너시경에 퇴근했다. 그러다가 그는 학교에 나가는 것을 그만두어야만 했다. 어떤 사람들은 빨치산 활동에 전념하기 위해서라고 했고, 다른 사람들은 결핵 때문이라고 수군거렸다. 아닌 게 아니라 그라놀라는 어느 모로 보나 영락없는 결핵 환자였다. 안색이 창백하고 광대뼈 주위가 병적으로 붉은빛을 띠고 있는 데다, 볼은 우묵하게 파이고 끊임없이 기침을 해댔으니 말이다. 게다가 그는 치아가 부실하고 다리를 절었으며, 곱사등이가 아닌가 싶을 만큼 등이 구부정했다. 또 어깨뼈가 툭 불거지고 옷깃과 목 사이에 틈새가 많이 벌어져 있어서 옷을 입고 있다기보다 자루를 걸치고 있는 것처럼 보였다. 연극에 출연할 때면, 그는 언제나 악역 아니면 신비로운 별장의 절름발이 문지기 역할 같은 것을 맡았다.

그는 지식의 샘이라는 소리를 들을 만큼 박식했다. 대학에 와서 가르치라는 권유를 여러 차례 받았지만, 자기 학생들에 대한 애정 때문에 받아들이지 않았다는 소문이 쫙 퍼져 있을 정도였다. 그 소문에 관한 그의 설명은 이러했다. 「헛소문이야, 얌보. 나는 그저 가난한 아이들의 학교에서 임시 교사 노릇을 했을 뿐이야. 이 추악한 전쟁 때문에 대학도 졸업하지 못했거든. 내가 스무 살이 되었을 때, 그들은 〈그리스의 허리를 부러뜨리라〉고 우리 청년들을 보냈어. 나는 거기에서 무릎을 다쳤어. 그건 별로 표가 나지 않으니까 그런대로 괜찮아. 하지만 전쟁터의 그 진창 속을 헤매고 다니다가 고약한 병에 걸리고 말았어. 그때부터 계속 피를 토했지. 만약 내가 그 〈돌대가리〉를 사로잡게 된다면, 불행하게도 내가 겁쟁이라서 놈을 죽이지는 않겠지만, 엉덩이에 마구 발길질을 해서 똥도 못 누게 만들 거야. 그 위선자 놈이 살날도 얼마 안 남았겠지만 말이야.」

나는 그에게 왜 사목 회관에 오느냐고 물었다. 다들 그가 무신론자라고 말하기 때문에 생긴 궁금증이었다. 그는 자기가 사람들을 만날 수 있는 유일한 곳이기 때문에 온다고 대답했다. 그리고 자기는 무신론자가 아니라 무정부주의자라고 덧붙였다. 당시에 나는 그게 무슨 뜻인지 몰랐는데, 그의 설명에 따르면 무정부주의자는 주인도 왕도 국가도 사제도 없는 자유로운 세상을 원하는 사람들이었다. 「특히 국가가 없어지기를 바라지. 그런 점에서 공산주의자들하고 달라. 러시아에서 볼 수 있듯이 공산주의자들의 국가는 화장실에 가는 시간까지 감독하니까 말이야.」

그는 가에타노 브레시에 관한 이야기를 들려주었다. 미국으로 이민을 가서 무정부주의자들의 모임을 이끌고 있던 그는 밀라노에서 노동자들을 학살하게 만든 움베르토 1세를 응징하기 위해서 미국을 떠났다.[7] 미국에서 그냥 편하게 살 수도 있었지만, 자신의 무정부주의자 모임에서 제비뽑기로 그를 선출하자, 돌아오리라는 기약도 없이 떠난 것이다. 그는 왕을 죽인 뒤에 감옥에서 살해당했다. 혹자는 그가 죄책감 때문에 스스로 목을 매고 죽었다고 주장했다. 하지만 그라놀라의 말에 따르면, 무정부주의자가 인민을 대신하여 행한 일을 놓고 후회한다는 것은 있을 수 없는 일이었다. 그는 아주

7 1898년 밀라노 시민들이 물가 상승에 항의하는 시위를 벌이자, 바바 베카리스 장군은 발포 명령을 내려 시위 군중을 학살했다. 국왕 움베르토 1세는 이 유혈 진압의 공로를 인정하여 바바 베카리스에게 훈장을 내렸다. 이탈리아에서 벌인 반정부 활동 때문에 고초를 겪다가 미국으로 이민을 가던 무정부주의자 가에타노 브레시(1869~1901)는 이 소식을 접하고 이탈리아로 돌아와, 1900년 7월 29일 움베르토 1세를 권총으로 사살한다. 그는 체포되어 감옥에 갇혀 있다가 이듬해 5월에 감방에서 목이 졸려 죽은 시체로 발견된다. 사인은 분명히 밝혀지지 않았지만 간수들에게 살해된 것으로 추정된다.

온건한 무정부주의자들에 관한 얘기도 해주었다. 그들은 어디를 가나 경찰들의 박해를 받고 이 나라 저 나라로 이주해야만 하며, 「아디오 루가노 벨라(잘 있거라 아름다운 루가노여)」[8]라는 노래를 부른다는 것이었다.

이어서 그는 다시 공산주의자들을 비판했다. 그들이 카탈루냐에서 무정부주의자들을 탄압했다는 것이었다. 나는 그에게 왜 가리발디파 빨치산들과 같은 편이 되었느냐고 물었다. 공산주의에 반대하는 그가 공산주의자들로 이루어진 가리발디파와 어울린다는 것은 앞뒤가 맞지 않는 것처럼 보였다. 그의 대답은 이러했다. 「첫째, 가리발디파 대원들이 모두 공산주의자인 것은 아냐. 그들 중에는 사회주의자들도 있고 무정부주의자들도 있어. 둘째, 현재 우리가 맞서 싸워야 할 적은 나치 독일과 결합되어 있는 파시스트들이야. 우리끼리 너무 까다롭게 굴면서 편을 가를 때가 아니라는 얘기지. 우선은 함께 싸워서 승리를 거둬야 해. 서로 무엇이 다른지를 따지는 것은 그다음에 해도 늦지 않아.」

그런 다음에 그는 자기가 사목 회관에 오는 또 다른 이유를 말했다. 회관이 좋은 곳이기 때문이라는 것이었다. 「성직자들은 고약한 부류에 속하는 사람들이야. 하지만 가리발디

---

8 〈잘 있거나 아름다운 루가노여, 오 다사롭고 자애로운 땅이여/죄 없이 쫓기는 무정부주의자들은 길을 떠난다/가슴에 희망을 품고 노래를 부르면서 떠난다〉로 시작되는 이 민중가요의 노랫말은 이탈리아의 유명한 무정부주의자 피에트로 고리(1865~1911)가 망명지인 스위스의 루가노에서 추방될 때 쓴 시(1895년)이고, 음악은 작자 미상의 토스카나 민요 「잘 있거라 산레모여」에서 차용된 것이다. 이 노래는 조반나 마리니의 앨범 「벨라 차오의 노래」(1964), 밀바의 앨범 「자유의 노래」(1965) 등에 실림으로써 오늘날에도 여전히 세계인들의 심금을 울리고 있다.

파 빨치산들의 경우와 마찬가지로, 그들 중에도 괜찮은 사람들이 있어. 요즘의 아이들이 어떤 처지에 놓여 있는지 생각해 봐. 작년까지 〈책과 총이 완벽한 파시스트를 만든다〉고 배웠던 아이들이 장차 어떻게 될지 아무도 몰라. 청소년 사목 회관에서는 적어도 젊은이들이 제멋대로 빈둥거리도록 방치하지는 않아. 바르고 정직하게 살도록 가르쳐 주지. 자위행위를 놓고 지나치게 입에 거품을 무는 것이 흠이지만, 그건 중요하지 않아. 어차피 할 놈들은 다 하게 마련이고, 아무리 많이 하더라도 나중에 고백 성사를 하면 되는 거니까 말이야. 어쨌거나 나는 여기가 마음에 들어. 그래서 아이들의 문화 활동을 장려하고 싶어 하는 돈 코냐소 관장을 돕고 있는 거야. 우리가 다 같이 미사를 보러 갈 때면, 나는 성당 한쪽 구석에서 조용하게 묵상을 해. 예수 그리스도를 존경하거든. 하느님에 대해서는 생각이 다르지만 말이야.」

어느 일요일 오후 두시쯤, 사목 회관에 아이들이 서너 명밖에 없을 때에 나는 그라뇰라에게 내가 모은 우표들에 관해서 이야기했다. 그는 자기도 예전에 우표 수집을 했지만 전쟁터에서 돌아온 뒤로 흥미를 잃어버려서 일껏 모아 놓은 것들을 내버렸다고 말했다. 그래도 스무 장 가량은 남아 있으니, 그것들을 기꺼이 나에게 선물하겠다고 덧붙였다.

나는 그라뇰라의 집에 갔다. 이만저만한 횡재가 아니었다. 내가 〈이베르 에 텔리에〉의 카탈로그를 보면서 오랫동안 갖고 싶어 했던 피지 섬의 우표 두 장이 포함되어 있었던 것이다.

「아니, 〈이베르 에 텔리에〉의 카탈로그까지 가지고 있단 말이야?」 그는 경탄 어린 어조로 물었다.

「네, 하지만 옛날에 나온 건데요, 뭘…….」

피지 섬 우표

「그게 더 좋은 거야.」

피지 섬. 내가 솔라라에서 그 두 장의 우표를 보며 홀린 듯한 기분을 느꼈던 이유가 바로 거기에 있었던 것이다. 나는 그라뇰라의 선물을 받아 들고 집으로 돌아와서 그것들을 내 우표첩의 새 페이지에 붙여 놓았다. 어느 겨울날 저녁, 아빠는 전날에 오셨다가 그날 오후에 벌써 도시로 돌아가셨기 때문에 다음번에 오실 때까지는 볼 수가 없는 상황이었다.

나는 본채의 주방에 있었다. 벽난로에 불을 지필 장작이 부족한 터라, 우리 집에서 난방이 되는 곳은 주방밖에 없었다. 불빛은 희미했다. 솔라라에서 등화관제를 엄격하게 실시했기 때문이 아니라(대체 누구의 머리에서 우리를 폭격하겠다는 생각이 나오겠는가?), 등갓이 빛을 약하게 만들기 때문이었다. 이 등갓에는 작은 진주알 같은 구슬 장식이 여러 줄로 매달려 있었다. 피지 섬의 원주민들에게 목걸이로 선물하면 딱 좋겠다 싶은 장식이었다.

나는 식탁 앞에 앉아서 우표첩을 들여다보는 데 열중해 있고, 엄마는 설거지를 하고, 내 누이는 한쪽 구석에서 노는 중이었다. 우리는 그렇게 저마다 무언가를 하면서 라디오를 들고 있었다. 방금 프로그램 하나가 끝났다. 살로 공화국의 선전용 프로그램인 「로시네 집에서는 무슨 일이 벌어지고 있을까?」의 밀라노 버전이었다. 그 내용은 한 가족의 구성원들이 정치 문제를 놓고 토론을 벌이는 것이었는데, 토론의 결론은 뻔했다. 연합국은 우리의 적이고, 빨치산은 비열하게 징집을 거부한 도적의 무리이며, 북부에서는 독일 전우들과 더불어 이탈리아의 명예를 지키고 있다는 얘기였다. 이 버전은 로마 버전과 하루씩 번갈아 가면서 방송되고 있었다. 로마 버전에 나오는 가족 역시 성은 로시였지만, 그들은 이제 연합군 점령지가 된 로마에 살고 있었다. 그들은 사태가 나빠지고 나서야 비로소 옛날이 더 좋았다는 것을 깨닫고는, 추축국의 깃발 아래에서 자유를 누리고 있는 북부의 동포들을 부러워하고 있었다. 그들의 대화를 들으면서 엄마가 고개를 가로저었던 것으로 보아, 엄마는 그들의 말을 믿지 않는 듯했다. 어쨌거나 이 프로그램은 강렬한 정치 선동이었다. 듣고 싶지 않으면 라디오를 끄는 수밖에 없었다.

그래도 이 프로그램이 끝난 뒤에(서재에서 그때까지 발 보온기 하나로 버텼던 할아버지가 들어오심으로써), 우리는 〈라디오 런던〉에 주파수를 맞출 수 있었다.

〈라디오 런던〉은 베토벤 교향곡 5번의 첫머리와 거의 비슷하게 들리는 팀파니 소리와 함께 방송을 시작했다.[9] 이 시그널이 끝나고 나면 스티븐스 대령이 〈안녕하십니까〉 하고 인

---

9 BBC 월드 서비스. 세칭 〈라디오 런던〉은 1941년 1월부터 승리의 상징인 V자를 모스 부호로 나타낸 것(· · · —)과 비슷한 음들을 인터벌 시그널(막간 신호)로 사용하기 시작했다. 베토벤 교향곡 5번의 첫 소절 네 음과 비슷한 느낌을 주는 이 시그널은 팀파니 소리나 전자음 등 여러 가지 버전으로 나타났고, 오늘날에도 서유럽의 일부 방송에서 사용되고 있다.

사를 했다. 희극 배우 스탄리오와 올리오[10]의 목소리를 섞어 놓은 듯한 그의 목소리에는 설득력이 있었다. 파쇼 체제의 라디오를 통해 우리 귀에 익은 다른 목소리 즉, 마리오 아펠리우스의 목소리와는 사뭇 달랐다. 라디오 시사평론가이자 선동가인 아펠리우스는 승리를 향한 투쟁을 고무하는 논평을 끝낼 때마다 〈하느님, 영국인들에게 초강력 저주를 내리소서!〉 하는 말로 아퀴를 지었다. 하지만 스티븐스는 이탈리아인들을 저주하지 않았고, 오히려 자기와 함께 추축국의 패배를 즐기자고 권하면서, 마치 〈여러분의《두체》가 여러분에게 무슨 짓을 하고 있는지 아세요?〉 하는 듯한 말투로 밤마다 추축국의 패배에 관한 이야기를 들려주었다.

하지만 그의 시사 프로그램은 양편이 어울려서 싸운 전투 얘기로만 끝나지 않았다. 그는 우리의 삶을 묘사하고 있었다. 누가 우리를 염탐하여 감옥에 보내지나 않을까 하는 두려움을 이겨내고, 런던에서 오는 목소리를 듣기 위해 밤마다 라디오에 바싹 귀를 기울이고 있는 우리 같은 사람들의 삶을 말이다. 그가 들려주는 이야기는 바로 우리 청취자들의 이야기였다. 우리는 그를 신뢰하고 있었다. 동네 약사며 그의 말마따나 모든 사정을 알고 있으면서도 엉큼하게 입을 다물고 있는 지서장에 이르기까지, 우리 모두가 무엇을 하고 있는지 정확하게 묘사하기 때문이었다. 우리 삶에 관해서 거짓말을 하지 않는 사람은 그 밖의 것에 대해서도 진실을 말하리라고 생각할 수 있었다. 아이들까지 포함해서 우리 모두는 스티븐

---

10 영국과 미국 출신의 유명한 희극 배우 로렐과 하디를 이탈리아에서 부르는 이름. 로렐의 이름 Stan과 하디의 이름 Oliver에 각각 -lio를 붙여서 이탈리아어 식으로 만든 것이다.

스의 프로그램 역시 선전이라는 것을 알고 있었다. 하지만 그의 선전은 낮은 목소리로 행해지는 선전이었고, 영웅주의적인 문구나 죽음을 부추기는 구호가 없는 선전이었다. 우리는 그것에 마음이 끌렸다. 스티븐스 대령은 우리가 매일같이 귀에 못이 박이도록 듣는 말들이 너무 과장되어 있다는 것을 알게 해주었다.

까닭을 알 수 없는 일이지만, 나는 한낱 목소리일 뿐인 그 남자를 마술사 맨드레이크 같은 모습으로 상상하고 있었다. 모든 권총을 바나나로 변하게 할 수 있는 마술사, 연미복을 기품 있게 차려입고 콧수염을 깔끔하게 기른 마술사의 모습으로 말이다 — 다만 그의 콧수염은 맨드레이크 것보다 조금 더 희끗희끗할 것 같았다.

스티븐스 대령의 이야기가 끝나면, 빨치산 여단들을 향한 특별한 메시지가 흘러나왔다. 앤틸리스 제도에 있는 섬 몽세라의 우표만큼이나 신비롭고 숱한 연상을 불러일으키는 그 암호 메시지들은 이를테면 이런 식이었다. 프랑키를 위한 메시지, 펠리체는 행복하지*felice* 않다, 비가 그쳤다, 내 수염은 금빛이다, 자코모메가 마호메트에게 입을 맞춘다, 독수리가 날고 태양은 다시 떠오른다⋯⋯.

그때의 내 모습이 눈에 선하다. 나는 피지 섬의 우표들을 계속 경탄하며 살펴보고 있다. 시각은 밤 열시에서 열한시 사이이다. 갑자기 하늘에서 굉음이 들려온다. 우리는 불을 끄고 창가로 달려가서 피페토가 지나가기를 기다린다. 우리는 매일 밤 비슷한 시각에 그 소리를 들었다. 아니 어쩌면 그것은 사실이 아니라, 우리가 그냥 전설을 믿어 버린 것일 수도 있었다. 어떤 이들은 피페토를 두고 영국군 정찰기라고 했고, 어떤 이들은 미군 비행기가 산속의 빨치산들에게 식량과 무기가 담긴 꾸러미들을 낙하산에 달아 떨어뜨려 주려고 오는 것이며, 빨치산들이 있는 곳은 아마도 우리 마을에서 그리 멀지 않은 랑게 구릉지의 사면일 것이라고 말했다.[11]

별도 달도 없는 밤이다. 골짜기에 불빛이 있다 해도 볼 수 없고, 언덕들의 윤곽조차 분간할 수 없다. 그런 어둠을 뚫고 피페토가 우리 위로 지나간다. 아무도 그것을 본 적이 없다. 그건 그저 어둠 속에서 들려오는 소음일 뿐이다.

피페토가 지나갔다. 일상이 되어 버린 그 모든 일은 오늘 밤에도 어김없이 되풀이되었고, 우리는 라디오가 마지막으로 들려주는 노래들에 다시 귀를 기울인다. 이 밤에 밀라노는 폭격을 당하고 있을지도 모르고, 피페토의 도움을 받는 빨치산들은 독일의 셰퍼드 무리에게 쫓기고 있을지도 모르는데, 라디오는 달뜬 색소폰 같은 목소리로, 거기 카포카바나, 카포카바나에서는 여자가 왕이고 여자가 최고라네 하고 노래한다. 나는 시름에 겨워 흐느적거리는 디바를 머릿속에 그린다(아마도 『노벨라』에서 그녀의 사진을 보았을 것이다). 그녀는 나긋나긋한 자태로 하얀 층층대를 내려온다. 그녀가 발을 디딜 때마다 층층대의 단들이 환하게 빛난다. 그녀의 좌우에는 하얀 연미복 차림의 젊은 남자들이 늘어서 있다. 그들은 그녀가 지나갈 때마다 실크해트를 벗고 떠받드는 자세로 무릎을 꿇는다. 더없이 관능적인 그녀는 이 카포카바나(코파카바나가 아니라 정말 카포카바나였다)를 통

11 『푸코의 진자』에 나오는 벨보도 같은 시기의 추억을 이야기하면서 이 피페토를 언급하고 있다. 카소봉이 재구성한 것으로 되어 있는 그의 이야기 속에서는 피페토가 영국 정찰기로 나온다(119장).

해 내 우표들의 메시지만큼이나 이국적인 메시지를 나에게
보낸다.[12]

그러고 나서 영광과 복수를 노래하는 몇몇 찬가들과 함께
방송이 끝난다. 하지만 곧바로 라디오를 끄면 안 된다. 엄마
는 그것을 알고 있다. 내일 아침까지 입을 다물고 있을 것처
럼 보이던 라디오에서 슬픔에 젖은 목소리로 부르는 노래가
흘러나온다.

> 그대는 돌아올 거야
> 나에게로……
> 그대가 돌아오리라고
> 하늘에 쓰여 있잖아.
> 그대는 돌아올 거야
> 알다시피
> 내가 씩씩한 건
> 그대를 믿기 때문이야.

내가 솔라라에서 다시 들은 적이 있는 노래다. 하지만 그
것은 이런 식의 사랑 노래였다. 그대는 나에게 돌아올 거야/
내 가슴에 품은/단 하나의 꿈이 그대이니까/그대는 돌아올 거
야/왜냐하면/그대의 부드러운 입맞춤이 없으면/살아도 사는
게 아닐 테니까. 그러니까 그날 밤 내가 들은 것은 같은 노래
의 전시 버전이었던 모양이다. 이 노래는 바로 그 순간에 얼

---

12 이 노래를 부른 여자는 이탈리아의 배우이자 가수인 반다 오시리스(본명
안난 멘치오, 1905~1994)이다. 계단 모양의 무대 장치를 즐겨 사용했던 것으
로 유명하다.

어붙은 몸으로 러시아의 스텝을 헤매고 있거나 총살 집행 분대를 마주하고 있을지도 모를 어떤 사람에게 보내는 다짐이나 호소가 되어 많은 사람의 심금을 울렸을 게 분명하다. 밤이 이슥한 시각에 누가 이런 노래를 전파에 실어 보냈을까? 향수에 젖은 어떤 공직자가 방송실을 닫기 전에 내보낸 것일까? 아니면 어떤 사람이 그냥 상부의 명령에 따라서 튼 것일까? 우리로서는 알 길이 없었다. 하지만 그 목소리는 잠의 문턱까지 우리를 따라왔다.

열한시가 다 되어 간다. 나는 우표첩을 덮는다. 이제 잠자리에 들 시간이다. 엄마는 벽돌을 준비해 놓으셨다. 진짜 벽돌을 화덕에 넣어 손으로 만질 수 없을 만큼 뜨끈뜨끈하게 만들어 놓으신 것이다. 이것을 모직 헝겊에 싸서 이불 밑에 넣어 두면 온 잠자리가 훈훈해진다. 이것에다 발을 대고 있으면 기분이 좋고, 동상에 걸린 발가락의 가려움증도 수그러든다(그 시절에 우리는 추위와 비타민 결핍과 극성스러운 야외 활동 때문에 동상에 잘 걸렸으며, 그래서 손발이 퉁퉁 붓기도 하고 때로는 심한 통증과 함께 종창이 생기기도 했다).

개 한 마리가 날카로운 소리로 짖어 댄다. 골짜기에 있는 한 농가에서 올라오는 소리다.

그라놀라와 나는 모든 것에 관해서 이야기를 나누었다. 내가 읽은 책들이 화제에 오르면, 그는 열을 올리며 자기 의견을 말했다. 「살가리보다는 베른이 나아. 과학적이거든. 열다섯 살짜리 멍청한 여자애한테 미쳐서 제 손톱으로 가슴을 쥐어뜯는 산도칸보다는 니트로글리세린을 제조하는 사이러스 스미스[13]가 사실적이야.」

554

「산도칸을 좋아하지 않나 보죠?」

「내가 보기에 그는 약간 파시스트였어.」

한번은 내가 데아미치스의 『마음』을 읽었다고 말한 적이 있었다. 그러자 그라뇰라는 그 책을 내던져 버리라고 했다. 데아미치스가 파시스트라는 게 그 이유였다. 「아니 그걸 알아차리지 못했단 말이야? 그 책에 나오는 애들은 모두 문제아 프란티를 싫어해. 알고 보면 프란티는 불우한 가정에서 자란 불쌍한 아이인데 말이야. 그리고 아이들은 저마다 파시스트인 선생님을 기쁘게 해주려고 기를 써. 그 책에서 무슨 이야기들을 들려주고 있지? 착한 가르로네는 따지고 보면 아첨꾼이야. 롬바르디아의 소년 보초병은 왜 죽었지? 국왕의 한심한 장교가 적군이 오는지 살펴보라고 어린것을 보냈기 때문에 죽은 거야. 사르데냐의 소년 북재비는 그 어린 나이에 명령을 전달하기 위해 싸움터 한복판으로 파견돼. 그 가엾은 아이가 다리 하나를 잃고 난 뒤에 대위라고 하는 작자가 어떤 행동을 했는지 생각해 봐. 그 혐오스런 작자는 두 팔을 벌린 채 소년에게 달려들어 소년의 심장 위에 세 번 입을 맞춰. 이제 막 불구자가 된 아이에게 그런 짓을 하면 안 되지. 그 정도의 상식도 없는 주제에, 피에몬테 국왕 군대의 대위

---

13 사이러스 스미스는 쥘 베른의 소설 『신비한 섬』에 나오는 인물이다. 물리학, 화학, 식물학, 항해술 등 많은 분야에 두루 조예가 깊은 탁월한 기술자일 뿐만 아니라, 쥘 베른의 주인공들에게서 흔히 나타나는 고결한 품성까지 지니고 있다. 그의 지식과 기술 덕분에 『신비한 섬』의 조난자들은 빠르게 작은 문명을 건설해 나간다. 쥘 베른의 언어유희에 관심이 많은 프랑스 연구자들의 주장에 따르면 사이러스 스미스라는 이름은 〈예수 그리스도〉의 유사 애너그램(철자를 바꾸어 다른 단어를 만들어 내기)이다. 즉, *Cyrus Smith*의 글자들을 가지고 *Christ*라는 단어를 만들고 나면 〈ymsu〉가 남는데, 이중 〈*m*〉을 90도 회전시키면 〈*yesu*〉가 만들어진다는 것이다.

면 다야? 코레티의 아버지라는 사람은 또 어떻고? 그는 많은 백성을 학살한 국왕과 악수를 하고는 그 온기가 아직 남아 있는 손으로 사랑하는 아들의 얼굴을 쓰다듬어. 그따위 책은 내던져 버려, 내던져 버리라고! 바로 데아미치스 같은 사람들이 파시즘으로 가는 길을 열어 준 거야.」[14]

그는 소크라테스와 조르다노 브루노에 관해서 내게 가르쳐주었다. 바쿠닌에 관한 얘기도 해주었는데, 나로서는 그가 어떤 사람이라는 것인지 무슨 말을 했다는 것인지 제대로 이해할 수가 없었다. 나는 캄파넬라와 사르피와 갈릴레이에 관한 얘기도 들었다. 그들은 과학의 원리들을 전파하려고 하다가 성직자들의 미움을 사서 감옥에 갇히거나 고문을 당한 사람들이었다. 아르디고처럼 우두머리들이나 바티칸의 압박을 견디지 못하고 스스로 목숨을 끊은 학자들도 있다고 했다.[15]

14 그라놀라의 이런 주장은 데아미치스의 『마음』에 관한 에코의 흥미로운 소논문 「프란티에게 바치는 찬사」(『작은 일기』, 열린책들, 2004, pp.45~62)를 거칠게 요약한 것으로 볼 수 있다. 이 글에서 에코는 프란티를 체제의 질서에 비웃음으로 맞섰던 인물로 규정하면서, 그가 주인공 엔리코의 관점에서 기술되는 허구의 세계에서 일찌감치 배제되는 사정을 예리하게 통찰하고 있다.

15 조르다노 브루노(1548~1600)는 코페르니쿠스의 지동설을 바탕으로 우주의 무한성을 철학적으로 증명하고, 반교회적인 범신론을 논하다가 이단으로 몰려 화형을 당한 이탈리아의 철학자이자 신학자이고, 바쿠닌(1814~1876)은 마르크스에 반대하여 무정부주의의 이론을 세운 러시아의 혁명가이다. 한편 톰마소 캄파넬라(1568~1639)는 『태양의 도시』라는 저서로 잘 알려진 이탈리아의 수도사이자 철학자로서 스콜라 철학을 비판하고 당시에 이탈리아를 지배하고 있던 스페인에 맞섰다는 이유로 숱한 고문을 당하고 27년 동안 옥살이를 했으며, 파올로 사르피(1552~1623)는 『트렌토 공의회의 역사』라는 저서를 통해 가톨릭교회를 비판한 이탈리아의 학자이자 수도사로서 교회와 국가의 분리를 주장하는 등 교회의 개혁을 꾀하다가 괴한들에게 공격을 당하는 고초를 겪었고, 로베르토 아르디고(1828~1921)는 이탈리아 실증주의의 체계를 세운 철학자이자 성직자로서 자살로 생을 마감했다.

나는 『최신 멜치 백과사전』에서 헤겔에 관한 항목(⟨독일의 저명한 범신론파 철학자⟩)을 읽은 적이 있던 터라, 헤겔이 누구냐고 그에게 물어보았다. 「헤겔은 범신론자가 아니었어. 네가 가지고 있는 멜치가 무식한 거야. 범신론자란, 예를 들면 조르다노 브루노 같은 사람이야. 그들은 신이 어디에나 있다고 말해. 여기 보이는 이 파리똥에도 신이 있다는 거지. 모든 것을 충족한다는 게 어떤 건지 이해할 수 있겠어? 어디에나 있다는 건 아무 데도 없다는 얘기와 같아. 어쨌거나 헤겔의 경우에는 어디에나 있어야 할 것은 신이 아니라 국가였어. 그러니까 그는 파시스트였던 셈이지.」

　　「하지만 그가 살았던 시대는 백 년도 더 지나지 않았나요?」

　　「그게 어째서? 잔 다르크 역시 일급 파시스트였어. 파시스트는 언제나 존재해 왔어. 태곳적부터…… 하느님의 시대부터 말이야. 하느님을 놓고 생각해 봐. 역시 파시스트야.」

　　「하지만 아재는 하느님이 존재하지 않는다고 말하는 무신론자가 아닌가요?」

　　「누가 그래? 돈 코냐소가 그랬다면 그건 아무것도 모르면서 한 소리야. 내가 보기엔, 유감스럽게도 하느님이 존재해. 다만 하느님은 파시스트야.」

　　「아니 어째서 하느님이 파시스트라는 거죠?」

　　「그게 말이야, 네가 너무 어려서 너에게 신학 강의를 할 수는 없어. 그러니 네가 알고 있는 것에서 우리 이야기를 시작하기로 하자. 사목 회관에서 너희보고 십계명을 외우라고 하던데, 그거 한번 암송해 봐.」

　　나는 십계명을 외웠다.

「좋아. 이제 잘 들어 봐. 그 십계명 중에서 네 가지는 그런 대로 괜찮아. 그러니까 좋은 일을 권장하고 있는 것은 네 가지 계명뿐이라는 거야 — 따지고 보면 그것들도 문제가 없는 건 아니지만, 그 문제는 나중에 다시 얘기하기로 해. 내가 말하는 네 가지 계명이란, 사람을 죽이지 말라, 도둑질을 하지 말라, 거짓 증언을 하지 말라, 그리고 남의 아내를 탐내지 말라야. 마지막 것은 명예가 무엇인지 아는 남자들을 위한 계명이야. 한편으로는 자기 친구들을 배신해서 오쟁이를 지게 하지 말라는 것이고, 다른 한편으로는 자기 가족을 지키기 위해 노력하라는 것이지. 나도 그런 계명은 지키면서 살 수 있어. 무정부주의는 가족도 없애고 싶어 하지만, 한꺼번에 모든 것을 얻을 수는 없는 거지. 앞의 세 계명은 기꺼이 받아들일 수 있어. 하지만 굳이 계명이니 뭐니 하지 않아도, 상식이 있는 사람이라면 최소한 그 정도는 지키며 살아야 한다고 생각할 거야. 다만 거짓 증언을 하지 말라는 계명은 다소 융통성 있게 받아들일 필요가 있겠지. 비록 악의로 그러는 것은 아닐지라도, 우리 모두가 거짓말을 하니까 말이야. 하지만 살인은 달라. 그건 어떤 경우에도 허용될 수 없어.」

「국왕이 우리를 전쟁터에 내보내는 경우에도 안 된다는 건가요?」

「바로 그게 문제야. 성직자들은 말하지. 국왕이 너를 전쟁터에 내보낸 경우에는 살인을 할 수 있고, 더 나아가서는 살인을 해야 한다고 말이야. 어쨌거나 국왕의 책임이라는 것이지. 사람들은 그런 식으로 전쟁을 정당화해. 하지만 전쟁이란 추악하고 어리석은 짓거리야. 〈돌대가리〉 무솔리니를 위해서 싸우는 거라면 더더욱 그렇지. 분명히 말하지만, 십계

558

명은 전쟁터에서 사람을 죽여도 좋다고 말하고 있지 않아. 사람을 죽이지 말라, 단지 그렇게 이르고 있을 뿐이야. 그럼 이제는…….」

「이제는 뭐죠?」

「이제 다른 계명들을 살펴볼까? 성서를 보면 십계명과 관련된 하느님의 말씀은 이렇게 시작되지. 나는 너의 주 하느님이다. 이건 계명이 아냐. 이게 계명이라면 십계가 아니라 십일계가 되겠지. 이건 하나의 전제야. 하지만 여기엔 속임수가 있어. 한번 생각해 봐. 어떤 자가 모세 앞에 나타났어. 아니, 나타난 것도 아냐. 그저 어디선가 목소리가 들려온 거야. 그런데 나중에 모세는 자기 백성들에게 가서 하느님이 계명을 내려 주셨으니 그것을 따라야 한다고 말하지. 하지만 계명이 하느님에게서 왔다는 얘기를 누가 한 거지? 그 목소리가 〈나는 너의 주 하느님이다〉 하고 말한 거야. 그런데 그 자가 하느님이 아니라면 어떻게 되지? 이런 것을 한번 상상해 봐. 네가 거리를 걷고 있는데, 내가 너를 불러 세워. 그런 다음 나는 사복 경찰관인데, 네가 통행금지 구역을 지나갔으니까 벌금 10리라를 내야 한다고 말해. 네가 영리한 사람이라면, 나한테 이렇게 말할 거야. 당신이 경찰관이라는 것을 누가 보장하죠? 당신은 사람들을 속여서 살아가는 자일지도 모르니까, 신분증을 보여 주세요. 그런데 하느님은 자기가 하느님이라는 것을 어떤 식으로 모세에게 증명하고 있지? 그냥 자기가 하느님이라고 말하면 하느님인 줄 알아라, 그런 식이야. 모든 것이 거짓 증언으로 시작되는 셈이지.」

「모세에게 계명을 내려 주신 분이 하느님이 아니라고 생각하는 건가요?」

「아냐. 나는 그게 정말 하느님이었다고 생각해. 다만 하느님이 속임수를 썼다고 말하고 있을 뿐이야. 하느님은 늘 그런 식으로 해왔지. 너희는 성서의 말씀을 믿어야 한다. 그것은 하느님의 계시를 받아 쓰인 것이기 때문이다. 그런 말을 들으면 우리는 이렇게 물어. 성서가 하느님의 계시를 받아 쓰인 거라고 누가 말했지? 대답은 간단해. 성서야. 뭐가 문제인지 알겠지? 내친김에 계속 가볼까? 첫째 계명은 이렇게 말하고 있어. 너에게는 나 말고 다른 신이 있어서는 안 된다. 그럼으로써 주님은 이를테면 알라나 부처 따위를 생각하지 못하게 하는 거야. 비너스도 생각하면 안 돼. 솔직히 말하자면, 그렇게 엉덩이가 예쁜 존재를 신으로 모셔도 그리 나쁘지 않을 텐데 말이야. 뿐만 아니라 이 계명은 철학이나 과학 따위를 믿어도 안 되고 인간이 원숭이에게서 왔다는 생각을 받아들여서도 안 된다고 말하고 있어. 오로지 하느님 한 분만 있으면 된다는 거지. 이제 내 말 잘 들어 봐. 나머지 계명들은 모두 파쇼적이야. 사회를 있는 그대로 받아들이라고 강요하기 위해서 만들어진 것이거든. 주일을 거룩히 지내라는 계명을 떠올려 봐……. 너는 이 계명을 어떻게 생각하니?」

「글쎄요, 그건 결국 일요일마다 미사를 보러 가라는 얘긴데, 그게 나쁜 건가요?」

「그건 돈 코냐소가 하는 말이야. 성직자들이 대개 그렇듯이, 그 양반도 성서를 제대로 몰라. 잠에서 깨어나야 해! 모세가 이집트에서 이끌고 나왔던 것과 같은 원시 부족들의 사회에서는 이 계명이 의례를 잘 지켜야 한다는 뜻이었어. 의례라고 하는 것은 고대의 인신 공양에서 〈돌대가리〉가 로마의 베네치아 광장에서 개최한 집회에 이르기까지 백성들을 바보로 만드는 데 기여했지. 그다음 계명은 뭐지? 아버지와 어머니를 공경하여라. 말은 그럴듯하지. 하지만 부모에게 순종하는 것이 꼭 옳다고 할 수는 없어. 안내자가 필요한 아이들에게는 그게 좋을 거야. 하지만 아버지와 어머니를 공경하라는 말은 윗사람들의 생각을 존중하고 전통을 거스르지 말 것이며 부족이 살아가는 방식을 바꾸려 하지 말라는 뜻이야. 알겠어? 임금의 목을 자르지 말라는 거야. 설령 하느님이 그걸 원해도, 아니 우리가 사리를 분별할 줄 안다면 당연히 그래야 하는 경우에도 말이야. 임금을 몰아내는 것이 정의인 경우가 분명히 있어. 특히 이탈리아 사보이아 왕조의 그 난쟁이처럼 임금이 자기 군대를 배신하고 자기 장교들을 죽음으로 내몰았을 때는 더더욱 그러하지. 자아 이쯤 되었으니, 도둑질을 하지 말라는 계명조차 보기와 달리 악의가 없지 않다는 것을 알아차렸을 거야. 그래, 맞아. 이 계명에도 저의가 있어. 남의 것을 훔쳐서 부자가 된 사람들의 사유 재산에 손을 대지 말라고 명령하는 것이니까 말이야. 하지만 이것으로 끝나는 게 아냐. 아직 세 가지 계명이 더 있어. 음란한 행위를 하지 말라는 건 무슨 뜻일까? 돈 코냐소 같은 이들의 말을 들어 보면, 이 계명의 목적은 그저 네 두 다리 사이에 달린 물건을 손으로 흔들어 대지 못하게 하는 것이라는 생각이 들어. 내가 보기에, 고작 용두질 따위를 하지 못하게 하려고 하느님의 말씀이 적힌 석판을 내세우는 것은 모기를 잡으려고 칼을 빼는 격이야. 수음을 못 하게 하면 나처럼 별 볼일 없는 인간들은 어쩌라고? 나는 착한 내 어머니가 못난이로 낳아 주신 데다 다리까지 절뚝거리는 신세가 되었고, 여자라고는 근처에도 가본 적이 없어. 나한테는 그것이 억눌린 욕구를 푸는 유일한 길인데 그마저 빼앗아 가겠다는 거야?」

그 시절에 나는 아이가 어떻게 태어나는지를 모르고 있었
다. 하지만 아기가 태어나려면 그 전에 무슨 일이 있어야 한
다는 것은 어렴풋하게 짐작하고 있지 않았나 싶다. 용두질
이나 다른 자위행위들에 대해서는, 친구들이 이야기하는 것
을 듣기만 했을 뿐, 더 자세하게 알아볼 엄두를 내지는 못했
다. 그럼에도 나는 그라놀라에게 바보 같은 모습을 보이고
싶지 않아서, 짐짓 엄숙한 표정을 지으면서 말없이 고개를
끄덕였다.

「하느님은 이를테면 이런 식으로 말씀하실 수도 있었을 거
야. 너는 성교를 할 수 있지만, 오로지 아이를 만들기 위해서
해야 한다. 다른 이유를 들 것도 없이 그 시절에는 세상에 인
구가 충분하지 않았으니까 말이야. 하지만 십계명은 그렇게
말하고 있지 않아. 십계명을 따르자면, 한편으로는 네 친구
의 아내를 탐내지 말아야 하고, 다른 한편으로는 음란한 행
위를 하지 말아야 해. 그렇다면 성교는 언제 하라는 거지? 그
러니까 내 말은 법을 만들려면 온 세상에 두루 적용될 수 있
는 법을 만들어야 한다는 거야. 고대 로마인들은 신이 아니
었지만, 그들이 만든 법률들 중에는 오늘날에도 잘 통하는
것들이 있어. 그런데 하느님이 가장 중요한 것들은 말해 주
지 않는 십계명을 대충 써서 내려 주신다는 게 말이 돼? 너는
아마 이렇게 말하고 싶을 거야. 음란한 행위를 하지 말라는
것은 부부가 아닌 남녀끼리 성교를 하지 말라는 뜻이라고 말
이야. 정말 그런 거라고 생각해? 유대인들에게 순결하지 못
한 행위란 어떤 것이었을까? 그들에게는 아주 엄격한 율법이
있었어. 예를 들어 그들은 돼지고기도 먹을 수 없었고, 율법

에서 금하는 방식으로 잡은 소도 먹을 수 없었어. 내가 듣기로는 뱅어 같은 작은 물고기들도 잡아먹을 수 없었대. 그러니까 불순한 행위란 권력을 잡고 있는 사람들이 금지한 행위야. 권력을 잡고 있는 사람들이 불순한 행위로 규정하고 금지하면 무엇이든 불순한 행위가 된다는 것이지. 무엇이든 지어내기만 하면 돼. 〈돌대가리〉가 파시즘에 대해서 나쁘게 말하는 것이 불순하다고 판단했기 때문에, 그런 짓을 범한 사람은 감옥에 가야 했어. 독신으로 사는 게 불순하다고 해서, 독신자들은 세금을 냈어. 빨간 깃발을 흔드는 것도 불순한 행위였지. 그런 예는 숱하게 많아. 자아 이제 남의 재물을 탐내지 말라는 마지막 계명을 살펴볼 차례야. 이미 도둑질을 하지 말라는 계명이 있는데, 왜 이런 계명이 필요한 것일까? 그런 궁금증을 느껴 본 적 없어? 만약 네가 친구의 자전거와 똑같은 것을 갖고 싶어 한다면, 너는 죄를 짓는 것일까? 아냐, 네가 친구에게서 자전거를 훔치지 않는다면, 그건 죄가 되지 않아. 돈 코냐소 같은 이는 말하겠지. 이 계명은 시새움을 금지하는 것이고, 시새움이란 당연히 나쁜 것이라고 말이야. 하지만 시새움에는 나쁜 것도 있고 좋은 것도 있어. 나쁜 시새움이란, 예를 들면 네 친구는 자전거를 가지고 있고 너한테는 없는데, 그 친구가 자전거를 타고 비탈길을 내려가다가 목이 부러졌으면 좋겠다는 생각이 드는 경우야. 좋은 시새움이란 너도 그런 자전거를 갖고 싶어서 열심히 일을 하고, 그 덕분에 중고 자전거라도 살 수 있게 되는 경우야. 그건 세상을 돌아가게 만드는 좋은 시새움이지. 그런가 하면 또 다른 시새움이 있어. 정의감에서 나온 시새움이야. 한쪽에는 모든 것을 가진 사람이 있고, 다른 쪽에는 굶어 죽는 사람들이 있는 까닭을 도저히 이해할 수 없을 때 생기는 감정이지. 만약 네가 사회주의적 시새움이라고도 할 수 있는 그런 훌륭한 시새움을 느낀다면, 너는 부가 공평하게 분배되는 세상을 만들기 위해 노력하게 될 거야. 하지만 마지막 십계명은 바로 그 시새움을 금지하고 있어. 네가 가진 것보다 더 많은 것을 탐내지 말라, 사유 재산의 질서를 존중해라 하고 말이야. 이 세상에는 단지 상속을 받았다는 이유로 넓은 밀밭을 가지고 있는 사람들이 있고, 빵 한 조각을 얻기 위해서 그 밭을 가는 사람도 있어. 밭을 가는 사람은 주인의 밭을 탐내면 안 돼. 그렇게 가지지 않은 사람이 가진 사람 것을 탐내면, 국가의 기강이 흔들리고 혁명이 일어나거든. 열 번째 계명은 바로 그 혁명을 금지하고 있는 셈이지. 나의 꼬마 친구, 이제 결론을 말해 볼까? 너는 사람을 죽여서도 안 되고, 너처럼 가난한 사람들의 것을 훔쳐서도 안 돼. 하지만 다른 사람들이 너한테서 빼앗아 간 재산을 탐하는 것은 옳은 일이야. 그게 바로 미래의 태양이고, 우리 동지들은 그것을 위해 저 위쪽의 산속에서 싸우고 있는 거야. 지주들의 자금 지원을 받아 권력에 오른 〈돌대가리〉를 제거하기 위해서, 그리고 세계를 정복하고 크루프 포를 더 많이 팔아먹고 싶어 하는 히틀러의 추종자들을 몰아내기 위해서 말이야. 하지만 네가 이런 것들을 어떻게 이해할 수 있겠니? 〈두체〉의 명령에 복종하겠다는 맹세를 달달 외우게 하는 학교에서 교육을 받은 네가 말이야.」

「아니에요, 비록 모든 것을 다 이해하는 것은 아니지만, 나도 알 건 알아요.」

「그렇다면 다행이고.」

그날 밤, 나는 꿈에서 〈두체〉를 보았다.

어느 날 우리는 언덕에 올라갔다. 나는 그라뇰라가 일전에 한 번 그랬던 것처럼 자연의 아름다움에 관해서 말하리라고 생각했다. 하지만 그날은 왠지 자연 속에 널려 있는 죽음의 모습들만 보라고 했다. 파리 떼가 붕붕거리는 말라 버린 쇠똥, 노균병에 걸린 포도나무, 나무 한 그루를 죽이러 가는 모충들의 행렬, 싹이 덩이줄기보다 더 크게 나서 먹을 수가 없게 되어 버린 감자, 도랑에 버려진 채 이미 부패가 한참 진행된 상태라서 담비인지 산토끼인지 분간할 수가 없는 동물의 시체. 그리고 그라뇰라는 〈밀리트〉라는 담배를 잇달아 피우면서, 그것이 허파를 소독해 주기 때문에 폐결핵에 아주 좋다고 흰소리를 했다.

「얘야 봐라, 세상은 악의 지배를 받고 있어. 이 악은 여간 강력하지 않아. 남의 돈 몇 푼을 빼앗기 위해서 살인을 저지르는 것과 같은 악행이나 우리 동지들을 교수형에 처하는 나치 친위대의 악행만을 말하는 게 아냐. 나는 악 그 자체를 말하고 있는 거야. 내 허파를 썩게 만들고, 흉년이 들게 하고, 우박이 쏟아지게 해서 오로지 포도밭에 의지해서 살아가는 농민을 곤경에 빠뜨리는 어떤 힘도 악이야. 너는 세상에 왜 악이 존재하는지 궁금하지 않았니? 무엇보다 먼저, 죽음은 왜 존재하는 것일까? 사람들은 사는 것을 너무나 좋아하는데, 부자든 가난한 사람이든 언젠가는 죽음에 휩쓸리지. 때로는 아이들조차 말이야. 혹시 우주의 죽음에 관한 얘기 들어 봤니? 어떤 책에서 읽었는데, 우주, 다시 말해서 별들과 태양과 은하수를 포함하는 온 우주는 전지와 비슷하게 돌아간다고 하더라. 차츰차츰 방전되다가 언젠가는 전기 에너지가 바닥이 나버리는 전지처럼 말이야. 우주의 종말. 우주 자

파시스트 혁명 10주년 기념 몽타주

체가 죽음을 피할 수 없다는 것, 그것이야말로 악 중의 악이
지. 우주는 죽을 운명을 타고난 거야. 이렇듯 악이 존재하는
세상을 아름답다 할 수 있을까? 이런 세상보다는 악이 존재
하지 않는 세상이 낫지 않았을까?」

〈그야 그렇죠〉 하고 나는 자못 진지하게 말했다.

「어떤 사람들은 우리가 살고 있는 이 세계가 실수로 생겨
난 것이라고 말하지. 그러잖아도 잘 돌아가지 않던 우주가
병에 걸려서, 어느 날 태양계라는 종양이 자라고 거기에 우
리가 생겨났다는 거야. 하지만 별들이나 은하수나 태양은 저
희가 죽으리라는 것을 모르기 때문에 마냥 태평해. 반면에

우주가 병에 걸리는 바람에 생겨난 우리는 불운하게도 아주 영리한 존재들이라서, 우리가 죽을 수밖에 없다는 것을 알아 버렸어. 그러니까 우리는 악의 희생자일 뿐만 아니라, 그런 사실을 알고 있는 존재이기도 해. 환장할 노릇이지.」

「하지만 아무도 세계를 만들지 않았다는 건 무신론자들이 하는 말인데, 아재는 무신론자가 아니라면서요……」

「나는 무신론자가 아냐. 우리 주위에 보이는 것들, 나무들이 자라고 열매가 맺히는 방식, 태양계, 우리의 뇌, 이 모든 것이 우연히 생겨난 것이라고 생각할 수가 없거든. 모든 게 너무나 잘 만들어져 있어. 창조하는 능력을 지닌 정신이 존재했던 게 분명해. 그 정신을 하느님이라 부를 수도 있겠지.」

「그렇다면……」

「그렇다면, 하느님과 악을 조화시켜야 하는데, 어떻게 할까?」

「지금 당장은 모르겠어요. 생각할 시간을 줘요……」

「허, 얘 좀 보게, 생각할 시간을 달라니. 장구할 세월에 걸쳐서 가장 명민한 사상가들이 그 문제를 놓고 생각에 생각을 거듭했다는 사실을 몰라서 이러나……」

「그래서 그들이 생각해 낸 게 뭔데요?」

「시시풍덩한 것들뿐이야. 어떤 사람들은 반란 천사들이 악을 세상에 가져왔다고 말했어. 정말 그랬을까? 하느님은 모든 것을 보고 앞일을 훤히 내다보시는데, 반란 천사들이 반역하리라는 것을 모르셨을까? 만약 그들이 반역하리라는 것을 아셨다면, 왜 그들을 창조하셨을까? 그건 어떤 사람이 자동차 타이어를 만들면서 2킬로미터를 달린 뒤에 펑크가 나도록 해놓는 것과 비슷해. 만약 그런 사람이 있다면 그는 바보일 거야. 하지만 그들 말대로라면, 하느님은 천사들을 그런 식으로 창조하신 거야. 처음엔 매우 흡족해하셨지. 내가 생각해도 나는 정말 대단해, 나는 천사들을 만들 줄도 알아, 하면서 말이야. 그러다가 하느님은 천사들이 반란을 일으킬 때까지 기다렸다가(천사들이 실수를 저지르도록 기다리는 동안 하느님이 얼마나 군침을 많이 삼켰을지는 아무도 모르지), 그들을 지옥에 떨어뜨렸어. 정말 그랬다면, 하느님은 잔인하고도 비열하다고 할 수밖에 없어. 어떤 철학자들은 다른 견해를 내놓았어. 악은 하느님 밖에 존재하는 것이 아니라 하나의 질병처럼 하느님 안에 있으며, 하느님은 악에서 벗어나려고 애쓰며 영원한 시간을 보내고 있다는 것이었지. 가엾게도 정말 그럴지도 몰라. 하지만 내 처지를 놓고 생각해 보면, 나는 그런 하느님을 이해할 수가 없어. 나는 폐결핵 환자라는 것을 알기 때문에 자식을 낳지 않을 거야. 내 병을 물려받는 불행한 아이들을 만들지 않기 위해서 말이야. 그런데 하느님은 자기에게 병이 있다는 것을 알면서도 세계를 만들어. 기껏 만들어 놓아 봤자 결국엔 악이 지배하게 될 세상을 말이야. 그건 정말 심술궂은 짓이야. 우리 인간은 원하지 않으면서도 자식을 만드는 경우가 더러 있어. 어느 날 밤에 에라 될 대로 되라 하면서 콘돔을 사용하지 않으면 그렇게 될 수 있지. 하지만 하느님이 세상을 만든 것은 스스로 원해서 한 일이야.」

「혹시 세계가 하느님도 모르는 사이에 하느님에게서 빠져나온 것은 아닐까요? 어떤 사람에게서 오줌이 저절로 새어 나오듯이 말이에요.」

「너는 그 말이 농담이라고 생각하겠지만, 아주 명민한 또 다른 철학자들은 바로 그런 식으로 생각했어. 세계는 마치 오줌이 우리에게서 새어 나오듯이 하느님에게서 새어 나왔다고 했지. 세계는 하느님의 요실금(尿失禁)에서 비롯되었다는 거야. 마치 전립선이 병적으로 커진 남자처럼 하느님이 오줌을 찔끔 지려서 세계가 생겨났다는 얘기지.」

「전립선이 뭔데요?」

「그건 중요하지 않아. 그냥 다른 예를 하나 더 들었구나 하고 생각하면 될 거야. 중요한 건 이거야. 세계가 하느님에게서 새어 나왔고, 하느님은 그것이 새어 나오는 것을 막고 싶었지만 그럴 수가 없었으며, 모든 것은 하느님 내부에 있는 악의 소행이라고 생각하는 것, 그건 하느님을 용서하는 유일한 길이야. 우리는 똥이 눈 밑까지 차오르는 똥통에 빠져 있지만, 하느님의 사정도 우리보다 나을 게 없어 보이거든. 그렇다면 사목 회관에서 교리 교육 시간에 들려주는 그럴싸한 얘기들은 모두 썩은 과일처럼 땅바닥에 떨어지고 마는 거야. 하느님은 선이시고, 하늘과 땅을 창조하신 가장 완벽한 존재라는 식의 얘기들 말이야. 하느님이 하늘과 땅을 창조한 것은 오히려 하느님 자신이 불완전했기 때문이야. 그렇게 불완전한 하느님이 별들을 만들었기 때문에, 별들은 다시 충전되지 않는 전지처럼 언젠가는 소진될 수밖에 없는 거야.」

「잠깐만요, 하느님은 분명 우리가 죽음을 피할 수 없는 세계를 만드셨어요. 하지만 하느님이 그런 세계를 만드신 것은 우리를 시험하시기 위해서였어요. 그 시험을 통과하면 천국, 그러니까 영원한 행복을 얻게 되는 것이고요.」

「시험을 통과하지 못하면 지옥에서 불타는 건가?」

「악마의 유혹에 굴복한 사람들은 그렇게 되겠죠.」

「꼭 신학자처럼 말하고 있네. 하지만 신학자들은 모두 진실성이 없어. 그들의 말에 따르면, 악이 존재하는 것은 사실이지만, 하느님은 우리에게 자유 의지라는 가장 좋은 선물을 주셨어. 하느님이 명령하신 일을 하든 악마가 시키는 일을 하든, 그건 우리 마음이야. 만약 우리가 지옥에 가게 된다면, 그건 우리 책임이야. 우리는 노예가 아니라 자유인으로 창조되었는데, 우리가 자유를 잘못 사용한 것이니까 말이야.」

「바로 그거예요.」

「바로 그거라고? 하지만 자유가 선물이라고 누가 그러던? 내 말은 자유라고 해서 다 같은 것이 아니니까 혼동하지 않도록 조심해야 한다는 거야. 산속에 있는 우리 동지들은 자유를 위해 투쟁하고 있어. 하지만 이때의 자유는 우리 모두를 하찮은 기계로 만들고 싶어 하는 자들에게서 벗어나는 것을 가리키는 거야. 자유란 사람과 사람이 맺고 있는 아름다운 관계지. 다른 사람들을 자기가 원하는 대로 생각하게 하거나 행동하게 할 권리는 누구에게도 없는 거야. 우리 동지들은 자유를 위해 싸울 뿐만 아니라, 그 투쟁 방식도 자유롭게 결정했어. 산속으로 가든 어딘가에서 매복을 하든 스스로 결정해서 한 일이라는 거야. 그런데 하느님이 우리에게 주셨다는 자유, 그건 어떤 자유지? 천국으로 가거나 지옥으로 가거나 둘 중 하나일 뿐 다른 길은 없는 자유야. 그렇다면 인생은 한낱 도박이야. 이 세상에 태어나면 누구나 카드 게임을 벌여야 하고, 이 게임에서 지면 영원히 고통을 받아야 해. 그런데 이런 도박을 하고 싶지 않을 때는 어쩌지? 〈돌대가리〉 무솔리니는 나쁜 짓을 숱하게 저질렀지만, 그래도 한 가지 잘한 것이 있다면 도박장을 없애 버렸다는 거야. 도박장이란 사람들이 운을 시험하다가 패가망신하는 곳이야. 거기에 가든 말든 그건 각자의 자유라고 말하는 것은 온당치 않아. 그렇게 말하기보다는 사람들을 아예 시험에 들지 않게 하는 편이 낫지. 하지만 하느님은 우리를 자유로운 존재로, 그러면서도 유혹에 빠지기 쉬운 아주 약한 존재로 창조하셨어. 그게 선물이야? 그건 이런 얘기와 비슷해. 내가 낭떠러지 꼭대기에서 너를 아래로 떨어뜨리려고 하면서 너에게 이렇게 말해. 〈걱정하지 마, 너에겐 자유가 있어. 떨기나무를 움켜쥐고 다시 올라올 수도 있고, 낭떠러지 아래로 굴러 떨어져서 다진 고기처럼 만신창이가 될 수도 있어.〉 너는 그냥 낭떠러지 위에 있는 게 좋은데, 왜 아래로 떨어뜨리려 하느냐고 묻겠지? 그러면 나는 네가 용감한 사람인지 알아보기 위해서라고 대답해. 내가 정말 그런 장난을 친다고 생각해 봐. 너무 고약하지 않아? 자기가 용감한 사람인지 알아보고 싶어 하지도 않았고, 낭떠러지 위에 있는 게 더 좋다는 사람한테 그런 장난을 칠 수는 없는 거야.」

「이제는 아재가 무슨 말을 하는지 잘 모르겠어요. 그러니까, 아재가 생각하는 것은 뭐죠?」

「내 생각은 간단해. 하지만 아직까지 아무도 이런 생각을 하지 않았을 거야. 내가 보기에 하느님은 악한 존재야. 성직자들은 하느님이 선하다고 말해. 왜냐고 물으면 우리를 창조하셨기 때문이라고 대답하지. 하지만 우리를 창조하셨다는 것이야말로 하느님이 악하다는 증거야. 우리는 이따금 두통을 앓아. 고통이나 질병도 악이야. 하지만 하느님은 마치 우리가 두통을 앓듯이 악을 지니고 있는 게 아냐. 하느님은 악 그 자체야. 하느님은 시작도 끝도 없이 영원한 존재이니까,

수십억 년 전에도 존재했을 것이고 그때는 아마 악하지 않았을 거야. 처음부터 악했던 것이 아니라 악한 존재로 변한 것이지. 마치 여름날에 아이들이 시간을 보내기가 따분하니까 파리들의 날개를 떼어 내는 악동으로 변하는 것처럼 말이야. 어때, 하느님이 악하다고 생각하면, 악의 문제가 아주 분명해지지 않겠니?」

「그러면 모두가 악당이겠네요. 예수님도 악한가요?」

「아 그건 아니지! 예수는 우리 인간이 그래도 선한 존재가 될 수 있다는 것을 보여 주는 유일한 증거야. 솔직히 말해서, 나는 예수가 하느님의 아들이라고 확신할 수가 없어. 그토록 악한 아버지에게서 어떻게 예수처럼 선한 존재가 태어날 수 있는지 이해가 안 되거든. 더 나아가서 나는 예수가 정말로 존재했는지도 확신할 수가 없어. 어쩌면 우리가 그를 만들어 낸 것인지도 모르지. 하지만 설령 그랬다 해도, 우리가 그렇게 멋진 생각을 해냈다는 것 자체가 기적이야. 아니, 그는 정말로 존재했을 수도 있어. 그는 모든 인간 가운데 가장 선했고, 우리에게 하느님이 선하다는 확신을 심어 주기 위해서 진심으로 하느님의 아들을 자처했어. 하지만 예수 역시 결국에는 하느님이 악하다는 사실을 깨달았어. 복음서를 잘 읽어 보면, 알게 될 거야. 예를 들어 그는 게쎄마니에서 두려움에 사로잡힌 채, 〈이 잔이 저를 비켜 가게 해 주십시오〉라고 기도하지만 아무 소용이 없어. 하느님은 그의 기도를 들어주지 않아. 또 십자가에 못 박힌 채로 〈하느님, 어찌하여 저를 버리셨습니까?〉 하고 소리치지만 역시 아무 소용이 없어. 하느님은 그를 외면했어. 하지만 예수는 하느님의 악함을 벌충하기 위해 인간이 무엇을 할 수 있는지 우리에게 가르쳐 주었어. 하느님이 악하다면, 우리라도 선한 존재가 되려고 노력하자, 우리는 서로 용서하고 서로에게 해를 입히지 말자, 병자를 돌보자, 한쪽 뺨을 맞으면 다른 쪽 뺨을 내밀자, 하느님이 우리를 도와주지 않으니 우리끼리라도 서로 도우며 살자, 그렇게 가르친 거야. 예수의 사상이 얼마나 위대한 것인지 알겠니? 그 생각이 하느님을 얼마나 화나게 했을지 상상해봐. 하느님의 진정한 적은 악마가 아니야. 하느님과 진정으로 맞섰던 존재는 예수뿐이었어. 예수는 우리 불쌍한 중생들의 유일한 친구야.」

「아재, 설마 이단자는 아니겠죠? 이단자들은 화형을 당했다던데……」

「나는 진리를 깨달은 유일한 사람이야. 하지만 화형을 당할 염려가 있기 때문에, 그것을 아무 데서나 함부로 이야기할 수는 없고, 오로지 너한테만 이야기한 거야. 아무한테도 말하지 않겠다고 맹세하지?」

「맹세해요.」 나는 손가락으로 입술에 십자를 그으면서 말했다. 「십자가에 대고 맹세.」

나는 그라뇰라가 언제나 작고 기름한 가죽집을 목에 걸어 셔츠 속에 감추고 다닌다는 것을 알아차렸다. 「아재, 그게 뭐예요?」

「메스야.」

「의학을 공부했어요?」

「나는 철학을 공부했어. 이 메스는 그리스에 파견되어 있던 우리 연대의 군의관에게서 선물로 받은 거야. 그이는 죽기 전에 나에게 이것을 주면서 말했어. 〈수류탄이 내 배에 구명을 내버렸으니, 이제 이것은 나에게 아무 소용이 없어. 그나마 도움이 될 만한 게 있다면, 실과 바늘이 있는 여자들의 반짇고리겠지. 하지만 이 구멍은 꿰맬 수 있는 게 아냐. 나를 기념하는 뜻으로 이 메스를 간직해 주게.〉 그 뒤로 이것을 늘 지니고 다니는 거야.」

「왜요?」

「내가 겁쟁이라서 그래. 내가 무언가를 하고 있고 무언가를 알고 있기 때문에, 만약 나치 친위대나 검은 여단에게 잡히는 날에는, 그자들이 나를 고문할 거야. 고문을 당하면, 나는 고통이 두려워서 입을 열 게 될 거야. 그건 내 동지들을 죽음으로 몰아넣는 짓이지. 그래서 만약 그자들에게 잡히면, 나는 이 메스로 내 목을 벨 거야. 그건 고통스럽지 않을 거야. 한순간에 스스슥 베면 되니까 말이야. 그럼으로써 파시스트들에게는 아무것도 알아내지 못하게 함으로써 엿 먹이고, 성직자들에게는 자살이라는 죄를 지음으로써, 하느님에게는 그가 결정한 시간이 아니라 내가 원하는 시간에 죽음으로써 골탕을 먹일 거야. 모두에게 본때를 보여 주겠어.」

그라놀라의 이야기는 나에게 슬픔을 안겨 주기가 일쑤였다. 그의 말이 옳지 않아 보였기 때문이 아니다. 오히려 그의 말이 맞는 게 아닐까 해서 두려웠다. 나는 그런 문제들을 놓고 할아버지와 이야기를 나누고 싶었다. 하지만 할아버지가 어떻게 나오실지 가늠할 수가 없었다. 할아버지와 그라놀라는 둘 다 반파시스트였지만, 서로 마음이 통하지 않을 수도 있었다. 할아버지는 〈두체〉의 졸개인 파쇼 행동대원 메를로에게 당한 일을 명랑한 방식으로 해결하셨다. 할아버지는 젊은이 네 명을 〈예배당〉에 숨겨 주시고, 검은 여단을 조롱하는 데서 더 나아가지 않으셨다. 성당에 나가시지는 않았지만, 그렇다고 무신론자로 볼 수는 없었다. 무신론자였다면, 성탄 구유 장식을 만들지 않으셨을 테니까 말이다. 만약 할아버지가 신을 믿으셨다면, 어떤 명랑한 신을 믿으셨을 것이다. 그 신은 할아버지에게 보복을 당한 메를로가 똥물이 나오도록 토악질하는 꼴을 보면서 한바탕 걸걸 웃었을 것이다 — 결국 할아버지 덕분에 신은 메를로를 지옥에 보내는 수고를 덜게 되었고, 메를로는 아주까리기름으로 숱한 사람들을 모욕했음에도 그저 연옥에나 보내져 편안하게 죄를 씻을 수 있게 되었으리라. 할아버지와 달리 그라뇰라는 나쁜 신 때문에 비참해진 세계에 살고 있었다. 그가 약간 다정하게 미소 짓는 모습을 보인 것은 소크라테스와 예수에 관해서 이야기할 때뿐이었다. 따지고 보면 사람들에게 살해당한 사람들의 이야기인데, 거기에 무어 그리 재미있는 게 있다는 것인지 나로서는 이해할 수가 없었다.

하지만 그라뇰라는 선량했고, 주위 사람들을 무척 사랑했다. 그는 그저 하느님만을 원망했다. 그건 코뿔소에게 돌을 던지는 것만큼이나 따분하고 보람 없는 일이었으리라. 코뿔소는 돌에 맞고 있는 것조차 모르는 채 제 일을 계속하고 있는데, 돌을 던지는 사람은 분에 못 이겨 씩씩거리다가 심장이 터져 버릴 테니 말이다.

내가 친구들과 그 〈위대한 놀이〉를 시작한 게 언제였던가? 모두가 서로에게 총을 쏘아 대는 세상에 살다 보니, 우리에게도 적이 필요했다. 우리는 산마르티노의 아이들을 적으로 선택했다. 산마르티노는 깎아지른 벼랑골을 굽어보며 언덕 바지에 올라앉은 마을이다.

벼랑골은 아말리아가 설명해 준 것보다 훨씬 고약했다. 정말이지 벼랑골을 타고 올라간다는 것은 불가능한 일이었다 — 내려오는 것은 더 말할 것도 없었다. 걸음을 떼어 놓을 때마다 헛발을 디디기가 십상이었기 때문이다. 가시덤불이 없는 곳에서는 발을 디딜 때마다 흙이 허물어졌다. 아카시아 숲이나 산뽕나무 덤불 사이로 틈새가 보여서 오솔길이 있나 하고 가보면, 어쩌다 나타난 좁다란 돌밭이라서 열 발짝쯤 떼고 나면 발이 미끄러지기 시작했다. 그런 곳의 가장자리에서 발을 헛디디고 넘어지면, 20미터쯤 굴러 떨어지는 것은 약과였다. 그렇게 굴러 떨어져서 용하게 뼈가 부러지지 않고 목숨을 건진다 해도, 가시나무에 눈이 찔리는 것은 피할 길이 없었다. 게다가 거기에는 독사가 있다고 했다.

산마르티노 사람들은 벼랑골을 엄청나게 두려워했다. 그것은 마녀 때문이기도 했다. 그들은 마녀가 정말 있다고 믿고 있었다. 산모들의 젖을 말리기 위해 무덤에서 튀어나온 듯한 미라 하나를 안토니오 성인의 유해라고 우기며 모셔 놓은 사람들이 말이다. 그들은 적으로 삼기에 딱 좋았다. 우리가 보기에 그들은 모두 파시스트였기 때문이다. 사실을 말하자면 그 정도는 아니었다. 그저 산마르티노 출신의 두 형제가 검은 여단에 들어갔고, 그들의 두 남동생이 마을에 남아서 그쪽 개구쟁이 패거리의 대장 노릇을 하고 있을 뿐이었다. 하지만 결국 산마르티노는 전쟁에 나간 아들들과 연결되어 있는 셈이었고, 솔라라에서는 그 마을 사람들을 조심해야 한다고 수군거리고 있었다.

산마르티노의 아이들이 파시스트든 아니든 간에, 우리는 그들이 짐승처럼 고약하다고 여겼다. 산마르티노처럼 저주받은 곳에서 자라는 아이들은 그저 살아 있다는 느낌을 얻기 위해서라도 매일같이 무언가 못된 짓을 꾸밀 수밖에 없다는 게 우리의 생각이었다. 그 애들은 학교 때문에 솔라라에 내려와야 했고, 솔라라에 사는 우리는 마치 떠돌이 집시들을 대하듯이 녀석들을 바라보았다. 간식 시간이 되면, 우리 가운데 다수는 빵과 잼을 차지했고, 녀석들은 벌레 먹은 사과도 감지덕지하며 먹었다. 결국, 녀석들은 행동에 나서기로 작정했고, 청소년 사목 회관으로 들어가고 있던 우리에게 여러 차례 돌팔매질을 해댔다. 녀석들에게 본때를 보여 주어야 하는 상황이었다. 그래서 우리는 산마르티노로 올라가서 녀석들이 성당 광장에서 놀고 있을 때 공격을 가하기로 결정했다.

산마르티노로 올라가는 길은 하나뿐이었다. 굽이도 전혀 없이 곧장 나 있는 비탈길을 올라가는 수밖에 없었다. 성당 광장에서는 그 길로 누가 올라오는 것이 훤히 내려다보였다. 사정이 그러하니 우리가 녀석들을 기습할 수 있는 길은 전혀 없어 보였다. 그러던 어느 날, 머리가 크고 머리털이 에티오피아 사람처럼 새까만 농민의 아들 두란테가 묘안을 내놓았다. 벼랑골을 타고 올라가면 녀석들에게 기습을 가할 수 있다는 것이었다.

벼랑골을 타고 올라가자면 훈련이 필요했다. 이 훈련에는 한 철이 꼬박 걸렸다. 첫날에는 10미터 거리를 놓고 오르내리기를 연습했다. 우리는 발로 밟은 우묵한 자리를 하나하나 기억하면서 올라갔다가, 똑같은 자리를 디디면서 내려왔다. 그런 식으로 매일 훈련이 계속되었다. 산마르티노에서는 우리가 보이지 않기 때문에 시간은 얼마든지 있었다. 서둘러서 대충대충 할 일이 아니었다. 우리는 벼랑골의 비탈을 자유자재로 돌아다니는 구렁이나 도마뱀처럼 되어야만 했다.

우리 가운데 두 명은 발을 삐었다. 다른 한 명은 하마터면 아래로 굴러 떨어져서 죽을 뻔했는데, 미끄러져 내리지 않으려고 손바닥의 살갗이 벗겨지도록 버틴 끝에 가까스로 살아났다. 하지만 우리는 기어코 해냈다. 이 세계에서 벼랑골을 오르내릴 수 있는 사람들은 우리밖에 없었다. 어느 날 오후, 우리는 공격을 감행했다. 우리는 한 시간 넘게 벼랑골을 기어오른 끝에, 숨을 헐떡거리며 산마르티노 바로 턱밑에 있는 가시덤불에 다다랐다. 가시덤불을 빠져나가 보니, 집들과 낭떠러지 사이의 오솔길을 따라 쳐놓은 나지막한 담이 보였다. 필시 밤에 주민들이 이 길을 지나가다가 벼랑으로 굴러 떨어지는 것을 막기 위해 설치한 담이었다. 우리가 덤불을 빠져나온 바로 그 자리에는 담에 틈새가 벌어져 있었다. 우리가 드나들 수 있을 만한 구멍이었다. 이 구멍 너머로 마주 보이는 골목길은 사제관의 문을 지나 성당 광장으로 곧장 통하고 있었다.

우리가 성당 광장으로 쳐들어갔을 때, 녀석들은 마침 술래잡기를 하던 중이었다. 한 녀석은 눈을 가리고 있어서 아무것도 볼 수가 없었고, 다른 녀석들은 술래한테 잡히지 않으려고 이리저리 뛰어다니고 있었다. 공격하기에 딱 좋은 기회였다. 우리는 준비해 간 팔매들을 던졌다. 한 녀석은 이마를 정통으로 맞았고, 다른 녀석들은 신부님에게 도움을 청하면서 성당으로 달아났다. 이번에는 이 정도로 족했다. 우리는 재빨리 골목길을 내리닫고 개구멍을 통과하여 벼랑골로 내려갔다. 신부님은 우리가 떨기나무들 사이로 사라져 갈 때쯤에서야 겨우 우리의 머리를 보고서는 무시무시한 말로 으름장을 놓았다. 그러는 동안 두란테는 〈에이!〉 하고 소리치면서, 반쯤 구부린 채 들어 올린 오른팔을 왼손으로 툭툭 쳤다.

그 뒤로 산마르티노의 아이들은 꾀를 쓰기 시작했다. 녀석들은 우리가 벼랑골로 올라온다는 것을 알고, 담의 틈새에 보초를 세워 놓았다. 그래서 녀석들이 알아차리기 전에 담의 턱 밑에 다다르는 것은 여전히 가능했지만, 그 이상으로 접근하는 것은 위험했다. 담에 뚫린 구멍으로 다가가자면, 마지막 몇 미터는 키가 아주 낮은 가시덤불의 방해를 받으며 보초의 시선에 노출된 채 나아가야 했다. 그사이에 보초가 경보를 보내면, 다른 녀석들은 햇볕에 바짝 말린 동그란 진흙 덩어리들을 골목길 끄트머리에 쌓아 놓고 있다가, 우리가 담을 쳐놓은 오솔길에 올라서기도 전에 위쪽에서 사격을 가했다.

숱한 고생 끝에 벼랑골 타는 방법을 터득해 놓고 모든 것을 포기해야 한다는 것은 참으로 애석한 일이었다. 급기야 두란테의 입에서 이런 말이 터져 나왔다.「안개가 끼었을 때 올라가는 방법을 익히자.」

가을이 시작되고 있던 터라, 안개는 이 고장에서 얼마든지 볼 수 있었다. 안개가 짙게 서린 날에는 솔라라의 아래뜸은 물론 우리 집마저 가뭇없이 사라지고, 그저 산마르티노의 종탑만 사위를 휘감은 뿌연 대기를 뚫고 솟아 있었다. 그런 날 종탑에 올라가 있으면 마치 구름 위로 날아가는 비행선에 타고 있는 듯했다.

두란테 말대로 안개를 뚫고 벼랑골을 올라갈 수 있다면 기

습이 가능할 수도 있었다. 담을 쳐 놓은 오솔길부터 안개가
열어지고, 산마르티노의 아이들도 온종일 안개만 바라보고
있을 수가 없어서 성당 마당으로 나올 공산이 컸다. 특히 날
이 저물 무렵을 노리는 것이 좋을 것이었다. 하지만 안개가
너무 자욱하게 스멀거릴 때는 허탕을 칠 수도 있었다. 담은
물론이고 성당 광장조차 안개에 휩싸여 있다면, 녀석들이 나
와 있을 리가 없었다.

안개가 끼었을 때 벼랑골을 타는 것은 햇빛이 비칠 때 올
라가는 것과 사뭇 달랐다. 그야말로 한 걸음 한 걸음을 다 외
워야만 했다. 여기에 이런 바윗돌이 있고, 저기는 아주 빽빽
하게 우거진 가시덤불이 시작되는 자리이니까 조심해야 하
고, 오른쪽으로 다섯 발짝(넷이나 여섯이 아니라 정확하게
다섯 발짝)을 더 옮기면 땅이 갑자기 꺼져서 낭패를 볼 것이
고, 바로 왼쪽에 있는 바위를 돌아서 나 있는 오솔길은 낭떠
러지로 통하는 헛길이니까 절대로 들어서면 안 된다 하는 식
으로 모든 것을 기억해야 하는 일이었다.

그래서 우리는 맑은 날에 답사를 한 다음, 일주일 동안 기
억 속의 발자국을 다시 따라가는 훈련을 되풀이했다. 나는
모험 소설에 나오는 것처럼 지도를 그려 보려고 했다. 하지
만 내 친구들의 반은 지도를 읽을 줄 몰랐다. 녀석들에게는
안된 일이지만, 나는 하는 수 없이 지도를 내 머릿속에 새겼
다. 그리하여 나는 눈을 감고도 벼랑골을 오르내릴 수 있게
되었다 ─ 그것은 안개 낀 밤에도 거기에 갈 수 있다는 얘기
였다.

모두가 길을 숙지한 뒤에, 우리는 자욱한 안개 속에서 며
칠 더 발씨를 익혔다. 우리는 날이 저문 뒤에 연습에 들어갔

다. 그 시각에 출발해서 상대편 녀석들이 저녁을 먹으러 가기 전에 담까지 도달할 수 있는지를 알아보기 위해서였다.

여러 차례의 시험 등반을 거쳐서, 우리는 드디어 안개 낀 날의 첫 원정을 시도했다. 우리는 아무도 모르게 산마르티노에 다다랐다. 마침 녀석들은 안개가 끼지 않은 성당 광장에서 잡담을 나누고 있었다 ─ 하기야, 산마르티노 같은 마을의 아이들은 할 일이 없기 때문에 광장에서 빈둥거리지 않으면 묵은 빵과 우유로 만든 수프를 먹고 잠을 자러 갈 수밖에 없다.

우리는 광장에 들어서서 제대로 팔매질 공격을 가하고, 녀석들을 놀려 주었다. 그러고는 녀석들이 집으로 뿔뿔이 도망치는 사이에 다시 벼랑골로 내려왔다. 내려가는 것은 오르기보다 험난했다. 기어오르다가 미끄러지면 딸기나무를 붙잡고 매달릴 수라도 있지만, 내려가다가 미끄러지면 끝장이었다. 어딘가에 닿아서 멈춰 서기 전에 다리는 피투성이가 되고 바지는 숫제 누더기가 되고 말 것이었다. 하지만 우리는 당당하고 의기양양하게 그 일을 해냈다.

그 뒤로 우리는 몇 차례 더 습격을 감행했다. 녀석들은 어둠 속에 보초를 세울 수가 없었다. 대다수가 마녀 때문에 보초 서는 것을 두려워하기 때문이었다. 청소년 사목 회관에서 교리를 배운 우리는 마녀 따위를 겁내지 않았다. 성모송의 반만 외워도 마녀들이 꼼짝하지 못한다는 것을 알고 있기 때문이었다. 그렇게 우리는 몇 달 동안 승리를 구가했다. 그러다 보니 싫증이 났다. 벼랑골을 오르내리는 것은 이제 도전이 아니었고, 어떤 날씨에도 할 수 있는 평범한 일이었다.

우리 집에서는 내가 벼랑골에서 무슨 짓을 하는지 아무도 몰랐다. 알았다면 호되게 맞았을 것이다. 우리가 날이 저문 뒤에 벼랑골을 기어오를 때면, 나는 사목 회관에 연극 연습을 하러 간다고 둘러댔다. 하지만 사목 회관에서는 우리가 무얼 하는지 모두가 알고 있었고, 우리는 마을 전체에서 우리만이 벼랑골을 마음대로 오르내릴 수 있다며 뻐겼다.

어느 일요일 한낮이었다. 바야흐로 무슨 일이 벌어지고 있었다. 모두가 이미 알아차린 일이었다. 독일 군인들이 트럭 두 대에 나눠 타고 솔라라에 왔다. 그들은 두 집에 한 집 꼴로 마을을 수색한 뒤에 산마르티노로 올라가는 비탈길 쪽으로 갔다.

아침부터 짙은 안개가 깔려 있었다. 낮 안개는 밤안개보다 고약했다. 날이 훤한데도 어둠 속을 걷듯이 돌아다녀야 하니 말이다. 뿌연 안개가 소음(消音) 장치 구실을 하기라도 하는 양, 성당의 종소리도 들리지 않았다. 추위에 오들거리면서 나뭇가지에 앉아 있는 참새들의 울음소리조차 솜을 통과해서 들려오는 것 같았다. 그날은 누군가의 장례를 치르기로 되어 있는 날이었다. 영구차를 모는 사람들은 묘지로 가는 길로 올라서려 하지 않았고, 무덤 파는 일꾼은 관을 내리다가 자칫하면 자기가 무덤구덩이에 빠질 염려가 있기 때문에 이런 날은 일을 하지 않겠다고 전갈을 보내왔다.

마을의 두 남자가 독일 군인들이 무엇을 하려는 것인지 알아보기 위해서 트럭들을 뒤따라갔다가 돌아왔다. 그들이 본 바에 따르면, 독일 군인들은 트럭의 전조등을 켜봐야 1미터 앞도 안 보이는 상황에서 가까스로 산마르티노로 올라가는 비탈길의 초입에 다다르더니, 계속 나아갈 엄두를 내지 못하고 행군을 멈췄다. 트럭을 타고 가려는 건 분명 아니었다. 그도 그럴 것이, 그들은 비탈길 양쪽에 무엇이 있는지 모르고 있었다. 자칫하면 낭떠러지로 굴러 떨어질 수도 있는데, 그건 그들이 원하는 바가 아니었다. 어쩌면 굽이굽이에 빨치산들이 잠복해 있으리라고 생각하는지도 모를 일이었다. 그렇다고 생판 모르는 길을 걸어서 올라가는 모험을 감행할 수도 없는 노릇이었다. 그때 어떤 사람이 나서서 그들에게 설명하기를, 산마르티노로 올라가는 길은 그 비탈길밖에 없고, 거기에서 누가 내려오더라도 다른 길로는 내려올 수 없다고 했다. 벼랑골은 워낙 위험한 데다 안개까지 끼었기 때문에 그리로는 아무도 내려올 수 없다는 얘기였다. 그러자 그들은 길목에 가로대를 설치한 다음, 전조등을 켜놓고 총을 든 채통행을 감시하기 시작했다. 그러는 사이에 그들 가운데 하나가 무전기에 대고 고래고래 소리를 질렀다. 아마도 원조를 요청하고 있는 듯했다. 그들을 염탐하고 온 사람들은 〈볼순데, 볼순데〉 하는 소리를 여러 번 들었다고 했다. 그라놀라는 그들이 *Wolfshunde* 즉, 셰퍼드를 요청하고 있는 게 분명하다고 즉시 설명했다.

독일 군인들은 그렇게 길목을 지키고 있다가, 아직 사위가 온통 뿌옇고도 환하던 오후 네시쯤에 어떤 사람이 자전거를 타고 내려오는 것을 보았다. 산마르티노의 신부였다. 그는 얼마나 오랫동안 그 길을 오르내렸는지, 브레이크 대신 두발을 사용하면서도 여유 만만하게 내려오고 있었다. 독일인들은 그가 신부인 것을 알아차리고 사격을 하지 않았다. 우리가 나중에 알게 된 사실이지만, 그들은 신부가 아니라 카자흐스탄 병사들을 찾고 있었던 것이다. 신부는 말보다 손짓과 몸짓을 주로 사용해서, 솔라라 근처에 있는 한 농가에 임종을 코앞에 둔 사람이 있어서 종부 성사를 해주러 가는 길이라고 설명했다. 그러면서 손잡이에 걸어 놓은 가방을 열어 종부 성사에 필요한 물건들을 보여 주었다. 독일인들은 신부의 말을 믿고 통행을 허락했다. 신부는 사목 회관으로 가서 돈 코냐소와 귀엣말을 나누었다.

돈 코냐소는 정치에 가담하는 사람이 아니었지만, 신부가 가져온 골칫거리를 해결하기 위해서 누가 어떻게 해야 하는지는 알고 있었다. 그는 무엇이 문제인지 알아차리자마자, 자기에게 할 얘기를 그라뇰라와 그의 친구들에게 하라고 말했다. 자기는 그런 일에 참견하고 싶지도 않고 그럴 수도 없다는 것이었다.

돈 코냐소는 즉시 젊은이들 한 무리를 카드놀이 탁자 주위로 불러 모았다. 나는 마지막으로 들어온 청년들 뒤로 슬며시 들어가서 사람들의 눈길을 끌지 않도록 몸을 조금 웅크렸다. 그러고는 신부의 이야기에 귀를 기울였다.

독일군 부대에는 카자흐스탄 병사들로 이루어진 파견대가 하나 있었다. 우리는 모르고 있었지만, 그라뇰라는 그 사정에 훤했다. 그들은 러시아 전선에서 포로가 되었는데, 카자흐스탄과 관련된 어떤 일로 스탈린을 원망하고 있던 터라, 그들 가운데 다수가 독일군의 설득에 넘어가(돈에 끌렸거나 소비에트에 대한 증오심 때문에, 혹은 포로수용소에서 썩지 않으려고, 심지어는 말과 마차와 가족을 데리고 소비에트의 낙원을 떠날 수 있는 기회를 노리고) 외인부대에 편입되었다. 그들은 대개 카르니아 지방과 같은 북이탈리아의 동부 지역에서 싸웠고, 거칠고 잔인한 행동 때문에 공포의 대상이 되었다. 파비아 지방에도 투르키스탄 사람들의 부대가 하나 있었는데, 그들은 흔히 몽골인이라고 불렸다. 소련군 포로였다가 독일군에 편입된 사람들은 피에몬테 지방에도 와 있었다. 사람들은 그들을 모두 카자흐스탄 사람으로 알고 있었지만, 사실은 그렇지 않았다. 그들 가운데 일부는 독일군 부대에서 탈영하여 빨치산들과 함께 돌아다니고 있었다.

전쟁이 어느 쪽의 승리로 끝날 것인지는 이제 누구나 알고 있었다. 문제가 되고 있는 카자흐스탄 병사들 여덟 명도 예외가 아니었다. 게다가 그들에게는 종교적인 원칙이 있었다. 그들은 두세 곳의 마을이 불타고 수많은 양민이 교살당하는 것을 보았고, 자기네 부대원 두 명이 노인과 아이들에게 사격하는 것을 거부했다는 이유로 총살당하는 것도 보았다. 그 뒤로 그들은 나치 친위대를 등지기로 결심했다. 그라놀라는 이런 설명을 덧붙였다. 「그것 때문만은 아니에요. 이제 독일은 패색이 짙어요. 독일이 전쟁에서 지면, 미군과 영국군이 어떻게 나올까요? 그들은 카자흐스탄 병사들을 생포해서 자기네 동맹군인 소련군에게 넘길 거예요. 그런 식으로 소련에 돌아가면 이 친구들은 끝장이에요. 그래서 지금 연합군에 합류하려고 애쓰는 거죠. 전쟁이 끝난 뒤에 독재자 스탈린의 마수가 뻗치지 않는 곳으로 도피하기 위해서 말이에요.」

신부가 말했다. 「아닌 게 아니라, 그들 여덟 사람은 빨치산들이 영국군이며 미군과 한편이 되어 싸운다는 얘기를 들었다고 하네. 그래서 빨치산들이 있는 곳으로 가려고 하는 거야. 그들 나름대로 생각도 있고, 빨치산들의 사정에도 밝더라고. 그들은 가리발디파가 아니라 바돌리오파에 합류하고 싶어 해.」

그들은 어딘가에서 탈영하여, 솔라라 쪽으로 왔다. 다른 이유는 없고, 그저 누구에게서 이쪽에 바돌리오파 대원들이 있다는 얘기를 들었기 때문이다. 그들은 수킬로미터를 걷고 또 걸었다. 도로에서 벗어나 시간을 배로 써가며 오로지 밤에만 이동했지만, 나치 친위대는 그들의 도주로를 파악해 내어 바싹바싹 뒤쫓아 왔다. 그들이 솔라라까지 오는 데 성공한 것은 그야말로 기적이었다. 농가를 찾아 들어가 음식을 구걸하고, 첩자 노릇을 할 수 있는 사람들과 언제 마주칠지 모른다는 불안감에 시달리며, 그리고 모두가 독일어는 조금씩 더듬거릴 줄 알아도 이탈리아어를 아는 사람은 하나밖에 없기 때문에 겨우겨우 의사소통을 해가면서도 무사히 왔으니 말이다.

전날 그들은 자기들의 소재를 파악한 나치 친위대가 곧 뒤쫓아 오리라는 것을 알아차리고, 산마르티노로 올라갔다. 거기에서라면 일개 대대에 맞서 며칠 동안 저항할 수 있을 것이고, 어차피 죽을 거라면 용감하게 싸우다 죽자는 게 그들의 생각이었다. 누군가에게서 얻어들은 정보도 한 가지 있었다. 산마르티노에 탈리노라는 사람이 살고 있는데, 그 사람이 자기들을 도와줄 수 있는 또 다른 사람을 알고 있다는 얘기였다. 그들은 이제 물에 빠져 지푸라기라도 움켜쥐어야 하는 처지였다. 그들은 밤중에 도착해서 탈리노라는 사람을 만났다. 하지만 그는 산마르티노에 파시스트 가족이 있으며, 손바닥만 한 동네라서 금방 소문이 날 거라고 말했다. 그가 생각해 낸 방책은 그저 사제관으로 그들을 피신시키는 것뿐이었다. 본당 신부는 그들을 받아들였다. 정치적 소신 때문도 아니었고 그냥 마음이 착해서도 아니었다. 그들을 배회하게 하는 것이 숨겨 주는 것보다 고약한 일임을 깨달았기 때문이었다. 하지만 그들을 오랫동안 데리고 있을 수는 없는 노릇이었다. 여덟 사람을 먹일 만한 음식을 마련하기도 쉽지 않았고, 독일 군인들이 오면 당장에 사제관을 포함해서 모든 집을 수색할 것이기 때문에 너무나 겁이 났던 것이다.

신부가 말했다. 「여보게들, 생각해 보게. 자네들도 케셀링[16]의 포고문을 읽었을 거야. 독일 군인들이 도처에 붙여 놓았으니까. 만약 독일 군인들이 우리 마을에서 그들을 찾아내면, 마을을 불태울 거야. 일이 잘못되어서 그들이 사격이라도 하는 날에는, 독일인들이 우리를 모두 죽일 걸세.」

아닌 게 아니라, 우리 역시 케셀링 원수의 포고문을 보았다. 그리고 포고문에 상관없이 우리는 나치 친위대가 몹시 거칠게 행동한다는 것과 이미 몇 군데 마을을 불태웠다는 사실을 알고 있었다.

그라뇰라가 물었다. 「그래서 어쩌실 작정인데요?」

「그래서 마침 안개도 끼어 있고, 독일 군인들은 이곳 지리를 모르니까, 솔라라에서 누가 올라가서 그놈의 카자흐스탄 병사들을 이끌고 내려온 다음 바돌리오파 대원들에게 데려다 주어야 한다는 걸세.」

「그 일을 왜 솔라라 사람이 하죠?」

「첫째, 솔직히 말해서 이런 일은 소문이 적게 나야 순조롭게 돌아갈 텐데, 산마르티노 사람 누군가에게 이야기하면 금

---

16 알베르트 케셀링(1885~1960)은 독일의 군인으로서 공군 참모 총장(1936)을 거쳐, 1941년부터 1944년까지 지중해와 이탈리아의 독일군을 지휘했고, 1945년에는 서부 전선 총사령관을 지냈다.

케셀링 원수는 이탈리아 국민을 향한 유명한 호소의 후속 조치로, 아래의 명령들을 휘하 부대에 직접 시달하였다.

1. 무장 반도와 파괴자들과 범죄자들이 갖가지 유해한 행위로 전쟁 수행을 방해하고, 공공의 질서와 안전을 교란하고 있는 바, 그들에 맞서 가장 강력한 형태로 행동을 개시할 것.
2. 무장 반도가 존재하는 것으로 밝혀진 동리(洞里)에서 1퍼센트의 주민을 인질로 확보하여, 해당 동리에서 파괴 행위가 벌어질 때마다 그 인질들을 처형할 것.
3. 독일군의 개별 장병이나 부대를 상대로 총포가 발사되었을 때에는 해당 지역의 주택을 불사르는 것을 포함한 보복 조치를 시행할 것.
4. 살인 행위에 책임이 있는 것으로 판결된 분자들이나 반도의 수괴들은 광장에서 교살할 것.
5. 전신이나 전화 회선의 두절 및 도로 교통과 관련된 파괴 행위(차도에 유리 파편이나 못 따위를 살포하는 행위, 교량 파손, 도로 차단)가 확인되었을 때는, 해당 지역의 주민들에게 책임을 지울 것.

독일군 원수 케셀링

나치 친위대 포스터

방 소문이 날 것이기 때문이야. 둘째, 독일 군인들이 도로를 봉쇄하고 있어서 그쪽으로는 다닐 수가 없기 때문일세. 그러니까 이제는 벼랑골을 거쳐 가는 길밖에 없다는 거지.」

벼랑골이라는 말이 나오자 여기저기에서 웅성거리는 소리가 터져 나왔다. 아니, 이렇게 안개가 자욱한데 우리가 미쳤냐는 둥, 왜 탈리노가 책임져야 할 일을 우리가 하느냐는 둥. 하지만 고약한 신부는 탈리노가 여든 살 먹은 노인이라서 날이 화창할 때조차 산마르티노에서 내려오지 않는다는 점을 상기시키고 나서 덧붙였다 — 내가 보기에 그건 우리 사목 회관의 아이들이 산마르티노를 습격하면서 신부를 흥분시켰던 것에 대한 복수였다. 「안개가 낀 날씨에도 벼랑골을 오르내릴 수 있는 사람은 이 동네 아이들밖에 없어. 녀석들은 그런 악마적인 기술을 익혀 못된 장난을 일삼았으니까, 한 번만이라도 녀석들의 재능을 좋은 일에 쓰게 하세나. 그 애들 가운데 하나가 도와주면, 카자흐스탄 병사들을 데리고 내려올 수 있어.」

그라놀라가 말했다. 「원 세상에, 그건 그렇다 치고, 그들이 내려온 다음에는 어떻게 하죠? 그들을 여기에서 우리가 데리고 있다가 내일 아침에 발각되기라도 하면, 산마르티노 대신 우리 마을이 불타는 거 아닌가요?」

모여 있던 청년들 중에는 스티불루와 지조도 있었다. 바로 우리 할아버지며 마술루와 함께 메를로에게 아주까리기름을 먹이러 갔던 두 젊은이였다. 그들 역시 빨치산들과 관계를 맺고 있는 게 분명했다. 둘 중에서 더 기민한 스티불루가 말했다. 「진정해. 바돌리오파 대원들은 현재 오르베뇨에 있어. 거기에는 나치 친위대도 검은 여단도 쳐들어간 적이 없어.

그 친구들이 고지에 진을 치고 어마어마한 영국제 기관 단총으로 온 골짜기를 통제하고 있으니까 말이야. 여기에서 오르베뇨까지 가는 데는 두 시간쯤 걸려. 안개가 끼긴 했지만, 길을 잘 아는 지조 같은 사람이 특별한 안개 등을 장착한 베르첼리의 트럭을 타고 간다면 말이야. 벌써 어둑어둑해지고 있으니까, 넉넉하게 세 시간으로 잡자고. 지금이 다섯시니까, 지조는 여덟시에 거기 도착해서 그들에게 상황을 알리고, 아래로 조금 내려와서 비올레타 네거리에서 기다리라고 해. 그러고 나서 트럭을 타고 돌아오면 열 시쯤 될 거야. 아니, 넉넉잡고 열한시에 도착하는 것으로 하자고. 그다음에는 트럭을 벼랑골 기슭에 있는 수풀 속에 숨겨 놓는 거야. 성모 마리아 소예배당이 있는 곳 어름에 숨기면 될 거야. 그 뒤에 우리 가운데 한 사람이 벼랑골을 타고 올라가서 사제관에 있는 카자흐스탄 병사들을 데리고 내려온 다음 트럭에 태워 보내. 그러면 그들은 날이 밝기도 전에 바돌리오파 대원들과 함께 있게 될 거야.」

「대체 그 여덟 사람이 뭐라고 우리가 죽음을 무릅써 가면서 그런 짓거리를 하지? 맘루크인가 칼무크인가 몽골 사람인가 하는 그자들, 어제까지만 해도 나치 친위대와 한통속이었어.」 머리털이 불그스름한 청년 하나가 볼멘소리를 했다. 밀랴바카라는 청년이 아니었던가 싶다.

그라뇰라가 대답했다. 「여보게, 그들은 생각을 바꿨어. 그것만으로도 훌륭한 거야. 게다가 그들은 사격에 능한 장정들이야. 쓸모가 있는 사람들이지. 괜히 하는 소리가 아냐.」

「바돌리오파에게나 쓸모가 있겠지.」

「바돌리오파든 가리발디파든, 모두가 자유의 투사들이야.

그리고 모두가 입버릇처럼 말하듯이, 계산은 나중에 하는 거야, 미리 하는 게 아니고. 그 카자흐스탄 병사들을 구해줘야 해.」

카자흐스탄 병사들이 진영을 바꾼 사정을 제대로 이해하지 못한 마르티넹고라는 청년이 말했다.「그 말도 일리가 있어. 게다가 그들은 소비에트 시민이야. 위대한 사회주의 조국에 속한 사람들이지. 그런데 최근 몇 달 동안에는 별의별 일이 다 있었어. 지노의 일을 생각해 봐. 그는 검은 여단에 들어가서 가장 과격한 자들 속에 있다가, 거기에서 도망쳐 나와 빨치산들에게로 갔어. 그러고는 빨간 스카프를 목에 두르고 솔라라에 다시 나타났지. 하지만 그는 한 여자 때문에 미치광이가 되었어. 그래서 검은 여단이 마을에 와 있어서 오면 안 되는 때에, 그녀를 만나려고 다시 왔지. 검은 여단 놈들은 지노를 붙잡아서 어느 날 새벽 아스티에서 그를 총살했어.」[17]

그라놀라가 말했다.「요컨대 우리는 이 일을 할 수 있어.」

「다만 한 가지 문제가 있어. 신부님은 우리 아이들만이 벼랑골을 탈 수 있다고 하셨지만, 나는 이렇게 아슬아슬한 일에 아이를 끌어들이고 싶지 않아. 그게 옳고 그르고를 떠나서, 아이들은 입막음이 안 돼. 십중팔구는 나중에 이 일을 떠벌리며 돌아다닐 거야.」

17 『푸코의 진자』 96장에서 주인공 벨보는 자기가 어린 시절에 〈모처〉에서 보았던 레모라는 사람의 이야기를 들려준다. 검은 여단에서 활동하다 가리발디 파 빨치산으로 전향한 뒤에 파시스트의 첩자라는 오해를 받았던 이 남자는 사랑하는 금발의 처녀를 만나러 마을에 왔다가 파시스트들에게 붙잡혀 이튿날 아침 총살당한다. 그럼으로써 파시스트의 첩자가 아닌 것을 입증했던 이 남자의 이야기를 끝내면서, 벨보는 〈무언가를 증명하기 위해서는 종종 목숨을 바쳐야 한다〉고 말한다. 지노의 이야기는 바로 이 사건을 요약한 것이라고 볼 수 있다.

밀랴바카의 그 말에 스티불루가 반박했다.

「아냐. 예를 들어 여기에 얌보가 있어. 자네들은 알아차리지 못했겠지만, 얌보는 모든 얘기를 다 들었어. 내가 이렇게 말하는 것을 얘네 할아버지가 아시면 날 죽이시려 들겠지만, 얌보는 벼랑골의 지리를 손금 보듯 환히 알고 있어. 분별력이 있을 뿐만 아니라 입이 무거운 아이이기도 해. 그 점에 대해서는 내가 장담해. 게다가 얌보네 식구들은 우리랑 생각이 비슷하기 때문에 뒤탈을 염려할 필요가 없어.」

식은땀이 났다. 나는 겨우 말문을 열었다. 늦어서 어른들이 기다리실 테니 집에 가봐야 한다는 말이 튀어나왔다.

그라뇰라는 나를 따로 데려가더니, 그럴싸한 말들을 잔뜩 늘어놓았다. 이건 자유를 위한 것이고 곤경에 빠진 불쌍한 사람들 여덟 명을 구하는 일이라는 둥, 내 나이에도 영웅이 될 수 있다는 둥, 따지고 보면 이미 벼랑골을 숱하게 오르내렸으니 카자흐스탄 병사들을 도중에 잃어버리지 않도록 조심하면서 이끌고 와야 한다는 것 말고는 여느 때와 다를 게 없지 않느냐는 둥, 어쨌거나 독일 군인들은 비탈길 초입에서 얼간이들처럼 기다리고 있고 벼랑골이 어디에 있는지조차 모른다는 둥, 자기는 비록 병자이지만 해야 할 일을 앞에 두고 물러설 수 없기에 나랑 같이 가겠다는 둥, 열한시가 아니라 자정에 출발하는 것으로 하면 이미 우리 집 식구들이 모두 잠든 때라 아무도 몰래 빠져나올 수 있고 이튿날 아침에 아무 일도 없었던 것처럼 침대에 누워 있는 모습을 보여 줄 수 있지 않느냐는 둥 한결같이 나를 홀리는 말들이었다.

결국 나는 하겠다고 말했다. 사실 이건 나중에 주위 사람들에게 자랑스럽게 이야기할 수 있는 모험이었고, 빨치산이나 할 수 있는 일이었으며, 아르보리아 숲에서 맹활약을 벌인 플래시 고든조차 해보지 못한 일이었다. 트레말 나이크[18]가 검은 정글에서 벌인 싸움과도 다르고, 톰 소여가 신비한 동굴에서 겪은 모험보다 나았다. 아프리카의 정글을 누비는 〈상아 순찰대〉도 이런 모험을 감행한 적은 없었다. 요컨대, 나에게 영광의 순간을 맛볼 기회가 찾아온 것이었다. 그건 조국, 파시스트들의 가짜 조국이 아니라 진짜 조국을 위한 행위였다. 게다가 탄띠를 두르고 스텐 기관 단총을 든 채 으스대며 돌아다니지 않고, 딕 풀미네처럼 무기도 없이 맨손으로 해내는 일이었다. 바야흐로 내가 읽은 모든 모험담이 현실로 나타날 참이었다. 만약 이 모험을 벌이다가 내가 죽게 된다면, 마침내 풀줄기가 말뚝처럼 보이는 일을 경험하게 될 것이었다.

하지만 나는 스티불루 말마따나 분별력이 있는 아이였으므로, 즉시 현실로 돌아와 그라뇰라와 함께 몇 가지 문제를 검토했다. 그는 카자흐스탄 병사들 여덟 명을 이끌고 가다 보면 도중에 그들을 잃어버릴 염려가 있으므로 등산가들이 하는 것처럼 서로를 묶어 줄 길고 튼튼한 밧줄이 필요하다고 말했다. 그러면 길을 모르는 사람들도 저마다 앞사람을 따라

18 에밀리오 살가리의 모험 소설에 나오는 인물. 검은 정글에 살면서, 수요다나가 이끄는 잔인한 암살단원들(칼리 여신을 섬기는 밀교 집단)과 맞서 싸우는 인도인으로, 나중에는 산도칸과 야네스 드 고메라를 만나 함께 숱한 모험을 벌인다. 용감하고 반골 기질이 강하며 때로는 무모한 살가리 식 영웅의 전형으로, 사랑과 복수심에 잘 휩쓸리면서도 선을 위해 투쟁한다. 『검은 정글의 신비』(1895)에서는 주인공으로, 『말레이시아의 해적』(1896), 『두 마리 호랑이』(1904), 『바다의 왕』(1906) 등에서는 조연으로 나온다.

나아갈 수 있다는 것이었다. 나는 아니라고 말했다. 그렇게 밧줄 하나로 묶인 채 내려가다가 맨 앞사람이 쓰러지면 나머지 사람들도 함께 끌려 내려갈 염려가 있었다. 우리에게 필요한 것은 하나의 기다란 밧줄이 아니라 아홉 개의 밧줄 토막이었다. 저마다 앞사람의 밧줄 끄트머리와 뒷사람의 밧줄 끄트머리를 꼭 잡고 가는 편이 나을 것이었다. 그러면 밧줄을 맞잡고 있는 사람이 쓰러졌다 싶을 때는 즉시 그쪽 밧줄을 놓아 버릴 수가 있었다. 모두가 추락하는 것보다는 한 사람만 추락하는 편이 나았다. 너, 참 영리하구나, 하고 그라뇰라가 말했다.

나는 흥분된 어조로 그에게 무기를 가져가느냐고 물었다. 그는 아니라고 대답했다. 「첫째, 나는 파리 한 마리도 해칠 수 없는 사람이기 때문이야. 둘째, 그런 일은 제발 생기지 말아야 되겠지만 혹시라도 접전이 벌어질 경우에는 카자흐스탄 병사들이 무기를 가지고 있기 때문이야. 끝으로, 이건 정말 일이 고약하게 돌아갈 경우를 가정한 것이지만, 만약 그들에게 붙잡힌다면, 나한테 무기가 없어야 즉석에서 총살되는 것을 면할 수 있지 않을까 싶어서야.」

우리는 신부님에게 돌아가서 우리가 함께 가기로 했음을 알리고, 새벽 한시쯤에 카자흐스탄 병사들이 길을 떠날 수 있도록 준비를 시키라고 말했다.

일곱시쯤 나는 저녁을 먹기 위해 집으로 돌아갔다. 그라뇰라와 나는 자정에 성모 마리아 소예배당에서 다시 만나기로 했다. 우리 집에서 약속 장소까지 가자면, 빠른 걸음으로 45분 정도 걸어가야 했다. 〈너 손목시계 있니?〉 하고 그라뇰라가 물었다. 「아뇨. 하지만 열한시쯤 되면 식구들이 모두 잠자리에 드니까, 아예 벽시계가 있는 식당에 가 있다가 시간에 맞춰서 나올게요.」

　나는 머릿속에 불이 붙은 듯한 기분으로 저녁을 먹었다. 그 뒤로는 라디오를 듣는 척하고 건성으로 우표첩을 보면서 시간을 보냈다. 난처하게도 아빠 역시 집에 있었다. 안개 때문에 도시로 돌아갈 엄두를 내지 못하고, 이튿날 아침에 떠날 작정을 하신 것이었다. 하지만 아빠는 아주 일찍 잠자리에 들었고 엄마도 아빠를 따라 들어갔다. 부모님은 마흔을 넘긴 그 시절에도 여전히 성행위를 하셨을까? 이건 지금에 와서야 드는 궁금증이다. 부모의 성생활은 누구에게나 신비로 남아 있다. 프로이트가 말한 〈원초적 장면〉은 한낱 허구이다. 세상에, 부모가 성행위 장면을 들키다니! 하지만 우리 어머니가 몇몇 친구들과 나누던 대화가 기억난다. 때는 전쟁 초기, 어머니가 마흔을 갓 넘긴 무렵이었을 것이다(어머니가 애써 낙관적인 태도를 보이며, 〈사실 인생은 사십부터야〉라고 말하는 것을 들은 적이 있었으니까 말이다). 「아, 내 남편 두일리오도 한창때는 제구실을 다했는데……」 한창때가 언제일까? 아다가 태어나던 무렵까지를 말하는 것일까? 그렇다면 그 뒤로 우리 부모님은 섹스를 하지 않았던 것일까? 아버지가 도시에 나가 있을 때, 어머니는 때로 아버지를 놓고 할아버지와 농담을 했다. 「두일리오가 혼자 있는 동안 회사 여직원하고 무슨 짓을 하는지 누가 알겠어요?」 그건 물론 웃자고 하는 말이었다. 하지만 외로이 공습을 견디며 지내던 가엾은 아버지는 용기를 얻기 위해서 누군가의 손을 잡은 적이 없었을까?

　열한시가 되자, 집 안은 정적에 휩싸였다. 나는 캄캄한 식당으로 가서, 이따금 벽시계를 보기 위해 성냥을 그으면서 기다렸다. 드디어 11시 15분, 나는 살며시 밖으로 빠져나가, 안개 속에서 성모 마리아 소예배당 쪽으로 발길을 옮겼다.

공포가 엄습한다. 이건 지금에 와서 느끼는 두려움일까, 아니면 그때 느꼈던 두려움일까? 그 일과 무관한 이미지들이 눈앞에 어른거린다. 나는 정말 마녀들이 존재할지도 모른다는 생각을 하고 있었다. 안개 때문에 잘 보이지 않는 덤불숲 비슷한 형체 뒤에서 마녀들이 나를 기다리고 있는 것만 같았다. 그녀들은 처음엔 은근한 자태로 나를 유혹하다가(마녀가 합죽이 노파의 모습으로 나타난다고? 그보다는 옆이 트인 치마를 입은 젊은 여자의 모습이 아닐까?), 나중에는 나에게 기관 단총을 들이대고 불그스름한 총구들의 교향악 속에서 나를 산산조각으로 만들지도 모를 일이었다. 아무 상관도 없는 이미지들이 눈앞에 보인다…….

그라뇰라는 먼저 와서 기다리고 있다가, 내가 늦게 왔다고 불평했다. 보아하니 그는 떨고 있었다. 하지만 나는 아니었다. 나는 이제 물속에 놓여난 물고기였다.

그라뇰라는 밧줄의 한쪽 끝을 내게 내밀었다. 우리는 벼랑 골을 오르기 시작했다.

내 머릿속에는 지도가 새겨져 있었다. 하지만 그라뇰라는 이러다 추락하겠다며 하느님을 계속 불러 댔고, 그때마다 나는 그를 안심시켰다. 대장은 나였다. 나는 수요다나가 이끄는 암살단원들이 주위에 있을 때 정글 속으로 어떻게 나아가

는지를 잘 알고 있었다. 내 발들은 마치 어떤 악곡의 악보를 따라 움직이는 듯했다. 피아니스트가 손을 놀리는 것과 비슷하지 않았을까 싶다. 나는 한 발짝도 헛디디지 않았다. 하지만 그는 그냥 나를 따라오기만 하면 되는데도 자꾸 무인가에 걸려서 비틀거렸다. 게다가 기침까지 해대고 있었다. 나는 종종 돌아서서 그의 손을 잡고 끌어 주어야만 했다. 안개가 자욱하긴 했지만, 반 미터쯤 떨어져 있으면 서로를 볼 수 있었다. 내가 밧줄을 당기면, 안개가 건듯 흩어지면서 그가 불쑥 눈앞에 나타났다. 마치 라자로가 그의 수의에서 풀려나는 것 같았다.

벼랑골을 올라가는 데는 한 시간이 족히 걸렸다. 그래도 평균은 되는 셈이었다. 도중에 나는 특히 조심해야 할 것 한 가지만 그라뇰라에게 일러 주었다. 중간에 바위가 하나 있는데, 거기에 다다르면 바위를 돌아서 가던 방향으로 곧장 가야 한다는 것이었다. 그러지 않고 왼쪽으로 가다가는 큰 변을 당할 수 있었다. 발에 자갈이 밟히기 때문에 길인가 싶지만, 곧 낭떠러지로 이어지기 때문이었다.

우리는 벼랑골을 다 올라가서, 담벼락에 나 있는 통로에 다다랐다. 하지만 산마르티노 역시 안개에 휩싸여 있어서 아무것도 보이지 않았다. 나는 그에게 말했다. 「앞으로 곧장 가서 골목길로 들어가요. 줄잡아 20보를 전진하면 사제관 정문이 나와요.」

우리는 문을 두드렸다. 미리 정해진 대로, 세 번을 두드린 다음 잠깐 쉬었다가 다시 세 번을 두드렸다. 신부가 나와서 문을 열어 주었다. 여름날 길섶에서 먼지를 뒤집어쓰고 있는 참으아리 꽃처럼 안색이 창백했다. 여덟 명의 카자흐스탄 병사들이 나타났다. 그들은 산적들처럼 무장하고 있으면서도 아이들처럼 겁에 질려 있었다. 그라뇰라는 이탈리아어를 아는 병사와 이야기를 나누었다. 그 병사는 억양이 이상하다는 점만 빼면 이탈리아어를 제법 할 줄 아는 편이었다. 하지만 그라뇰라는 사람들이 흔히 외국인을 상대할 때 그러는 것처럼 어법을 무시하고 짤막한 문장으로 알아듣기 쉽게 말했다.

「나랑 아이가 앞에 간다. 네가 친구들 앞에 서서 따라와. 내가 말하면, 친구들에게 말해. 모두 내 말대로 한다. 알았지?」

「알았어, 알았어. 우린 준비됐어.」

신부는 금방이라도 옷에 오줌을 지릴 것 같은 표정으로 문을 열고 우리를 골목길로 내보냈다. 바로 그 순간, 멀리 마을 어귀 쪽에서 독일인들의 목소리와 개 짖는 소리가 들려왔다.

「젠장, 하느님도 무심하시지.」 그라뇰라가 말했다(신부는 그 말에 아랑곳하지 않았다). 「독일 놈들이 올라왔어. 아까는 개들이 없다더니 데려왔나 본데. 개들은 안개가 끼어도 상관하지 않아. 냄새로 갈 길을 찾아내니까. 제기랄, 어떻게 하지?」

카자흐스탄 병사들의 리더가 말했다. 「나는 저놈들이 어떻게 하는지 알아. 사람 다섯 명에 셰퍼드는 한 마리뿐이야. 우리 그냥 가. 이쪽으로 오는 놈들한테는 개가 없을지도 몰라.」

「*Rien ne va plus*(이젠 낙장불입이다).」[19] 박식한 그라뇰라

---

19 프랑스어의 이 관용구는 도박장에서 크루피에(도박장에서 룰렛을 돌리거나 칩을 배분하는 사람)가 하는 말로서, 룰렛이 돌아가고 공이 판에 떨어졌으니 이제는 내기를 물릴 수도 없고 돈을 더 걸 수도 없다는 뜻이다. 이 장면에서는 율리우스 카이사르의 명언 〈주사위는 던져졌다〉를 연상시킨다.

가 말했다. 「좋아, 조심조심 가보자. 총은 내가 쏘라고 할 때
만 쏴라. 신부님은 손수건이나 헝겊을 준비해 주세요. 밧줄
도 더 필요해요.」 그러고는 나에게 작전을 설명했다. 「골목길
로 돌진해서 모퉁이까지 간 다음, 일단 멈춰 서서 동정을 살
펴보자. 아무도 없으면, 한걸음에 담벼락까지 달려가서 빠져
나간다. 만약 어떤 놈이 개를 데리고 나타나면, 놈을 해치울
수밖에 없어. 여차하면 놈들하고 개들을 쏘아 버려야 해. 하
지만 그건 그들의 수에 달려 있어. 만약 이쪽으로 오는 놈들
에게 개가 없으면, 그냥 지나가게 두었다가 뒤에서 덮칠 거
야. 놈들을 포박하고 소리를 지르지 못하도록 입에 헝겊을
물려야 해.」

「그다음엔요? 그냥 내버려두고 가나요?」

「그래, 그게 문제야. 뒤탈이 생기지 않게 하려면, 놈들을
벼랑골로 끌고 내려갈 수밖에 없어.」

그는 카자흐스탄 병사에게도 급히 작전을 일러 주었고, 병
사는 자기 동료들에게 그 말을 전했다.

신부는 헌 옷을 가지고 임시변통으로 만든 밧줄과 헝겊을
내주었다. 자아, 자아, 하느님의 가호가 있기를 빌겠소, 하고
그가 말했다.

우리는 골목길로 나섰다. 모퉁이에 다다르자, 왼쪽에서 독
일 병사들의 목소리가 들려왔다. 하지만 개들이 컹컹거리거
나 낑낑거리는 소리는 들리지 않았다.

우리는 모퉁이 뒤에 납작 엎드렸다. 독일 병사 두 명이 떠
들면서 다가오고 있었다. 앞이 보이지 않아서 어디로 가고
있는지 모르겠다고 투덜대는 듯했다. 그라놀라가 손짓으로
일렀다. 놈들은 두 명밖에 안 되고, 그냥 지나가게 했다가 뒤

에서 덮치자는 뜻이었다.

두 독일 병사는 다른 병사들이 개를 데리고 광장 쪽을 도는 동안 이쪽을 정찰하라는 임무를 띠고 오는 길이었다. 그들은 소총을 겨누고 더듬더듬 나아오더니, 골목길 모퉁이조차 보지 못하고 지나쳐 갔다. 카자흐스탄 병사들이 그 검은 형체들에게 덤벼들었다. 전투에 능하다는 것을 보여 주는 날랜 동작이었다. 그들은 눈 깜짝할 사이에 독일 병사들을 땅바닥에 쓰러뜨리더니, 독일 병사 한 명에 두 사람씩 달려들어 붙잡고 있는 동안 다른 한 사람이 입에 헝겊을 물리고 두 손을 등 뒤로 돌려 결박했다.

〈됐어〉 하고 그라뇰라가 말했다. 「얌보, 너는 놈들의 총을 담 너머로 던져 버려. 그리고 당신들은 이놈들을 밀면서 우리 두 사람을 따라와. 자아, 이제 내려간다.」

나는 겁에 질려 있었다. 이제는 그라뇰라가 대장이었다. 담을 통과하는 데는 아무 문제가 없었다. 그라뇰라는 밧줄을 나눠 주었다. 선두와 후미를 제외하고는 모두가 두 손을 다 써야 하는 상황이었다. 한 손으로는 앞사람의 밧줄을, 다른 손으로는 뒷사람의 밧줄을 잡아야 하기 때문이었다. 하지만 두 독일군 포로를 밀고 가는 사람들은 밧줄을 잡고 있을 수가 없었다. 첫 덤불숲으로 들어설 때까지는 그런 상태로도 단속적으로나마 나아갈 수가 있었다. 하지만 계속 그런 식으로 내려갈 수는 없는 노릇이었다. 그라뇰라는 밧줄로 서로를 연결하는 방식을 재정비했다. 앞에서 포로를 한 명씩 끌고 가는 두 사람은 각자 자기 밧줄을 포로의 허리띠에 묶기로 했고, 뒤에서 포로를 미는 두 사람은 각자 오른손으로 포로의 옷깃을 움켜쥐고 왼쪽으로는 뒷사람의 밧줄을 잡기로 했다. 하지만 우리가 다시 발걸음을 떼자마자, 포로 하나가 비틀거리더니 앞사람 쪽으로 넘어지면서 뒷사람을 끌어당겼다. 그 바람에 사슬처럼 이어진 대열이 끊겼다. 카자흐스탄 병사들은 잇새로 무슨 말인가를 내뱉었다. 그들의 나라에서 쓰는 욕설인 듯했다. 하지만 분별력은 있는 사람들이라서 큰소리를 내지는 않았다.

넘어졌던 포로는 다시 일어나더니 대열에서 도망치려고 했다. 카자흐스탄 병사 두 사람이 더듬더듬 뒤를 쫓다가 포로를 놓쳤는가 싶었는데, 그자 역시 어디로 가야 할지 모르는 채 몇 발짝 올라가다가 도로 미끄러져 내려왔다. 그들은 포로를 다시 붙잡았다. 그 와중에 포로의 철모가 벗어져 어딘가로 사라져 버렸다. 카자흐스탄 병사들의 리더는 철모를 그냥 두고 가면 안 된다는 사실을 일깨웠다. 개들이 와서 냄새를 맡게 되면, 독일 놈들이 우리를 찾아내게 되리라는 것이었다. 그때서야 우리는 다른 포로도 맨머리라는 것을 알아차렸다. 그라놀라가 중얼거렸다. 「염병할, 이놈도 철모를 잃어버렸어. 우리가 골목길에서 붙잡을 때 벗겨진 거야. 놈들이 개를 데리고 철모가 떨어진 자리에 다다르면, 추적의 실마리를 잡게 돼!」

별도리가 없었다. 아닌 게 아니라, 우리가 10미터쯤 더 내려가자 위에서 사람들의 목소리와 개 짖는 소리가 들려왔다. 「놈들이 도착했어. 개들이 철모 냄새를 맡고 우리가 이쪽으로 왔다는 것을 놈들에게 알려 주고 있는 거야. 하지만 동요하지 말고 침착하게 굴어야 해. 첫째, 놈들은 통로를 찾아내야 해. 모르는 사람이 그것을 찾아내기는 쉽지 않아. 둘째, 놈들은 벼랑골로 내려와야 해. 만약 개들이 조심하면서 천천히

602

가면, 놈들 역시 천천히 가야 해. 만약 개들이 빨리 달리면, 놈들은 개들을 따라가지 못하고 엉덩방아를 찧으면서 추락할 거야. 놈들한테는 너 같은 안내자가 없거든. 얌보, 되도록 빨리 나아가. 힘내.」

「해볼게요. 하지만 무서워요.」

「너는 겁을 먹은 게 아니라 흥분한 거야. 숨을 길게 들이마시고, 자아 가자.」

나는 조금 전에 신부가 그랬던 것처럼 금방이라도 오줌을 지릴 것만 같았다. 하지만 모든 게 나한테 달려 있다는 것을 알고 있었기에, 어금니를 앙다물었다. 그 순간에는 내가 싸움터의 영웅이 아니라 그냥 명랑하고 익살스런 모험의 주인공이었으면 좋겠다는 생각이 들었다. 이탈리아 병사 로마노보다는 지라포네나 조조, 유령의 집에 들어간 토폴리노보다는 오라치오나 클라라벨라, 아르보리아의 늪지대에 들어간 플래시 고든보다는 자기 아파트에 있는 팜푸리오 씨가 되고 싶었다. 하지만 춤판이 벌어졌으니 춤을 출 수밖에 없었다. 나는 머릿속에 새겨진 발자국들을 되밟으면서 되도록 빠르게 벼랑골을 내리달았다.

두 포로 때문에 걸음이 늦어지고 있었다. 입에 재갈이 물려 있으니 숨을 제대로 쉬지 못해서 1분에 한 번꼴로 걸음을 멈추는 것이었다. 45분쯤 지나서 우리는 바위에 다다랐다. 바위가 눈에 보이기도 전에 바로 여기일 거라는 확신이 들어서 두 손을 내밀었더니, 정말로 바위가 손에 닿았다. 이제 바위에 바싹 붙어서 돌아가야 했다. 자칫해서 오른쪽으로 빠지면 비탈과 낭떠러지로 떨어지기 때문이었다. 위쪽에서는 여전히 목소리들이 뚜렷하게 들려오고 있었다. 하지만 독일 병사들이 망설이고 있는 개들을 부추기기 위해서 더 크게 소리를 치고 있는 것인지, 아니면 그들이 담을 넘어 우리 쪽으로 다가오고 있는 것인지는 알 수 없었다.

두 포로는 저희 동료들의 목소리가 들리자 기척을 내려고 용을 썼다. 그리고 일부러 넘어지고서도 진짜 넘어진 척하면서 추락을 겁내지 않고 옆으로 굴러 갈 기회를 노렸다. 그들은 우리가 소리를 내면 안 되기 때문에 저희에게 총을 쏘지 않으리라는 것, 그리고 저희가 어디로 굴러 떨어지든 개들이 찾아내리라는 것을 알고 있었다. 그들은 더 잃을 게 없는 자들이었고, 그렇게 이판사판에 몰린 자들은 위험하기가 십상이었다.

그때 갑자기 기관총 소리가 들려왔다. 독일 병사들이 내려오지 못하는 대신 사격을 하기로 결정한 모양이었다. 하지만 그들 앞에는 벼랑골이 거의 180도로 펼쳐져 있을 것이었다. 그리고 그들은 우리가 어디로 갔는지를 모르고 있었다. 따라서 그들은 모든 방향으로 사격을 할 수밖에 없었다. 게다가 그들은 벼랑골이 얼마나 가파른지를 짐작하지 못한 터라, 거의 수평으로 쏘아 대고 있었다. 그들이 우리 쪽으로 사격할 때는 우리 머리 위로 총알이 쌩쌩 날아가는 소리가 들렸다.

그라놀라가 말했다. 「어서 가자. 어쨌거나 놈들은 우리를 맞히지 못할 거야.」

하지만 독일 병사들 일부가 먼저 내려오기 시작한 모양이었다. 그들은 지형이 매우 가파르다는 것을 알아차렸고, 개들은 정확한 방향을 감지한 게 분명했다. 이제 그들은 총구를 아래쪽으로 돌려, 우리 쪽에 제법 가깝게 총을 쏘고 있었다. 우리 근처의 덤불숲으로 총알이 떨어지는 소리가 들려왔다.

카자흐스탄 병사가 말했다. 「겁낼 것 없어. 나는 저놈들 〈마쉰넨〉의 〈라이히바이테〉를 알아.」

〈기관총의 사정거리를 안다는 뜻이야〉 하고 그라뇰라가 귀띔해 주었다.

「맞아, 그 말이야. 저놈들이 더 내려오기는 어려워. 그러니까 우리가 빨리 가면, 총알이 우리한테 도달하지 못할 거야. 어서 가자.」

갑자기 엄마가 보고 싶었다. 나는 닭똥 같은 눈물을 흘리면서 그라뇰라에게 말했다. 「나는 더 빨리 갈 수 있지만, 아재와 다른 사람들은 그럴 수 없잖아요. 저 두 사람을 계속 끌고 갈 수는 없어요. 내가 앞에서 염소처럼 달리면 뭐 해요? 저들이 시간을 다 잡아먹는데. 저들을 여기에 두고 가요. 안 그러면 내 목숨이라도 건지기 위해 쏜살같이 도망칠래요.」

「만약 저들을 여기에 두고 가면, 잽싸게 포박을 풀고 저희 동료들을 부를 거야.」

그라뇰라의 말을 받아 카자흐스탄 병사가 속삭였다.

「내가 저놈들을 죽일게. 기관 단총의 개머리판을 쓰면 큰 소리가 안 나.」

그 가엾은 두 사람을 죽인다고 생각하니 등골이 오싹했다. 하지만 그라뇰라의 대꾸를 들으니 마음이 조금 놓였다. 그는 너무 흥분한 나머지, 외국인들을 상대할 때 쓰는 말투를 버리고 퉁바리를 놓았다. 「젠장, 그건 아무짝에도 도움이 안 돼. 저들을 죽이고 간다 해도, 개들이 시체를 찾아낼 거고, 그러면 다른 놈들은 우리가 어느 쪽으로 갔는지 알게 될 거야.

방법은 하나밖에 없어. 저들을 우리가 가는 방향이 아닌 쪽으로 떨어뜨려 버리는 거야. 그러면 개들이 그쪽으로 갈 테니까, 우리는 10분 정도 시간을 벌 수 있어. 어쩌면 그 이상을 벌게 될지도 몰라. 얌보, 이 바위 오른쪽에 낭떠러지로 통하는 헛길이 있다고 했지? 좋아, 거기에서 저들을 떨어뜨리자. 누구든 길인가 싶어서 그쪽으로 가다가는 낭떠러지가 보이지 않기 때문에 여지없이 아래로 추락한다고 네가 말했어. 그렇다면 개들이 독일 놈들을 낭떠러지 아래로 이끌고 갈 거야. 놈들이 그렇게 떨어졌다가 다시 정신을 차리기도 전에, 우리는 마을에 내려가 있을 거고. 거기에서 떨어지면 죽는 거지, 안 그래?」

「아뇨. 나는 떨어지면 틀림없이 죽는다고 말하지 않았어요. 뼈가 부러지고, 심한 경우에는 머리를 부딪혀서……」

「빌어먹을, 뭐야, 이제 와서 말을 바꾸는 거야? 그러면 저 포로들은 굴러 떨어지면서 결박이 느슨해질 거고, 바닥에 닿으면 아직 소리를 지를 수 있을 만큼 목숨이 붙어 있으니까, 위쪽에 있는 저희 동료들한테 조심하라고 알려 줄 수 있다는 거 아냐!」

「그러니까 저놈들을 죽인 다음에 떨어뜨려야지.」 카자흐스탄 병사가 끼어들었다. 그는 이 추악한 세상의 물정을 잘 알고 있었다.

나는 그라놀라 바로 곁에 있었기 때문에 그의 얼굴을 볼 수 있었다. 그는 언제나 안색이 창백했지만, 그 순간에는 평소보다 더 창백했다. 그는 마치 하늘에서 묘안을 찾기라도 하는 것처럼 눈을 치켜뜨고 있었다. 그때 총알들이 핑핑 소리를 내며 우리 머리 높이로 스쳐 지나갔고, 포로 하나가 자기를 감시하고 있던 카자흐스탄 병사에게 일격을 가했다. 두 사람은 땅바닥으로 쓰러졌다. 카자흐스탄 병사가 신음 소리를 내기 시작했다. 포로가 시끄러운 소리를 내려고 기를 쓰면서 이판사판으로 이빨에 박치기를 했기 때문이었다. 그제야 그라놀라는 마음을 굳히고 말했다. 「이놈들이냐 우리냐 선택을 할 수밖에 없어. 얌보, 오른쪽으로 가서 몇 발짝을 떼면 비탈이 나오지?」

「열 발짝요. 내 걸음으로 열 발짝이니까 아재 걸음으로는 여덟이라고 봐야죠. 그다음에 발을 앞으로 내밀어 디뎌 보면, 비탈이 시작되는 게 느껴질 거예요. 거기서부터 낭떠러지 가장자리까지는 네 발짝이에요. 안전하게 세 발짝만 가요.」

그라놀라는 카자흐스탄 병사들의 리더를 보며 말했다. 「자아, 내가 앞장설 테니까, 당신들 두 사람이 독일 놈들을 밀고 와. 두 어깨를 꽉 잡아야 해. 다른 사람들은 여기에서 기다려.」

나는 이를 덜덜거리면서 물었다. 「뭘 하려고요?」

「조용히 해. 우린 전쟁 중이야. 너도 여기서 기다려. 이건 명령이야.」

그들은 *fumifugium*(연무)에 빨려 들어가듯이 바위 오른쪽으로 사라졌다. 몇 분을 기다리자, 돌멩이 구르는 소리와 쿵쿵거리는 소리가 들려왔다. 그러더니 그라놀라와 카자흐스탄 병사 두 사람이 다시 나타났다. 포로들은 보이지 않았다.

그라놀라가 말했다. 「자아, 이제 더 빨리 나아갈 수 있어.」

그는 한 손으로 내 팔을 잡았다. 나는 그가 떨고 있음을 느꼈다. 그가 바투 다가들자, 다시 그의 모습이 보였다. 그는 목까지 올라오는 스웨터를 입고 있었는데, 옷 속에 감추고 다니던 메스 가죽집이 이제 스웨터의 가슴에 걸려 있었다. 그가 방금 꺼내 놓은 듯했다. 나는 울면서 물었다. 「그 사람들을 어떻게 한 거죠?」

「생각하지 마. 그렇게 될 일이었어. 개들이 피 냄새를 맡을 거야. 그러면 다른 놈들을 저기로 끌고 가겠지. 우리는 안전해. 어서 가자.」

그러더니 내가 눈을 휘둥그렇게 뜨고 있는 것을 보고는, 〈그들 아니면 우리였어. 두 사람 대 열 사람. 이건 전쟁이야. 어서 가자〉 하고 덧붙였다.

거의 반 시간이 지나도록 위쪽에서는 성난 외침과 개 짖는 소리가 계속 들려왔다. 하지만 갈수록 멀어지는 것으로 보아서 우리가 내려온 쪽에서 나는 소리들은 아니었다. 이윽고 우리는 벼랑골 아래 자락의 도로에 내려섰다. 근처 수풀 속에 숨겨 놓은 트럭에서 지조가 우리를 기다리고 있었다. 그라놀라는 카자흐스탄 병사들을 트럭에 태우고 나서 말했다. 「나는 이 사람들과 같이 갈 거야. 이들이 목적지에 도착하는 것을 확인해야지.」 그는 나를 바라보지 않으려고 애썼다. 내가 어서 가기를 바라는 기색이었다. 「너는 저쪽 길로 해서 집으로 돌아가. 너는 용감했어. 훈장감이야. 다른 건 생각하지 마. 너는 네 의무를 다했어. 무언가에 대해서 책임져야 할 사람이 있다면, 그건 나 한 사람뿐이야.」

나는 날씨가 추운데도 땀을 뻘뻘 흘리면서 녹초가 된 채 집에 돌아왔다. 그러고는 내 작은 방으로 숨어들었다. 차라리 뜬눈으로 밤을 지새우는 게 낫겠다 싶을 만큼 고약한 시

608

간이 이어졌다. 나는 기진맥진해서 선잠이 들었다가는 겨우 몇 분 만에 다시 깨어나기를 되풀이했다. 가에타노 아저씨의 분신들이 눈앞에 나타나서 목이 잘린 모습으로 춤을 추었다. 몸에 열이 오르는 듯했다. 고백 성사를 해야 해, 고백 성사를 해야 해, 하고 나는 되뇌었다.

이튿날 아침은 더 고약했다. 나는 집을 나서는 아빠에게 인사를 하기 위해 여느 때와 비슷한 시각에 일어나야만 했다. 엄마는 내가 왜 그렇게 멍한 표정을 짓고 있는지 의아해했다. 몇 시간이 지나서 지조가 우리 집에 왔다. 그는 즉시 할아버지와 마술루를 만나 밀담을 나누었다. 그가 집을 나서려 할 때, 나는 포도밭에서 보자고 신호를 보냈다. 그는 나에게 아무것도 숨길 수 없는 처지였다.

그라뇰라는 카자흐스탄 병사들을 바돌리오파 대원들이 있는 곳에 데려다 준 다음, 지조와 함께 트럭을 타고 솔라라로 돌아왔다. 바돌리오파 대원들은 밤에 무장을 하지 않고 가면 안 된다면서 그에게 구식 소총을 한 자루 주었다. 자기들이 알아낸 바에 따르면, 검은 여단의 분견대가 독일 병사들을 돕기 위해 솔라라에 와 있다는 것이었다.

비뇰레타 네거리까지 갔다 오는 데는 모두 세 시간이 걸렸다. 그들은 트럭을 베르첼리의 농장에 돌려주고 솔라라 가는 길로 접어들었다. 드디어 일이 다 끝났다는 생각이 들었다. 주위에서는 아무 소리도 들리지 않았다. 그들은 편안한 기분으로 걸어가고 있었다. 안개의 빛깔이 달라지는 것으로 보아 곧 날이 밝을 참이었다. 그들은 비로소 긴장을 풀고, 주위가 울리도록 상대의 어깨를 투덕거리면서 서로 기운을 북돋웠다. 그 바람에 검은 여단 사내들이 도랑에 웅크리고 있다는

609

사실을 알아차리지 못했고, 솔라라를 겨우 2킬로미터 앞둔 곳에서 그들에게 붙잡혔다. 그라뇰라와 지조는 무기를 소지하고 있다가 잡힌 터라 무어라고 둘러댈 수가 없었다. 검은 여단 사내들은 그들을 작은 유개 화물차의 짐칸에 처박았다. 놈들은 다섯 명이었는데, 둘은 앞좌석에 앉아 있었고, 둘은 짐칸에서 그들을 감시했으며, 나머지 하나는 안개 속을 더 잘 살피기 위해 앞쪽 발판에 올라서 있었다.

놈들은 그들을 결박할 생각도 하지 않았다. 하기야 감시자 두 사람이 기관 단총을 무릎에 올린 채 앉아 있었고, 그라뇰라와 지조는 마치 자루처럼 구석에 처박혀 있었으니 그럴 만도 했다.

어느 순간, 지조는 누가 천을 찢는 듯한 이상한 소리를 들었고, 끈끈한 액체가 얼굴에 튀는 것을 느꼈다. 그들을 감시하고 있던 파시스트들 가운데 하나도 숨을 헐떡이는 듯한 소리를 듣고 손전등을 켰다. 목이 베인 그라뇰라가 보였다. 그의 손에는 메스가 들려 있었다. 두 파시스트의 입에서 욕설이 터져 나왔다. 그들은 차를 세우게 하고, 지조의 도움을 받아 그라뇰라를 길섶으로 끌고 갔다. 그는 이미 죽은 채, 혹은 죽어 가면서 도처에 피를 흘리고 있었다. 다른 세 사내도 차에서 내렸다. 그들은 모두 일이 그렇게 된 것을 서로의 탓으로 돌렸다. 그들은 심문해야 할 포로를 자살하게 방치한 것은 상부의 명령을 어긴 일이라면서, 자기들 모두가 포로를 결박하지 않는 바보짓을 했다는 이유로 영창에 가게 생겼다고 말했다.

그들은 그라뇰라의 시신을 앞에 놓고 언성을 높이며 입씨름을 벌이느라, 잠시 지조를 잊어버렸다. 지조는 그 혼란의

610

와중에서 지금 아니면 영영 기회가 없다고 판단했다. 그는 도로 옆으로 돌진하여 도랑을 건넜다. 그 너머에 가파른 비탈이 있다는 것을 알고 있었던 것이다. 그들은 사격을 가하기 시작했다. 하지만 그는 이미 비탈을 데굴데굴 굴러 내려가 덤불숲에 숨어 있었다. 안개 속에서 그를 찾는 것은 짚더미 속에서 바늘을 찾는 격이었다. 게다가 그를 찾느라고 소동을 피워 봐야 그들에게는 득이 되지 않았다. 이왕 일이 그렇게 된 바에는 그라뇰라의 시체마저 감춰 버리고, 간밤에 누군가를 체포한 일이 없었던 척하면서 그냥 본부로 돌아가는 게 상책이었다. 그게 상관들에게 혼찌검을 당하지 않는 길이었다.

그날 아침, 검은 여단의 분견대가 솔라라를 떠나 독일군 부대와 합류한 뒤에, 지조는 친구 몇 명을 데리고 비극의 현장으로 갔다. 그들은 도랑을 한참 뒤진 끝에 그라뇰라의 시신을 찾아냈다. 솔라라의 신부는 시신을 성당에 안치하고 싶어 하지 않았다. 그라뇰라가 무정부의자인 데다 자살까지 했다는 게 그 이유였다. 하지만 청소년 사목 회관 관장 돈 코냐소는 율법의 옳고 그름은 사제들보다 주님이 더 잘 아신다면서, 시신을 회관에 딸린 작은 성당에 안치하라고 말했다.

그라뇰라는 죽었다. 카자흐스탄 병사들을 구해 주고, 나를 안전하게 돌려보낸 뒤에 죽은 것이다. 나는 그 일이 어떻게 벌어졌는지 아주 잘 알고 있었다. 그는 예언이라도 하듯 여러 번에 걸쳐 그런 죽음에 관해 이야기했다. 그는 겁쟁이였고, 고문을 당하면 이것저것 다 말하게 될까 봐 두려워했다. 이름을 대서 동지들을 죽음으로 몰아넣을까 저어했던 것이다. 그는 동지들을 위해서 죽기로 결심하고, 자기가 말한 대로 〈스스슥〉 자기 목을 베었다. 이건 나 혼자만의 확신이지만, 그는 두 명의 독일군 병사에게도 그렇게 했을 것이다. 아마도 그게 인과응보라고 생각했으리라. 그라뇰라의 죽음은 한 겁쟁이의 용감한 죽음이었다. 그는 평생에 단 한 번 저지른 폭력 행위의 대가를 치렀다. 그럼으로써 자기가 떠안기는 했으나 나중엔 감당할 수 없는 것이 되었을 죄책감에서도 벗어났다. 그는 〈스스슥〉 하는 몸짓 하나로 파시스트들과 독일 군인들과 하느님에게 엿을 먹였다.

그리고 나는 살아 있었다. 나는 그런 나 자신을 용서할 수가 없었다.

그 뒤로 안개가 걷혔다. 내 추억에서도 안개가 걷히고 있다. 밀라노가 해방되었다는 소식이 전해진 4월 25일, 솔라라에 위풍당당하게 들어오던 빨치산들이 눈에 선하다. 마을 사람들은 환호하며 거리를 돌아다니고, 빨치산들은 트럭의 펜더에 올라서서 허공에 대고 총을 쏜다. 며칠 뒤, 마로니에가 늘어선 진입로로 황록색 군복을 입은 병사 하나가 자전거를 타고 올라오는 것이 보인다. 그는 자기가 브라질 사람이라고 알려 준다. 그러고는 자기 눈에 이국적으로 보이는 풍광을 구경하기 위해 즐겁게 길을 떠난다. 영국인들과 미국인들만 온 게 아니라 브라질 사람들도 왔나? 이건 금시초문이다. *Drôle de guerre*(이상한 전쟁).

일주일이 지나자, 미군의 첫 분견대가 마을에 온다. 장병들은 모두 흑인이다. 그들은 사목 회관 마당에 천막을 치고 야영에 들어간다. 나는 상병 한 사람과 우정을 맺는다. 그는 가슴 호주머니에 성심(聖心) 상을 늘 지니고 다니는 가톨릭

신자다. 그는 「릴 애브너」와 「딕 트레이시」라는 만화[20]가 실린 신문들을 내게 준다. 이따금 〈추잉 검〉이라는 것을 주기도 한다. 나는 그것을 오래 씹기 위해서, 마치 노인들이 틀니를 가지고 그렇게 하듯이, 밤마다 동그랗게 덩어리진 것을 뱉어 내어 유리컵 속에 넣어 둔다. 그는 선물을 준 대가로 스파게티가 먹고 싶다는 뜻을 내게 알린다. 나는 그를 집에 초대한다. 집안일을 도와주는 마리아가 스파게티 정도에 그치지 않고 산토끼 고기 소스를 친 라비올리도 그에게 해줄 거라고 확신한 것이다. 하지만 그를 데리고 집에 막 들어서는데, 그는 정원에 소령 계급장을 단 다른 흑인이 앉아 있는 것을 보더니, 미안하다면서 황망히 달아난다.

미국인들은 장교들이 머물 만한 제법 괜찮은 주거를 찾아다니다가, 할아버지에게도 부탁을 했다. 우리는 왼쪽 곁채에 있는 멋진 방을 그들에게 내주었다. 훗날 파올라가 우리의 침실로 삼은 바로 그 방이다.

머디 소령은 루이 암스트롱처럼 미소를 짓는 뚱보다. 그는 용케 할아버지와 의사소통을 한다. 그가 프랑스 말을 조금 알고 있다는 것도 도움이 된다. 프랑스어는 그 시절에 우리 고장에서 공부깨나 했다는 사람들이 할 줄 아는 유일한 외국어였다. 그는 엄마에게 무언가를 말하고자 할 때는 프랑스어를 쓴다. 자기네 소작인을 증오하는 파시스트 아줌마를 포함

---

20 「릴 애브너」는 미국 만화가 앨 캐프(1909~1979)가 1934년부터 신문에 연재하기 시작한 만화이다. 가난하지만 정직한 농부 릴 애브너와 그의 가족이 겪는 우스꽝스러운 이야기들을 통해 미국인들의 생활 방식을 풍자한 작품으로 찰리 채플린이나 오선 웰스나 존 스타인벡 같은 유명 인사들의 칭찬을 받았다. 한편 딕 트레이시에 대해서는 11장 9번 주석을 참조할 것.

해서 동네의 부인들이 차 마시는 시간에 〈해방군〉을 보러 올 때도 마찬가지다. 그녀들은 달리아 화단 근처에 놓인 정원용 탁자에 예쁜 찻잔들을 차려놓고 빙 둘러앉아서 담소를 나눈다. 머디 소령은 〈메르시 보쿠〉, 〈우이, **마담**, 무아 오시 젬 르 샴페인〉 하는 식으로 대답한다.[21] 그는 마침내 백인들의 집에서, 그것도 멋진 집에서 접대를 받게 된 흑인처럼 정중하고도 자신만만하게 처신한다. 아낙네들은 자기들끼리 수군거린다. 저것 봐, 멀끔한 신사잖아. 예전에 듣기로는 술 취한 원숭이 같다더니.

독일군이 항복했다는 소식이 전해진다. 히틀러는 죽었고, 전쟁은 끝났다. 솔라라 사람들은 거리에서 큰 잔치를 벌이고, 감격의 포옹을 나눈다. 어떤 이들은 아코디언 소리에 맞춰 춤을 춘다. 할아버지는 당장 도시로 돌아가자고 결정하셨다. 이제 막 여름이 시작되어 시골에서 지내기가 좋겠지만, 모두가 시골 생활에 싫증을 내고 있으니 돌아가자는 것이다.

나는 비극에서 빠져나와 밝고 행복한 사람들의 무리에 섞여 든다. 낭떠러지에서 굴러 떨어진 두 독일인, 그리고 두려움과 사랑과 분노 때문에 순교자가 된 숫총각 그라뇰라의 모습을 가슴에 간직한 채.

돈 코냐소를 찾아가 고백 성사를 하고 싶지만, 용기가 나지 않는다. 하기야, 고백 성사를 하러 간들, 무엇을 고백한단 말인가? 내가 하지 않은 일, 내가 본 것도 아니고 그저 짐작

---

21 머디 소령의 프랑스어는 엉터리다. 〈메르시 보쿠〉나 〈마담〉의 강세도 맞지 않고, 〈샹파뉴〉도 영어 식으로 〈샴페인〉이라 말하고 있다.

만 하고 있는 일을 고백할 수는 없지 않은가? 고백할 것이 없으니, 나는 용서를 받는 것은 고사하고 용서를 청할 수조차 없다. 이쯤 되면, 영원히 저주받았다는 느낌이 들기에 충분하다.

17. 사려 깊은 젊은이

오 저는 크나큰 괴로움과 아픔을 느끼고 있나이다 / 오 주여 제가 당신께 죄를 지었으니……. 내가 이 성가를 청소년 사목 회관에서 배웠을까? 아니면 도시에 돌아와서 불렀을까?

우리의 도시 생활이 다시 시작되었다. 등화관제가 없는 세상이 돌아오자, 사람들은 밤에도 거리를 활보한다. 맥주를 마시러 가기도 하고, 강변 유원지에서 아이스크림을 먹기도 한다. 야외극장들도 하나둘 생겨났다. 나는 혼자서 논다. 이제 솔라라의 친구들은 없고, 잔니와는 아직 연락이 되지 않은 상황이다. 그를 다시 만난 것은 고등학교에 들어간 뒤의 일이다. 저녁이 되면 부모님과 함께 외출을 하는데, 그것도 예전만큼 편하지 않다. 이제는 부모님의 손을 잡지 않지만, 그렇다고 혼자서 멀리 갈 수 있는 것도 아니기 때문이다. 솔라라에서는 내 삶이 한결 자유로웠다.

우리는 종종 영화관에 간다. 나는 미국 영화 「요크 상사」와 「양키 두들 댄디」를 보면서 전쟁을 하는 방식에도 여러 가지가 있다는 것을 깨달았다. 「양키 두들 댄디」에 나오는 제임스 캐그니의 탭 댄스는 브로드웨이의 존재를 내게 알려

616

「양키 두들 댄디」

주었다.

나는 탭 댄스를 예전에 본 프레드 애스테어의 영화에서 처음 접했다. 하지만 캐그니의 탭 댄스는 더 격렬하고 시원시원하고 긍정적이다. 애스테어의 것이 막간의 여흥이었다면, 캐그니의 것은 일종의 현실 참여라는 느낌을 준다. 사실 그의 탭 댄스는 애국적이기까지 하다. 탭 댄스를 통해 애국심을 표현할 수 있다는 사실이 놀랍다. 양손에 수류탄을 들고 꽃 한 송이를 입에 무는 대신 밑바닥에 쇠붙이를 댄 구두를 신을 수도 있다니 말이다. 이 뮤지컬 영화의 무대 또한 매력적이다. 이 무대는 세상의 모델이자 〈쇼는 계속되어야 한다〉는 냉혹한 운명의 모델로 보인다. 나는 대서양 건너에서 뒤늦게 오고 있는 뮤지컬들을 보면서 새로운 세계를 배운다.

「카사블랑카」. 독일 군인들의 노래를 제압하기 위해 프랑스 국가 「라 마르세예즈」를 선창하는 레지스탕스 대원 빅토르 라슬로. 이 장면을 대하니, 내가 비극을 겪긴 했지만 그래도 정의의 편에서 겪었구나 하는 생각이 든다. 슈트라서 소령에게 총을 쏘는 릭 블레인……. 그라놀라가 옳았다. 전쟁은

「카사블랑카」

전쟁이다. 그런데 릭은 왜 사랑하는 일자 룬트를 포기해야만
했을까? 사랑보다 더 중요한 것이 있다는 뜻일까? 샘은 솔라
라의 우리 집에 머물렀던 머디 소령의 판박이인데 우가르테
는 누구일까? 겁이 많아서 갈팡질팡하다가 결국은 검은 여단
사내들에게 잡혀 버린 가엾은 그라놀라일까? 아니다. 빈정대
는 웃음을 흘리던 모습으로 보면, 그라놀라는 르노 대위와
비슷하다. 그러나 르노 대위는 결국 브라자빌에 있는 레지스
탕스와 합류하기 위해서 릭과 함께 안개 속으로 멀어져 간
다. 친구와 함께 자신의 운명을 밝고 활기차게 받아들이는
것이다.

  하지만 그라놀라는 나를 따라서 사막으로 갈 수 없다. 릭은
마지막 장면에서 〈이것이 아름다운 우정의 시작〉이라고 말하

618

지만, 나는 아름다운 우정의 시작이 아니라 종말을 경험했다. 그리고 내 추억에서 벗어나기 위해서는 카사블랑카를 떠나기 위한 통행증 같은 것이 필요한데, 나에겐 그것이 없다.[1]

신문 판매대에는 새로운 제목을 달고 나온 신문들과 도발적인 잡지들이 빼곡하다. 잡지들의 표지에는 목둘레선이 깊이 파인 옷이나 몸에 너무 꽉 끼어서 젖가슴의 윤곽을 드러내는 블라우스를 입은 여자들의 사진이 실려 있다. 영화 포스터에도 풍만한 젖가슴이 넘쳐 난다. 나를 둘러싼 세계가 유방의 형태를 띠고 다시 태어나는 듯하다. 이 새로운 세계는 버섯의 모습으로 나타나기도 했다. 나는 히로시마에 떨어진 원자 폭탄의 사진을 보았다. 그런가 하면 유대인 대학살을 증언하는 사진들도 보이기 시작한다. 산더미처럼 쌓인 시체들의 사진을 본 건 나중의 일이고, 우리가 맨 먼저 본 것은 강제 수용소에서 풀려난 사람들의 사진이다. 퀭한 눈, 갈비뼈가 모두 드러난 앙상한 가슴, 팔의 위아래 마디가 막대기처럼 비쩍 말라서 엄청나게 커 보이는 팔꿈치. 이제껏 내가 전쟁에 관해서 들은 소식들은 간접적인 것들이었다. 비행기가 몇 대 격추되고 사망자와 포로가 몇 명이고 하는 식의 수

1 에코는 영화 「카사블랑카」가 왜 컬트 무비가 되는지를 분석한 유명한 평론을 쓴 바 있다. 그는 미학적으로 결함이 많은 이 영화가 사람들의 마음을 사로잡는 이유를 다른 영화들에서 무수한 원형(또는 클리셰)들을 빌려 온 데서 찾는다. 두 개 정도의 클리셰를 사용하면 우스꽝스럽지만, 백여 개의 클리셰를 사용하면 그것들끼리 대화를 나누고 서로의 만남을 축하하는 잔치를 벌임으로써 극단적인 진부함에서 오히려 숭고한 빛이 번득이게 된다는 것이다. 이 글은 처음에 주간 『레스프레스』에 발표되었다가, 약간 수정되어 에세이집 『제국의 변방에서』(밀라노, 봄피아니, 1977)에 실렸다. 이 글들의 우리말 번역은 『포스트모던인가 새로운 중세인가』(조형준 역, 새물결, 2005)에 함께 실려 있다.

치나 솔라라 일대에서 총살당한 빨치산들에 관한 소문을 들었을 뿐, 사람이 비참하게 죽어 있는 모습을 직접 목격한 적은 없었다. 그날 밤 벼랑골에서도 마찬가지였다. 내가 두 독일인을 마지막으로 보았을 때는 그들이 아직 살아 있었으니까 말이다. 결국 나는 악몽 속에서만 죽음을 목격한 셈이다. 나는 그 사진들 속에서 페라라 씨의 얼굴을 찾는다. 구슬치기를 할 줄 알았던 그 모자 장수 말이다. 하지만 설령 그가 사진 속에 있다 해도, 나는 그를 알아보지 못할 것이다. 사진 속의 나치 수용소 정문에는 *Arbeit macht frei*(노동은 사람을 자유롭게 만든다)라는 구호가 내걸려 있다.

영화관에서 사람들은 미국의 2인조 코미디언 애벗과 코스텔로의 찡그린 표정을 보면서 웃는다. 빙 크로즈비와 봅 호프도 왔다. 그들은 〈*Road to……*〉 시리즈에서 아슬아슬한 사롱을 즐겨 입는 도로시 라무어와 함께 잔지바르나 통북투 등지로 여행을 떠난다.[2] 1944년에 벌써 그랬던 것처럼, 사람들은 모두 인생이 아름답다고 생각하는 듯하다.

매일 점심때가 되면, 나는 자전거를 타고 암시장의 한 장사꾼에게 간다. 그는 우리 아이들을 위해 흰 빵 두 덩이를 따

---

2 미국 코미디 영화 〈*Road to……*〉 시리즈는 1940년에서 1962년 사이에 모두 일곱 편이 나왔다. 주인공들이 가는 곳은 차례대로 싱가포르, 잔지바르, 모로코, 유토피아, 리오, 발리, 홍콩이다. 작가가 통북투라고 말한 여행지는 아마도 모로코일 것이다(말리의 통북투는 모로코에서 멀지 않다). 영어판 번역자는 통북투가 틀렸다고 보고 발리로 바꿨지만, 이는 더 흥미로운 실수다. 「발리로 가는 길」은 1952년에 나온 영화라서 주인공 얌보가 그 시절에 볼 수 없었을 테니 말이다.

「코리에레 롬바르도」 1945년 8월 8일자   「잔지바르로 가는 길」

로 챙겨 놓는다. 우리가 이 흰 빵을 다시 먹기 시작한 것은 몇
년 만의 일이다. 그동안 우리는 밀기울로 만들어서 섬유질이
많은 데다 이따금 실오라기나 바퀴벌레도 들어 있고 제대로
구워지지도 않은 누르스름한 막대기 빵을 갉작거리며 살았
다. 나는 자전거를 타고 새롭게 떠오른 그 복지의 상징을 구
하러 간다. 그러다가 때로는 신문 판매대 앞에서 멈춰 선다.
신문에 무솔리니의 시체 사진이 실려 있다. 총살을 당한 뒤
에 밀라노의 로레타 광장에 있는 철 구조물에 거꾸로 매달려
있는 모습이다. 무솔리니의 정부였던 클라레타 페타치도 그
옆에 나란히 매달려 있다. 그녀의 치마가 뒤집어지지 않도록
누가 옷핀을 꽂아 다리 사이에 여며 놓았다. 그녀에게 마지
막 치욕만은 면하게 해주고 싶었던 어떤 사람이 자비의 손길
을 베푼 것이다.[3] 파시스트들에게 살해된 빨치산들을 기리는

행사가 이어지고 있다. 나는 총살당하고 교살당한 빨치산들이 그토록 많은 줄 몰랐다. 이제 막 끝난 전쟁 때문에 얼마나 많은 사람이 죽었는지를 알려 주는 통계들이 나오기 시작한다. 사망자가 5천5백만 명이란다. 이 엄청난 대학살 앞에서 그라뇰라의 죽음은 도대체 무엇이란 말인가? 그라뇰라 말대로 하느님은 정말 고약한 게 아닐까? 나는 뉘른베르크의 재판에 관한 소식들을 읽는다. 1급 전범들은 모두 교수형을 당했는데, 괴링만은 아내가 마지막으로 키스를 하면서 건네준 청산가리를 먹고 자살했다고 한다. 토리노의 빌라르바세에 있는 한 농장에 시칠리아 출신의 4인조 강도가 침입하여 농장주 가족과 일꾼 열 명을 잔인하게 살해하는 사건이 벌어졌다. 이 사건은 사사로운 폭력이 재개되고 있음을 알리는 신호탄이다. 이제 개인적인 이익을 위해서 사람을 죽이는 일이 벌어질 수 있는 세상이 돌아온 것이다. 얼마 뒤에 범인들 가운데 세 명이 붙잡혀 사형 선고를 받는다. 그들은 어느 날 새벽 총살형을 당한다. 평화의 시대에도 총살이 계속되고 있는 것이다.[4] 전쟁 중에 끔찍한 살인을 저지른 레오나르다 찬출

---

3 무솔리니는 독일군 병사로 변장하고 스위스로 도망치다가, 1945년 4월 26일 코모 호수 북서쪽 기슭의 동고라는 마을에서 가리발디파 빨치산들에게 붙잡혔다. 그런 다음 약식 재판을 받고 이틀 뒤에 정부 클라레타 페타치 및 그의 최측근들과 함께 동고 근처의 메체그라에서 총살당했다. 빨치산들은 그들의 시체를 밀라노의 로레토 광장으로 옮겨 뭇사람이 볼 수 있도록 발을 묶어서 높이 매달았다. 전년에 빨치산 열다섯 명이 독일군 트럭을 공격했다는 이유로 총살된 뒤에 온종일 거꾸로 매달려 있었던 바로 그 광장에서 무솔리니에게 똑같은 모욕을 가한 것이다.

4 1945년 11월 20일에 벌어진 〈빌라르바세 학살〉은 제2차 세계 대전 직후 이탈리아에서 벌어진 가장 잔인한 살인 사건으로 유명할 뿐만 아니라, 이탈리아 형법의 역사에도 중요한 사건으로 기록되어 있다. 이탈리아에서 헌법 개정

622

리가 유죄 판결을 받았다는 기사도 보인다. 그녀는 군에 입대하는 아들의 목숨을 지키려면 다른 사람들의 피를 바쳐야 한다는 미신에 사로잡혀, 세 여자를 죽이고 그들의 시신으로 비누를 만들었다고 한다.[5] 리나 포르트라는 여자가 자기 정부(情夫)의 아내와 아이들을 망치로 때려서 살해한 사건도 있다. 한 신문은 그녀의 젖가슴이 아주 뽀얗다고 묘사하고 있다. 상대 남자는 가에타노 아저씨처럼 이빨이 썩은 말라깽이인데, 그 뽀얀 젖가슴에 홀딱 반했다고 한다. 내가 어른들을 따라가서 처음으로 본 영화들은 야한 옷차림의 〈논다니들〉이 있는 전후의 이탈리아를 보여 준다. 그녀들은 예전처럼 밤마다 가로등 아래에서 누군가를 기다린다. 〈나는 혼자서 도시로 떠난다……〉고 노래하면서.

월요일이다. 아침에 장이 서는 날이다. 정오쯤이면 포시오라는 친척이 우리 집에 온다. 그의 진짜 이름이 뭐였더라? 포시오는 아다가 지어 준 별명이다. 그가 〈포소(나는 할 수 있다)〉를 〈포시오〉로 발음하기 때문에 그렇게 지었다는 것인

을 통해 사형이 폐지(1948년 1월 1일 발효)되기 전에 마지막으로 사형이 적용된 범죄 사건이기 때문이다.

5 로마에 있는 범죄학 박물관의 웹 사이트에 실린 기록에 따르면, 이 사건은 1939년에서 1940년 사이에 코레조에서 벌어졌다. 레오나르다 찬출리는 열일곱 번 임신을 해서 셋을 유산하고 열네 명의 자식을 낳았는데, 그중 열 명이 영아로 사망하고 네 명이 살아남았다. 이런 불행에다 자식을 모두 잃게 되리라는 집시 점쟁이의 예언이 겹쳐지면서, 그녀는 자식들의 목숨을 지키기 위해서면 무슨 짓이라도 할 수 있는 병적인 심리 상태에 빠져 있었다. 그러던 차에 맏아들이 전쟁터에 나가게 되자, 그녀는 인신 제물을 바치면 아들을 살릴 수 있다는 미신에 사로잡힌 채, 여자 친구 세 명을 잇달아 살해하여 희생자들의 피로는 과자를 만들고 살과 뼈로는 비누를 만드는 끔찍한 만행을 저질렀다.

데, 내가 보기에는 터무니없는 주장이다. 포시오는 아주 먼 친척이다. 그는 솔라라에서 우리와 안면을 텄는데, 우리가 도시로 돌아온 뒤에도 일을 보러 도시에 올 때마다 우리 집에 인사를 하러 온다. 하지만 그가 식당에 갈 돈이 없어서 점심을 얻어먹으러 온다는 것은 모두가 아는 사실이다. 그가 무슨 일을 하는지 나로서는 도무지 짐작할 수가 없다. 일자리를 찾는 것 말고는 하는 일이 없는 게 아닌가 싶다.

그가 식탁 앞에 앉아 있다. 그는 수프 한 방울도 아깝다는 듯이 손가락에 묻은 수프까지 핥아 먹는다. 얼굴은 구릿빛으로 그을려 있고 볼이 옴팡하다. 숱이 별로 없는 머리카락은 정성스럽게 빗어서 뒤로 넘겼다. 재킷의 팔꿈치는 올이 나가도록 해어져 있다. 그는 월요일마다 하는 이야기를 또 늘어놓는다. 「두일리오, 자넨 내 마음 알 거야. 나는 대단한 일자리를 바라는 게 아냐. 공기업 비슷한 곳에서 사무원으로 일할 수 있다면 더 바랄 게 없어. 봉급은 겨우 먹고살 정도만 받으면 돼. 한 방울이면 충분해. 하지만 매일 한 방울씩 받아도 한 달이면 30방울이잖아.」 그는 탄식의 다리를 건너는 죄수처럼 실의에 빠진 몸짓을 보이며, 대머리에 가까운 머리통에 물방울이 떨어지는 듯한 모습을 흉내 낸다. 그렇게 물방울 세례를 당하는 장면을 상상하면 기분이 좋아지는 모양이다. 하루에 한 방울이면 충분한데 말이야, 하고 되뇌더니, 그가 말을 잇는다.

「오늘은 일이 다 될 듯하다가 말았어. 카를로니에게 일자리를 부탁하러 갔지. 농업 조합에 있는 카를로니, 자네도 알 거야. 힘 있는 양반이지. 나는 추천서를 한 통 가지고 있었어. 알다시피 요즘엔 추천서가 없으면 어디 가서 얘기도 꺼낼 수 없잖아. 아침에 출발할 때 기차역에서 신문 한 부를 샀어. 난 정치에 관여하는 사람이 아니라서, 아무 신문이나 달라고 했지. 그러고는 신문을 읽지도 않았어. 열차 안에 서 있으면 몸을 가누기도 쉽지 않잖아. 나는 신문을 접어서 호주머니에 집어넣었어. 사람들이 흔히 그러는 것처럼 말이야. 읽은 신문이든 읽지 않은 신문이든 이튿날 무언가를 포장하는 데 쓰면 좋거든. 나는 카를로니를 만나러 갔어. 아주 친절하게 맞아 주더군. 그가 추천서를 펼쳐 들었어. 그런데 가만히 보니까, 그가 종잇장 너머로 나를 흘깃거리더라고. 그러더니 한마디로 딱 잘라서 퇴짜를 놓았어. 당분간은 일자리가 나지 않는다는 거야. 나는 사무실을 나서다가 내가 호주머니에 꽂아 놓은 신문이 「루니타」라는 것을 알아차렸어. 자네도 알다시피, 난 언제나 여당 편이야. 나는 그냥 아무 신문이나 달라고 했고, 무슨 신문을 받았는지 신경도 쓰지 않았어. 그런데 그 양반은 내 호주머니에 공산당 신문[6]이 꽂혀 있는 것을 보고 나한테 퇴짜를 놓은 거지. 만약 내가 반대쪽의 신문을 꽂고 있었다면, 아마…… 재수 없는 놈은 뒤로 자빠져도 코가 깨진다니까, 글쎄.」

우리 도시에 댄스홀이 생겼다. 그곳의 스타는 우리 사촌 누초다. 마침내 기숙학교에서 벗어난 그는 이제 청년이고 사람들 말마따나 〈멋쟁이〉다(내가 보기에는 이미 곰돌이 안젤

6 〈통일〉 또는 〈일치단결〉을 뜻하는 「루니타 l'Unità」는 1924년 안토니오 그람시가 〈노동자와 농민의 신문〉이라는 기치를 내걸고 창간한 일간지. 이탈리아 공산당이 자진 해산한 1991년까지 당 기관지 역할을 수행했고, 그 뒤로는 사회 민주주의 노선을 걷고 있다.

로를 무지막지하게 때리던 때부터 까마득한 어른이었다). 우리 지방의 한 주간지는 그의 캐리커처를 싣기도 했다. 한창 선풍적인 인기를 끌고 있는 〈부기우기〉라는 춤을 추면서 몸을 잔뜩 비틀고 있는 모습(내 악몽 속에 나타나는 가에타노 아저씨가 춤추는 것과 비슷하지만 더 절도가 있는 모습)을 담은 그 캐리커처는 친척들의 자랑거리가 되고 있다. 나는 아직 너무 어려서 댄스홀에 들어갈 수도 없고 들어갈 엄두도 나지 않는다. 거기에 가서 춤을 추는 것은 스스로 목을 베고 죽은 그라놀라에 대한 모독으로 느껴진다.

우리는 여름이 시작되자마자 도시로 돌아왔다. 솔라라에 있던 때와 달리 하루하루가 따분하다. 오후 두시쯤이면 나는 사람들이 거의 돌아다니지 않는 시내로 자전거를 타고 나간다. 답답한 나날들의 따분함을 이겨내기 위해서, 나는 지치도록 공간과 싸움을 벌인다. 내가 숨이 막힐 듯한 기분을 느끼는 것은 날씨가 덥기 때문이 아니라, 아마도 내 안에 우울한 감정이 자리하고 있기 때문일 것이다. 우울, 그것이야말로 열에 들뜬 고독한 청소년기의 내 가슴을 가득 채우고 있던 감정이다.

나는 오후 두시에서 다섯시 사이에 쉬지 않고 자전거를 탄다. 세 시간 동안이면 우리 도시를 여러 바퀴 돌 수 있다. 다만 매번 같은 길로 달리지 말고 코스에 변화를 줄 필요가 있다. 나는 도심을 빠르게 통과하여 강 쪽으로 간 다음, 순환 대로를 따라 돌아오다가 남쪽으로 가는 지방 도로와 만나는 지점에서 묘지 쪽 도로로 접어들어 기차역 앞에서 왼쪽으로 비스듬히 돌아서 다시 도심을 통과한다. 하지만 이번에는 곧고 한적한 샛길을 따라 시장의 공터로 들어선다. 이 광장은 너무나 넓고, 주랑으로 둘러싸여 있다. 이 주랑들은 태양이 어디에 있든 언제나 햇빛을 받아 환하게 빛나고, 오후 두시쯤에는 사하라 사막보다 한적하다. 광장은 텅 비어 있다. 그래서 자전거를 타고 느긋하게 가로지를 수 있다. 나를 보는 사람도 없고, 멀리서 인사를 건네는 사람도 없다. 설령 내가 아는 어떤 사람이 광장 모퉁이를 지나가다 나를 본다 할지라도, 서로가 너무 작게 보일 것이고 햇빛을 후광처럼 이고 있는 어릿어릿한 형체로만 보일 것이다. 나는 마치 먹이를 찾아 허공을 맴도는 독수리처럼 커다란 동심원을 그리며 광장을 빙빙 돈다.

나는 자전거 바퀴가 굴러가는 대로 마냥 헤매는 것이 아니다. 내겐 한 가지 목표가 있다. 하지만 나는 종종 그것을 일부러 비껴간다. 기차역의 신문 판매대에 내가 점찍어 놓은 책이 한 권 있다. 피에르 브누아의 소설 『아틀란티스』의 번역판인데, 전쟁 전의 책값으로 보이는 가격이 매겨져 있는 점으로 미루어 출간된 지 몇 해가 지난 책이 아닌가 싶다. 책의 표지가 마음을 끈다. 아주 넓은 방에 푸슈킨의 희곡에 나오는 석상 손님 같은 조각상들이 빙 둘러서 있다. 다른 책에서 읽어 보지 못한 아주 재미있는 이야기가 담겨 있을 듯하다. 책값도 싸다. 하지만 내 호주머니에 들어 있는 돈이 딱 그 금액이다. 내가 가진 돈을 다 털어야 하는 것이다. 나는 이따금 에라 모르겠다 하고 기차역까지 가서, 자전거를 보도에 기대어 놓고 안으로 들어간다. 그러고는 15분 동안 책을 바라본다. 책은 작은 진열창 안에 들어 있다. 그래서 내용을 대충 알아보고 싶어도 펴볼 수가 없다. 내가 네 번째로 진열창 앞에 서

자, 신문 장수가 수상쩍어하는 기색으로 나를 바라본다. 그는 원하기만 하면 얼마든지 나를 감시할 수 있다. 대합실에는 아무도 없기 때문이다. 도착하거나 떠나는 사람도 없고, 기다리는 사람도 없다.

우리 도시는 햇살만 가득한 공간이고, 타이어에 구멍이 난 내 자전거를 마음 놓고 탈 수 있는 트랙일 뿐이다. 기차역 신문 판매대에 놓인 책은 나에게 색다른 세계를 약속해 주는 유일한 것이다. 그 책에 담겨 있는 허구적인 이야기를 통해서 나는 덜 절망적인 현실로 돌아가게 될지도 모른다.

다섯시쯤, 길게 이어지던 유혹 — 책과 나 사이, 나와 책 사이, 내 욕구와 무한한 공간의 저항 사이에서 벌어진 실랑이 — 의 시간이 드디어 끝났다. 여름날의 텅 빈 공간에서 책에 마음을 빼앗긴 채 자전거 페달을 밟아 대던 시간, 이럴까 저럴까 고심하면서 광장을 빙빙 돌던 배회의 시간이 끝난 것이다. 나는 책을 사기로 결심하고, 호주머니를 털어 『아틀란티스』를 산다. 그러고는 집으로 돌아와서 웅크리고 앉아 책을 읽는다.

여주인공 앙티네아는 매우 아름다운 *femme fatale*(요부)이다. 그녀는 이집트의 〈클라프트〉를 쓰고 있는 것으로 그려져 있다(클라프트가 뭐지? 아마 감추기도 하고 드러내기도 하면서 사람을 홀리는 어떤 굉장한 물건인 모양이다). 이것은 검다 못해 푸른빛이 도는 머리채 위로 드리워져 있고, 그 묵직한 황금빛 천의 두 끄트머리는 가냘픈 허리까지 내려와 있다.[7]

---

7 루브르 박물관 웹 사이트의 어휘 설명에 따르면, 클라프트*klaft*는 줄무늬 천으로 만들어진 머리쓰개로서, 파라오 등의 가발에 덧씌우는 장식물이었다고 한다. 하지만 고대 이집트의 벽화에 등장하는 여신들의 머리에도 클라프트가 있는 것을 보면, 고귀한 신분의 남녀들이 두루 사용하던 장식물이 아닌가 싶다.

〈그녀는 금실이 반짝거리는 검은 망사 튜닉을 입고 있었다. 이 튜닉은 아주 가볍고 아주 낙낙했으며, 무지개 모양의 흑진주 장식이 들어간 하얀 모슬린 허리띠로 느슨하게 묶여 있었다.〉 이런 옷차림을 하고 날씬한 젊은 여자 하나가 나타난다. 눈은 검고 갸름하며, 동방의 여자들에게서 본 적이 없는 미소를 짓고 있다. 그녀의 몸은 호사스럽기 짝이 없는 장식들에 가려서 잘 보이지 않는다. 하지만 무람없게도 튜닉의 양쪽 옆은 길게 트여 있고(아, 만화의 여주인공들 옷에서 숱하게 보았던 바로 그 슬릿!), 가느다란 목과 팔도 드러나 있다. 얇은 망사 천을 통해서 무언가 신비스럽고 거뭇한 음영이 비쳐 보인다. 그녀는 남자들을 호리는 요부이면서 매섭기 짝이 없는 숫처녀다. 사내들은 그녀를 위해 죽을 수도 있다.[8]

일곱시에 아버지가 집에 돌아오시자, 나는 어찌할 바를 몰

---

8 피에르 브누아(1886~1962)는 45권에 달하는 모험 소설로 20세기 전반기에 인기를 누렸던 프랑스 작가다. 그는 자기 소설들의 여주인공에게 모두 〈A〉로 시작하는 이름(앙티네아, 알레그리아, 알크멘 등)을 붙인 것으로 유명하다. 프랑스어 작가 협회의 심포지엄 자료 『피에르 브누아, 당대의 증인』(알뱅 미셸, 1991)에 실린 조제프 모네스티에의 글 「피에르 브누아의 여주인공들」에 따르면, 그는 이전에 존재하지 않았던 새로운 유형의 여주인공을 창조함으로써 자기 나름대로 프랑스 문학에 기여했다. 그가 스스로 〈바쿠스의 여사제들〉 또는 〈아마존〉에 비유했던 그의 여주인공들은 남성 인물들을 홀려서 범죄나 파멸로 몰아가는 요부들이다. 그의 대표작인 『아틀란티스』(1919)의 여주인공 앙티네아는 바로 그런 요부의 전형으로서, 당시의 수많은 청소년 독자들에게 큰 충격을 안겨 주었다고 한다. 우리의 얌보 역시 그런 독자들 가운데 하나인 것이다. 앙티네아는 『푸코의 진자』 97장에 삽입된 벨보의 글 「돌아온 생제르맹」에도 나온다. 예수회 총장 로댕을 파멸시키는 요부의 환영은 〈검다 못해 푸른빛이 도는 숱 많은 머리채 위로 클라프트를 드리우고〉 있고, 〈은실이 반짝이는 검은 망사 튜닉〉을 입고 있다. 이 요염한 환영의 매력에 넋을 잃은 로댕은 〈그대 입술을 내 얼굴에 살짝 대주오. 그대 앙티네아여, 마리아 막달레나여…… 단 한 번의 입맞춤이면 되오. 그러고 나서는 죽어도 좋소〉 하고 애원한다.

라 하며 책을 덮는다. 아버지는 그저 내가 책을 읽고 있었다는 사실을 감추고 싶어 하는 것으로 여기셨는지, 내가 책을 너무 많이 읽어서 눈이 나빠지고 있다고 걱정하신다. 그러고는 어머니를 보고 말씀하신다. 내가 밖에서 노는 시간이 더 많아야 하고, 자전거를 타고 신나게 돌아다녀야 하지 않겠느냐고.

나는 해가 쨍쨍한 것을 좋아하지 않는다. 그래도 솔라라에서는 그것을 잘 견뎌 냈다. 부모님은 내가 종종 콧잔등을 찡그리면서 눈을 가늘게 뜨는 것을 보시고는, 〈사람들이 보면 네가 눈이 나빠서 그러는 줄 알겠다. 그러면 못써〉 하고 나무라신다. 나는 가을 안개를 기다리고 있다. 나는 벼랑골의 안개 속에서 공포의 밤을 보냈다. 그런데도 안개를 좋아하는 것은 어찌된 일일까? 안개가 공습 때에 우리를 지켜 주었던 것처럼, 거기에서도 나를 보호해 주었기 때문이다. 뿐만 아니라 벼랑골의 안개는 결과적으로 나에게 알리바이를 마련해 주었다. 안개가 끼었기에 나는 아무것도 보지 못했던 것이다.

가을 안개가 끼기 시작하자, 지나치게 넓고 나른해 보이던 공간들이 사라지고 우리 도시의 예전 모습이 되살아난다. 텅 비었던 공간들을 가득 채운 희뿌연 안개에 가로등 불빛이 비치면, 모서리와 모퉁이와 벽면 따위가 홀연히 나타난다. 등화관제가 실시되던 때처럼 편안한 기분이 든다. 우리 도시는 희미한 빛 속에서 벽들에 바짝 붙어 가면서 보아야 진면목을 알 수 있다. 그래야 비로소 아름답고 포근하게 느껴진다. 누대에 걸쳐서 그렇게 구상되고 설계되고 만들어진 도시인 것이다.

최초의 성인 만화 『그랜드 호텔』이 나온 것이 그해였던가 아니면 이듬해였던가? 그 사진 소설에 실린 첫 번째 사진이 나를 유혹했지만, 나는 도망을 치고 말았다.

그런데 알고 보니, 그건 나중에 내가 할아버지 가게에서 찾아낸 프랑스 잡지에 비하면 아무것도 아니었다. 이 잡지는 펼치기가 무섭게 얼굴이 화끈 달아오를 정도로 수치심을 느끼게 했다. 나는 그것을 슬쩍해서 셔츠 속에 감춰 가지고 줄행랑을 놓았다.

나는 집에 돌아와서, 침대에 배를 깔고 엎드린 채 잡지를 훑어본다. 청소년의 순결을 권장하는 교본들의 가르침을 따르지 않고, 아랫배와 음부가 매트리스에 눌리는 자세로 말이다. 한 페이지에 젖가슴을 드러낸 조제핀 베이커의 사진이 실려 있다. 작지만 아주 선명한 사진이다.

조제핀 베이커

나는 아이새도를 칠한 눈을 뚫어져라 바라본다. 젖가슴을
보지 않기 위해서다. 하지만 내 눈길은 이내 아래로 내려간
다. 생각건대 이것이 내 생애 최초의 젖가슴이 아닌가 싶다.
일찍이 칼무크족 여자들의 벌거벗은 몸을 본 적이 있지만,
그녀들의 젖가슴은 이것과 달리 아주 풍만하고 흐물흐물했
으니까 말이다.

꿀이 내 혈관을 타고 파도처럼 밀려온다. 무엇을 먹은 뒤
끝처럼 목구멍이 싸하고, 머리는 터질 듯하고, 사타구니에서
는 힘이 쪽 빠진다. 나는 겁에 질리고 축축하게 젖은 채로 몸
을 일으킨다. 원초적인 육즙으로 액화하는 열락에 빠져 들었
으니, 내가 아주 끔찍한 병에 걸린 게 아닌가 싶다.

이게 나의 첫 사정일 것이다. 내가 알기로 이건 독일 포로
의 목을 베는 것보다 더 엄격하게 금지된 일이다. 나는 다시
죄를 지었다. 그날 밤 벼랑골에서는 죽음의 신비를 묵묵히
지켜봄으로써 죄를 지었고, 이번에는 생명의 신비라는 금단
의 영역에 침입함으로써 죄를 지은 것이다.

나는 고백실에 있다. 내 고백을 들은 열렬한 프란체스코회
신부는 순결의 미덕에 관해 장광설을 늘어놓는다.

그가 들려준 말들은 내가 이미 솔라라에서 읽은 작은 교본
들에 나오는 것들뿐이다. 하지만 내가 돈 보스코의 『사려 깊
은 젊은이』를 다시 읽게 된 것은 아마도 그의 말을 듣고 나서
일 것이다.

악마는 너희처럼 어린 사람들에게도 덫을 놓아 너희 영
혼을 앗아 간다……. 유혹에 빠지지 않기 위해서는 아예 그

런 기회를 멀리하는 것이 중요하다. 추잡스런 대화, 좋은 것이 전혀 없는 대중적인 공연 따위를 피해야 한다…… 언제나 바쁘게 지내도록 노력해라. 무엇을 해야 할지 모를 때는 집에 마련된 작은 제단을 장식하고, 성상이나 작은 성화들을 정돈해라…… 그래도 유혹이 사라지지 않을 때는, 성호를 긋고 축성된 물건에 입을 맞추면서 이렇게 기도해라. 거룩하신 알로이시우스[9]여, 저의 하느님께 죄를 짓지 않게 해주소서. 내가 이 성인의 이름을 말한 것은 가톨릭교회가 이분을 젊은이들의 주보성인으로 선포했기 때문이다……

　무엇보다 이성의 사람들과 함께 있는 것을 피해야 한다. 내 말을 잘 새겨듣기 바란다. 젊은 남자들은 젊은 여자들과 일절 친밀한 관계를 맺지 말아야 한다는 뜻이다…… 죄악은 눈이라는 창문을 통해 우리 마음속으로 들어온다…… 그러므로 겸허함과 정숙함에 조금이라도 반하는 것들에는 눈길을 주지 말아야 한다. 성 알로이시우스 곤자가는 잠자리에 들거나 일어설 때 당신의 발을 보이는 것조차 원하지 않으셨다. 당신 어머니의 얼굴을 빤히 바라보는 것도 삼가셨다…… 2년 동안 마드리드의 펠리페 2세 궁정에서 시동으로 지낼 때는 스페인 여왕의 얼굴을 바라본 적이 없었다.

---

9 1568년 이탈리아 북부에서 카스틸리오네 후작의 아들로 태어나 작위 계승을 포기하고 예수회 수도사가 된 뒤에 경건한 수도 생활의 모범을 보였으며, 1591년 로마에 페스트가 번졌을 때 환자들을 돌보다가 페스트에 걸려 스물세 살의 젊은 나이에 세상을 떠난 성인. 이탈리아에서는 산 루이지 곤자가라고 부르지만, 영어권과 우리나라에서는 어린 시절의 이름 알로이시우스를 넣어 성 알로이시우스 곤자가라고 부른다.

성 알로이시우스 곤자가를 본받는 것은 쉬운 일이 아니다. 유혹을 물리치기 위해 치러야 할 대가가 너무 큰 듯하다. 그 젊은이는 〈피가 맺히도록 스스로에게 채찍질을 가했고, 잠을 자는 동안에도 자신을 괴롭히기 위해 시트 사이에 나뭇조각을 넣었으며, 고행자가 입는 꺼슬꺼슬한 셔츠가 없다는 이유로 자기 옷 속에 박차를 감추고 다녔고, 앉으나 서나 걸어 다닐 때나 스스로 불편함을 구했다〉고 하지 않는가. 하지만 고해 신부가 나에게 미덕의 본보기로 삼으라고 권한 성인은 도메니코 사비오이다. 이 성인은 기도하느라고 너무 오랫동안 무릎을 꿇고 있었던 탓에 바지가 보기 흉하긴 해도, 성 알로이시우스처럼 피를 흘려 가면서까지 참회를 하지는 않는다. 고해 신부는 참으로 온화한 성모 마리아의 얼굴을 신성한 아름다움의 본보기로 삼고 그 얼굴을 바라보며 묵상하라고 권하기도 했다.

나는 숭고하게 정화된 여성미에 반하려고 노력한다. 소년 성가대에 끼어 성당의 제대 뒤쪽에서, 그리고 주일 소풍 때는 어떤 성소에서 이렇게 노래한다.

당신은 새벽빛보다 아름답게 일어나
당신의 빛으로 대지를 기쁘게 합니다.
하늘이 품고 있는 많고 많은 별들 가운데
그 어느 것도 당신만큼 아름답지 않습니다.

당신은 햇살처럼 찬란하고,
달빛보다 뽀얗게 빛납니다.

별들 가운데 가장 아름다운 것도
당신의 아름다움에 미치지 못합니다.
당신의 눈은 바다보다 아름답고,
당신의 이마는 백합꽃 빛깔이며,
아들들의 입술이 닿은 당신의 뺨은
두 송이 장미이고 입술 또한 꽃입니다.

어쩌면 그 시절에 나는 아직 아무것도 모르는 채로 릴라와 만날 때를 준비하고 있었는지도 모른다. 감히 범접할 수 없을 만큼 숭고한 천상의 여인, 아름다움 그 자체를 위한 아름다움을 지닌 여인, 육신에 얽매여 있지 않으며 음부를 자극하지 않고 마음을 차지할 수 있는 여인, 조제핀 베이커처럼 은근한 눈길로 나를 바라보지 않고 내 너머의 어딘가를 바라보고 있는 여인, 릴라가 바로 그런 여자였으니까 말이다.

나는 묵상과 기도와 희생을 통해 내 죄와 내 주위 사람들의 죄를 씻는 것을 의무로 알고 살아간다. 나는 신앙을 지키기 위해 노력한다. 그러는 동안 적화 위협을 운위하는 잡지들과 벽보들이 하나둘 나타나기 시작한다. 어떤 벽보에는 카자흐스탄 병사들이 말들에게 물을 먹이기 위해 로마 성 베드로 성당의 성수반 앞에서 기다리고 있는 모습이 담겨 있다. 나는 혼란을 느끼며 스스로에게 묻는다. 카자흐스탄 사람들은 스탈린을 원수로 여기고 한때는 독일인들과 한편이 되어 싸우기도 했는데, 이젠 죽음을 알리는 공산주의의 심부름꾼이 되었다는 것일까? 그들이 언젠가는 그라놀라와 같은 무정부주의자들을 모두 죽이려고 할까? 그림 속의 카자흐스탄 병사들은 옛날에 파시스트들의 선전 포스터에서 보았던 흑인 병사와 무척 비슷해 보인다. 밀로의 비너스를 능욕하던 못된 검둥이 말이다. 어쩌면 바로 그 포스터를 그렸던 만평가가 공산주의를 상대로 한 새로운 성전을 위해 기듭났는지도 모를 일이다.

시골 한복판에 있는 한 수도원에서 행한 영성 수련. 구내 식당에서 나던 역한 기름 냄새, 안뜰 주위의 회랑에서 도서관 사서와 함께한 산책, 파피니[10]를 읽어 보라는 그의 권고. 저녁을 먹은 뒤에 우리는 성당의 성가대석에 모여, 커다란 초 하나만을 켜놓은 채, 〈올바른 죽음을 위한 연습〉을 암송한다.

지도 신부는 『사려 깊은 젊은이』에서 죽음에 관한 대목을 골라 우리에게 읽어 준다. 죽음이 어디에서 우리를 갑작스럽게 덮쳐 올지 알 수 없는 일이다. 죽음이 침대에서 우리를 거두어 갈지, 일터나 거리나 여타의 곳에서 우리를 거두어 갈지 누가 알겠는가? 혈관 파열, 카타르, 출혈, 신열, 상처, 지진, 번개 등 우리의 목숨을 앗아 갈 수 있는 것은 얼마든지 있다. 그리고 죽음은 1년이나 한 달이나 일주일이나 한 시간 뒤에 찾아올 수도

---

10 조반니 파피니(1881~1956)는 도발적인 주장으로 많은 논쟁을 야기했던 작가다. 초기에는 「철학자들의 황혼」을 통해 철학의 죽음을 선언했는가 하면, 「말씀과 피」 같은 에세이들을 통해 공격적인 무신론과 반기독교주의의 기치를 내걸기도 했다. 1912년에는 그 연장선에서 자전 소설 『끝장난 사람』을 출간했고, 몇 년 뒤에는 가톨릭으로 개종하여 『그리스도의 생애』(1921)로 국제적인 명성을 얻었다. 파시즘을 지지한 덕에 볼로냐 대학의 교수가 된 뒤에는 자신의 저서 『이탈리아 문학사』를 〈시와 시인들의 벗, 두체에게〉라는 헌사와 함께 무솔리니에게 바쳤고, 파시스트들의 반유대인 정책에 공공연하게 찬성을 표명했다. 이런 과오 때문에 파시스트들이 몰락한 뒤에는 한 수도원에서 도피 생활을 하기도 했다.

있고, 이 대목을 읽은 직후에 찾아올 수도 있다. 그 순간이 되면, 우리는 머릿속이 혼미해지면서 눈이 아프고 혀가 마르고 목구멍이 막히고 가슴이 답답하고 피가 싸늘해지고 기력이 빠지고 심장이 멎는 것을 느끼게 될 것이다. 마지막 숨과 함께 영혼이 빠져나가고 나면, 넝마를 걸친 우리 육신은 무덤구덩이에 떨어지게 될 것이다. 그 뒤에는 쥐와 벌레가 우리의 살을 모조리 갉아먹을 것이고, 우리 육신은 살점 하나 붙어 있지 않은 뼈다귀들과 역한 냄새가 나는 한 줌의 먼지로만 남게 되리라.

그런 다음 단말마의 고통이 하나하나 열거되는 가운데 긴 기도가 이어진다. 지도 신부는 사지의 경련, 최초의 떨림, 핏기가 점차 가시다가 마침내 사색(死色)이 나타나고 마지막 헐떡임이 들리기까지의 과정을 낱낱이 상기시킨다. 임종의 14단계(지금 내가 분명하게 기억하는 것은 대여섯 단계뿐이다)를 차례차례 밟아 가면서, 각 단계의 느낌이며 몸 상태며 고뇌에 대한 묘사가 끝날 때마다, 우리는 〈자비로운 예수님, 저를 불쌍히 여기소서〉를 되뇐다.

제 발이 움직임을 멈추고 이승에서 제가 걸어갈 길이 끝났음을 알릴 때, 자비로운 예수님, 저를 불쌍히 여기소서.
제 손이 마비되고 부들부들 떨려서 주님의 형상인 축성된 십자고상을 더 붙들지 못하고 저도 모르게 주님을 고통의 침상에 떨어뜨릴 때, 자비로운 예수님, 저를 불쌍히 여기소서.
제 눈이 흐릿해지고 임박한 죽음에 질겁하여 뒤집어진 채, 힘없이 꺼져 가는 눈길로 주님을 바라볼 때, 자비로운 예수님, 저를 불쌍히 여기소서.

제 뺨이 납빛처럼 창백해져 임종을 지키는 사람들에게 연민과 공포를 불러일으키고, 죽음의 땀에 젖은 제 머리카락이 곤두서서 저의 종말이 바투 다가왔음을 알릴 때, 자비로운 예수님, 저를 불쌍히 여기소서.

제 마음이 흉측하고 무시무시한 유령들을 떠올리며 불안에 떨다가 임종의 슬픔에 빠져 들 때, 자비로운 예수님, 저를 불쌍히 여기소서.

제 모든 감각이 쓸모를 잃고, 온 세상이 저에게서 사라질 때, 그리고 마지막 단말마의 불안과 고뇌 속에서 신음할 때, 자비로운 예수님, 저를 불쌍히 여기소서.

어둠 속에서 내 죽음을 생각하며 기도를 읊조리는 것. 다른 사람의 죽음을 잊기 위해서는 그것이 필요했다. 나는 그 죽음 연습을 다시 떠올리면서 공포를 느끼기보다, 인간은 누구나 죽게 마련이라는 사실을 차분한 마음으로 받아들인다. 그렇게 우리 존재가 죽음을 향해 가고 있음을 배우면서, 내 운명, 나아가서는 모든 사람의 운명을 받아들일 수 있게 된 것이다. 지난 5월에 잔니가 들려준 우스갯소리가 생각난다. 한 의사가 불치병 말기 환자에게 모래찜질을 권했다. 환자가 〈박사님, 그게 도움이 될까요?〉 하고 묻자, 박사가 대답했다. 「별로 도움이 되지는 않습니다. 하지만 모래찜질을 하다 보면 땅속에 묻혀 지내는 데 익숙해지죠.」

이제 나는 죽음에 익숙해져 있다.

어느 날 밤, 지도 신부가 제대의 난간 앞에 우뚝 섰다. 그와 우리와 성가대석 전체를 밝히고 있는 것은 촛불 하나뿐이었다. 그 불빛이 후광처럼 그를 둘러싸면서 그의 얼굴에 짙은 그늘을 드리우고 있었다. 그는 우리를 숙소로 보내기 전에 일화 하나를 들려주었다. 어느 수녀원에 딸린 기숙학교에서 여학생 하나가 죽었다. 신앙심이 깊고 아주 예쁜 여학생이었다. 이튿날 아침, 성당 신자석에 마련된 영구대 위에 시신을 안치해 놓고, 모두가 그녀의 죽음을 애도하며 죽은 이들을 위한 기도를 낭송하고 있었다. 그때 갑자기 시체가 벌떡 일어나더니, 눈을 휘둥그렇게 뜨고 의식을 집전하던 신부를 집게손가락으로 가리키면서, 깊은 동굴에서 들려오는 듯한 목소리로 말했다. 「신부님, 저를 위해서는 기도하지 마세요! 간밤에 저는 음탕한 생각을 했어요. 난생처음 그랬지만, 그 때문에 영벌을 받고 말았어요!」[11]

짜르르한 전율이 한소끔 청중을 훑고는, 성당의 의자들과 궁륭으로 번져 간다. 그 서슬에 촛불조차 깜박거리는 듯하다. 지도 신부는 우리에게 숙소로 돌아가라고 하는데, 아무도 움직이지 않는다. 고백실 앞에 기다란 줄이 형성된다. 모두가 한마음이다. 아무리 사소한 것이라도 죄가 될 만한 것은 모조리 고백한 뒤에야 잠자리에 들겠다는 것이다.

나는 시대가 안겨 준 고통에서 달아나, 어두운 성당 안에서 겁을 먹기도 하고 위안을 얻기도 하면서 며칠을 보냈다. 불타는 듯한 열의와 얼음처럼 차가운 태도가 갈마들던 이 며

---

11 음심을 경계하는 이 이야기는 『푸코의 진자』 8장에도 나온다. 단테의 시구를 차용한 〈세 여인이 내 마음을 둘러싸고〉라는 제목의 글에서, 벨보는 오필리아라는 여자의 시체가 벌떡 일어나 똑같은 말을 외쳤다고 하면서, 자기가 그 장면을 첫 영성체를 위한 교리 책의 삽화에서 보지 않았을까 하고 추측한다.

칠 동안에는 크리스마스캐럴과 어린 시절에 내 마음을 푸근
하게 해주었던 구유 장식조차 여느 때와 다른 의미로 다가왔
다. 나는 참담한 세상에 태어난 아기 예수를 생각하며 이런
노래를 불렀다.

자장자장, 울지 마라, 내 사랑 아기 예수,
자장자장, 울지 마라, 우리 구세주……
예쁜 아가야, 밖이 캄캄하고 무서우니,
어서 사랑스런 눈을 감으렴.
왜 밀짚과 건초가 따가운 줄 아니?
네가 눈을 반짝이며 아직 깨어 있어서 그래.
아플 때는 잠자는 게 약이 될 테니
어서 눈을 감으렴.
자장자장, 울지 마라, 내 사랑 아기 예수,
자장자장, 울지 마라, 우리 구세주.

어느 일요일, 축구광인 아빠가 나를 경기장에 데려가셨다.
내가 눈이 나빠지도록 책을 읽으며 하루하루를 보내는 게 조
금 언짢으셨던 모양이다. 중요한 경기가 아니라서 관중석은
거의 비어 있다. 햇볕을 받아 뜨겁게 달구어진 하얀 의자들
여기저기에 얼마 되지 않는 관전자들이 얼룩덜룩한 반점처럼
흩어져 있을 뿐이다. 경기가 한창 진행되고 있는데, 심판이
호루라기를 분다. 한쪽 팀 주장이 판정에 항의하는 동안, 다
른 선수들은 공연히 경기장을 돌아다닌다. 어수선하고 느릿
느릿하게 움직이는 두 가지 색깔의 유니폼들, 심드렁하게 푸
른 잔디밭을 배회하는 선수들, 무질서한 흩어짐. 모든 것이

돌연 활기를 잃고 시들해진다. 이제 눈앞의 광경이 느린 동작 화면처럼 펼쳐진다. 성당 부속 영화관에서 필름이 끊어질 때와 비슷한 느낌이다. 갑자기 고양이 우는 듯한 소리가 들리면서 영화의 소리가 끊기고, 동작들이 머뭇머뭇 이어지며 한 장면에서 머물다가, 결국엔 이 스틸 사진 같은 장면마저 녹은 밀랍처럼 스크린에서 가뭇없이 사라질 때처럼 말이다.

바로 그 순간 나는 하나의 계시를 얻었다.

지금에 와서 생각해 보면, 그건 계시라기보다 고통스러운 느낌이었다. 세계에는 목적이 없다는 것, 세계는 어떤 오해의 무기력한 산물이라는 것을 고통스럽게 느꼈을 뿐이다. 하지만 그 순간에는 내 느낌을 〈하느님은 존재하지 않는다〉는 말로 해석할 수밖에 없었다.

나는 가슴을 에는 듯한 죄책감에 사로잡힌 채 경기장을 떠나, 곧바로 고백 성사를 하러 달려간다. 지난번에 열띤 어조로 장광설을 늘어놓았던 고해 신부는 너그럽고 상냥한 태도로 미소를 지어 보인다. 그는 어쩌다 그런 얼토당토않은 생각이 내 머릿속에 떠올랐느냐면서, 자연의 아름다움이 바로 창조와 질서의 의지를 보여 주지 않느냐고 하더니, *consensus gentium*(만인의 의견 일치)에 관해서 길게 이야기한다. 「애야, 단테, 만초니, 살바네스키 같은 뛰어난 작가들도 하느님을 믿었고, 판타피에 같은 위대한 수학자들도 하느님을 믿었어. 그런데 너는 하느님을 믿지 않는 소수자들 편에 들고 싶니?」 그 순간에는 만인의 의견 일치라는 논거가 내 마음을 진정시켰고, 나는 모든 것을 축구 경기 탓으로 돌렸다. 언젠가 파올라가 말하기를, 나는 축구 경기를 보러 간 적이 없고 월드컵의 중요한 경기를 텔레비전으로 관전하는 게 고작이라고 했다. 보아하니 그날 이후로 나는 축구 경기를 보러 가면 영혼을 잃는다는 고정관념을 갖게 된 모양이다.

하지만 영혼을 잃는 방식에는 그것만 있는 것이 아니다. 언제부턴가 내 학교 친구들이 저희끼리 무어라고 속닥거리면서 낄낄거리는 짓을 하기 시작했다. 녀석들은 저희만 아는 말로 무언가를 암시하기도 하고, 집에서 슬쩍해 온 잡지며 책들을 돌려보는가 하면, 우리 나이에는 들어갈 수 없다는 〈빨간 집〉이라는 알쏭달쏭한 곳에 관해서 말하기도 하고, 용돈을 털어서 반라의 경박한 여자들이 나오는 코미디 영화를 보러 가기도 한다. 녀석들은 나에게 이사 바르치차[12]의 사진 한 장을 보여 준다. 몸에 꽉 끼는 옷을 입고 쇼에 출연한 모습이 담긴 사진이다. 나는 그것을 보지 않을 수가 없다. 편협하고 위선적인 신앙인이라는 소리를 듣지 않으려면 그것을 봐야 한다. 게다가 누구나 알다시피 다른 건 뿌리칠 수 있어도 유혹은 뿌리칠 수 없는 법이다. 그날 오후 이른 시각에, 나는 아는 사람을 만나는 일이 없기를 바라면서 몰래 영화관에 간다. 토토와 카를로 캄파닐리가 주인공으로 나오는 「두 고아」를 보기 위해서다. 이 영화에서 이사 바르치차는 수녀원 부속 기숙학교의 여학생으로 나온다. 그녀는 원장 수녀님의 명령에 아랑곳하지 않고, 다른 여학생들과 함께 알몸으로 샤워를 한다.

여학생들의 알몸은 보이지 않는다. 그저 샤워실 커튼 뒤에

---

12 이사 바르치차(1929~)는 이탈리아의 여배우. 8장에서 몇 차례 언급되었던 관현악단 지휘자 피포 바르치차의 딸이다. 아버지의 반대를 무릅쓰고 아주 어린 나이에 연극 무대에 섰고, 명배우 토토에게 발탁되어 「두 고아」(1947)를 시작으로 많은 영화에 출연했다.

「두 고아」

서 움직이는 거뭇한 형체들이 보일 뿐이다. 여학생들은 마치 춤을 추는 듯한 모습으로 목욕에 열중하고 있다. 이런 장면을 보았으니 고백 성사를 하러 가야 마땅할 것이다. 그런데 알몸이 비쳐 보이는 그 장면을 보니 머릿속에 떠오르는 책이 한 권 있다. 빅토르 위고의 『웃는 남자』. 솔라라에서 읽다가 겁이 나서 얼른 덮어 버린 소설이다.

도시의 우리 집에는 그 책이 없다. 하지만 할아버지 가게에는 분명 한 부가 있을 것이다. 나는 할아버지가 어떤 사람과 이야기를 나누는 사이에, 그 책을 찾아내어 책꽂이 발치에 웅크린 채 달뜬 마음으로 금기의 페이지를 펼친다. 주인공 그윈플레인은 아주 어린 나이에 *comprachicos*(소아 매매단)[13]에

13 스페인어 〈콤프라(구매)〉와 〈치코(아이)〉를 결합한 명사의 복수형. 위고는 1부의 예비 이야기 〈콤프라치코스〉에서 17세기에 암약한 이 소아 매매단의 행태를 자세하게 서술하고 있다(『웃는 남자』 이형식 역, 열린책들, 2006, pp. 44~66).

게 팔려서, 흉측한 모습으로 안면 개조 수술을 당한 뒤에, 괴물 같은 얼굴로 사람들을 웃기는 광대가 된다. 그렇게 사회의 그늘에서 괴물로 살아가던 어느 날, 그의 출생과 수난에 얽힌 비밀이 갑자기 밝혀진다. 그가 막대한 재산과 영국 귀족 작위의 상속자인 클랜찰리 경이라는 사실이 인정된 것이다. 그는 자기에게 무슨 일이 일어났는지 제대로 이해할 겨를도 없이, 화려한 귀족 복장을 한 채 마법에 걸린 듯한 궁전으로 이끌려 간다. 휘황찬란하지만 사막처럼 휑뎅그렁한 그곳을 혼자 돌아다니며, 그는 갖가지 경이로운 것들을 잇달아 발견한다. 크고 작은 방들이 꼬리에 꼬리를 물고 이어지는 그 푸가는 그를 혼란에 빠뜨릴 뿐만 아니라, 독자들의 머리까지 어질어질하게 만든다. 그는 이 방 저 방으로 헤매고 다니다가, 마침내 어떤 규방에 다다른다. 향기로운 목욕물이 채워지고 있는 욕조 옆에 있는 이 방은 침실이라기보다 알코브에 가깝다. 여기에서 그윈플레인이 본 것은 벌거벗은 여인이다.

벌거벗었다고 해서 글자 그대로 벌거벗었다는 뜻은 아니라고 위고는 짓궂게 토를 단다. 여인은 옷을 입고 있다. 하지만 그 옷은 아주 긴 슈미즈이고, 하도 얇아서 물에 젖은 것처럼 보인다. 여기서부터 위고는 일곱 페이지에 걸쳐, 벌거벗은 여인의 모습을 묘사하고, 그때까지 오로지 눈먼 소녀만을 정결하게 사랑해 온 〈웃는 남자〉에게 그녀가 어떤 식으로 보이는지 설명한다. 여인이 침대에서 자고 있는 모습은 여신 베누스가 광막한 물거품에 누워 있는 듯한 인상을 준다. 여인은 잠결에 나긋나긋 몸을 뒤척인다. 그때마다 몸의 매혹적인 곡선이 뚜렷해지거나 흐트러지고, 수증기가 허공에서 아

「웃는 남자」

른거린다. 위고는 말한다. 「벌거벗은 여인, 이는 곧 무장한 여인이다.」

잠자던 여인 즉, 여왕의 동생 조시언이 문득 잠에서 깨어 난다. 그녀는 그윈플레인을 알아보더니, 맹렬한 기세로 그를 유혹하기 시작한다. 이 가엾은 남자는 이제 유혹을 뿌리칠 수가 없다. 다만 조시언은 그를 욕망의 절정으로 이끌고 가 기는 하되, 아직 자신의 몸을 내맡기지는 않는다. 그녀는 자 기가 그에 대해서 품고 있는 환상들을 쏟아 낸다. 알몸 그 자 체보다 더욱 곤혹스러운 이야기들이다. 그녀는 스스로를 일컬어 숫처녀이자 탕녀라고 말한다. 그녀가 열망하는 것은 비단 그윈플레인의 기형적인 얼굴이 예고하는 특별한 쾌감만이 아니다. 그녀는 세상과 궁정에 대한 도발이 가져다줄 짜릿한 전율도 갈망한다. 흉측한 괴물을 사랑하고 천한 광대를 사랑하는 것, 그건 도발 중의 도발이다. 그녀는 그것이 불러일으킬 충격을 생각하며 흥분을 느낀다. 그녀는 이중의 오르가슴을 기대하는 베누스다. 자신의 불카누스를 독차지하면서 동시에 그것을 세상에 널리 드러내려고 하는 것이다.

그윈플레인이 숨을 헐떡거리며 유혹에 무릎을 꿇으려는 찰나, 여왕이 동생 조시언에게 보낸 서신이 도착한다. 〈웃는 남자〉 그윈플레인이 린네우스 클랜찰리 경의 합법적인 적자로 확인되었음을 알리고, 조시언에게 그를 남편으로 맞으라고 명령하는 편지다. 조시언은 자신을 시새우며 괴물 같은 남자와 짝을 지우려는 언니의 처사를 받아들이면서 〈좋아〉 하고 중얼거린다. 그러고는 출입문을 가리키며(조금 전과는 달리 정중한 말투로) 야수처럼 한 몸이 되고자 했던 남자에게 말한다. 「나가세요.」 돌처럼 굳어 버린 그윈플레인에게 그녀가 덧붙인다. 「당신은 제 남편이니까, 나가세요...... 당신은 여기 계실 권리가 없어요. 여기는 제 애인의 자리예요.」[14]

도도한 타락. 그윈플레인이 아니라 나 얌보를 엄청나게 타락시키는 이야기다. 조시언은 이사 바르치차가 욕실 커튼 뒤에서 나를 달뜨게 했던 모습을 보여 줄 뿐만 아니라, 부끄러움을 모르는 그 뻔뻔한 기세로 나를 제압한다. 「당신은 제 남편이니까, 나가세요...... 여기는 제 애인의 자리예요.」 죄악

---

14 『웃는 남자』 2부 7권 중에서 3장 「이브」와 4장 「사탄」의 내용을 요약한 것(위의 책, pp.731~762 참조).

「피와 모래」

이 이토록 위풍당당하게 사람들을 압도할 수 있다니!

세상 어딘가에는 레이디 조시언이나 이사 바르치차 같은 여자들이 존재하는 것일까? 나도 그런 여자들을 만나게 될까? 그녀들을 만나면 벼락을 맞은 것처럼 〈스스슥〉 쓰러져 버리지 않을까? 그저 내 환상에 대한 벌을 받게 되는 것이 아닐까?

다른 데는 몰라도 스크린에는 그런 여자들이 존재한다. 나는 지난번처럼 이른 오후에 남들의 눈을 피해서 「피와 모래」[15]를 보러 갔다. 남자 주인공 타이론 파워는 리타 헤이워스를 숭배하는 마음으로 그녀의 배에 자기 얼굴을 갖다 댄다. 나

---

15 스페인 작가 비센테 블라스코 이바녜스의 동명 소설(1909)을 각색한 영화. 피나는 노력 끝에 최고의 투우사로 성공한 남자가 요부를 만나 파멸해 가는 역정을 그린 이 소설은 1916년부터 1989년에 이르기까지 네 차례에 걸쳐 영화로 만들어졌다. 타이론 파워가 투우사 후안 역을 맡고 리타 헤이워스가 요부로 나오는 작품은 루벤 마물리언 감독의 1941년 버전이다.

는 이 장면을 보면서 한 가지 사실을 알게 되었다. 어떤 여자들은 알몸이 아니어도 무장한 여자처럼 남자를 꼼짝 못하게 할 수 있다. 뻔뻔하고 도도하게 구는 것으로 말이다.

죄악이 얼마나 무서운 것인가를 배우고 또 배웠는데도 죄악에 굴복하다니. 내가 보기엔 분명 금지가 환상에 불을 붙이는 것이다. 그래서 나는 유혹에 빠지지 않기 위해 순결 교육의 권유들을 무시하기로 결심한다. 금지도 유혹도 모두 악마의 술책이다. 두 가지가 번갈아 가면서 서로 도와주고 있는 것이다. 이단에 가까운 그런 직관이 회초리처럼 나를 때렸다.

나는 나만의 세계로 도피한다. 음악이라는 세계가 바로 그것이다. 나는 라디오를 벗 삼아 음악을 듣는다. 주로 오후 시간이나 이른 아침에 듣지만, 때로는 밤에 방송되는 교향곡을 듣기도 한다. 우리 집 식구들은 다른 것을 듣고 싶어 한다. 「오빠, 그 따분한 것들 좀 그만 들어.」 뮤즈의 세례를 받지 않은 아다는 볼멘소리를 하기가 일쑤다. 어느 일요일 아침, 아버지와 함께 거리를 걷다가 가에타노 아저씨를 만난다. 그는 이제 노인이 되어 있다. 번쩍거리던 금니도 보이지 않는다. 전쟁 통에 팔아 버린 것이 아닌가 싶다. 그는 친절하게도 내 학교 공부에 관한 소식을 묻는다. 아빠는 요즘 내가 음악에 빠져 있다고 대답한다. 그러자 가에타노 아저씨는 신명을 내며 말한다. 「음악, 좋지! 나는 얌보 네 마음을 이해하고도 남아. 나도 음악을 대단히 좋아하거든. 온갖 음악을 다 좋아해, 알겠니? 어떤 종류든 상관없어. 그냥 음악이면 돼.」 그는 잠시 생각하다가 동을 단다. 「클래식 음악만 아니라면 말이야. 그런 게 나오면 난 라디오를 꺼버려. 그건 당연한 거야.」

나는 교양 없는 사람들 틈바구니에서 고립된 별쭝맞은 존재다. 나는 더욱더 도도하게 내 고독 속에 틀어박힌다.

고등학교 1학년 교과서에는 몇몇 현대 시인들의 시가 실려 있다. 나는 그 시들을 읽으면서, 우리가 광대함으로 환히 빛날 수도 있고 삶의 괴로움을 만날 수도 있으며 한 줄기 햇살을 받고 있다는 것[16]을 깨닫는다. 내가 온전히 이해한 것은 아니지만, 이 시구에 담긴 생각이 마음에 든다. 이제 우리가 그대에게 말할 수 있는 것은 그저 / 우리가 무엇이 아니라는 것, 우리가 무엇을 원하지 않는다는 것뿐이다.[17]

나는 할아버지 가게에서 프랑스 상징주의 시인들의 시를 모아 놓은 책을 찾아낸다. 이 시집은 나의 상아탑[18]이다. 나는 캄캄하고도 깊은 통일체 속에 녹아들고, 도처에서 *de la*

---

16 각각 웅가레티의 2행시 「아침」(나는 광대함으로 / 환히 빛난다), 몬탈레의 8행시 「나는 종종 삶의 고통과 마주쳤네」, 콰시모도의 3행시 「해거름은 느닷없이 찾아온다」(사람들은 저마다 지구 한복판에서 / 한 줄기 햇살을 받고 있는데 / 해거름은 느닷없이 찾아온다)에서 인용한 것.

17 에우제니오 몬탈레가 1923년에 발표한 시 「어느 모로 보나 네모반듯한 말을 우리에게 요구하지 말 것」(시집 『오징어 뼈』에 수록됨)의 마지막 11행과 12행. 이 시에서 몬탈레는 현대인이 겪는 불확실성의 문제를 다루고 있다. 개인의 불안과 역사적 사건들에 대한 분명한 설명, 또는 결정적인 도식(어느 모로 보나 네모반듯한 말)을 찾아내는 것은 불가능하고, 그저 부정적인 방식(우리는 무엇이 아니다. 우리는 무엇을 원하지 않는다)으로만 우리의 확신을 표현할 수 있다는 것이다.

18 이 상아탑은 에코가 치밀하게 분석한 네르발의 소설 『실비』에 나오는 〈시인들의 상아탑〉과 같은 의미로 사용되었을 것이다. 네르발의 문장을 인용하면 다음과 같다. 〈우리에게 피난처로 남아 있는 것은 시인들의 상아탑밖에 없었다. 우리는 군중으로부터 고립되기 위해 이 탑 속의 높은 곳으로 자꾸자꾸 올라가고 있었다.〉(『실비』, 1장 「불의 딸들」, 갈리마르 폴리오, 1972, p.131)

musique avant tout(무엇보다 먼저 음악)을 찾으며, 침묵의 소리를 듣고, 말로 나타낼 수 없는 것을 기록하며, 아찔한 순간들을 단단히 붙들어 맨다.[19]

  하지만 그런 책들과 당당히 맞서기 위해서는 수많은 금기에서 벗어나야만 한다. 그래서 나는 잔니가 도량이 큰 분이라고 말했던 돈 레나토를 지도 신부로 선택한다. 돈 레나토는 빙 크로즈비가 주인공으로 나오는 영화 「나의 길을 가련다」[20]를 보았다고 한다. 이 영화에 나오는 미국의 가톨릭 신부들은 개신교 목사들 식의 복장을 하고, 자기들을 경모하는 아가씨들을 위해 피아노를 치면서 〈투랄루라룰랄, 투랄루랄리〉 하고 노래한다.

  돈 레나토는 미국식으로 옷을 입을 수 없다. 하지만 그는 베레모를 쓰고 스쿠터를 타고 다니는 신세대 사제에 속한다. 피아노를 연주할 줄은 모르지만 약간의 재즈 음반을 소장하고 있고, 문학도 좋아한다. 누가 나더러 파피니를 읽으라고 권했다는 얘기를 하자 그는 파피니의 책 가운데 가장 읽을 만한 것은 가톨릭으로 개종한 뒤에 나온 책이 아니라 그 전에 쓴 책이라고 말한다. 정말 도량이 큰 신부님이다. 그는 나

---

  19 〈캄캄하고도 깊은 통일체〉는 보들레르의 「상응」에 나오는 시구이고, 〈무엇보다 먼저 음악〉은 폴 베를렌의 「시작법」의 첫 행이며, 이어지는 문장은 랭보의 시집 『지옥에서 보낸 한 철』에 실린 「광기 II. 언어의 연금술」의 시구 〈나는 침묵과 밤을 글로 썼고, 말로 나타낼 수 없는 것을 기록했으며, 아찔한 순간들을 단단히 붙들어 맸다〉를 조금 변형한 것이다.
  20 원제는 *Going my way*. 뉴욕 변두리 영세민 거주 지역의 소교구에 부임한 젊은 신부가 노래를 활용한 새로운 사목 활동을 통해 지역 사회를 변화시키는 과정을 그린 휴먼 드라마. 1944년 아카데미 최우수 영화상 수상작.

「나의 길을 가련다」

에게 파피니의 『끝장난 사람』을 빌려 준다. 아마도 정신의 유혹이 나를 육신의 유혹에서 구원해 주리라고 생각한 게 아닌가 싶다.

이 책은 아이로 살았던 적이 없는 어떤 사람의 고백이다. 그는 생각이 많고 괴팍한 늙은 두꺼비로 불행한 어린 시절을 보냈다. 그런 점에서 나하고는 다르다. 나는 햇볕 바른 곳 — *nomen omen*(이름은 징조이다)[21] — 에서 어린 시절을 보냈다. 하지만 나는 지옥 같은 단 하룻밤에 어린 시절을 잃고 말았다. 내가 읽고 있는 이야기 속의 괴팍한 두꺼비는 맹렬한 지식욕에서 구원을 찾는다. 그는 〈초록색 책등이 해지고 구깃구깃한 책장은 습기 때문에 불그죽죽해졌을 뿐만 아니라 대개는 반쯤 찢어져 있거나 잉크 얼룩이 묻어 있는〉 커다란 판형의 책들을 탐독한다. 이건 바로 내 모습이다. 솔라라의 다락에서 시간을 보내던 내가 그러했고, 훗날 책을 다루는

21 얌보가 어린 시절을 보낸 솔라라Solara는 이름이 시사하듯 햇볕 바른 solare 곳이라는 뜻.

직업을 선택한 내 삶이 그러했다. 나는 책을 떠나서 살아 본 적이 없다. 잠을 자면서 생각을 계속하고 있는 지금, 나는 그 점을 알고 있다. 하지만 그 시절에 벌써 나는 그것을 알아차렸다.

태어나자마자 삶이 끝장났다는 그 남자는 책을 읽을 뿐만 아니라 글을 쓰기도 한다. 나 역시 글을 쓸 수 있을 것이다. 그리하여 소리 나지 않게 다리를 끌며 바다 밑바닥을 돌아다니는 괴물들 속에 내 괴물을 보탤 수도 있으리라. 그 남자는 터키 커피처럼 앙금이 많이 생기는 진흙 같은 잉크로 자신의 강박 관념을 꼼꼼하게 적어 나가다가 눈을 버린다. 그는 어려서부터 촛불을 켜놓고 독서를 하다가 눈을 버렸고, 도서관의 희미한 빛 속에서 눈꺼풀이 벌게지도록 책을 읽다가 눈을 버렸다. 그는 도수 높은 안경에 의지해서 글을 쓰며, 자기가 장님이 되지 않을까 두려워한다. 장님이 되지 않으면, 마비 환자가 될지도 모른다. 그는 신경이 망가져 있다. 한쪽 다리에는 저릿저릿한 통증이 있고, 손가락들은 제멋대로 움직이며, 머리는 늘 지끈지끈 아프다. 그는 두꺼운 안경이 종이에 스칠 듯한 자세로 글을 쓴다.

나는 앞이 잘 보이고, 자전거를 즐겨 탄다. 나는 두꺼비가 아니다(어쩌면 파올라가 말한 〈사람을 홀딱 반하게 하는 미소〉를 이때부터 벌써 짓고 있었는지도 모른다. 하지만 그게 무슨 소용이 있었으랴? 나는 남들이 나에게 미소를 짓지 않는다고 불평하지 않았듯이, 내가 남들에게 미소 지을 이유도 없다고 생각했으니 말이다……).

나는 그 이야기 속의 남자와 다르지만, 그런 사람이 되고 싶어 한다. 그 독서광의 열정을 본받아, 수도원에 들어가지

652

않고도 세상으로부터 도피할 수 있는 길을 찾는 것이다. 나
는 나만의 세계를 건설하고 싶다. 하지만 나는 파피니처럼
가톨릭으로 개종하는 쪽으로 가는 것이 아니라, 오히려 그쪽
에서 벗어난다. 나는 또 다른 신앙을 찾아, 데카당파의 시인
들에게 빠져 든다. 오 형제들이여, 슬픈 백합들이여, 나는 아
름다움 때문에 시름에 겹다……. 나는 비잔틴의 환관이 되어
거구의 미개한 백인들이 지나가는 것을 보면서 나른한 유희
시를 짓고, 영리하게도 종교심이 담긴 찬가를 내 인내심이
필요한 저작에 포함시켜, 지도책이나 식물도감이나 예서를
훑어보듯이 읽는다.[22]

나는 여전히 머릿속에 영원한 여성상을 그리고 있을까?
그럴 수도 있다. 다만 나는 자연스럽지 않은 것과 병적인 창
백함에 끌리지 않나 싶다. 비록 머릿속에서만 일어난 일이긴
해도, 이런 글을 읽으며 흥분을 느끼니 말이다.

그는 죽어 가는 소녀의 옷에 손을 댔다. 소녀는 세상에
서 가장 열정적인 여인처럼 그를 뜨겁게 달구었다. 그가
만진 것은 갠지스 강가의 무희도 아니고, 이스탄불에 있는
목욕탕의 오달리스크도 아니고, 바쿠스 신의 벌거벗은 여
사제처럼 포옹으로 골수를 끓어오르게 하는 여인도 아니
었다. 그저 신열에 들뜬 가냘픈 손, 장갑을 끼고 있음에도

22 〈오 형제들이여, 슬픈 백합들이여……〉는 발레리의 시 「나르시스는 말한
다」의 첫 행이고, 〈거구의 미개한 백인들이 지나가는 것을 보면서 나른한 유희
시를 짓는다〉는 베를렌의 시 「시름」의 2행과 3행이며, 〈영리하게도 종교심이
담긴 찬가를……〉은 말라르메가 위스망스의 소설 『거꾸로』의 주인공 데제생트
에 바친 시 「산문」의 2연을 변형한 것이다.

귀스타브 모로의 「출현」,23

축축함이 느껴지는 손을 살짝 만졌을 뿐이다.[24]

이건 돈 레나토 신부에게 고백할 필요도 없다. 이건 문학이고, 문학은 설령 퇴폐적인 신체 노출이나 양성애적인 성향에 관한 얘기를 하더라도 가까이할 수 있는 것이니까 말이다. 그런 이야기들은 나의 체험과 동떨어져 있으므로 내가 그것들의 유혹에 굴복할 리는 없다. 문학은 언어일 뿐 살이 아닌 것이다.

고등학교 2학년이 끝나 갈 무렵에, 위스망스의 소설 『거꾸로』가 우연히 내 수중에 들어온다. 소설의 주인공 데제생트는 유서 깊은 가문 출신이다. 그의 선조들은 우람하고 험상 궂으며 터키인들의 야타간 장검처럼 구부러진 콧수염을 기른 무사들이었다. 하지만 조상들의 초상화는 이 가문이 후대

---

23 원제는 l'apparition. 〈환영(幻影)〉이라고 옮길 수도 있다. 그림의 일부분인 이 삽화에서는 보이지 않지만, 그림 한편에 피를 흘리고 있는 세례자 요한의 잘린 머리가 나와 있는데, 이것이 오로지 살로메의 눈에만 보이는 환영이기 때문이다. 에코가 이 그림을 여기에 실은 것은 위스망스의 소설 『거꾸로』의 5장에 이 그림에 관한 설명이 자세하게 나오기 때문이다.

24 리얼리즘과 초자연적인 요소를 결합한 독특한 소설 세계를 구축한 19세기 프랑스 작가 바르베 도르빌리(1808~1889)의 단편소설 「레아」(1832)의 마지막 장면에 나오는 대목. 이탈리아에서 함께 유학을 하던 레지날드와 아메데는 아메데의 여동생 레아가 위독하다는 소식을 듣고 함께 귀국한다. 레지날드는 죽음을 앞둔 창백한 소녀에게서 사랑을 느끼며 번민하다가, 그 사실을 고백하려고 한다. 하지만 레아의 어머니는 그 충격 때문에 딸의 죽음이 앞당겨질까 걱정하며, 사랑을 발설하지 말고 그냥 가슴에 묻어 달라고 부탁한다. 레아의 죽음이 임박한 어느 날 저녁, 레지날드는 레아의 가냘픈 몸을 더듬다가 흥분을 이기지 못하고 그녀의 입술에 입을 맞춘다. 레아는 그 자리에서 피를 토하며 죽고, 입술에 피가 묻은 레지날드는 레아의 어머니로부터 〈배신자〉라는 소리를 듣는다.

로 내려오면서 점점 퇴화했음을 짐작케 한다. 근친혼을 너무 많이 함으로써 기력이 점차 소진된 것이다. 그의 조상들이 혈중의 림프액 과다로 인해 허약해지고, 남성들이 여성화하며, 얼굴이 창백하고 신경질적인 모습으로 변하기 시작한 것은 벌써 오래전의 일이다. 데제생트는 이런 유전적인 결함을 안고 태어났다. 그는 연주창과 고질적인 열병에 시달리면서 음울한 어린 시절을 보냈다. 그의 어머니는 키가 크고 살결이 희고 말수가 적은 여자였다. 빛과 소리에 민감해서 신경 발작을 자주 일으켰던 그녀는 늘 성관의 어두운 방에 틀어박혀 지내다가, 그가 열일곱 살 나던 해에 세상을 떠났다. 어머니가 살아 계실 때도 늘 혼자였던 소년은 비가 오는 날이면 책을 뒤적였고, 날씨가 화창할 때는 들판을 배회했다. 〈소년의 큰 즐거움은 골짜기로 내려가 언덕 기슭에 자리 잡은 쥐티니라는 마을에 가는 것〉이었다. 내가 벼랑골에 자주 갔듯이, 그도 골짜기에 가는 것을 좋아한 모양이다. 그는 이따금 풀밭에 누워 물레방아의 둔탁한 소리에 귀를 기울였다. 그러다가 언덕에 올라가 보면, 아스라이 멀어져 가며 파란 하늘과 맞닿는 센 강 유역도 내려다보이고, 금빛 가루를 머금은 공기 속에서 햇살을 받으며 떨고 있는 듯한 성당들과 프로뱅에 있는 중세의 망루들이 보였다.

그는 책을 읽거나 몽상을 하면서 고독을 만끽했다. 그러다가 어른이 되었을 때, 그는 삶의 쾌락과 문인들의 쩨쩨함에 실망하고, 세련된 은둔처, 안락한 사막, 인간들이 저지르는 바보짓의 홍수를 피할 수 있는 아늑한 방주를 꿈꾼다. 그리하여 그는 파리 근교의 작은 마을에 있는 외딴집을 사들여 완전히 인위적인 은둔처를 만든다. 색유리로 자연의 단조로운 풍광을 차단하고 햇빛이 수족관의 물을 통과해서 비쳐 들게 해놓은 이 미광의 공간에서, 그는 다양한 술맛을 각기 다른 악기와 연결시켜 미각의 음악을 연주하고, 로마 문명 쇠퇴기의 라틴어 문학을 읽으며 환희를 느끼는가 하면, 파리한 손가락으로 달마티카를 닮은 헐거운 겉옷과 보석들을 쓰다듬고, 살아 있는 거북의 등딱지에 감람석, 터키옥, 홍갈색의 콤포스텔라산(産) 풍신자석, 녹청색 남옥, 연한 청회색의 쇠데르만란드산(産) 루비 등을 박아 넣기도 한다.

이 소설의 모든 장(章) 가운데 내가 가장 좋아하는 것은 데제생트가 영국에 가보기로 결심하고 처음으로 집을 나서는 장이다. 안개가 자욱한 날씨와 기분 나쁜 백태가 낀 것처럼 온통 뿌옇게 펼쳐져 있는 하늘이 그런 결심을 부추긴 것이다. 그는 자기가 가려는 곳과 조화된 기분을 느끼기 위해서, 낙엽색 양말 한 켤레와 용암 색 바둑판무늬에 담비 색 점들이 박힌 쥐색 정장을 선택한다. 거기에다 작은 중산모를 쓰고, 줄였다 늘였다 할 수 있는 큰 가방과 융단 천으로 된 여행용 손가방, 모자 상자, 우산, 지팡이 따위를 들고 기차역을 향해 길을 떠난다.

이미 지친 채로 파리에 도착한 그는 열차의 출발 시간을 기다리면서 마차를 타고 비 오는 파리 시내를 돌아다닌다. 안개 속에서 가스등들이 노르스름한 후광을 내며 반짝거리는 것을 보면서 그는 벌써 런던에 와 있는 기분을 느낀다. 똑같은 비를 맞고 있는 거대하고 광활한 런던, 쇳내를 풍기고 안개를 피워 대는 런던, 선거(船渠)며 기중기며 캡스턴이며 화물들이 길게 늘어서 있는 런던이 눈앞에 펼쳐진다. 그는 영국인들이 많이 드나드는 술집으로 들어간다. 벽에는 왕실 문장이 들어간 술통들이 늘어서 있고, 테이블에는 팔머 비스킷이며 짭짤한 마른과자며 민스파이며 샌드위치가 놓여 있다. 홀에 자리를 잡고 앉으니 술 냄새가 훅 끼쳐 온다. 종류별로 늘어서 있는 포도주 통들이 이국정취를 자아낸다. *Old Port, Magnificent Old Regina, Cockburn's Very Fine*······. 그의 주위에는 영국인들이 앉아 있다. 창백한 성직자, 내장을 파는 푸줏간 주인처럼 생긴 남자들, 구레나룻과 턱수염을 둥그렇게 이어 기른 품새가 커다란 원숭이처럼 보이는 남자들, 머리털이 대마 뭉치처럼 엉켜 있는 남자들. 그는 이 가상의 런던에서 영국인들의 목소리와 템스 강에 떠 있는 예인선들의 경적 소리에 느긋하게 몸을 내맡긴다.

그는 몽롱한 기분으로 술집을 나선다. 이제 하늘은 집들에 닿을 듯이 내려와 있고, 리볼리가의 아케이드들은 템스 강 아래에 뚫린 음습한 터널처럼 보인다. 열차가 출발하기까지는 아직 시간이 남아 있어서, 그는 다른 술집을 찾아 들어간다. 바 위에 맥주 펌프들이 늘어서 있는 술집이다. 그는 잇바디가 팔레트처럼 크고 손발이 아주 기다란 앵글로색슨 족의 건장한 여인들을 관찰한다. 그녀들은 쇠고기를 버섯 국물에 삶고 과자처럼 바삭한 껍질을 입힌 럼스테이크 파이를 게걸스럽게 먹고 있다. 그는 쇠꼬리로 만든 옥스테일 수프와 해덕 요리와 로스트비프를 시켜 먹고, 에일 맥주 두 잔을 마신 다음, 스틸턴 치즈 한 조각을 야금야금 먹고, 브랜디 한 잔으로 입가심을 한다.

그가 음식 값을 치르려 할 때, 술집 문이 열리고 사람들이 빗물에 젖은 개 냄새와 석탄 연기 냄새를 몰고 들어온다. 그 순간 데제생트는 굳이 영불 해협을 건너갈 필요가 있을까 하고 생각한다. 사실 그는 이미 런던에 다녀온 것이나 진배없다. 영국의 냄새를 맡고 영국 음식을 먹고 영국 식기들을 보았으니, 영국의 삶을 실컷 경험한 셈이다. 그는 집으로 돌아가는 기차를 타기 위해 마부에게 소Sceaux 역으로 데려다 달라고 한다. 그는 가방이며 꾸러미며 모포며 우산 따위를 들고 은신처로 돌아온다. 〈길고도 험난한 여행을 마치고 집에 돌아오는 사람처럼 몸이 녹초가 되고 마음이 피곤하다고 느끼면서.〉

나는 이 소설의 주인공을 닮아 간다. 화창한 봄날에도 나는 자궁 속처럼 아늑한 안개 속으로 숨어들 수 있다. 하지만 내가 이렇게 삶을 거부하는 것을 온전하게 정당화해 줄 수 있는 것은 오로지 질병(그리고 삶이 나를 거부한다는 사실) 뿐이다. 내 도피가 옳고 떳떳하다는 것을 스스로에게 증명해 보이지 않으면 안 된다.

그래서 나는 스스로를 병자로 여긴다. 듣자 하니, 심장병에 걸리면 입술이 보랏빛으로 변한다고 한다. 바로 이 무렵에 어머니가 심장 장애의 징후를 보이신다. 그다지 심각한 것은 아닌 모양인데, 어머니가 건강 염려증에 가까운 불안 증세를 보이는 바람에 온 가족이 필요 이상으로 병세에 신경을 쓴다.

어느 날 아침, 나는 거울을 보다가 입술에 보랏빛이 돌고 있음을 알아차린다. 나는 거리로 내려가 미친 사람처럼 달음박질을 친다. 숨이 가빠지고, 비정상적인 박동이 느껴진다. 그러니까 나는 심장병 환자다. 그라뇰라처럼 죽을 운명에 놓여 있는 것이다.

나는 이 심장병을 내가 맞서야 할 고난으로 의연하게 받아들이고, 나날이 경과를 살핀다. 입술은 갈수록 거뭇해지고 뺨은 점점 야위어 가는 듯하다. 그러는 사이에 여드름 꽃이 피어나면서 병적인 붉은 반점이 얼굴에 나타난다. 나는 성 알로이시우스 곤자가나 도메니코 사비오처럼 젊은 나이에 죽을 것이다. 하지만 나는 이미 내가 죽는다는 사실을 의연하게 받아들였고, 내 나름대로 천천히 〈올바른 죽음을 위한 연습〉을 해온 터다. 나는 고행과 금욕의 길에서 차츰차츰 벗어나 시에서 위안을 구해 왔다.

　나는 찬란한 황혼 속에서 살고 있다.[25]

　　그날이 오리라는 것을 나는 안다
　　불같이 뜨거운 이 피가
　　갑자기 식어 버리는 날,
　　지금 이 글을 쓰고 있는 펜이
　　새된 소리를 내며 부러지는 날,
　　……그날이 오면 나는 죽으리라.

　나는 죽어 가고 있다. 삶이 고약해서가 아니다. 삶이 터무니없고 진부하기 때문이며, 죽음의 의식을 단조롭게 되풀이하고 있기 때문이다. 세속의 참회자이자 다변증에 걸린 신비주의자인 나는 확신한다. 모든 섬 가운데 가장 아름다운 것, 그것은 발견되지 않은 섬이다. 이 섬은 이따금, 그러나 오로

---

　25 여기에서 〈황혼〉은 20세기 초 이탈리아 시의 한 유파인 황혼파 시인들 (세르조 코라치니, 귀도 고차노 등)의 애수 어린 분위기를 함의하고 있는 것으로 보인다. 바로 아래에 그들의 시가 인용되어 있으니 말이다.

지 멀리에서만, 테네리페 섬과 팔마 섬 사이에 나타난다.[26]

그들은 그 축복 받은 해안을 스치며 지나간다.
처음 보는 꽃들 사이로 길찬 종려나무들이 솟아 있고,
싱그럽게 우거진 신성한 숲이 향기를 뿜어 대며,
카르다몸은 눈물을 흘리고, 고무나무는 수액을 분비한
다……
화랑유녀가 향기로 기척을 내듯, 발견되지 않은 섬도
향기로 제가 있는 곳을 알리지만…… 뱃사람들이 다가
가면,
섬은 금세 허깨비처럼 가뭇없이 흩어지고
아스라한 하늘빛을 띠어 버린다.

나는 붙잡을 수 없는 것을 신앙함으로써 회개의 문제를 종
결짓는다. 〈사려 깊은 젊은이〉로 살면 그 보상으로 햇살처럼
찬란하고 달빛보다 뽀얀 여자를 만날 수 있다고 했다. 하지
만 단 한 번의 불순한 생각 때문에 그 여자를 영원히 빼앗길
수도 있다. 〈발견되지 않은 섬〉은 그와 다르다. 도달할 수 없
기에 영원히 내 것으로 남아 있으니 말이다.
나는 릴라와 만나기 위해 스스로를 단련하고 있다.

26 바로 아래에 나오는 귀도 고차노의 시 「가장 아름다운 섬」의 첫 행과
13~14행에 나오는 구절들이다.

18. 당신은 햇살처럼 찬란하고

릴라 역시 한 권의 책에서 태어났다. 고등학교에 들어갈 무렵, 그러니까 열여섯 살의 문턱에 다다랐을 즈음, 나는 할아버지의 가게에서 마리오 조베가 번역한 로스탕의 희곡 『시라노』와 마주쳤다. 왜 솔라라에 이 책이 없었는지, 왜 다락에서도 〈예배당〉에서도 이 책을 찾아내지 못했는지, 그건 알 수 없는 일이다. 어쩌면 내가 읽고 또 읽기를 거듭하다가 너덜너덜한 폐지로 만들어 버렸을지도 모른다. 이제 나는 그 희곡을 암송할 수도 있을 듯하다.

그 줄거리는 누구나 알고 있다. 만약 내가 사고를 겪은 뒤에 깨어나서 〈시라노〉에 관한 질문을 받았다면, 그게 무엇인지 대답할 수 있었을 것이다. 과도한 낭만주의를 보여 주는 드라마로서 순회 극단들이 이따금 무대에 올리는 작품이라는 식으로 말이다. 하지만 그건 모두가 알고 있는 바를 말한 것에 지나지 않는다. 이제야 내가 다시 알게 된 사실이지만, 그 연극은 나의 성장, 그리고 첫사랑의 떨림과 관련되어 있다.

시라노는 뛰어난 검객이자 천재적인 시인이다. 하지만 흉물스럽게 큰 코 때문에 괴로움을 겪는 추남이다(아냐 아주 크

662

다는 말로는 부족해, 얼마든지 다른 식으로 말할 수 있었어……. 예컨대 이런 거야, 들어 보라고. 공격적인 어조로 하자면, 〈선생, 나한테 그런 코가 달렸다면, 당장 잘라 버리지 않고는 못 배겼을 거요〉, 우호적인 어조로는, 〈무얼 마시려면 어차피 코를 적셔야 할 판이니 주발을 하나 마련하시죠!〉. 묘사적인 어조로는, 〈이건 바위야! 산봉우리야! 곶이야! 내가 무슨 소릴 하는 거야? 곶이라니, 이건 반도야!〉)[1]

시라노는 자기 사촌 동생인 록산을 사랑한다. 그녀는 여신처럼 아름다운 *précieuse*(귀족 사회의 세련된 재녀)이다(내가 누굴 사랑하느냐고? ……그야 물어보나 마나지! 난 누구든 세상에서 가장 아름다운 여인을 사랑하네!). 아마도 록산은 그의 용기와 재치에 감탄하고 있을 것이다. 하지만 그는 자기가 못생겼다는 것을 알기에 끝내 속마음을 드러내지 못한다. 딱 한 번 무언가 좋은 일이 생길 수도 있지 않을까 하고 기대를 품은 적이 있긴 하다. 그녀가 하고 싶은 얘기가 있다면서 만나자고 했을 때다. 하지만 이 면담은 가혹한 실망을 안겨줄 뿐이다. 그녀는 빼어난 미남자 크리스티앙을 사랑한다고 고백한다. 그 남자가 가스코뉴 귀족 지차(之次) 부대에 새로 들어왔으니 잘 보살펴 달라는 것이다.

시라노는 연적의 보호자가 되는 극단적인 희생을 감수하고, 자기가 록산에게 하고 싶은 말을 크리스티앙이 대신하게 하는 방식으로 그녀를 사랑하기로 결심한다. 그는 인물 좋고 대담하지만 교양이 없는 크리스티앙에게 가장 감미로운 사

---

1 『시라노』 1막 4장에서 드 발베르 자작이 시라노에게 시비를 걸며 코가 아주 크다고 빈정거리자, 시라노가 자기 코를 놓고 재치 있게 말할 수 있는 스무가지 방식을 일러 주는 대목.

랑 고백을 귀띔해 주고, 열정적인 연애편지를 대신 써준다. 어느 날 밤에는 록산의 침실 발코니 아래에서 크리스티앙을 대신하여 그 유명한 키스 예찬을 그녀에게 들려준다. 하지만 그토록 멋진 연기의 보상을 받으러 올라가는 것은 크리스티앙이다. 좋아요! 올라오세요, 무엇에도 비길 수 없는 그 꽃을 꺾으세요……. 올라와서 느껴 봐요, 마음의 맛을…… 꿀벌의 붕붕거림을…… 무한의 순간을! ……그러자 시라노는 〈어서 올라가, 이 짐승아!〉 하면서 자기 연적을 밀어 올린다. 두 남녀가 서로 껴안고 입을 맞추는 동안, 그는 어둠 속에서 눈물을 흘리며 미약하나마 자신의 승리를 음미한다. 사실 록산은 착각하고 있는 거야. 저 입술이 아니라, 방금 내가 들려준 말들에 입 맞추고 있으면서도 그걸 모르는 거야!

시라노와 크리스티앙은 전쟁터에 나간다. 록산은 갈수록 더해 가는 사랑을 주체할 수 없어 그들이 있는 곳을 찾아간다. 시라노가 크리스티앙을 대신해서 매일 보내 준 편지들이 그녀의 마음을 온전히 사로잡은 것이다. 그런데 록산은 시라노에게 뜻밖의 고백을 한다. 자기가 크리스티앙을 사랑하는 것은 잘생긴 외모 때문이 아니라 열정과 내면의 아름다움 때문이라는 사실을 깨달았다는 것이다. 그러면서 설령 크리스티앙이 추남이라 해도 그를 사랑할 것이라고 말한다. 시라노는 그녀가 사랑하는 사람이 바로 자기라는 것을 알아차리고, 모든 것을 털어놓으려고 한다. 바로 그 순간, 크리스티앙이 적의 총탄을 맞고 죽는다. 록산은 불운한 연인의 시신 앞에서 흐느껴 울고, 시라노는 영원히 아무 말도 할 수 없으리라는 것을 깨닫는다.

세월이 흐르고, 록산은 한 수도원에서 은둔 생활을 하고 있다. 그녀는 여전히 크리스티앙을 생각하면서 그의 피가 묻은 마지막 편지를 매일 다시 읽는다. 시라노는 그녀의 충실한 친구가 되어 토요일마다 그녀를 방문한다. 하지만 그 마지막 토요일에는 정적(政敵)들 또는 그를 시샘하는 문인들에게 해코지를 당한 뒤에 늦게 그녀를 찾아간다. 그는 머리에 두른 피 묻은 붕대를 록산이 보지 못하도록 모자로 감춘다. 록산은 크리스티앙의 마지막 편지를 처음으로 그에게 보여 준다. 시라노는 큰 소리로 편지를 읽는다. 하지만 록산은 날이 어두워졌음을 알아차리고, 어떻게 그런 어둠 속에서 잉크색이 희미하게 발한 편지를 해독할 수 있는지 의아해한다. 그때 그녀의 머릿속으로 섬광이 스치면서 모든 것이 분명해진다. 그는 크리스티앙의 편지를 읽은 것이 아니라, 자기가 〈손수〉 쓴 편지를 암송한 것이다. 록산은 결국 크리스티앙의 모습을 한 시라노를 사랑한 셈이다. 지난 14년 동안 이 사람은 친구 역할을 하면서 나에게 웃음을 주러 왔던 거야! 시라노는 아니라고, 그건 사실이 아니라고 애써 부인한다. 아니요, 아니요, 내 소중한 사랑, 난 당신을 사랑하지 않았소!

이제 우리의 주인공은 쓰러질 듯 비틀거린다. 그의 충실한 벗들이 달려오더니, 다친 사람이 침대에 누워 있지 않고 여기에 왔다고 나무라면서, 록산에게 그가 곧 죽을 것이라고 알려 준다. 시라노는 의자에 앉아서 죽음을 맞을 수는 없다면서, 나무에 등을 기댄 채 적들의 환영을 상대로 마지막 결투를 벌이다가 쓰러진다. 그때 그는 말한다. 자기가 얼룩 한 점 없이 온전하게 하늘나라로 가져갈 것이 하나 있으니, 그것은 자기의 *panache*(기개)[2]라고. 그가 연극의 대미를 장식하는 이 말을 하기 직전에 록산은 몸을 숙여 그의 이마에 입을 맞춘다.

이 입맞춤은 괄호 속의 동작 지시를 통해 대수롭지 않게 언급되어 있다. 극중의 어떤 인물도 그것에 관해 말하지 않고, 감각이 무딘 연출자라면 그것을 무시할 수도 있다. 하지만 열여섯 살 소년이었던 나의 눈에는 이 입맞춤이 가장 중요한 장면으로 보였다. 나는 록산이 몸을 숙이는 것을 보았을 뿐만 아니라, 나 자신이 시라노가 되어 내 얼굴에 아주 가깝게 다가든 그녀의 향기로운 숨결을 느꼈다. *in articulo mortis*(임종의 순간에) 이루어지는 이 입맞춤은 크리스티앙이 그에게서 가로챘던 다른 입맞춤을 보상해 주고 있었다. 연극에서 이 장면을 볼 때면 누구나 찡한 감동을 느낀다. 내가 보기에 이 마지막 입맞춤은 아름다웠다. 시라노는 키스를 받던 순간에 죽음을 맞음으로써, 또다시 록산에게서 벗어나고 있었다. 나는 바로 그런 점 때문에 시라노를 나와 동일시했고, 그 점을 자랑스럽게 여겼다. 나는 사랑하는 여자에게 손을 대지 않고, 그녀를 내가 꿈꾸던 천상의 상태 그대로 남겨둔 채 행복하게 숨을 거두고 있었다.

록산이라는 이름을 내 마음에 담았으니, 이제 그 이름에 얼굴을 부여하는 일만 남아 있었다. 그 얼굴이 바로 릴라 사바의 얼굴이었다.

솔라라에서 잔니와 전화 통화를 할 때 들었던 것처럼, 나는 어느 날 우리 고등학교의 현관 계단을 내려오는 그녀를

2 16세기에 이탈리아어 *pennachio*에서 온 이 말은 원래 투구를 장식하는 깃털 다발을 가리키는 것이지만, 19세기 중엽부터 무사의 당당한 태도나 기개, 활기 등을 가리키는 비유적인 의미도 아울러 지니게 되었다.

보았고, 그 순간에 릴라는 영원히 내 여인이 되었다.

파피니는 실명에 대한 공포와 자신의 지독한 근시를 두고 이렇게 썼다. 〈마치 안개 속에 있는 것처럼 모든 게 어렴풋하게 보인다. 지금은 안개가 아주 옅지만, 어디에나 두루 끼어 있고 한시도 걷히는 법이 없다. 저녁 무렵에는 멀리 있는 형체들이 잘 분간되지 않는다. 망토를 걸치고 있는 남자가 여자로 보이는가 하면, 가만가만 흔들리는 작은 불꽃이 기다란 적색 광선처럼 보이기도 하고, 강물을 따라 내려가는 배가 물결에 실린 검은 반점으로 보이기도 한다. 사람들의 얼굴은 밝은 반점이고, 창문은 집에 붙어 있는 검은 반점이며, 나무들은 어둠 속에 우뚝 솟아 있는 진하고 빽빽한 반점들이다. 내 눈에 보이는 하늘에는 고작 일등성 서너 개가 반짝일 뿐이다.〉 잠을 자면서 아주 말짱하게 깨어 있는 나에게도 이제 그와 비슷한 일이 벌어지고 있다. 정신이 돌아오고 기억이 되살아난 뒤로(그게 몇 초 전의 일일까? 아니면 천 년 전의 일일까?), 나는 부모님과, 그라놀라, 오시모 박사, 모날디 선생님, 브루노에 대해서 두루 알게 되었다. 그들 모두의 얼굴을 생생하게 보았을 뿐만 아니라, 그들의 냄새도 맡고 목소리도 들었다. 그렇듯 나를 둘러싼 모든 것이 분명하게 드러나고 있는데, 한 가지 예외가 있다. 릴라의 얼굴이 바로 그것이다. 미성년 피의자나 살인범의 무고한 아내가 사생활을 침해당하지 않도록 얼굴을 모자이크 처리한 사진을 보는 듯하다. 검은 교복 차림의 날씬한 몸매, 스파이처럼 그녀의 뒤를 밟을 때 느껴지는 나긋나긋한 자태, 등에서 출렁거리는 머리카락 따위는 보이는데, 얼굴 생김새는 아직 분간할 수가 없다.

나는 아직 바리케이드를 쳐놓고 싸우는 중이다. 마치 그 빛을 감당하지 못할까 봐 두려워하기라도 하는 듯하다.

　그녀를 생각하며 시를 짓고 있는 내 모습이 보인다. 유폐된 여인이여, 불안정한 신비가 그대를 감싸고 있어 나는 그대에게 다가가지 못한다. 안타깝기 그지없다. 단지 첫사랑의 추억이 떠올라서 그렇다는 것이 아니다. 지금 이 순간 그녀의 미소가 생각나지 않는다는 사실이 안타깝다. 잔니는 그녀가 웃을 때면 앞니 두 개가 보였다고 했다 — 못된 친구 같으니, 나도 모르는 것을 기억하고 있다니.

　자아, 마음을 가라앉히자. 내 기억이 필요로 하는 만큼 시간을 주어야 한다. 현재로서는 이 정도로 충분하다. 만약 내가 숨을 쉬고 있다면, 숨결이 한결 평온해졌을 것이다. 내가 원하던 장소에 다다랐다는 느낌이 든다. 릴라는 아주 가까이에 있다.

　티켓을 팔러 여학생 교실에 들어가는 내 모습이 보인다. 눈이 족제비처럼 생긴 니네타 포파의 얼굴과 산드리나의 조금 밋밋한 옆모습이 눈에 들어온다. 이제 나는 릴라 앞에 서 있다. 그녀가 친구들과 농담을 주고받는 사이에 나는 있지도 않은 동전을 찾느라고 꾸물거린다. 성상(聖像) 앞에 조금이라도 더 머물자는 수작이다. 그 이미지가 보이나 했더니, 마치 텔레비전 화면이 갑자기 꺼지는 것처럼 사라져 버린다.

　학교에서 연극 공연을 하던 저녁, 나는 마리니 선생님으로 분장하고 목캔디를 입에 넣는 시늉을 하자마자 가슴 뿌듯한 자부심을 느낀다. 관객들의 웃음과 박수갈채로 강당이 떠나갈 듯하고, 내가 무한한 권능을 지닌 것만 같은 이루 형언할 수 없는 느낌이 가슴에 차오른다. 이튿날 나는 그 느낌을 잔니에게 설명해 보려고 한다.「그건 증폭기의 효과, 메가폰의 기적 같은 것이었어. 에너지를 최소한으로 사용하면서 폭발음을 내는 것이었지. 별로 애를 쓰지 않고도 어마어마한 힘을 만들어 내는 느낌이 들었어. 장래에 내가 군중을 열광시키는 테너 가수가 되거나 〈라 마르세예즈〉를 불러 만 명의 시위대를 사투로 이끄는 영웅이 된다 해도, 어제저녁처럼 황홀한 기분은 두 번 다시 느끼지 못할 거야.」

　지금 나는 바로 그 기분을 느끼고 있다. 나는 무대에 서서 마치 입에 물고 있는 사탕을 이쪽저쪽으로 옮기듯이 혀를 움직인다. 홀에서 왁자한 웃음소리가 들려온다. 나는 릴라가 어디쯤에 앉아 있는지 알고 있다. 공연이 시작되기 전에 무대의 커튼을 살짝 젖히고 보아 둔 것이다. 하지만 그녀 쪽으로 고개를 돌릴 수는 없다. 그랬다가는 모든 것을 망치기 때문이다. 마리니 선생님은 입 안의 사탕을 이리 물었다 저리 물었다 하는 동안 계속 옆모습을 보인다. 나는 계속 혀를 움직이면서, 쉰 목소리로 거의 알아들을 수 없는 말을 지껄인다(사실 횡설수설하기는 마리니 선생님도 마찬가지다). 나는 릴라에게 생각을 집중한다. 내 눈에는 그녀가 보이지 않지만, 그녀는 나를 보고 있다. 나는 그 공연의 피날레를 일종의 성행위로 경험한다. 그것에 비하면 조제핀 베이커의 사진을 보다가 내가 처음으로 경험했던 *ejaculatio praecox*(조루)는 김빠진 재채기에 지나지 않았다.

　그것을 경험한 뒤에 나는 돈 레나토 신부와 그의 조언을 무시하기로 한 것이 분명하다. 돈 레나토 신부는 사랑의 감정을 내 마음속 깊은 곳에 비밀로 간직하라고 했지만, 그게 무슨 소용이 있는가? 내 감정을 상대에게 알려 둘이서 함께 도취할 수 있어야 하지 않을까? 게다가 누군가를 사랑한다면, 그 사람에게 나를 알리고 싶은 게 인지상정 아니겠는가? *Bonum est diffusivum sui*(선은 스스로 퍼진다).[3] 이제 나는 그녀에게 모든 것을 말할 참이다.

학교에서 나오는 그녀를 붙잡고 말을 붙이기는 곤란했다. 그녀의 집 근처에서 기다리고 있다가 혼자 돌아오는 그녀를 만나는 게 관건이었다. 거사 일은 여학생들이 체육 수업 때문에 한 시간 늦게 하교하는 목요일로 잡았다. 이 날 그녀가 귀가하는 시각은 네시쯤이었다. 나는 어떻게 말머리를 꺼낼까를 놓고 며칠 동안 고심했다. 무언가 재치 있는 말로 시작하는 게 좋지 않을까? 겁내지 마, 강도 짓을 하려는 건 아니니까 하는 식으로 해볼까? 그녀가 웃으면 이렇게 덧붙이는 거야. 나한테 이상한 일이 일어나고 있어. 전에는 이런 것을 느껴 본 적이 없어. 네가 나를 도와줄 수 있지 않을까 싶어……. 그녀는 이제 겨우 안면을 튼 사이에 자기가 무엇을 도와줄 수 있다는 것인지 의아해하면서, 아마 자기 여자 친구들 가운데 하나를 좋아하는데 용기가 없어서 그러는가 보다 생각할 것이다.

하지만 록산이 그랬던 것처럼, 그녀는 머릿속에 섬광이 번쩍하는 것을 느끼면서 이내 모든 것을 알아차린다. 그러면

---

3 토마스 아퀴나스의 『신학 대전』 1부 5문 4항에 나오는 말.

나는 시라노의 대사를 읊는다. 아니요, 아니요, 내 소중한 사랑, 난 당신을 사랑하지 않았소. 그래, 이런 방식이 좋아. 그녀를 사랑하는 게 아니라면서 내 경솔한 행동을 사과하는 거야. 그녀는 내 말에 담긴 깊은 뜻을 알아차리고(록산과 마찬가지로 그녀는 세련된 재녀가 아닌가), 아마도 내 쪽으로 몸을 숙여 무슨 말인가를 할 것이다. 바보처럼 굴지 마, 하는 식으로. 하지만 그녀의 태도는 의외로 다정할 것이다. 그녀는 얼굴을 붉히면서 내 뺨에 손끝을 갖다 댈지도 모른다.

요컨대 내 말머리는 기지와 세련미가 넘치는 걸작이 되어야 마땅했다. 나는 그것이 릴라의 마음을 사로잡으리라고 생각했다. 그녀가 나와 똑같은 감정을 느끼지 않는다는 것은 생각할 수가 없었다. 나는 사랑에 빠진 사람들이 모두 그렇듯이 착각을 하고 있었다. 그녀에게 내 마음을 주고, 그녀도 내가 한 것처럼 해주기를 바라고 있었던 것이다. 하기야 이런 사정은 수천 년이 지나도록 그대로다. 그래서 문학이 존재하는 것 아니겠는가.

나는 행운이 따라 줄 만한 온갖 조건들을 고려하면서 날짜와 시간을 선택했다. 그날 오후 4시 10분 전, 나는 릴라네 건물의 현관문 앞에 서 있었다. 4시 5분 전, 지나가는 사람들이 너무 많다는 생각이 들었다. 나는 건물 안으로 들어가 계단 발치에서 기다리기로 했다.

몇 세기만큼이나 긴 시간이 흐르고, 4시 5분이 되자, 드디어 그녀가 현관 안으로 들어오는 기척이 들렸다. 그녀는 노래를 흥얼거리고 있었다. 어떤 골짜기에 관한 노래였다. 이제는 겨우 한 소절 정도의 곡조만 어렴풋하게 생각날 뿐, 가사는 전혀 기억나지 않는다. 그즈음의 몇 해 동안에 유행하

671

던 대중가요들은 내 어린 시절의 노래들과 달리 수준이 아주 낮았다. 그야말로 바보 같은 전후 시기에 걸맞은 바보 같은 유행가들이었다. 예를 들어 「포를리에서 온 에우랄리아 토리첼리」, 「비주의 소방관」, 「맛난 사과」, 「가스코뉴의 용사들」 같은 노래들 아니면, 「울려라 천상의 세레나데」나 「그대 품에 안겨서 잠들기를」 같은 달착지근한 사랑 고백이 고작이었다. 나는 그것들을 혐오하고 있었다. 날라리인 우리 사촌 누초조차 그런 유행가보다는 미국 노래의 리듬에 맞춰 춤을 추지 않을까 싶었다. 릴라가 그 따위 노래를 흥얼거릴 수 있다는 사실에 서늘한 기운이 잠깐 내 마음을 스쳤을지도 모른다 (그녀는 〈마땅히〉 록산처럼 고상해야 했던 것이다). 하지만 아주 짧은 동안에 내가 정말 그런 것을 따졌는지는 확실치 않다. 사실 나는 노랫소리에 귀를 기울이고 있지 않았다. 그저 그녀가 나타나기를 기다리고 있었다. 나는 가슴을 졸이며 10초 남짓을 보냈다. 그 시간이 한없이 길게만 느껴졌다.

그녀가 계단에 발을 디디려는 찰나, 나는 그녀 쪽으로 발걸음을 옮겼다. 만약 다른 사람이 나한테 비슷한 경험담을 이야기한다면, 나는 이 대목에서 기대감을 높이고 분위기를 만들기 위해 현악 연주가 필요하다고 말해 줄 것이다. 하지만 그때의 나에게는 아무것도 없었다. 그저 조금 전에 들은 한심한 유행가가 전부였다. 심장이 아주 격렬하게 두방망이질을 해댔다. 그래, 이번에야말로 내가 심장병 환자인지 아닌지 판가름이 나겠구나. 그런데 심장이 멎기는커녕 야성적인 활기가 넘치고, 최고의 순간을 맞이할 준비가 되어 있는 기분이 들었다.

그녀가 내 앞에 나타나더니, 깜짝 놀란 기색으로 멈춰 섰다.

나는 그녀에게 물었다. 「반체티가 여기에 살아?」

그녀는 아니라고 대답했다.

고마워, 미안해, 내가 잘못 알았나 봐.

나는 그렇게 말하고 자리를 떴다.[4]

반체티(도대체 그가 누구였을까?)는 공황 상태에 빠져 있던 내 머릿속에 가장 먼저 떠오른 이름이었다. 그날 저녁, 나는 일이 그렇게 되어서 오히려 다행이라고 스스로를 달랬다. 그건 내가 마지막 순간에 선택한 책략이었다. 만약 내가 사랑을 고백했는데, 그녀가 웃음을 터뜨리며 너 어떻게 된 거 아냐 하고 말했다면? 또는 듣기 좋은 말을 해줘서 고맙기는 한데 나는 그런 생각을 하고 있을 만큼 한가하지가 않아 하는 식으로 나왔다면? 그다음에는 어떻게 하지? 그녀를 잊을까? 모욕감을 느낀 나머지 그녀를 바보로 여기게 되지 않을까? 아니면 며칠이고 몇 달이고 파리 끈끈이처럼 그녀에게 찰싹 달라붙어 다니면서 다시 기회를 달라고 조르다가 학교의 웃음가마리가 되지 않을까? 하지만 나는 속마음을 드러내지 않음으로써 내가 이미 가지고 있던 것을 그대로 간직했다. 결국 내가 잃은 건 아무것도 없었다.

그녀의 마음은 딴 곳에 가 있는 게 분명했다. 이따금 키가 큰 금발 머리 남자 대학생이 학교 정문 앞에 와서 그녀를 기

---

4 에코의 소설 「전날의 섬」 12장에 나오는 주인공 로베르토의 짝사랑 이야기를 연상시키는 장면이다. 로베르토는 카살레 농성전에서 본 여전사 노바레세에게 반한 뒤, 혼자서 사랑을 불태우다가 마침내 사랑 고백의 편지를 들고 그녀를 찾아간다. 하지만 부들부들 떨면서 여자에게 다가간 그의 입에서 튀어나온 말은 〈저어…… 성관 쪽으로 가는 길을 좀 일러 주시겠습니까?〉였다.

다렸다. 그의 이름은 반니였다 — 그게 성이었는지 이름이었
는지 나는 모른다. 한번은 그가 목에 반창고를 붙이고 나타
났다. 그는 타락을 즐거워하는 태도로 그 반창고가 매독종을
감추기 위한 것이라고 자기 친구들에게 떠벌렸다. 정말 매독
종이라고 말했다. 그러더니 어느 날은 베스파⁵를 타고 왔다.

당시는 베스파가 나온 지 얼마 되지 않았을 때다. 우리 아
버지 말마따나 응석받이로 자란 젊은 애들이나 이 스쿠터를
가지고 있었다. 내가 보기에 베스파를 갖는다는 것은 팬터 차
림으로 춤추는 여자들을 보기 위해서 극장에 가는 것과 같은
일이었다. 베스파는 죄악의 편에 있었다. 내 동급생들 가운데
몇 명은 학교가 파한 뒤에 그것을 타고 돌아다녔다. 그들은
때로 저녁에 우리가 모여 있는 광장으로 오기도 했다. 녀석들
은 고장 난 분수대 앞의 벤치에 앉아서 수다를 떨고 있던 우
리들 사이로 끼어들어, 어딘가에서 얻어들은 공창가(公娼街)
나 반다 오시리스⁶의 쇼에 관한 얘기를 들려주었다 — 누구
든 무언가 새로운 것을 얻어듣고 온 녀석은 다른 사람들의
눈에 불건전한 카리스마가 있어 보였다.

어쨌거나 베스파는 내가 보기에 죄를 짓게 하는 물건이었
다. 그것이 나를 유혹하지는 않았다. 나도 그것을 한 대 갖고

5 제2차 세계 대전 중에 전투기를 제작했던 이탈리아의 피아조사(社)가 전
후에 새로운 진로를 모색하면서, 항공 공학 기술을 응용하여 만든 스쿠터.
1946년 4월 첫 모델이 생산된 뒤로 1950년대와 1960년대에 전 세계적으로 인
기를 끌면서 이탈리아식 창의성의 상징과도 같은 상품이 되었다. 〈베스파〉라는
이름은 첫 모델의 원형이 말벌처럼 생겼다 해서 붙은 것이다.

6 3부 16장에서 얌보가 라디오에서 흘러나오는 「거기 카포카바나에서는」이
라는 노래를 들으면서 상상했던 〈하얀 층층대〉의 가수가 바로 반다 오시리스
다. 16장 13번 주석 참조.

에코의 몽타주

싶다는 생각이 들지는 않았으니까 말이다. 베스파가 어떤 물건인지를 가장 잘 보여 주는 것은 뒷좌석에 여자가 다리를 한쪽으로 모으고 앉아 있을 때였다. 그렇게 여자를 태우고 멀리 떠날 때 무슨 일이 벌어질까? 그건 햇살처럼 분명하기도 하고 안개처럼 모호하기도 했다. 베스파는 욕망의 대상이 아니라, 채워지지 않은 욕망, 일부러 거부했기에 채워지지 않은 욕망의 상징이었다.

그날 나는 하교하는 척하면서 밍게티 광장까지 갔다가 친구들과 함께 나오는 그녀와 마주치기 위해서 학교 쪽으로 되짚어 가고 있었다. 그런데 그녀의 친구들은 보이는데 그녀가 보이지 않았다. 나는 어떤 질투심 많은 신이 나에게서 그녀를 빼앗아 간 게 아닐까 걱정하면서 발걸음을 재촉했다. 그러는 동안 가공할 일이 벌어지고 있었다. 내가 우려했던 것보다 훨씬 덜 신성한 일, 아니 신성하기는 하되 너무나 참담한 일이었다. 릴라는 아직 학교의 계단 앞에 있었다. 누군가를 기다리고 있는 듯했다. 그때 반니가 베스파를 타고 나타

675

났다. 그는 그녀를 뒷좌석에 태웠고, 그녀는 그의 등에 바싹
달라붙더니, 익숙해 보이는 동작으로 그의 겨드랑이 아래로
두 팔을 집어넣어 그의 가슴을 부둥켜안았다. 그러고 나서
그들은 어딘가로 가버렸다.

그 무렵에는 이미 치마의 유행이 달라져 있었다. 아랫단이
무릎 위로 살짝 올라오던 전쟁 시기의 치마와 무릎까지 내려
오는 종 모양의 치마 — 전후의 미국 만화에서 립 커비[7]의 여
자 친구들을 돋보이게 했던 치마와 비슷한 것 — 가 밀려나
고, 그 대신 종아리까지 내려오는 넓고 낙낙한 치마가 들어
선 뒤였다.

이 치마들은 이전의 짧은 치마들에 비해 결코 얌전하지 않
았다. 오히려 그 나름의 야한 맵시와 나붓나붓하고 은근한
우아함을 지니고 있었다. 그것을 입은 여자가 켄타우로스 같
은 사내의 등에 착 달라붙은 채 치맛자락을 펄럭이며 멀어져
갈 때면, 그 매력이 한결 더했다.

그 치마는 바람 속에서 얌전하고도 심술궂은 파동을 일으
켰고, 깃발처럼 펄럭이며 내 마음을 홀렸다. 그녀를 태운 베
스타는 마치 부글거리는 물거품과 펄쩍거리는 신비한 돌고
래들을 뒤에 남기며 떠나는 배처럼 위풍당당하게 멀어져 가
고 있었다.

그날 릴라는 베스파에 몸을 실은 채 멀리 사라져 갔고, 베
스파는 괴로움과 보람 없는 열정의 상징으로 내 뇌리에 한층
더 뚜렷하게 각인되었다.

7 미국 만화가 알렉스 레이먼드가 1946년 3월부터 연재하기 시작한 탐정
만화의 주인공.

이제 또다시 그 치마와 깃발처럼 휘날리는 그녀의 머리채가 보인다. 하지만 그녀는 여전히 뒷모습으로만 나타난다.

　아스티로 연극을 보러 갔을 때, 나는 공연 내내 릴라의 뒷덜미만 바라본 적이 있었다. 그 얘기는 잔니에게서 들었다. 하지만 잔니는 또 다른 저녁 공연에 관한 이야기를 빠뜨렸다 — 아니, 그는 이야기하려고 했는데 내가 틈을 주지 않았던 것이리라. 우리 도시에서 한 극단이 『시라노』를 무대에 올린 적이 있었다. 이 작품을 연극으로 볼 수 있는 기회가 처음으로 생긴 것이었다. 나는 친구 네 명을 설득해서 위층의 관람석을 예약했다. 나는 중요한 대목들의 대사를 미리 알아맞히는 즐거움과 자랑스러움을 느끼게 되리라고 생각하면서 그날을 손꼽아 기다렸다.
　우리는 일찍 극장에 도착해서 두 번째 줄에 앉아 있었다. 공연이 시작되기 직전에 여학생들 다섯 명이 들어와서 우리 앞줄에 앉았다. 니네타 포파와 산드리나, 두 명의 다른 여학생, 그리고 릴라였다.
　릴라는 잔니 앞에 앉았고, 잔니는 내 옆에 있었다. 그러니까 그녀의 뒤통수를 다시 한 번 내 눈앞에 두고 보게 된 것이었다. 그래도 이번에는 머리를 움직이면 그녀의 옆얼굴을 볼 수 있었다(지금은 아니다. 릴라는 여전히 빛이 너무 들어간 사진 속의 인물처럼 얼굴이 보이지 않는다). 우리는 재빨리 인사를 주고받았다. 아, 너희도 왔구나, 이런 데서 또 우연히 만났네. 그게 다였다. 잔니 말마따나, 우리는 덩치만 컸지 그녀들에 비해 너무 어렸다. 그리고 나는 목캔디를 입에 넣는 연기로 영웅이 되긴 했지만, 애벗이나 코스텔로 같은 희극 배우처럼 사람들에게 웃음을 줄 뿐 그들의 연인은 되지 못하는 영웅이었다.

어쨌거나 나는 그것으로 만족했다. 그녀를 앞에 두고, 『시라노』의 대사를 한 줄 한 줄 따라가노라니, 기분이 한층 더 황홀했다. 무대에서 연기를 하던 록산이 어떤 모습이었는지는 기억나지 않는다. 나의 록산이 뒷모습과 옆모습을 보이며 내 앞에 있었기 때문이다. 내가 보기에 그녀는 감동을 느끼며 연극을 지켜보고 있었고(누군들 〈시라노〉를 보면서 감동하지 않겠는가? 그것은 목석같은 사람조차 눈물을 흘리도록 쓰인 희곡이 아닌가?), 나는 그녀가 어느 대목에서 감동하는지 알 것 같았다. 나아가서 나는 그녀가 나와 더불어 감동하는 것이 아니라, 나에 대해서, 나 때문에 감동하는 것이라고 굳게 믿었다. 나는 그보다 더한 것을 바랄 수 없었다. 나는 시라노였고 내 앞에 그녀가 있었다. 나머지 사람들은 모두 익명의 군중이었다.

록산이 시라노의 이마에 입을 맞추기 위해 몸을 숙일 때, 나는 릴라와 하나가 될 수밖에 없었다. 릴라는 모르고 있었지만, 바로 그 순간에 그녀는 나를 사랑하지 않을 수가 없었다. 시라노는 마침내 그녀가 모든 것을 깨달을 때까지 기나긴 세월을 기다렸다. 나 역시 기다릴 수 있었다. 그날 저녁, 나는 하늘 가운데 가장 높은 빛의 하늘을 향해 몇 발짝 올라갔다.

누군가의 뒤통수를 사랑한다는 것. 그리고 노란 재킷을 사랑한다는 것. 어느 날 릴라가 학교에 입고 왔던 노란 재킷. 봄날의 햇살 속에서 환하게 빛나던 그 재킷을 소재로 나는 시를 지었다. 그 뒤로 나는 노란 재킷을 입은 여자를 보면 어김 없이 옛날을 떠올리고 견딜 수 없는 그리움을 느꼈다.

이제 비로소 잔니가 했던 말의 의미를 이해할 수 있을 듯하다. 그의 말대로 나는 평생에 걸쳐, 어떤 여자와 만나든 릴라의 얼굴을 찾고자 했다. 나는 살아오는 동안 내내 『시라노』의 마지막 장면을 연기할 수 있는 날을 기다렸다. 그 장면이 나에게 영원히 찾아오지 않으리라는 것을 알게 되었을 때 나는 엄청난 충격을 받았고, 아마도 그 때문에 첫 번째 사고가 일어났을 것이다.

이제 나는 알고 있다. 내 나이 열여섯 살 때, 나에게 벼랑 골의 밤을 잊을 수 있다는 희망을 주고, 다시 인생을 사랑하도록 길을 열어 준 사람은 바로 릴라였다. 그녀 덕분에 나는 〈올바른 죽음을 위한 연습〉을 암송하는 대신 사랑의 시를 지었다. 비록 나의 여자는 아니고 그저 내 눈앞에 있었을 뿐이지만, 그녀가 내 근처에 있었기에, 내 고교 시절이 이를테면 하나의 상승이 되었고, 내 어린 시절과의 화해도 서서히 이루어졌다. 하지만 릴라가 갑자기 사라진 뒤로, 나는 대학에 들어갈 때까지 림보에 갇힌 사람처럼 불안정한 상태에서 나날을 보냈다. 그러다가 내 어린 시절의 상징 그 자체인 부모님과 할아버지가 세상을 떠나시자, 나는 어린 시절의 추억을 좋은 쪽으로 재구성하려는 시도를 완전히 포기했다. 나는 모든 것을 가슴속 깊이 묻어 버리고 원점에서 다시 시작했다. 한편으로는 내 마음을 편안하게 해줄 것으로 여겨지는 학문 분야로 도피했고(내 학위 논문의 주제는 레지스탕스의 역사가 아니라 〈히프네로토마키아 폴리필리〉였다), 다른 한편으로는 파올라를 만났다. 하지만 잔니가 제대로 본 것이라면,

무언가 채워지지 않은 것이 남아 있었다. 나는 모든 것을 가슴속 깊이 묻어 버렸지만, 릴라의 얼굴만은 묻지 않았고, 군중 속에서 아직 그 얼굴을 찾고 있었다. 나는 그녀를 다시 만나고 싶어 했다. 하지만 그것은 옛날 물건을 대할 때처럼 뒤로 돌아가기 위한 것이 아니라, 앞으로 나아가기 위한 것이었다. 이제 나는 그 탐색이 헛되다는 것을 알고 있다.

나의 이 수면에는 한 가지 장점이 있다. 마치 전기 회로에 쇼트가 생기듯이 절연이 잘 되지 않는 기억들 사이에 갑자기 접속이 일어나 서로 뒤엉키기가 일쑤이지만, 오히려 그 점 때문에 나는 시간의 화살에 구애받지 않고 여러 시기를 두 방향으로 여행할 수가 있다. 그러면서도 시간의 선후 관계를 헷갈리는 법이 없다. 이 장점 덕택에 나는 이제 앞으로든 뒤로든 자유롭게 모든 것을 다시 경험할 수 있다. 지질학적 시대만큼이나 길게 지속될 수 있는 그 추억의 동그라미 또는 나선 속에서, 릴라는 언제나 내 곁에 있고, 나는 꽃가루에 취한 벌처럼 노란 재킷 주위에서 수줍게 춤을 춘다. 릴라는 곰돌이 안젤로나 오시모 박사, 피아차 아저씨, 아다, 아빠, 엄마, 할아버지와 마찬가지로 내 추억 속에 머물러 있다. 나는 그 시절의 향기며 음식 냄새를 다시 기억해 냈고, 벼랑골의 밤과 그라뇰라도 평정심과 연민을 가지고 받아들일 수 있다.

나는 이기적인 사람이 아닐까? 파올라와 딸들이 저기 밖에서 기다리고 있다. 저들 덕분에 나는 40년 동안 땅에 발을 디디고 살면서 남몰래 릴라를 계속 찾을 수 있었다. 저들은 내가 나만의 닫힌 세계에서 빠져나오게 해주었다. 그래서 나는 초창기 활판본과 양피지에 묻혀 살면서도 새로운 삶을 만들어 냈다. 저들은 고통을 받고 있는데, 나는 스스로 행복을 누리고 있다고 생각한다. 하지만 따지고 보면 이건 누구의 잘못도 아니다. 나는 밖으로 돌아갈 수 없다. 따라서 내가 일시적으로 삶이 중단된 이 상태를 즐기는 것은 온당한 일이다. 이건 그야말로 일시적인 중단이다. 지금부터 여기 이곳에서 다시 깨어날 때까지, 설령 내가 20년에 가까운 세월을 한 순간 한 순간 다시 산다고 해도, 그 사이에 흐른 시간은 몇 초밖에 되지 않을 수도 있다. 마치 잠깐 선잠을 잤을 뿐인데 꿈속에서는 아주 긴 사건을 경험한 것처럼 느껴질 때가 있듯이 말이다.

어쩌면 나는 코마 상태에 빠져 있는 것일지도 모른다. 하지만 코마 상태에서는 기억을 하는 것이 아니라 꿈을 꾼다. 내가 알기로 우리는 이따금 꿈속에서 과거의 일을 회상하기도 한다. 그때 우리는 우리가 회상하고 있는 일들이 사실이라고 믿는다. 그러다가 잠에서 깨어나면, 마지못해 그것이 우리가 실제로 겪은 일들이 아님을 받아들여야 한다. 우리는 분명 가짜 기억에 관한 꿈을 꾼다. 예를 들어 나는 이런 꿈을 여러 차례 꾼 적이 있다. 한 아파트가 있었다. 나는 오래전부터 거기에 가지 않았다. 하지만 이 아파트는 내가 이따금 가 보아야 하는 곳이었다. 내가 살기도 했고 개인적인 물건들을 많이 남겨 두기도 한 일종의 비밀 아지트였으니까 말이다. 꿈속에서 나는 이 아파트의 모든 방과 가구를 완벽하게 기억하고 있었다. 다만 한 가지 나를 화나게 하는 것이 있었다. 내가 알기로 거실을 지나면 욕실 쪽으로 가는 복도가 나오고, 이 복도에는 어떤 방으로 통하는 문이 있었다. 그런데 마치 누가 벽돌을 쌓아 문을 막아 버리기라도 한 것처럼 그 문이 보이지 않았다. 그렇듯 나의 숨겨진 은신처에 대한 욕망과 동경을 가득 품은 채로 나는 잠에서 깨어났다. 하지만 깨어나자마자 그 기억이 그저 꿈속의 일일 뿐이라는 것을 알아차렸다. 나는 그 집을 기억할 수가 없었다. 적어도 내 생애에서는 그런 집이 존재한 적이 없기 때문이었다. 이런 경험 때문에 나는 종종 생각했다. 우리는 꿈속에서 남의 추억을 자기 것으로 삼기도 한다고 말이다.

그런데 만약 내가 지금 꿈을 꾸고 있는 거라면, 꿈속에서 또 다른 꿈에 관한 꿈을 꾸고 있는 셈인데, 이런 일은 나에게 한 번도 일어난 적이 없다. 바로 이것이 내가 꿈을 꾸고 있는 게 아니라는 증거다. 게다가 꿈속에서는 추억들이 산만하고 불분명하게 마련이다. 반면에 나는 지금 지난 두 달 동안 솔라라에서 읽었던 모든 것을 낱낱이 기억해 낼 수 있다. 그러니까 나는 실제로 일어났던 일들을 회상하고 있는 것이다.

하지만 이렇게 잠을 자면서 내가 기억했던 모든 것이 정말 실제로 일어났던 일일까? 내 아버지와 어머니의 얼굴이 정말 내가 기억해 낸 대로 생겼을까? 어쩌면 오시모 박사나 곰돌이 안젤로는 존재하지 않았을지도 모르고, 나는 벼랑골의 밤을 겪은 적이 없을지도 모른다. 심지어 파올라라는 이름의 아내와 두 딸과 세 손자들이 있다는 것 역시 한낱 꿈일 수도 있다. 나는 기억을 잃은 적도 없고 얌보가 아닌 다른 사람이다. 내가 누구인지는 하느님만이 아신다. 그 다른 사람은 어떤 사고를 당해 이런 상황(코마 또는 림보)에 놓여 있다. 그 밖의 것은 모두 안개 때문에 생겨난 허깨비였다. 이제껏 내가 추억하고 있다고 믿었던 것들이 대체로 안개와 연관되었던 것도 그 때문이 아닐까? 안개 역시 내 삶이 한바탕의 꿈이 었음을 말해 주는 징후였다. 삶이 한바탕의 꿈이라는 말은 사람들이 흔히 하는 말을 인용한 것이다. 나는 의사나 파올라나 시빌라와 이야기할 때도 어딘가에서 읽거나 들은 말을 인용했고, 혼자서 생각할 때도 인용문들을 떠올렸다. 그것들 역시 한없이 이어지는 꿈의 산물은 아니었을까? 카르두치나 엘리엇, 파스콜리, 위스망스는 존재한 적이 없었다. 나의 백과사전적인 기억 속에 들어 있다고 생각했던 다른 모든 지식도 마찬가지다. 도쿄는 일본의 수도가 아니고, 나폴레옹은 세인트헬레나에서 죽지 않았을 뿐만 아니라 세상에 태어나지도 않았다. 만약 무언가 나의 외부에 존재하는 것이 있다면, 그것은 하나의 평행 우주다. 나는 이 우주에서 과거에 무슨 일이 일어났고 지금 무슨 일이 벌어지고 있는지 알지 못한다. 어쩌면 내가 속한 종족은 살갗이 초록색 비늘로 덮여 있고 하나밖에 없는 눈의 위쪽에는 수축성이 있는 더듬이 네 개가 달려 있을지도 모른다.

나는 사정이 정말 이러하지 않다고 단언할 수 없다. 하지만 만약 내가 내 머릿속에 온전한 하나의 우주, 파올라와 시빌라가 있을 뿐만 아니라 『신곡』이 쓰이고 원자 폭탄까지 발명된 우주를 지어낸 것이라면, 나는 한 개인의 능력을 넘어서는 창의력을 발휘한 셈이다 — 내가 돌산호처럼 뇌를 서로 연결하고 있는 군체가 아니라, 하나의 개체, 한 사람의 인간이라는 사실을 아직 인정한다면 말이다.

그런데 만약 어떤 자가 내 뇌 속에 영화를 직접 투영하고 있는 것이라면 어쩌지? 나는 어떤 용액이나 배양기 속에 들어 있는 하나의 뇌일 수도 있다. 나는 포르말린이 가득 담긴 유리그릇에 개 불알이 들어 있는 것을 본 적이 있다. 내 뇌도 바로 그 개 불알 같은 신세로 전락해 있는 것은 아닐까? 그리고 어떤 자가 내 뇌에 자극을 보내서, 한때는 나에게 몸뚱이가 있었고 내 주위에 다른 존재들이 있었다는 믿음을 불어넣고 있는 것은 아닐까? 실제로 존재하는 것은 내 뇌와 자극을 주는 그자뿐이 아닐까? 하지만 만약 우리가 포르말린 용액 속의 뇌라면, 우리는 자신이 포르말린 용액에 잠겨 있다는 사실을 상상하거나 그게 아니라고 주장할 수 있을까?

만약 내가 정말 포르말린 속의 뇌라면, 내가 할 일은 그저 다른 자극들을 기다리는 것밖에 없을 것이다. 나는 이상적인 관객이 되어, 영화가 내 이야기를 하고 있다고 생각하면서, 영화관에서 끝없는 밤을 보내듯이 이 기나긴 수면을 이어 나갈 것이다. 어쩌면 나는 지금 10,999번째 영화를 보고 있는지도 모른다. 나는 이미 1만 편 이상의 영화를 보았다. 그중의 한 영화에서는 나 자신을 율리우스 카이사르와 동일시하면서 루비콘 강을 건넜고 스물세 번이나 칼에 찔리면서 도살장의 소처럼 고통을 겪었다. 어떤 영화에서는 피아차 아저씨가 되어 족제비를 박제했고, 또 다른 영화에서는 곰돌이 안젤로가 되어, 왜 사람들이 그토록 오랫동안 충실하게 봉사해 온 나를 불태우는지 의아해했다. 어떤 영화에서는 시빌라가 되었을 수도 있다. 그랬다면 나는 불안한 마음으로 내가 우리 사이에 있었던 일을 기억해 냈는지 알고 싶어 했을 것이다. 그 모든 게 다 영화라면, 지금의 나는 일시적인 〈나〉일 것이다. 내일이면 나는 아마도 공룡이 되어 빙하기의 도래 때문에 고통을 겪다가 죽을 것이고, 모레는 살구나무나 참새나 하이에나나 지푸라기의 삶을 살 것이다.

나는 나 자신을 포기할 수 없다. 나는 내가 누구인지 알고 싶다. 내가 느끼기에 한 가지 분명한 것이 있다. 내가 코마라고 믿고 있는 이 수면 상태의 초기에 떠오른 기억들은 안개에 싸인 것처럼 흐릿하고, 모자이크처럼 배치되어 있으며, 곳곳에 단절과 불확실함과 파열과 구멍(어찌하여 릴라의 얼굴은 끝내 보이지 않는가?)이 있다. 반면에 솔라라에 관한 기억과 병원에서 깨어난 뒤에 밀라노에서 겪은 일들에 관한 기억은 분명하다. 이 기억들은 논리적으로 연결되어 있고, 시간의 흐름을 따라 정리하는 것이 가능하다. 예컨대 나는 코르두시오의 가판대에서 개 불알을 사기 전에 카이롤리 광장에서 반나를 만났다고 말할 수 있다. 물론 그렇게 불분명한 기억과 뚜렷한 기억이 있다는 것조차 그저 꿈속의 일로 치부할 수도 있을 것이다. 하지만 그런 차이가 분명하게 존재한다는 사실을 바탕으로 나는 한 가지 결론을 내릴 수밖에 없다. 생존하기 위해서(이미 죽었는지도 모를 나 같은 사람에게는 생존이라는 말이 어울리지 않을 수도 있지만), 나는 이렇게 단정해야 한다. 그라타롤로, 파올라, 시빌라, 고서점, 그리고 아말리아와 할아버지의 아주까리기름 이야기를 포함한 솔라라의 모든 것이 실제적인 삶의 기억들이라고 말이다. 보통의 삶 속에서도 우리는 그렇게 한다. 다시 말해서, 우리는 우리가 어떤 심술궂은 귀신에게 속아 허깨비를 보고 있다고 가정할 수 있음에도 마치 우리 눈에 보이는 모든 것이 현실인 것처럼 행동한다. 그래야 계속 살아갈 수 있기 때문이다. 만약 우리가 우리 주위에 하나의 세계가 있다는 것을 의심한다면, 우리는 행동하기를 중단할 것이고, 사악한 귀신이 만들어 내는 환각 속에서 계단으로 굴러 떨어지거나 굶어 죽게 될 것이다.

나는 분명히 존재하는 솔라라에서 어떤 여자에 관한 내 시들을 읽었다. 그리고 바로 그 솔라라에서 잔니와 전화로 이야기를 나누다가 그 여자가 릴라 사바라는 이름으로 실제로 존재했다는 사실을 알게 되었다. 따라서 내 꿈속에서조차 곰돌이 안젤로는 허깨비일 수 있지만, 릴라 사바는 현실이다. 그런데 만약 내가 그저 꿈을 꾸고 있는 것이라면, 왜 이 꿈은 릴라의 얼굴을 마저 보여 주지 않고 인색하게 구는 것일까? 죽은 사람들조차 꿈에 나타나서 로토의 당첨 번호를 가르쳐 주는 판에, 왜 하필 릴라의 얼굴을 나에게 보여 주지 않는 것일까? 내가 모든 것을 온전히 기억해 내지 못하는 것은 이 꿈의 외부에 통제소가 있기 때문이다. 이것이 내가 다른 쪽으로 넘어가는 것을 가로막고 있는 것이다.

사실 이 모든 추론은 한결같이 엉성해서 어느 것도 온전하게 조리에 닿지 않는다. 나는 내 꿈이 통제를 당하고 있다고 했지만, 그것 역시 한낱 꿈속의 생각일 수도 있다. 아니면 나에게 자극을 보내는 자가 심술이 나서, 또는 연민 때문에 일부러 나에게 릴라의 이미지를 보내지 않는 것이라고 말할 수도 있다. 세상에, 아는 사람이 꿈에 나타났고, 그 사람이 누구인지 내가 알고 있는데, 그 얼굴을 볼 수 없다니……. 결국 이렇게 생각할 수도 있고 저렇게 생각할 수도 있지만, 어느 것도 논리적 증명을 견디지는 못한다. 하지만 논리에 호소하고 있다는 사실 자체가 이게 꿈이 아니라는 것을 입증한다. 꿈은 비논리적이다. 그리고 우리는 꿈을 꾸면서 그게 비논리적이라는 점을 문제 삼지 않는다.

그렇다면 나는 내가 기억하고 있는 것들이 사실이라는 쪽으로 결론을 내고 있는 셈이다. 누구든 여기에 와서 반론을 제기해 주었으면 좋겠다.

만약 내가 어떻게 해서든 릴라의 얼굴을 보게 된다면, 나는 그녀의 존재를 확신하게 될 것이다. 내가 도움을 청할 수 있는 사람은 아무도 없다. 모든 것을 나 혼자 해나가야 한다. 내 외부에 있는 어느 누구에게도 도와 달라고 할 수가 없다. 설령 신이나 자극을 보내는 자가 존재한다 해도, 그들은 모두 이 꿈의 외부에 있다. 외부와의 소통은 중단되어 있는 상태다. 그래도 나와 사적으로 인연을 맺은 어떤 신에게는 내 사정을 호소해 볼 수 있을 것이다. 나는 그 신이 약하다는 것을 안다. 하지만 적어도 그는 내가 자기에게 생명을 준 것에 대하여 고마움을 느낄 것이 분명하다.

로아나 여왕이 아니라면 내가 누구에게 도움을 청할 수 있겠는가? 나는 내가 다시 종이로 된 기억에 의지하려 한다는 것을 알고 있다. 하지만 나는 만화 속의 로아나 여왕이 아니라 나 자신의 로아나 여왕을 생각하는 것이다. 내 마음속의 로아나 여왕은 훨씬 숭고하다. 그녀는 부활의 불꽃을 간수하고 있다. 돌로 변해 버린 지가 아무리 오래된 시신이라도 이 신비한 불꽃이 닿으면 다시 생명을 얻는다.

혹시 내가 미친 것은 아닐까? 이것 역시 일리가 있는 가정이다. 나는 코마에 빠져 있는 것이 아니라, 기면성 자폐증에 걸려서 스스로 코마 상태에 있다고 믿는 것이다. 나는 내가 꿈꾼 것이 사실이 아니라고 생각하면서도, 한편으로는 꿈을 사실로 둔갑시켜도 된다고 생각한다. 하지만 미치광이가 어떻게 이치에 맞는 가정을 내놓을 수 있단 말인가? 게다가 정신에 이상이 있다는 것은 다른 사람들이 세워 놓은 기준에 비추어서 하는 말이다. 하지만 여기에는 다른 사람들이 없다. 내가 유일한 척도이고, 내 기억들의 올림포스가 유일하게 실재하는 세계다. 나는 암흑 같은 고립 상태, 지독한 에고티즘에 갇혀 있다. 사정이 이러하다면, 엄마와 곰돌이 안젤로와 로아나 여왕 사이에 차이를 둘 이유가 무엇이란 말인가? 나의 존재론은 일그러져 있다. 나는 내 자신의 신들과 내 자신의 어머니들을 창조할 수 있는 최고의 권능을 지니고 있다.

그리하여 나는 이제 기도를 올린다. 「오 선량한 로아나 여왕이시여, 당신이 겪으신 절망적인 사랑의 이름으로 청합니다. 천 년 전에 돌로 변한 당신의 희생자들을 잠에서 깨워 달라는 것이 아닙니다. 그저 한 얼굴을 저에게 되살려 주십시오……. 이 강요된 잠의 가장 깊은 석호(潟湖)에서 많은 것을 본 제가 청하오니, 구원의 얼굴을 향하여 더욱 높이 올라가게 해주소서.」[8]
어떤 병자들은 그저 기적이 일어나리라는 굳센 믿음을 보인 덕분에 병을 치유했다고 하지 않는가? 그렇듯이 나는 로아나가 나를 구원할 수 있기를 간절하게 기원한다. 그 소망

8 이 기도의 뒷부분은 『신곡』의 「천국」편 33곡에 나오는 성 베르나르두스의 기도를 패러디한 것이 분명하다. 단테를 위해 성모 마리아에게 바치는 이 기도의 한 대목(22~27행)에서 성 베르나르두스는 이렇게 말한다. 「지금 우주의 가장 낮은 구렁에서 여기까지 오면서 영혼들의 삶을 하나하나 살펴본 이 사람이 당신께 은총을 간청하오니, 마지막 은총을 향하여 눈을 더욱 높이 들어 올릴 수 있는 능력을 주십시오.」 여기에서 구렁 *lacuna*은 지옥을 뜻한다. 우리의 주인공은 이 단어를 석호 *laguna*로 바꾸었다. 자기가 지옥에 있다기보다 바닷물이 뭍에 갇혀 있는 것과 같은 고립 상태에 있다고 본 듯하다. 하지만 어원을 따져 보면, 두 단어는 모두 라틴어 *lacuna*에서 나왔다.

에 마음을 모으느라고 너무 긴장해 있는 터라, 만약 이미 코마에 빠져 있는 것이 아니라면 나에게 발작이 일어날지도 모른다.

그리하여 오 세상에, 드디어 나는 보았다. 나는 사도 요한이 본 것처럼 보았고, 내 알레프[9]의 중심을 보았다. 거기에서 드러난 것은 무한한 세계가 아니라, 뒤죽박죽으로 한데 모인 내 기억들이었다. 그렇듯 햇살에 눈이 녹고, 가벼운 잎사귀에 적힌 시빌라의 점괘들이 바람결에 다시 나타났다.[10]

아니, 내가 분명 보기는 했으나, 그 광경의 첫 부분은 너무나 눈이 부셨다. 그래서 나는 안개 속 같은 잠으로 다시 빠져드는 듯한 기분을 느꼈다. 우리는 꿈에서 우리가 자는 모습을 볼 수 있을까? 그건 잘 모르겠다. 하지만 이건 분명하다. 만약 내가 꿈을 꾸는 것이라면, 그것은 내가 이제 막 잠에서 깨어나 내가 본 것을 회상하는 꿈이다.

9 히브리어 알파벳의 첫 글자. 숫자 1이나 신을 가리키기도 하고 세계의 모든 것이 그것에 수렴된다고 말하기도 한다. 우리의 주인공은 보르헤스의 단편 소설 「알레프」를 염두에 두고 말한 것일 수도 있다. 이 소설에 나오는 알레프는 우주의 모든 것을 온전히 담고 있는 작은 구체이다.

10 이 문장 역시 『신곡』의 「천국」편 33곡에 나오는 시구를 패러디한 것이다. 하느님의 영원한 빛을 본 시인은 그 광경을 말로 다 나타낼 수 없고 그 무량함 앞에서는 기억도 굴복한다면서, 〈그렇듯 햇살에 눈이 녹고 가벼운 잎사귀에 적힌 시빌라의 점괘들이 바람결에 사라진다〉고 노래한다(64~66행). 이것은 자기가 본 것을 온전히 형언하거나 기억할 수 없음을 강조하기 위한 비유이다. 반면에 우리 주인공은 시빌라의 점괘가 다시 나타난다고 말함으로써 자기가 본 것에 대한 긴 묘사를 예고한다. 이런 관점에서 보면 햇살에 눈이 녹는 것은 사라짐이 아니라 눈에 덮여 있던 것의 드러남이다.

나는 우리 고등학교의 계단 발치에 있었다. 하얗게 빛나는 계단 위에는 신고전주의 양식의 두리기둥들이 서 있었고, 그 사이로 현관문이 나 있었다. 내가 성령에 사로잡힌 듯한 기분을 느끼고 있을 때, 나에게 말하는 듯한 우렁우렁한 목소리가 들려왔다. 「이제 네가 보게 될 것을 네 책에 기록하여라. 아무도 그것을 읽지는 못할 것이다. 네가 그것을 쓰는 것은 그저 꿈속의 일이기 때문이다.」[11]

에코의 몽타주

그러자 계단 꼭대기에 옥좌 하나가 나타났다. 옥좌에는 한 남자가 앉아 있었다. 그는 금빛 얼굴에 싸늘한 미소를 머금고 있었으며, 머리에는 불꽃 모양의 장식과 에메랄드가 박힌 왕관을 쓰고 있었다. 모두가 그를 경배하는 뜻으로 술잔을 들어올렸다. 그는 몽고 행성의 군주 밍이었다.

11 「요한의 묵시록」 1장 10~11절과 『신곡』, 「연옥」편 32곡 103~105행의 패러디.

그리고 옥좌 위와 옥좌 주위에는 네 생물이 있었다. 사자 얼굴을 한 튠, 매의 날개가 달린 불탄, 아르보리아의 왕자 바린, 매직 맨들의 여왕 아주라였다.[12] 아주라가 불꽃에 휩싸인 채 계단을 내려오고 있었다. 그 여자는 대단한 탕녀처럼 보였다. 자주색과 진홍색 망토를 입고 금과 보석과 진주로 치장하였으며, 지구에서 온 사람들의 피에 취해 있었다. 나는 그 여자를 보고 크게 놀랐다.[13]

---

12 「요한 묵시록」 4장 6~8절 또는 『신곡』, 「연옥」편 29곡에 나오는 〈네 마리 짐승〉과 관련된 대목과 공상 과학 만화 『플래시 고든』에 나오는 외계인들을 결합한 것.

13 「요한 묵시록」 17장 4~6절 또는 『신곡』, 「연옥」편 32곡의 148행.

이어서 옥좌에 앉아 있던 밍은 지구인들을 심판하겠다면서, 데일 아덴을 보며 음탕한 비웃음을 흘리더니, 그녀를 바다에서 올라온 짐승에게 먹이로 주라고 명령했다.

　이 짐승은 이마에 무시무시한 뿔이 달려 있었고, 커다란 주둥이를 한껏 벌려 날카로운 이빨을 드러내고 있었다. 다리 끝에는 맹금의 갈고리 발톱이 달려 있었고, 꼬리에는 천 마리 전갈이 붙어 있는 듯했다. 데일은 울면서 구원을 요청하고 있었다.

　그러자 코렐리아 해저 세계의 기사들이 데일을 구하기 위해 부리가 달린 괴물을 타고 계단을 올라갔다. 이 괴물들은 다리가 두 개뿐이었고 바닷물고기처럼 긴 꼬리가 달려 있었다.

　이어서 플래시 고든의 충실한 동맹군인 매직 맨들이 나타났다. 그들은 황금 산호 전차에 타고 있었다. 이 전차들을 끄는 괴물은 목이 길고 비늘 볏이 달린 초록색 그리핀이었다.

　그다음에 나타난 것은 프리아의 창기병들이었다. 그들은 스노 버드를 타고 왔는데, 이 새들의 황금빛 부리는 〈풍요의 뿔〉처럼 비틀려 있었다. 끝으로 플래시 고든이 눈의 여왕과 함께 흰색 마차를 타고 당도했다. 그는 독재자 밍에게 소리쳤다. 「몽고 행성의 위대한 결투가 시작되었다. 네놈이 저지른 모든 죄악의 대가를 치르게 해주마.」

그러자 밍의 신호에 따라 호크 맨들이 플래시 고든과 맞서 싸우기 위해 메뚜기 떼처럼 새까맣게 공중을 뒤덮으며 내려왔다. 그사이에 라이언 맨들은 그물과 끝이 날카로운 삼지창을 들고 반니와 다른 대학생들을 붙잡으려고 애썼다. 반니 패거리는 또 다른 떼를 몰고 왔다. 이번에는 말벌 떼였다.[14] 승부를 점치기가 어려운 상황이었다.

밍은 전세가 만만치 않다고 판단했는지 또 다른 신호를 보냈다. 그러자 그의 우주 로켓들이 햇빛 속에 우뚝 솟아오르더니 지구를 향해 날아가기 시작했다. 그때 플래시 고든의 신호에 따라 자르코프 박사가 만든 또 다른 우주 로켓들이 발사되었다. 죽음의 광선들이 쉿쉿 소리를 내고 불의 혀들이 난무하는 가운데 하늘에서 건곤일척의 대전투가 벌어졌다. 하늘에서 별들이 땅으로 떨어지는 듯했고, 우주 로켓들은 하늘을 뚫고 날다가 두루마리 책처럼 데굴데굴 구르며 녹아 없어졌다. 킴의 〈그레이트 게임〉[15]의 날이 도래했다. 밍의 우주 로켓들이 땅으로 추락하면서 라이언 맨들을 그대로 깔아뭉갰다. 호크 맨들은 햇불처럼 불이 붙은 채 떨어지고 있었다.

14 반니가 타고 다닌 베스파(말벌) 스쿠터 때문에 나타난 환상.
15 영국 작가 키플링의 소설 『킴』(1901)에 나오는 용어. 영국과 러시아가 중앙아시아에 대한 지배권을 놓고 벌였던 대결을 가리킨다.

몽고 행성의 군주 밍은 사나운 짐승처럼 울부짖었다. 그때 그의 옥좌가 뒤집히더니 학교 계단으로 굴러 내려가면서 그의 비열한 조신들을 쓰러뜨렸다.

폭군이 죽고 여기저기에서 온 짐승들이 사라졌다. 아주라의 발아래로는 깊은 구렁이 쩍 벌어졌다. 그녀는 유황의 소용돌이 속으로 떨어졌다. 그러자 학교 계단 앞에서 수정과 다른 보석들로 된 도성이 아주 높이 솟아올랐다. 무지갯빛 광선들이 도성에 투사되고 있었다. 도성의 높이는 12,000스타디온이었고, 벽옥으로 된 성벽은 144페키스였다.[16]

한동안 불꽃과 증기가 뒤섞여 있는 것처럼 보이던 안개가 옅어지고 있었다. 계단이 다시 눈에 들어왔다. 괴물들은 모두 사라지고 4월의 햇살이 하얗게 부서지고 있었다.

---

16 「요한의 묵시록」 21장 17절에도 성벽을 측정한 수치가 144페키스라고만 되어 있을 뿐, 그것이 높이인지 길이인지 너비인지를 밝히지 않고 있다.

나는 다시 현실로(!) 돌아왔다. 일곱 나팔 소리가 울린다. 피포 바르치차가 지휘하는 체트라 관현악단, 치니코 안젤리니가 지휘하는 멜로디카 관현악단, 알베르토 셈프리니가 지휘하는 리트모 신포니카 관현악단의 연주다. 우리 고등학교의 현관문이 열려 있다. 〈피아트〉 두통약 광고에 나오는 의사가 보인다. 몰리에르 희극에 나올 법한 인물이다. 그는 문짝이 닫히지 않도록 붙잡은 채 막대기로 바닥을 두드린다. 중요한 인물들의 행진을 예고하는 것이다.

먼저 남학생들이 나오더니 양쪽으로 나뉘어 계단을 내려온다. 마치 일곱 하늘에서 내려가기 위해 줄을 서고 있는 천사들 같다. 그들은 다이애나 팔머[17]를 쫓아다니는 구혼자들처럼 줄무늬 재킷에 하얀 바지를 입고 있다.

한편 계단 발치에는 마술사 맨드레이크가 나타나서, 경쾌한 동작으로 지팡이를 돌린다. 그러더니 실크해트를 들어 올려 인사를 하고 계단을 올라간다. 그가 걸음을 옮길 때마다 발을 디디는 단이 환해진다. 그가 노래를 부르기 시작한다. *I'll build a Stairway to Paradise, with a new step ev'ry day. I'm gonna get there at any price, Stand aside, I'm on my way!* (나는 천국으로 가는 계단을 지을 거야, 매일 한 단씩 새로 만들어 가면서. 나는 어떤 대가를 치르더라도 거기에 도달할 거야, 비켜서, 나는 내 길을 가고 있어!)[18]

---

17 11장에 나온 만화 『복면 남자』(영어 원제 『더 팬텀』)의 여주인공.
18 조지 거슈윈이 작곡한 노래의 일부. 뮤지컬 영화 「파리의 미국인」(1951)에서 조르주 게타리가 불렀다.

그러다가 맨드레이크는 지팡이로 위쪽을 가리켜서, 드래
건 레이디[19]가 내려오고 있음을 알린다. 그녀는 몸에 꽉 끼는
검은 비단옷을 입고 있다. 그녀가 한 단씩 내려올 때마다 남
학생들은 숭배의 뜻으로 무릎을 꿇고 모자를 내민다. 그러는
동안 그녀는 달뜬 색소폰 같은 목소리로 노래를 부른다. 쓸쓸
하고 기나긴 밤, 저 가을 하늘, 이 시든 장미, 모든 것이 내 마음
을 향해 사랑을 말하고 있어. 그대 곁에서 한 시간을 보내는 기
쁨이 찾아오기를 나는 기다리고 있어.

19 11장에 나온 미국 만화 『테리와 해적』에 나오는 인물.

그 뒤로 마침내 우리 행성에 돌아온 플래시 고든과, 데일 아덴, 자르코프 박사가 노래를 흥얼거리며 내려온다. *Blue skies, smilin' at me, nothin' but blue skies do I see, Bluebirds, singin' a song, nothin' but bluebirds, all day long*(파란 하늘이 내게 미소를 지어, 내 눈엔 오로지 파란 하늘만 보여. 파랑새가 노래해, 온종일 오로지 파랑새야).[20]

그리고 조지 폼비가 말처럼 이를 드러내고 벌쭉 웃으며 그 뒤를 따른다. 그는 하와이 원주민의 현악기 우쿨렐레를 타면서 노래한다. *It's in the air this funny feeling everywhere, that makes me sing without a care today, as I go on my way, it's in the air, it's in the air⋯⋯ Zoom zoom zoom zoom high and low, zoom zoom zoom zoom here we go⋯⋯*(공중을 난다. 어디서나 즐거운 이 기분, 덕분에 난 오늘도 내 길을 가면서 아무 걱정 없이 노래를 부르지, 공중을 난다, 공중을 난다⋯⋯. 붕 붕 붕 어디든지 붕 붕 붕 붕 자아 우리가 간다).[21]

일곱 난쟁이가 박자를 맞춰 로마 7왕의 이름을 하나만 빼고 모두 암송하면서 내려온다. 이어서 토폴리노와 미니, 오라치오, 클라라벨라가 서로 팔짱을 낀 채, 클라라벨라의 보물인 왕관들을 들고 「피포, 피포는 그걸 모르지」라는 노래의 리듬에 맞춰 내려온다. 그 뒤를 따르는 것은 피포, 페르티카

20 1926년 어빙 벌린이 만든 이래 수많은 가수들이 녹음한 노래 「파란 하늘」의 일부. 특히 1946년 빙 크로즈비와 프레드 애스테어가 주연한 동명의 뮤지컬 코미디 영화의 주제가로 사용되면서 더욱 널리 알려지게 되었다.
21 조지 폼비가 주연한 영국의 슬랩스틱 코미디 영화 「난 날고 싶어」(1938)의 주제가.

와 팔라, 치프와 갈리나, 해적 알바로, 기린을 훔친 혐의로 체포된 적이 있는 알론초 알론초(일명 알론초), 그리고 친구들처럼 팔짱을 낀 채 「숲 속의 빨치산」을 큰 소리로 불러 대는 딕 풀미네와 잠보, 바리에라, 〈흰 가면〉, 플라타비온이다. 그다음에는 데아미치스의 『마음』에 나오는 모든 아이들이 내려온다. 맨 먼저 데로시, 이어서 롬바르디아의 소년 보초병과 사르데냐의 소년 북재비, 그리고 국왕이 베풀어 준 손길의 온기를 아직 손에 간직하고 있는 코레티의 아버지. 이들이 〈잘 있거라 아름다운 루가노여, 죄 없이 쫓기는 무정부주의자들은 길을 떠난다〉 하고 노래하는 동안, 꼴찌로 나온 프란티는 자신의 죄를 뉘우치며 〈자장자장 울지 마라 내 사랑 아기 예수〉를 나직하게 읊조린다.

꽃불이 터지자, 햇빛 찬란한 하늘에서 황금빛 별들이 작열한다. 그러자 〈테르모젠〉 광고에 나오는 남자와 〈프레스비테로〉 연필을 머리에 잔뜩 꽂은 열다섯 명의 가에타노 아저씨가 계단을 내리달으며 관절이 풀린 듯한 다리로 「I'm a yankee doodle dandy」에 맞춰 격렬하게 탭 댄스를 춘다. 이어서 〈내 아이들의 문고〉에 등장하는 아이들과 어른들이 쏟아져 나온다. 질리올라 디 콜레피오리토, 산토끼 부족, 솔마노 아가씨, 잔나 프레벤티, 카를레토 디 케르노엘, 람피키노, 에디타 디 페를라크, 수세타 모넨티, 미켈레 디 발다르타와 멜키오레 피암마티, 엔리코 디 발네베, 발리아와 타마리스코와 그들을 좌지우지하는 메리 포핀스의 유령, 파울 거리의 소년들처럼 작은 군모를 쓴 아이들, 피노키오처럼 코가 아주 긴 아이들, 탭 댄스를 추는 고양이와 여우와 헌병.

그러고 나자, 안내자의 신호에 따라 산도칸이 나타난다. 그는 인도 비단으로 된 튜닉을 입고 보석이 박힌 파란 띠를 허리에 둘렀으며, 호두만 한 다이아몬드로 터번을 고정시키고 있다. 허리춤에 찔러 넣은 권총 두 자루의 개머리판이 보인다. 그 만듦새가 아주 멋지다. 언월도의 칼집에는 루비가 점점이 박혀 있다. 그는 바리톤 목청으로, 〈마일루, 황금빛 별들이 꿈결에 보이듯 반짝이던 싱가포르의 하늘에서 우리 사랑이 싹텄어〉 하고 노래한다. 그의 뒤를 따르는 젊은 〈호랑이들〉은 야타간 칼을 입에 물고 피에 굶주린 기색을 보이며, 몸프라쳄 찬가를 부른다. 그대는 우리의 함대, 알렉산드리아와 몰타에서, 수단과 지브롤터에서 영국을 조롱했지⋯⋯.

이제 시라노 드 베르주라크가 칼을 빼어 들고 나타나서 콧소리가 섞인 바리톤 음성으로 군중을 향해 묻는다. 「내 사촌 여동생을 알고 있소? 특별하고 아주 예쁜 신식 여성이죠. 그와 비슷한 여자는 어디에서도 찾을 수 없을 거요. 그녀는 부기우기를 추고 영어를 좀 알죠. *for you*라는 말을 아주 정중하게 속삭일 줄 안다오.」

그 뒤로 조제핀 베이커가 나긋나긋하게 내려온다. 그런데 이번에는 『지구의 인종과 민족』이라는 책에 나오는 칼무크 족 여인들처럼 벌거벗은 모습이다. 다만 손바닥만 한 바나나 치마를 허리에 두르고 있을 뿐이다. 그녀는 슬픈 목소리로 나직하게 읊조린다. 오 저는 크나큰 괴로움과 아픔을 느끼고 있나이다. 오 주여 제가 당신께 죄를 지었으니⋯⋯.

다이애나 팔머는 〈없어, 행복한 사랑은 없어〉 하고 노래하면서 내려오고, 산도칸의 충실한 벗 야네스 드 고메라는 이

베리아 식으로 달콤한 사랑 노래를 부른다. 오 마리아, 그대에게 키스하고 싶어요, 오 마리아, 그대를 사랑하고 싶어요, 그대가 나를 바라보면 나는 그냥 무너져 내려요. 그다음에는 『삼총사』에 나오는 릴의 사형 집행관이 밀라디를 데리고 나타난다. 그는 울먹이는 목소리로 〈금실 같은 그대 머리카락 사랑스런 그대 입술〉 하고 노래하더니, 밀라디의 목을 단칼에 스스슥 베어 버린다. 이마에 백합꽃 낙인이 찍힌 그녀의 머리가 계단을 데굴데굴 굴러 내려와 거의 내 발치까지 다다른다. 그러는 동안 사총사들은 가성을 내어 노래한다. *She gets too hungry for dinner at eight, she likes the theater and never comes late, she never bothers with people she'd hate, that's why Milady is a tramp!*(그녀는 예절이 까다로운 만찬 때면 너무 배가 고파, 그녀는 연극을 좋아하기에 지각하는 법이 없어, 그녀는 싫어하는 사람들하고 있어도 아랑곳하지 않아, 그래서 밀라디는 떠돌이인 거야!)[22] 이어서 에드몽 당테스와 파리아 신부가 내려온다. 에드몽 당테스는 〈이보게 이번엔 내 차례일세, 내 차례야〉 하고 노래한다. 파리아 신부는 황마 수의로 몸을 휘감은 채 뒤에서 그를 가리키며, 〈그 사람이야 그래 그래 정말 그 사람이야〉 하고 말한다. 그러는 사이에 짐과 의사 리브시 선생, 트렐로니 경, 스몰렛 선장, 키다리 존 실버가 나타난다. 키다리 존 실버는 미키 마우스를 괴롭히는 페그레그 피트로 분장했고, 한쪽 발을 한 번 디딜 동안 의족을 세 번 디디는 방식으로 걸음을 옮기고 있다. 그들은 플린트

---

22 로저스와 하트의 뮤지컬 「*Babes in Arms*」(1937)에 나오는 노래 「숙녀는 떠돌이」의 코러스 첫머리. 에코는 *lady*를 Milady로 바꾸어서 소설 『삼총사』와 연결시켰다.

선장의 보물에 대한 권리를 놓고 입씨름을 벌인다. 벤 건은 그 모습을 지켜보다가 잇새로 *cheese!* 하는 소리를 내면서 트리거 혹스처럼 웃는다. 그러자 이번에는 독일 병정 리하르트가 군홧발 소리를 내면서 내려온다. 그러더니 *New York, New York*의 리듬에 맞춰 탭 댄스를 춘다. 그다음에는 위고의 〈웃는 남자〉가 레이디 조시언과 함께 나타난다. 조시언은 벌거벗은 모습이다. 하지만 그냥 벌거벗은 것이 아니라 무장한 느낌을 주는 알몸이다. 〈웃는 남자〉는 그녀의 품에 안긴 채 박자에 맞춰 또박또박 말한다. *I got rhythm, I got music, I got my girl, who could ask for anything more?* (리듬을 얻고, 음악을 얻고, 내 여자를 얻었어. 누군들 이보다 더한 것을 바랄 수 있겠어?)[23]

그러고 나자 계단을 따라서 기다란 모노레일이 반짝거리면서 나타난다. 자르코프 박사가 고안한 경이로운 무대 장치다. 이 모노레일을 타고 내 어머니의 기도책 『라 필로테아』가 계단 꼭대기에 다다르더니 현관문으로 들어간다. 이어서 나의 가족이 계단을 내려온다. 마치 행복한 벌집에서 나오는 꿀벌들 같다.[24] 할아버지, 엄마, 어린 아다의 손을 잡은 아빠. 오시모 박사와 피아차 아저씨, 청소년 사목 회관의 돈 코냐소 관장, 산마르티노 마을의 신부가 그 뒤를 따른다. 그라뇰라의 모습도 보인다. 그는 에리히 폰 슈트로하임[25]처럼 뒷덜미까

---

23 조지 거슈윈의 뮤지컬 「*Girl Crazy*」(1930)에 나온 뒤로 많은 재즈 가수들이 애창해 온 노래 「*I got rhythm*」 중에서.

24 천사들을 꿀벌에 비유하고 있는 『신곡』의 「천국」편 31곡을 연상시킨다.

25 오스트리아 출신의 영화 배우이자 감독인 에리히 폰 슈트로하임이 장 르누아르 감독의 프랑스 영화 「위대한 환상」(1937)에서 맡은 독일 장교 라우펜슈타인의 역할을 염두에 두고 하는 말이다.

지 받쳐 주는 보호대로 목을 감싼 채 평소와 달리 등을 거의 꼿꼿하게 세우고 있다. 그들은 한목소리로 이렇게 노래한다.

저녁부터 새벽까지 집 안에 노래가 끊이지 않아요.
쉿, 쉿, 조용조용, 레스카노 트리오의 조용한 노래가 나와요.
누구는 보카치니를 즐겨 듣고, 누구는 안젤리니 관현악단을 좋아하죠.
또 누구는 알베르토 라발리아티에게 귀를 활짝 열고 있어요.
엄마는 가곡을 좋아해요. 딸은 마에스트로 페트랄리아를 좋아하죠.
특히 그가 G장조의 노래를 연주할 때는 좋아서 어쩔 줄 몰라요.

그러는 동안 귀가 엄청나게 긴 메오는 바람을 타고 모두의 머리 위에서 활공한다. 그때 사목 회관의 아이들이 한꺼번에 쏟아져 나온다. 그런데 그들은 〈상아 순찰대〉의 제복 차림으로 날렵한 검은 표범 팡을 뒤쫓아 가면서, 〈티그리아의 대상(隊商)들이 떠나간다〉 하고 이국정취가 넘쳐 나는 노래를 부른다.
그러더니 지나가는 코뿔소들을 향해 몇 차례 총을 쏘고 나서, 총과 모자를 들어 올리며 그녀에게 인사한다. 로아나 여왕이다.

여왕은 브래지어를 겸한 상의에다 배꼽까지 올라오는 치마를 입은 차림이다. 얼굴에는 하얀 베일을 쓰고, 머리에는 세 개의 깃털 장식을 꽂았다. 널따란 망토가 산들바람에 펄럭인다. 허리를 낭창낭창 흔드는 자태가 우아하다. 잉카의 황제들처럼 옷을 입은 두 무어인이 그녀를 양쪽에서 호위하고 있다.

여왕은 지그펠드의 뮤지컬 쇼에 나오는 여자처럼 내 쪽으로 내려오며 미소를 짓더니, 격려의 손짓을 보내면서 학교 현관문을 가리킨다. 고개를 들어 보니 돈 보스코 성인이 보인다.

그의 뒤를 따라 나의 지도 신부인 돈 레나토가 목사 복장을 하고 나온다. 도량이 큰 그가 신비로운 분위기를 자아내며 노래를 부른다. 〈*Duae umbrae nobis una facta sunt, infra laternam stabimus, olim Lili Marleen, olim Lili Marleen*(두 그림자가 우리에겐 하나가 돼. 우리는 가로등 아래에 서 있어. 옛날에 말이야 릴리 마를렌, 옛날에 말이야 마를렌)〉.[26] 돈 보스코 성인은 진흙이 튄 옷을 입고 살레시오회의 구두를 신은 차림이다. 표정이 아주 밝다. 그는 발을 디딜 때마다 구두의 징으로 딱 소리를 내면서 마치 맨드레이크가 실크해트를 내밀듯이, 자기의 저서 『사려 깊은 젊은이』를 앞으로 내민다. 그가 이렇게 말하는 듯하다. 〈*Omnia munda mundis*(깨끗한 사람들에게는 모든 것이 깨끗하다).[27] 네 신부가 준비를 끝냈다. 우리가 마련해 준 옷으로 단장했다. 눈부시게 빛나는 아마포로 지은 옷이다. 그 광채가 더없이 귀한 보석과 같을 것이다. 나는 조금 후에 일어날 일을 너에게 말해 주기 위해 온 것이다.〉

나는 그들의 동의를 얻은 셈이다……. 두 성직자는 맨 아랫단의 양쪽 끝에 서더니 현관문을 향해 인자한 표정으로 신호를 보낸다. 문으로 여학생들이 나온다. 모두 투명한 베일에 싸인 모습이다. 그녀들은 하얀 장미 모양[28]으로 늘어서서, 빛을 등진 채 벌거벗은 몸으로 두 팔을 들어올린다. 순결한

26 9장에 나온 독일 노래 「릴리 마를렌」의 라틴어 버전.
27 신약 성서 「디도에게 보낸 편지」 1장 15절.
28 『신곡』의 「천국」편 31곡의 1~3행을 연상시킨다. 〈피로써 그리스도께서 신부로 삼으신 성스러운 무리가 내 앞에 보였으니 마치 새하얀 장미의 모양이었다.〉(김운찬 역, 열린책들, 2007, p.590)

젖가슴들이 윤곽을 드러낸다. 시간이 되었다. 이 찬란한 묵
시록의 대미에서 바야흐로 릴라가 나타나리라.

릴라는 어떤 모습일까? 나는 전율을 느끼며 기다린다.
이제 곧 나타날 여자는 열여섯 살 처녀로서 그 아리따움이
이슬을 가득 머금은 이른 아침의 첫 햇살을 받아 더없이 싱
싱하게 피어나는 장미와 같을 것이고, 옷은 허리부터 무릎까
지 은색 그물 무늬 레이스로 덮인 파란 드레스를 입었을 것
이며, 그 색깔은 눈동자를 닮되 허허로운 창공의 빛깔보다는
부드럽고 은은한 광채를 닮았을 것이고, 삼단 같은 금빛 머
리채는 결이 곱고 윤기가 짜르르할 것이며, 그저 꽃으로 만
든 관 하나가 그 머리채를 고정시키고 있으리라. 아니면 이
제 곧 나타날 여자는 열여덟 살 처녀로서 살결이 백옥처럼
뽀얗되 발그레하게 생기가 돌 것이고, 눈가에는 아콰마린의
광채와도 같은 파리한 빛이 어릴 것이며, 이마와 관자놀이에
서는 파르스름하게 정맥이 살짝 비쳐 보일 것이고, 가느다란
금발은 뺨을 따라 흘러내릴 것이며, 연한 청색 눈에는 무언
가 촉촉하고 영롱한 기운이 감돌 것이고, 그 미소는 아이의
웃음처럼 해맑지만 진지한 표정을 지을 때면 양쪽 입아귀에
잔주름이 바르르 떨리며 나타나리라. 그것도 아니라면 이제
곧 나타날 여자는 열일곱 살 처녀로서 늘씬하고 우아할 것이
며, 허리는 한 손으로 감을 수 있을 만큼 잘록할 것이고, 살결
은 갓 피어난 꽃처럼 풋풋할 것이며, 예쁘게 풀어 헤친 머리
채는 젖가슴을 가린 하얀 코르셋 위로 금빛 빗줄기처럼 흘러
내릴 것이고, 훤한 이마는 완벽한 계란형 얼굴을 더욱 빛나
게 할 것이며, 뽀얀 얼굴에는 아침 햇살을 받은 동백꽃처럼

부드러운 생기가 돌 것이고, 검은 눈동자는 반짝반짝 빛날 것이며, 속눈썹이 길게 난 눈시울의 양쪽 끝에서는 흰자위의 맑고 파르스름한 기운이 언뜻언뜻 스쳐 갈 것이다.

아니다. 그녀는 양옆을 대담하게 틔우고 얇은 천을 통해 몸의 신비로운 음영이 비쳐 보이는 민소매 튜닉 차림으로 나타나서, 머리채 아래로 손을 넣어 무언가를 천천히 끄른 다음 몸을 수의처럼 휘감고 있던 기다란 비단 천을 바닥에 떨어뜨릴 것이고, 내 눈길은 그저 꽉 끼는 하얀 옷만을 입은 채 머리가 둘 달린 뱀 모양의 황금 허리띠를 두른 그녀의 몸을 아래위로 훑을 것이며, 그러다가 그녀가 젖가슴 위로 두 팔을 포개면, 나는 그 양성(兩性)적인 자태며 딱총나무의 속처럼 하얀 살이며 포식자의 기질을 느끼게 하는 입술에 미치고 말리라. 턱밑에 파란 매듭을 달고 있는 그녀는 미사 경본에 나오는 천사처럼 보이지만, 어떤 사악한 세밀화가가 미친 처녀처럼 보이게 손을 대기라도 한 양, 납작한 가슴에서 작지만 윤곽이 뚜렷한 유방이 봉긋하게 솟아 있을 것이고, 허리선은 엉덩이에 이르러 조금 넓어지다가 루카스 크라나흐가 그린 이브의 다리처럼 너무나 긴 다리로 내려가면서 사라져 버릴 것이며, 초록색 눈은 속내를 짐작할 수 없는 눈길을 던질 것이고, 커다란 입에 어린 미소는 불안감을 느끼게 할 것이며, 머리칼은 광택이 없는 불그스름한 금빛을 띨 것이다. 다양한 면모를 한 몸에 갖추고 있는 열정적인 키메라, 예술과 관능의 정화, 매력적인 괴물인 그녀가 자신의 숨겨진 광휘를 한껏 드러내면, 청금석의 마름모꼴 무늬에서 아라베스크가 빛날 것이고 자개 상감에서 무지갯빛과 프리즘의 광채가 번쩍이리라. 레이디 조시언과 비슷할 그녀가 춤의 열정에 빠져 들면, 베일이 벗겨지고 금실 비단이 바닥에 떨어지면서 그녀의 몸에는 오로지 금은 장신구와 번쩍거리는 보석만 붙어 있을 것인즉, 초승달 모양의 장식은 코르셋처럼 허리를 죄고 있을 것이고, 두 젖가슴 사이의 오목한 자리에서는 경이로운 보석 하나가 번쩍거릴 것이며, 허벅지 위쪽을 가리기 위해 허리에 두른 띠에는 엄청나게 많은 석류석과 에메랄드가 주렁주렁 매달려 있을 것이고, 그녀가 알몸이 된 상체를 뒤로 젖힐 때 드러나는 배꼽은 우윳빛을 띤 줄마노 도장처럼 보일 것이며, 그녀가 몸을 흔들면 그녀의 주위를 환하게 비추는 불빛 속에서 모든 보석의 절단면에 불이 붙고 돌들이 아연 생기를 띠면서, 활활 불타는 선으로 그녀의 윤곽을 다시 그릴 것이고, 불잉걸 같은 진홍색과 가스 불 같은 보라색과 알코올의 불꽃 같은 파란색의 불티로 그녀의 목과 다리와 팔을 찔러 댈 것이다. 아니 어쩌면 그녀는 자기에게 채찍질을 해달라고 간청하는 여자의 모습으로 나타날 것이고, 거친 천으로 만든 고행자들의 셔츠와 칠죄종(七罪宗)을 경계하기 위한 일곱 개의 가느다란 비단 밧줄을 손에 들고 있을 것이며, 각각의 밧줄에는 지옥에 떨어질 대죄에 빠지는 일곱 가지 방식을 나타내는 매듭이 있을 것이고, 그녀의 살에서는 핏방울이 장미처럼 피어날 것이며, 그녀의 몸은 성전의 초처럼 야위었을 것이고, 눈은 사랑의 칼에 찔렸을 것이며, 나는 내 심장을 조용히 장작더미에 올려놓고 싶어 할 것이고, 겨울 새벽보다 창백하고 밀랍보다 희며 밋밋한 가슴에 두 손을 모으고 있는 그녀가, 자신을 위해 다른 심장들이 피를 흘리고 그 피가 그녀의 옷에 묻을지라도 언제나 의연하기를 바랄 것이다.

아니다, 아니다, 내가 얼마나 사악한 문학에 현혹되고 있는가. 나는 이제 음심에 달뜬 사춘기 소년이 아니지 않은가……. 나는 릴라가 그저 예전 모습 그대로이기를, 내가 사랑하던 때와 똑같기를, 노란 재킷을 입었을 때의 바로 그 얼굴이기를 바란다. 나는 내 깜냥으로 상상했던 가장 아름다운 여자를 원하는 것이지, 다른 사람들을 미혹에 빠뜨렸던 최고의 미녀를 원하는 것이 아니다. 설령 그녀가 브라질에서 생애의 마지막 나날을 보낼 때처럼 바싹 야위고 병든 모습으로 나타난다 해도 상관없다. 그래도 나는 그녀에게 말할 것이다. 그대가 세상에서 가장 아름다운 여인이라고, 그대의 퀭한 눈과 창백함을 하늘나라 천사들의 아름다움과 바꾸지 않겠다고! 나는 코펜하겐 항구에 있는 인어 공주의 동상처럼 그녀가 혼자 가만히 앉아서 물이 흘러가는 것을 바라보는 모습으로 나타나기를 바란다. 그녀가 마법에 걸려 다리가 왜가리처럼 가늘고 긴 이상하고도 아름다운 바닷새로 변한 채 바다 쪽을 바라보고 있다면, 나는 내 욕망으로 그녀를 성가시게 하지 않고, 그냥 머나먼 곳에 있는 공주로 여기며 그녀와 계속 거리를 둘 것이다.

내 안에서 어떤 변화가 일어나고 있는 듯하다. 로아나 여왕의 신비한 불꽃이 쭈글쭈글한 양피지 같은 내 뇌엽들 속에서 타오르고 있는 것일까? 아니면 종이로 된 내 기억 가운데 갈색으로 변한 부분, 즉 얼룩이 너무 많아서 아직도 내가 읽어 낼 수 없는 부분이 어떤 영약의 힘으로 깨끗해지고 있는 것일까? 그것도 아니라면, 내가 내 신경들을 무리하게 혹사하고 있는 것일까? 이런 상태에서도 전율하는 것이 가능하다면, 나는 전율할 것이다. 내가 흔들리고 있다는 느낌이 든다.

밖에서 풍랑이 심한 바다 위를 떠다니는 기분이 이렇지 않을까 싶다. 뿐만 아니라 이것은 어떤 오르가슴의 예고이기도 하다. 내 뇌 속의 해면체들이 피로 채워지고 있다. 바야흐로 무언가가 폭발하려고 한다 — 아니 피어나려고 한다.

그날 릴라네 건물의 현관에서 그랬던 것처럼, 드디어 그녀를 보게 될 참이다. 릴라는 검은 교복을 입고 여전히 참하고도 장난기 어린 모습으로, 햇살처럼 찬란하고 달빛보다 뽀얀 모습으로, 영리하지만 자기가 세상의 중심이며 세계의 배꼽이라는 것을 모르는 모습으로 내려올 것이다. 나는 곧 보게 될 것이다. 그녀의 예쁜 얼굴이며 선이 고운 코며 위쪽 앞니 두 개를 살짝 드러내는 입을, 앙고라토끼 같고 보드라운 털을 흔들며 야옹거리는 마투 같고 비둘기, 담비, 다람쥐 같은 그녀를. 그녀는 첫서리처럼 소리 없이 내려와 나를 볼 것이고, 손을 살포시 내밀 것이다. 그것은 나를 어딘가로 이끌기 위한 것이 아니라 내가 또다시 달아나는 것을 막기 위한 손짓이리라.

드디어 나는 내 〈시라노〉의 마지막 장면을 무한히 연기할 수 있는 길을 찾게 될 것이고, 내가 파올라에서 시빌라에 이르기까지 평생에 걸쳐 찾아 헤맸던 것이 무엇인지 알게 될 것이다. 그리하여 나는 온전히 통일된 내가 될 것이고 평화를 누리게 될 것이다.

하지만 조심해야 한다. 그녀에게 또다시 〈반체티가 여기에 살아?〉 하고 물으면 안 될 일이다. 이 일생일대의 기회를 잡아야 한다.

그런데 계단 꼭대기로 옅은 잿빛 *fumifugium*이 퍼지더니 현관문을 가려 버린다.

나는 한 줄기 서늘한 바람이 건듯 불어오는 것을 느끼며, 올려다본다.

왜 태양이 검게 변하고 있지?

〈끝〉

인용 및 도판 출처

(＊표시한 것들은 작가의 개인 소장품.)

p.373 『코리에레 데이 피콜리』, 브루노 앙골레타 그림, 1939년 10월 15일 자(ⓒRCS).＊

p.375 『코리에레 데이 피콜리』, 팻 설리번 그림, 1936년 11월 29일자(ⓒ RCS).＊

p.377 위:『해적 알바로』, 베니토 자코비티 그림, 로마: 에디치오니 아베, 1942년.＊

아래:『고물 자동차』, 세바스티아노 크라베리 그림, 로마: 에디치오니 아베, 1938년.＊

p.379 카에사르, 쿠르트, 「이탈리아령 동아프리카를 향해」,『일 비토리오소』, 1941년 6월 7일자.＊

p.382 『라벤투로소』 창간호 1면, 피렌체: 네르비니, 1934년(알렉스 레이먼드의『플래시 고든』이미지들ⓒ King Features Syndicate, Inc.).＊

p.387 (왼쪽에서 오른쪽, 위에서 아래로)
자코비티, 베니토, 「피포와 독재자」,『인테르발로』, 1945년.＊

영, 라이먼, 『상아 순찰대』, 피렌체: 나르비니, 1935년(ⓒ King Features Syndicate, Inc. 1934).

출전 미상.

시거, E. C., 『뽀빠이』(ⓒ King Features Syndicate, Inc.).

영, 라이먼, 「탐보의 영혼」,『일 조르날레 디 치노 에 피코』, 피렌체: 나르비니, 1936년 3월 22일자(ⓒ King Features Syndicate, Inc.).

자코비티, 베니토, 「피포와 독재자」,『인테르발로』, 1945년.＊

영, 라이먼, 「성스런 악어」,『일 조르날레 디 치노 에 피코』, 피렌체: 나르비니, 1937년 9월 19일자(ⓒ King Features Syndicate, Inc.).＊

디즈니, 월트, 『칼리프 나라에 간 토폴리노』, 밀라노: 몬다도리, 1934년 (ⓒ Walt Disney Productions 1970).

디즈니, 월트, 『죽음의 계곡에 간 토폴리노』, 밀라노: 몬다도리, 1934년 (ⓒ Walt Disney Productions 1970).

시거, E. C., 『뽀빠이』(ⓒ King Features Syndicate, Inc.).

p. 389 포크, 리, 무어, 레이 『꼬마 토마』, 피렌체: 네르비니 1938년(ⓒ King Features Syndicate, Inc.).

p. 392 위: 토피, 조베, 『마술사 900』, 피렌체: 네르비니.

아래: 디즈니, 월트, 『신문 기자 토폴리노』, 밀라노: 몬다도리, 1936년(ⓒ Walt Disney Productions).

p. 394 굴드, 체스터, 『딕 트레이시』(ⓒ Chicago Tribune-New York News Syndicate Ins.).

p. 397 왼쪽: 코시오, 비토리오, 『공포의 방』, 밀라노: 알보조르날레 유벤투스, 1939년.*

오른쪽: 코시오, 카를로, 『악랄한 함정』, 알보조르날레, 1939년.*

p. 398 카니프, 밀턴, 『테리와 해적들』(ⓒ Chicago Tribune-New York News Syndicate Ins.).

p. 402 (왼쪽에서 오른쪽, 위에서 아래로)

드 비타, 피에르 로렌초, 「마지막 추장」, 『코리에레 데이 피콜리』, 1936년 12월 20일자(ⓒ RCS).*

레이먼드, 알렉스, 『플래시 고든』, 1938년(ⓒ King Features Syndicate, Inc.).*

포크, 리, 무어, 레이, 『싱의 왕국에서』, 피렌체: 네르비니, 1937년(ⓒ King Features Syndicate, Inc.).*

레이먼드, 알렉스, 해밋, 대실, 「비밀 요원 X-9」, 『라벤투로소』 1934년 10월 14일자 (ⓒ King Features Syndicate, Inc.).*

레이먼드, 알렉스, 『플래시 고든』, 1938년(ⓒ King Features Syndicate, Inc.).*

레이먼드, 알렉스, 『플래시 고든』, 1938년(ⓒ King Features Syndicate, Inc.).*

p. 405 『노벨라』, 밀라노: 리촐리, 1939년 1월 8일자(ⓒ RCS).*

p. 408 영, 라이먼, 『로아나 여왕의 신비한 불꽃』, 피렌체: 네르비니, 1935년 (ⓒ King Features Syndicate, Inc.).*

p. 413 여러 나라의 우표(개인 소장품).

p. 427 왼쪽: 프레드 애스테어와 진저 로저스의 스틸, 출전 미상.

오른쪽: 엘사 메를리니의 스틸(「마지막 춤」, 카밀로 마스트로친쿠에 감독, 1941년).

p. 435 「코리에레 델라 세라」, 1943년 7월 26일자(ⓒRCS).

p. 442~443 루타치, 렐리오, 「미치광이 같은 젊은 남자」, 밀라노: 카시롤리, 1945년.

p. 443 보비오, 리베로, 「예쁜 소녀」, 산타루치아.

p. 445 두 아이의 사진(개인 소장품).

p. 449 필라, 도메니코, 『어린 순교자들』.*

p. 477 파베세, 체사레, 「나는 외로이」, 『시선집』, 토리노: 에이나우디, 1998년.

p. 479~480 데 안젤리스, 아우구스토, 『세 송이 장미 호텔』, 밀라노: 몬다도리, 1936년.

p. 482 셰익스피어 희곡집 퍼스트 폴리오의 속표지, 1623년.

p. 491 에코의 몽타주: 〈페르네트 브랑카〉 약초 술 광고(1908), 〈프레스비테로〉 연필 광고(1924), 〈테르모젠〉 발열 습포제 광고(레오네토 카피엘로, 1909)의 이미지들.

p. 493 베르티네티, 조반니, 『메오의 귀』, 아틸리오 무시노 그림, 토리노: 라테스, 1908년.*

p. 494 니차, 안젤로, 모르벨리, 리카르도, 『사총사』, 안젤로 비오레티 그림, 페루지나/부이토니, 1935년.*

p. 501 뒤마, 알렉산드로, 『몬테크리스토 백작』, 밀라노: 소초뇨, 1927년(ⓒRCS).*

p. 510 이탈리아 연탄 〈미네랄리아〉의 광고, 디넬리 그림, 1934년경.

p. 525 에코의 몽타주: 『노벨라』 표지 사진들, 밀라노: 리촐리, 1939년(ⓒRCS).*

p. 529 〈피아트〉 두통약 광고, 마리오 쿠시노 그림, 1926년.

p. 533 왼쪽: 〈보르살리노〉 모자 광고 포스터, 1930년경.
오른쪽: 독일 강제 수용소 사진들, 1945년.

p. 540 이탈리아 사회 공화국 선전 포스터, 1944년.

p. 543 왼쪽: 「자유 이탈리아」 1943년 10월 30일자.*
오른쪽: 「전진!」 1944년 4월 3일자.*

p. 548 피지 섬 우표 두 장(개인 소장품).

p. 553 라스텔리, 니노, 「그대는 돌아올 거야」, 레오파르디.

p. 566 파시스트 혁명 10주년 기념 몽타주, 로마: 이스티투토 루체, 1932년.

p. 588 나치 친위대 포스터, 1944년.

p. 597 에코의 몽타주: 1940년대 이탈리아 사회 공화국 선전 포스터, 영화

스틸 및 광고 사진.

p. 617 영화 「양키 두들 댄디」의 포스터, 마이클 커티스 감독, 워너브러더스, 1942년.

p. 618 영화 「카사블랑카」의 스틸, 마이클 커티스 감독, 워너브러더스, 1942년.

p. 621 「코리에레 롬바르도」 1945년 8월 8일자 1면.*
「잔지바르로 가는 길」, 빅토르 셰르칭어 감독, 파라마운트, 1941년.

p. 631 조제핀 베이커.

p. 634~635 전래 성가 「당신은 햇살처럼 찬란하고」.

p. 640 페로시, 로렌초, 「자장자장 울지 마라」, 1912년.

p. 643 영화 「두 고아」의 스틸, 마리오 마톨리 감독, 엑셀사 필름, 1947년.

p. 645 위고, 빅토르, 『웃는 남자』, 밀라노: 손초뇨(ⓒ RCS).*

p. 647 영화 「피와 모래」에 나오는 리타 헤이워스와 타이론 파워의 스틸, 루벤 마뮬리언 감독, 20세기 폭스, 1941년.

p. 651 영화 「나의 길을 가련다」에 나오는 빙 크로즈비와 프랭크 매큐의 스틸, 리오 매커리 감독, 파라마운트, 1944년.

p. 653, 655 도르빌리, 쥘 바르베, 「레아」, 『소설 전집 I』, 파리: 라 플레야드 갈리마르, 2002년.

p. 654 모로, 구스타브, 「출현」, 파리: 루브르, 1876년.

p. 660 코라치니, 세르조, 「내 마음」, 『감미로움』, 1904년.

p. 661 고차노, 귀도, 「가장 아름다운 섬」, 1913년.

p. 675 에코의 몽타주: 알렉스 레이먼드의 「립 커비」, 1950년대 슈베르트 사(社)의 견본(파르마 커뮤니케이션 연구소), 마우리치오의 베스파 광고(피아조사의 홍보 책자 중에서)의 이미지들.

p. 690 에코의 몽타주: 알렉스 레이먼드의 『플래시 고든』의 이미지들(ⓒ King Features Syndicate, Inc.).

p. 691 에코의 몽타주: 알렉스 레이먼드의 『플래시 고든』의 이미지들(ⓒ King Features Syndicate, Inc.).

p. 692 에코의 몽타주: 알렉스 레이먼드의 『플래시 고든』의 이미지들(ⓒ King Features Syndicate, Inc.).

p. 695 에코의 몽타주: 알렉스 레이먼드의 『플래시 고든』의 이미지들(ⓒ King Features Syndicate, Inc.).

p. 696 에코의 몽타주: 알렉스 레이먼드의 『플래시 고든』의 이미지들(ⓒ King Features Syndicate, Inc.).

p. 698 에코의 몽타주: 알렉스 레이먼드의 『플래시 고든』의 이미지들(ⓒ King

Features Syndicate, Inc.).

옮긴이 **이세욱** 1962년에 태어나 서울대학교 불어교육과를 졸업하였으며, 현재 전문 번역가로 활동하고 있다. 옮긴 책으로 베르나르 베르베르의 『제3인류』(공역), 『웃음』, 『신』(공역), 『인간』, 『나무』, 『상대적이며 절대적인 지식의 백과사전』, 『베르나르 베르베르의 상상력 사전』(공역), 『뇌』, 『타나토노트』, 『개미』, 『아버지들의 아버지』, 『천사들의 제국』, 『여행의 책』, 움베르토 에코의 『제0호』, 『프라하의 묘지』, 『세상의 바보들에게 웃으면서 화내는 방법』, 『세상 사람들에게 보내는 편지』(카를로 마리아 마르티니 공저), 장클로드 카리에르의 『바야돌리드 논쟁』, 미셸 우엘벡의 『소립자』, 미셸 투르니에의 『황금구슬』, 카롤린 봉그랑의 『밑줄 긋는 남자』, 브램 스토커의 『드라큘라』, 파트리크 모디아노의 『우리 아빠는 엉뚱해』, 장자크 상페의 『속 깊은 이성 친구』, 에리크 오르세나의 『오래오래』, 『두 해 여름』, 마르셀 에메의 『벽으로 드나드는 남자』, 장 크리스토프 그랑제의 『늑대의 제국』, 『검은 선』, 『미세레레』, 드니 게즈의 『머리털자리』 등이 있다.

로아나 여왕의 신비한 불꽃(하)

발행일 2008년 7월 1일 초판 1쇄
        2022년 3월 30일 초판 8쇄

지은이 움베르토 에코
옮긴이 이세욱
발행인 홍예빈 · 홍유진
발행처 주식회사 열린책들

경기도 파주시 문발로 253 파주출판도시
전화 031-955-4000 팩스 031-955-4004
www.openbooks.co.kr

Copyright (C) 주식회사 열린책들, 2008, *Printed in Korea.*
ISBN 978-89-329-0837-3 04880
ISBN 978-89-329-0835-9 (세트)

이 도서의 국립중앙도서관 출판예정도서목록(CIP)은 서지정보유통지원시스템 홈페이지(http://seoji.nl.go.kr)와 국가자료공동목록시스템(http://www.nl.go.kr/kolisnet)에서 이용하실 수 있습니다.(CIP제어번호: CIP2008001818)